Un hiver de neige

Peter Kurzeck

Un hiver de neige

Traduit de l'allemand et
avec une postface de
Cécile Wajsbrot

diaphanes

Titre original :

Übers Eis

© 1997 Stroemfeld Verlag, Frankfurt am Main

© diaphanes

Zurich-Berlin 2018

ISBN 978-2-88928-030-8

www.diaphanes.fr

*Pourtant n'ai-je pas toujours vécu ici en précurseur,
et seulement dans les temps anciens ?*

Pour Carina

1

D'abord un hiver de pluie et puis un hiver de neige. Au début de l'année 1984, après la séparation, du jour au lendemain je n'eus plus rien. Plus d'appartement, plus d'image de soi, il ne me restait même pas le sommeil. Quand c'est fini c'est fini. On dirait qu'au bout de quelques années, tu recommences à chaque fois ta vie à zéro. En plein dans la catastrophe, comme tombé de l'univers. À peine fait-il clair que le jour poursuit son interrogatoire avec moi. Un cagibi dans un appartement inconnu. Emménagé fin janvier. Je fourrais des feuilles de papier dans ma poche et j'allais rendre visite à ma fille. Elle s'appelle Carina ! Âgée de quatre ans, à l'époque ! J'allais la chercher. Bottes d'hiver, bonnet de laine, moufles bariolées à lacets. On allait acheter du lait. Il faut compter son argent à l'avance. Il faut s'y connaître en trajets et en pas, en marches d'escalier, et en portes. On jouait à être nous et on parlait en vers. Mais ne pas trébucher ! Et puis des histoires de renard et de blaireau, de gens qui vont acheter tranquillement du lait par une matinée claire, que peuvent-ils se raconter ? Une porte d'immeuble à Francfort. Devant, trois marches de grès. Sur la marche la plus haute, un chat dans sa fourrure. Qui demande, où est passé l'été.

Des histoires de quelqu'un que tu connais bien, aussi, des histoires du vent. Comme si c'était ma vie, ma vie à moi que je ne pouvais arrêter de raconter. Lait en cartons, lait des villes. Entrer avec elle dans le matin et au kindergarten. Les mêmes habituels trajets. Et elle tout près de moi, comme si de rien n'était. Le jour aussi, comme si de rien n'était. Lentes, les rues. Un père. Un enfant.

J'avais commencé un nouveau livre. Mon troisième livre. Pas de titre encore. Bientôt cinq ans que j'avais cessé de boire. Plus de cuites, plus de drogues. J'avais le sentiment de ne pouvoir supporter ma vie, à part écrire, qu'à pied ou en voiture. Cellule d'isolement. Tard le soir, je me vois près d'une lampe trouble regarder, troublé, ma dernière paire de chaussures, pieds nus. Fatigué, les épaules voûtées. Que dire aux chaussures ? Épuisées. Elles sont épuisées, les chaussures ! Où ta vie a-t-elle déraillé pour que tu te retrouves à geler, comme ça, dans le silence d'un minuit, et à parler à tes chaussures ? Un cagibi où j'essayais de dormir tel un étranger. Avec précaution. Jusqu'à nouvel ordre. Disons, à la troisième personne. Au centre de la pièce, poussiéreux et luisant, un piano noir avec couvercle. Fermé, muet comme un cercueil. Depuis mon matelas, comme sur un radeau, moi en détresse, je voyais le piano se dresser comme un récif, comme une tombe. Fatigue. Le cœur trébuche. Pourquoi le silence est-il silencieux et la lumière si trouble ? Dans mon sommeil je ne savais plus si je dormais. La nuit, les murs se rapprochaient pour m'écraser. Et comment deviner, comment savoir si ce cri est vraiment le mien ou si je l'ai seulement rêvé ? Des quintes de toux, et s'en étouffer presque. Quel apaisement j'aurais eu à dormir près d'une bande magnétique qui tourne, c'est-à-dire à enregistrer nuit après nuit mon sommeil élimé sur bande. Ou plutôt m'asseoir, certificat de naissance, carte d'identité, montre en main, greffier, et me regarder dormir. J'aurais aimé avoir une radio. Au moins quelques minutes par jour. Comme un prisonnier, comme en taule. Il faut demander à remplir un formulaire et présenter sa requête. Trois minutes, trois fois par jour. Un poste, un seul, tout petit m'aurait suffi. Une voix humaine donnant bravement l'heure trois fois par jour. Et un harmonica infatigable, avec le souffle approprié.

Le pire, c'était ce piano se dressant à l'aube (c'était devenu février entre-temps). J'entendais le bruit du tramway et gisais, tel un mort. Le sol tremblait, la maison. Jamais de ma vie je ne voudrais être enterré dans ce tremblement perpétuel. Voilà le jour, déjà, qui arrive. J'ai rassemblé mes forces, fourré des feuilles de papier dans ma poche (ne pas tomber malade !) et je suis entré dans le jour. À grands pas. Aller chercher mon enfant, ma fille. Tôt, encore, il faisait froid. Le ciel chargé de corneilles et de cris, de martinets, avant qu'il fasse vraiment jour. Je marchais vite. Au bord de la chaussée, de la neige, une neige ancienne. La porte de l'immeuble, peur subite : comme si elle n'avait plus le droit de me reconnaître, trop perturbée! Mon enfant, ma fille, Carina. En pyjama sur le bord intérieur de la fenêtre. Le regard clair. Sur le pyjama des canards, des pâquerettes. Le ciel était jaune, les cheminées fumaient. Quatre ans, quatre ans et demi. Elle vient de tomber malade. Elle se réveille toutes les nuits et crie ! Elle rêve qu'une femme t'a enterré. Au plus profond de la terre et il faut qu'elle te déterre, dit la mère de ma fille ; qui s'appelle Sibylle. Me regardant droit dans les yeux pour que je ne croie pas qu'elle ne peut plus me regarder dans les yeux. Matin d'hiver. Neuf heures. Un collant rouge, porte-t-elle, sans jupe, et un pull-over épais coloré que nous nous sommes partagé pendant nombre d'années, partagé, toujours, elle et moi, comme la chaleur et le temps. Le plus souvent, l'hiver. Un nouveau parfum. L'essentiel des livres empaquetés, les cartons s'étalaient jusqu'à l'escalier. Dès que je suis parti, elle n'a plus supporté de voir des livres. Nous n'étions pas mariés, bien sûr. Avons vécu neuf ans ensemble. Un enfant. Quand je suis parti nous voulions nous partager la garde. Nous pensions que notre enfant pourrait être chez l'un et chez l'autre, y être bien. Mais à peine deux semaines plus tard, Sibylle me disait : je peux faire en sorte que tu ne la voies plus si je veux. Pas d'argent, comme d'habitude, mais en plus, j'avais perdu mon mi-temps dans les délais prévus Assis à écrire. Mon troisième livre, le livre sur le village de mon enfance. Staufenberg, dans le district de Giessen. J'écrivais chaque jour. J'écrivais pour rester. Pour pouvoir rester tous les jours en moi et dans le monde !

Deux dents de sagesse. Mieux vaut les enlever, avait dit la dentiste. Plutôt une à la fois, plutôt tout de suite deux rendez-vous. Et j'avais approuvé. De toute façon, allongé avec des pinces, haute tension, avec un tuyau imitant une cascade et deux mains étrangères dans ma bouche, comment faire objection ? Mieux vaut rester pour l'heure sur ce fauteuil de dentiste inclinable et parfait. Continuer. Lampe, verre d'eau, bassinet. Avec accoudoirs, appuie-tête, repose-pied à la bonne hauteur. À l'horizontale. Pendant un temps au moins ne pas être responsable de moi, de l'univers, de l'époque. Toujours bien blonde, claire et nette, la dentiste, et son cabinet, comme si toi, avec tes mains sales, tes chaussures, tes pensées, tu sortais tout droit d'un bordel ou directement du chantier. À chaque fois. Avec les pires intentions. Vol, vandalisme, viol, sueur, faim, haleine fétide, doutes profonds, pellicules, problèmes de digestion. Peut-être aussi les deux pieds, vite fait, dans Francfort, dans la crotte des chiens de Francfort. Dans mes pensées – quel genre de pensées ? À droite et à gauche, pas la même couleur, on dirait, deux paires différentes. Tu ne t'en es pas tout de suite rendu compte mais seulement ici, sur le tapis d'un blanc immaculé. Né à, domicile, profession, tout est faux ! Tous les noms, de faux noms ! La carte de sécurité sociale aussi, falsifiée peut-être ? Comment peut-on ne pas le voir, ne pas le remarquer ? Et la pauvreté ? La pauvreté, c'est une odeur. Lourde comme un vieux manteau. À part moi, que des patients privés, sans doute. Pendant presque cinq ans, pour qu'elle sache qui je suis, pour qu'elle me ménage, qu'elle fasse des efforts et me traite avec soin, pendant cinq ans pas arrêté de parler à cette dentiste de nous, de la vie et de notre petite fille. En toute intimité. Elle, en tant que dentiste, dans ma bouche. Dent après dent. Commencé avant la naissance, ces histoires d'enfant. Comment supporter une telle proximité autrement? Entre-temps elle s'est mariée. Dans ma bouche, couronnes, bridges, plombages. Pointes, bords, petits murets. Maintenant, en tant qu'épouse, elle veut un enfant, elle aussi. Dans la Myliusstrasse, le Westend, Frankfurt am Main. Un cabinet clair, moderne, avec trois ou quatre salles de soins. L'une des nombreuses assistantes nettes et blondes note mes rendez-vous et prépare l'atterrissage du siège électronique et pneumatique avec moi à l'intérieur. C'était en janvier. Neige, encore, sur le trajet. Après le dentiste tu te demandes toujours où ont disparu toutes les bonnes idées qui t'avaient traversé l'esprit dans la salle d'attente. Indiscutable! Là encore juste avant que ce soit ton tour et maintenant, totalement envolées, évanouies ? Combien peut coûter un fauteuil de dentiste de ce genre, le meilleur ? Le trajet de retour, il fait sombre, déjà. Silencieuses, les rues. Les petits jardins de devant, la neige, un merle dans la neige au crépuscule et devant, au coin de la rue, un supermarché HL. Juste avant la fermeture, et les gens qui se pressent aux caisses. En face, le café Laumer. Lumière aux fenêtres. À l'époque j'habitais encore dans la Jordanstrasse. Fin janvier, les trajets de retour et déjà les derniers jours avec Sibylle et Carina, dans notre appartement, comptés. La Bockenheimer Landstrasse. Arbres d'hiver, marronniers. Direction la Warte. Les nombreuses lumières du soir. Le même trajet que toutes ces années, chaque jour, allers retours au kindergarten, mais suis-je encore moi et où est passée ma vie ?

D'abord, en bas à droite. J'ai commencé à trois heures de l'après-midi et quand je suis sorti, il faisait nuit. Nuit depuis combien de temps? En bas à droite, dent de sagesse arrachée. Cracher du sang sur le trottoir. Ça ne va pas. Tu ferais mieux de chanter ! (Phrase du livre précédent!) Cracher le sang et chanter, ou au moins comme un orgue, une corne de brume, une sirène qui s'est perdue et ne retrouve plus son chemin, un bateau en difficulté. Au moins comme un loup, un loup perpétuellement solitaire. Perdu sur le trottoir, un long hurlement à la bouche. Neige en bordure, silence et neige aux coins des rues. Ils sont en train de fermer, chez HL. Février. Restes de neige. Un croissant de lune argenté, oblique, et en pleine douleur, le sentiment du temps d'un coup disparu. Comme si j'étais depuis toujours, depuis une éternité, en route vers la Bockenheimer Warte, il fait froid, nuit, un tramway éclaire au passage et devant, au carrefour, des lumières comme des étoiles. Cracher du sang, marcher, marcher avec moi-même mais en vérité, un loup. L'ancien trajet de retour. Parti depuis trois semaines à peine. J'avais encore mes clés. Il vaut mieux t'habituer à sonner chaque fois à la porte, comme un visiteur. Avec la figure adéquate. Monter l'escalier, rassembler le sang dans la bouche, quatre étages. Carina, en pyjama, à ma rencontre, un pyjama avec des coccinelles. Je suis resté jusqu'à ce que Carina aille se coucher. Assis dans la chaleur, dans un fauteuil, je fumais, j'essayais de fumer, buvant un thé au lait tiède. Carina dort. Ce fauteuil me connaît vraiment bien. L'anesthésie cédait et la douleur commençait à battre, solide, fidèle. Tu ne veux pas rester, me dit Sibylle, passer la nuit ici ! Tu as l'air fatigué. Il n'était même pas neuf heures. Comme j'aimerais, le reste de ma vie ou au moins les prochaines années dans cet appartement, comme maintenant. Ou mieux, sauvé, assis là à jamais et avec la douleur, les douleurs dans la bouche, me dire de temps en temps, maintenant au lit tout de suite! Une seule longue soirée et il serait toujours neuf heures. Depuis que j'avais cessé de boire, j'avais du mal à supporter les piqûres d'anesthésie. Comme une sorte de répulsion. Le téléphone. Brisant le silence. Il sonne presque comme avant, le téléphone. Mon ami Jürgen. Au café Elba. Il y est avec Edelgard. Ils se sont séparés il y a sept ans mais il est à l'Elba avec elle. Ils m'ont cherché partout. On est là depuis le début de la soirée. Plutôt une pizzeria, l'Elba. A d'abord été un caféglacier, et puis en plus, pizzas à emporter. Et maintenant, transformé peu à peu en un vrai restaurant italien, un italien de Francfort. À fortiori en hiver. On est là et on parle de nous, de toi, du monde, dit-il. Et elle refuse, refuse de me comprendre ! Tu sais comment elle est. Elle dit que je ne la comprends pas ! Depuis qu'on se connaît. Depuis bientôt dix-sept ans. Toi, tu la connais depuis presque aussi longtemps, dit-il. Mais viens ! Le dentiste, dis-je. La dentiste que tu connais. En bas à droite, une dent de sagesse arrachée. La bouche pleine de sang. Toute ma bouche, une énorme plaie. Je ne peux pas. À la rigueur sur le chemin du retour, en passant. Cinq minutes. Oui, dit-il, tu n'as pas besoin de te presser. On reste encore un moment. On reste et on regarde la porte, jusqu'à ce que tu arrives. Les yeux fixés sur la porte dès que quelqu'un entre, dit-il. À tout de suite. À tout à l'heure. Encore un moment dans la chaleur d'ici, et sentir Carina, son sommeil, autour de moi, elle dans la chambre d'à côté, sous l'image de la nuit, qui respire doucement dans son sommeil. J'aurais souhaité ne pas avoir parlé de chemin du retour ! Après l'heure, encore cinq minutes, seulement, puis cinq autres minutes. Les mouchoirs en papier de Sibylle. Inconsolable de toute façon. Nombre de mouchoirs en papier. Et puis laisser ma vie dans la chaleur d'ici et me remettre en route, tel un loup.

En bas à gauche. Dix jours après. Une remplaçante qui m'accueille comme si elle me connaissait. Une sorte de parente éloignée de la dentiste. On avait commencé à deux heures et demie et à six heures, toujours pas de fin en vue. On ne pouvait pas non plus s'arrêter car elle avait scrupuleusement détruit la dent jusqu'à la base, comment fixer quoi que ce soit? Il ne restait que la racine. Deux assistantes. Entre-temps, j'allais souvent pisser. À chaque fois elles devaient redresser le siège gémissant, retirer tous les appareils et toutes les mains de ma bouche, me libérer. Cessez-le-feu. Les lampes bourdonnent, le cabinet tourne dans ma tête. Puis reprise du carnage. Jusqu'au soir. Elle et moi, seuls, avec les deux assistantes les plus expérimentées, tous les autres rentrés chez eux, déjà. Encore des radios. Quelle force, dans cette racine retirée dans ses derniers retranchements. Il faudra finir par inciser la mâchoire. Encore une série de piqûres d'anesthésie, et de nouveau envie de pisser. Avec la dignité d'une statue prise de boisson. Tête lourde, dignité pétrifiée. On fait avec ou sans bavoir ? Voir trembler la dentiste. Pour la première fois je me dis que ses forces ne suffiront peut-être pas, et après ? J'avais remarqué depuis longtemps, avec une grande distance intérieure, laborieusement instaurée (comme quelqu'un d'autre), qu'il faisait nuit, derrière les luxueux stores métalliques réglables et légers. En outre je m'étais imaginé que je venais à deux heures et demie juste pour me rincer plusieurs fois la bouche avec soin, me reposer un peu dans le fauteuil de dentiste et rassembler mes idées. Ou ce ne serait pas une remplaçante ? Une nouvelle coiffure et elle-même, légèrement changée ? Mon ami Manfred m'a dit un jour : en tant que patient, il faut donner d'emblée à ton dentiste l'impression que tu te sens bien, pour qu'il ne doute pas de lui. Pour que lui, en tant que dentiste, se sente bien aussi. Je savais qu'il fallait lâcher la racine dans ma tête et me lâcher moi, un bref instant, mais comment ? Mon mari est dentiste aussi, dit-elle. Il va arriver. Si ça ne marche pas, il faudra inciser. Voilà son mari. Encore en manteau. Il regarde les radios. N'a-t-il pas l'air d'un forestier ? Ou plus exactement d'un forestier dans un vieux film allemand ? Elle essaie une dernière fois ou fait semblant d'essayer, et la racine est ôtée. Comment ça va ? Ai-je besoin d'un taxi ? Ma vieille veste. Des médicaments contre la douleur, des rendez-vous pour le suivi. Peut-être est-ce vraiment elle ? Comme d'habitude ! Je dis oui, non et pas de taxi. Me suis reconnu à la douleur et à ma vieille veste, non sans effort. Ma tête, vide. Je ne pouvais pas vraiment parler. Seul sur le chemin du retour, pleine lune. Au supermarché HL. Marcher, un peu de vent et le monde à contre-courant. De temps en temps dans mon sens, et comme ivre, le chemin. M'arrêter, me tenir. Ou plutôt *continuer en rampant*. À quatre pattes. Avec filet de sang et peau de loup, haletant. Sur la chaussée et aux feux, passer le carrefour en offrant un spectacle étrange. Tel une ombre. Sous la lune. D'un coup, complètement sûr que cette situation ne fait pas partie de ma vie. Ni le sang ni l'abîme de douleur dans ma bouche ni l'après-midi d'aujourd'hui ni marcher en ce moment. Pas plus que le cagibi, la séparation, les dernières semaines et ne pas savoir si mon enfant dort déjà. Alors toujours moi, pas moi ? Ça ne se peut pas, te dis-tu. Du sang dans la bouche. Mon cœur qui bat ! Ce n'est qu'avec la lune qu'il pourrait y avoir conformité : pour la lune, rien à dire. Et puis continuer ma route titubante, de poteau en poteau.

Sonner à la porte de mon ancien immeuble, dans la Jordanstrasse (parti depuis trois semaines), et monter les marches en rassemblant de nouveau le sang dans ma bouche. Carina attend, déjà. Cerises et girafes sur son pyjama, comment va-t-elle grandir ? KD a appelé, dit Sybille. Et moi ça fait trois heures que j'essaie de te joindre. Comment ça s'est passé ? Bien-et-pas-bien, dis-je, juste brièvement bonne nuit à Carina ! Je ne pouvais pas vraiment parler. Je ne me suis pas assis. Sinon je n'aurais pas pu me relever. Mouchoirs en papier. Le plancher vacille. Tu ne préfères pas rester, demande-t-elle, au moins pour la nuit, mais je partais déjà. Deux rues plus loin, le cagibi. Un appartement étranger. J'aurais voulu me laisser aller dès le couloir mais la femme à qui appartient l'appartement, Mali, est sortie de son bureau un papier à la main. KD Wolff a appelé ! Oui, dis-je, mon éditeur. Elle semblait savoir qui c'était. Il faut rappeler tout de suite. Demain, plutôt. Six heures chez le dentiste. Tout demain. Je ne pouvais pas vraiment parler. Dans le cagibi, allumer la lampe, tel une ombre. Lacets, chaussures ôtées. Mon sens de l'équilibre ? Parti. Évanoui ! Quand un animal est malade, il va se terrer. Au pied du piano, le matelas comme rejeté. Le livre, ma vie, le cagibi, la journée d'aujourd'hui, le fait que même dans ce cagibi il ne me reste plus beaucoup de temps, tout devra attendre demain. Heureusement la douleur est assez forte, te dis-tu. Aiguë, une douleur importante. Grâce à ça, un délai. Enlever le pull avec précaution. Mettre la chemise. La machine à écrire, mon manuscrit sur la table et la douleur, dans ma bouche, insurmontable, un abîme de douleur. Quand un animal est malade, il va se terrer. Et pourtant, jusqu'au téléphone. KD Wolff. Juste pour dire que seulement demain. Aujourd'hui, plus rien! On est encore là et on discute de la maison d'édition, dit-il. Mon ami Rudolf Schönwandt est là. Si tu viens, il te racontera les gens de la pub, comment les joindre. Six heures chez le dentiste, dis-je, six heures et demie. Toute la bouche pleine de sang. Toute la bouche, une énorme plaie. Les mêmes phrases mot pour mot que pour la dent d'avant mais ce n'était que maintenant que j'en comprenais le sens. Demain, plutôt, une autre fois. Je ne pouvais pas vraiment parler et pourtant il avait l'air de me comprendre. Prends un taxi, dit-il. Demande un reçu. Je te rembourserai.

Chemise, pull-over, mon équilibre, du papier et la vieille veste. Trente-huit marks soixante-dix. Autrefois je savais toujours l'argent exact que j'avais sur moi (il n'y a que les pfennigs que tu ne comptes pas). Rien mangé ce matin et à midi, deux bananes, pour me calmer. Torticolis. Mâchoire comme insensible. Mon oreille hurle de douleur. Se rincer la bouche avec précaution. Pas de reflet, dans le miroir. Me mettre en route. Carina qui dort, l'image de la nuit et sa respiration en dormant. Sibylle doit continuer d'empaqueter des livres. Comment était-elle habillée, ce soir ? Quelle heure? Dans la rue, personne. Les rails du tramway. La rue vide entre dans la nuit, les lointains. Sur la porte d'une boutique, une pendule blanche et ronde qui ne marche pas. Nuit, vent, la lune et à la Bockenheimer Warte, devant le nouveau Mc Donald's[*], un unique taxi, sous la lune, une Mercedes blanche. Depuis dix-huit ans j'essaie d'étudier la logique du hasard, dit le chauffeur, et voilà que vous arrivez par hasard! Avant, longtemps, per-

[*] Nouveau, c'est-à-dire nouveau depuis cinq ans, mais quand Sibylle et moi sommes arrivés à Francfort, à l'automne 1977, il y avait là un café qui s'appelait Schlagbaum, la barrière.

sonne sur l'Alleenring, personne à Friedberger Platz, pas de client. Viens de prendre un hamburger parce que mon amie est végétarienne. Ma compagne. Et pendant que je mange et que je me demande si je ne ferais pas mieux d'aller du côté du parc des expositions, vous arrivez par hasard ! Vous allez où ? Et il démarre. Holzhausenstrasse, dis-je. Difficile, le mot, dans ma bouche, du sang dans la bouche. Holzhausenstrasse, au quatre.

2

Sibylle ce vendredi midi à Giessen, pour s'entraîner à sa vie familiale future. Moi, le week-end chez Carina, dans la Jordanstrasse. Avant, écrit dans le cagibi toute la matinée. Écrit jusqu'à une heure et demie, et puis au kindergarten. Tu emportes le manuscrit. Les enfants sur le départ et tous une chose à finir. Matelas et jouets, murs peints et entre ces murs, en plein milieu, en couleur, sens dessus dessous, les jours passés et tout l'été entassés. Oubliant chaque fois de dire aux enfants de saluer leurs parents ! Carina en anorak, déjà, avec bonnet et écharpe. Debout, attend. Quel sérieux quand elle est seule avec elle-même. Dehors, elle à mes côtés. Marcher, marcher, bientôt je me sens mieux. Presque comme si ma vie, le présent et mon corps étaient de retour. Du moins pour l'instant et jusqu'à nouvel ordre. Comme quand on a perdu une langue et qu'on la retrouve. Deux animaux, un renard et un blaireau. Le renard s'appelle Leo et le blaireau, Josef. Animaux en peluche mais depuis des années, ils vivent dans nos histoires. Marcher. Neige, un hiver de neige. Vendredi après-midi, février. À la maison ma lassitude de l'après-midi et la sienne, en faire ensemble un jeu. Puis la bibliothèque, une annexe de la bibliothèque municipale dans la Seestrasse. On va souvent à la bibliothèque, plusieurs fois par semaine, tous les deux ou trois jours. Ils nous connaissent. Ils s'étonnent encore que nous ne venions plus ensemble, Sibylle et moi, mais tous les deux ou trois jours, chacun seul avec l'enfant. L'enfant toujours bien pâle, ces derniers temps. La bibliothèque et ensuite une épicerie, minuscule. Un Italien. Pas de lumière. Qu'elle est ouverte, tu le vois à sa porte entre-bâillée et aux caisses de légumes devant. Lumière en cas de clients seulement ! Tout au fond, au bout de la rue, et bientôt le soir, déjà. La boutique est presque aussi sombre et étroite qu'un placard. A ouvert il y a un an. Depuis, Sibylle, Carina et moi, avec notre peu d'argent, avons été le plus souvent sa clientèle principale. Une vieille camionnette de livraison rouillée, pas en règle avec le contrôle technique. La seconde ne tient pas le coup dans la circulation en ville. Mais aux halles chaque jour avec, avant le jour, grelottant, à l'aurore. Fruits et légumes frais tous les jours! Les caisses, les soucis. Et toujours seul. Petit et mince mais solide. Rides profondes. Il n'a pas de nom ? J'avais l'impression qu'il était arménien. Se fait-il passer pour un Italien uniquement dans son épicerie ? Les affaires sont les affaires. J'aurais aimé demander à Sibylle ce qu'elle en pensait. Et aussitôt, comme si moi aussi j'avais une tête d'Arménien. Bananes, pommes, oranges sanguines, le regarder choisir pour nous, peser. Apparemment notre séparation l'a rendu inconsolable, lui aussi. Il va bientôt fermer. Les livres, les fruits, Carina et moi. Acheter du lait sur le chemin du retour. Leipziger Strasse. Chez

Schade sous l'éclairage néon à la caisse. Comme d'habitude, ça fait des années qu'ils sont là. Fatigué au milieu de parfaits inconnus. Vendredi soir. Fatigué, beaucoup à porter et nombre de mots lumineux et d'images en tête. Et là, devant l'entrée, la nuit déjà bleue, l'hiver.

Vendredi soir, tôt encore. Viens juste de penser, l'appartement va s'enfoncer avec la nuit dans la terre avec nous. Puis tu remarques qu'il nous emporte, nous emporte tranquillement jusqu'au seuil de la nuit et nous porte, pénètre avec nous dans le temps. Lent, le temps. Déballer, ranger, fouiller, manger du fromage et des fruits. Secousses. Tremblement de terre, non, comme si tu ne faisais qu'essayer le mot. De long en large dans l'appartement et dans les pensées. Lumière des lampes, portes ouvertes. Rassembler le linge et faire le tri pour la machine à laver. Chaque opération pratique, une rédemption, tel était mon sentiment. Tout de suite après, l'eau du bain. Dans la chambre à coucher fenêtre ouverte, faire les lits. Échanger les couvertures et les oreillers de Sibylle contre les miens. Heureusement, grands tiroirs de rangement, tout dedans! Presque comme dans une vie antérieure, chez toi en visiteur – as-tu toujours envie de revenir ou pas? Où est le mode d'emploi de la machine à laver en huit langues illustré ? Dans le cagibi, comme la musique me manque chaque jour ! Les cinq ou six disques que j'écoute depuis des années quand j'écris. On n'avait que ces cinq ou ces six-là. La musique, plus tard, peut-être, te dis-tu, on a le temps. Pour l'empaquetage des livres, elle en est à la lettre M. Une étagère démontée déjà, les murs vides. Les cartons de livres sur le palier, devant la porte, un appartement sous les toits. Carina aussi, allées et venues. Ses affaires à elle. On peut lui dire : laisse tes bottes se reposer ! Demande-leur si elles veulent manger ! Et appelle tes chaussons ! Ils sont en mouton retourné. Dans les pâturages. Le chauffage bourdonne. Tout de suite après, l'eau du bain, une longue soirée. Depuis la cuisine, la machine à laver. On l'entend comme le vice de construction, en coulisses, d'un dispositif imitant, au théâtre, le déferlement des vagues. Et toute petite, une lumière de contrôle. Comme un signal, comme un bateau dans la nuit au loin. Tout va bien, signifie cette petite lampe. Devant la fenêtre de la cuisine, la tour de la télévision. Clignote, montre la voie aux nuages. Même la nuit. Clignote comme si elle s'adressait à nous depuis toujours. Ici aussi, une cafetière pour moi. Made in Italy. Elle me connaît bien, comme la vie. Appelle, commence à parler. Appelle, appelle ! Carina avec un carton, une pomme entamée, se parle à elle-même, avec un tabouret pour poser ses affaires. Un carton à chaussures avec de petits rubans. Passe devant moi, très occupée. Incessantes allées et venues. Dans le couloir, entre des portes ouvertes. Ils nous connaissent, l'appartement et ses recoins, chacun avec ses trajets, son équilibre, si bien que chaque fois qu'on trébuche, qu'on dérape, un raccourci foudroyant tourne à notre avantage ! Depuis longtemps, à chaque instant, elle et moi. Confiants, tendres et chauds, ses chaussons en mouton retourné, presque comme de jeunes agneaux. Mais glissent diablement. D'où vient, chez elle, cette tendance à se parler toute seule, on se le demande. Et avec plusieurs voix – les unes avec ou contre les autres. Comme si tout ce qu'elle voyait se mettait à parler en elle aussitôt.

L'appel de Sibylle pour souhaiter bonne nuit et rien ne peut plus arriver aujourd'hui. Dans la chambre à coucher, la fenêtre fermée. Chaleur et lumière. Carina en pyjama. Comme tous les enfants de Francfort, la moitié de l'hiver à éternuer, tousser, et la plupart du temps à respirer par la bouche. Tout de suite après, l'eau du bain. Romarin, huile de thym. Casserole de camomille chaude sur le radiateur de la chambre à coucher. Qui sent, bientôt, commence à embaumer, comme le souvenir d'un été, de tous les étés passés. Avec moi, elle ne se réveille pas la nuit. Je savais qu'on pouvait se débarrasser de cette toux. Tisane au fenouil, lait au miel. Demande à tes pieds s'ils veulent une bouillotte ! Un pyjama bleu vert, sans dessins. La mettre au lit. Trois fois au lit. Cinq livres de chevet. Des histoires. L'image de la nuit. Une lune jaune comme boîte à musique et derrière la fenêtre, la nuit. Neuf heures à peine. Les peluches dorment déjà mais il faut mieux les couvrir. Un jour Sibylle, Carina et moi. Endormis tous les trois sur le Sommerberg. Midi. À la lisière de la forêt. En juillet. Au réveil, sous nos yeux, les fraises des bois les plus belles. De plus en plus de fraises des bois. En dessous, au soleil, les toits de tuile rouge dans tous leurs détails, les pignons et les tours, tu vois, là, tout près. Ce sont des vrais. Nous aussi. Dans l'ombre et la lumière, les rues endormies de la petite ville de Lauda, un samedi après-midi, dans la vallée de la Tauber. Comme si on les connaissait depuis toujours. Comme si elles nous appartenaient depuis toujours. Et les vignobles, les champs de blé, les jardins potagers, la route bordée de tilleuls. Là, sur le Sommerberg, là-haut, à la lisière de la forêt, nous trois et l'été, nos voix et les taches de lumière sous les arbres. Notre dernier été. Du bleu, au loin, les collines bleues des lointains. Au lieu de faire les courses du week-end à Francfort, venus en stop la veille avec l'argent qui nous restait. Des fraises des bois si bonnes. Il faut en parler souvent. Et de la neige, et du kindergarten. Meike sait faire du vélo. Meike aura un vélo, après-demain, et une maison, une piscine et quatre vrais chiens, cadeau de son grand-père. Pour Meike, son grand-père est un roi. A dit Meike aujourd'hui, à midi. La journée d'aujourd'hui repasse devant nous. Chaque trajet. Tous les jours. Lui parler pour qu'elle s'endorme, la caresser pour qu'elle s'endorme, respirer pour qu'elle s'endorme, jusqu'à ce qu'elle s'endorme. Elle dort et puis soupire dans son sommeil et s'endort plus profondément. Tu l'entends à son souffle. Comme si son souffle la portait. Plus elle dort longtemps plus elle a la peau tendre dans son sommeil. Le visage adouci de sommeil, rond et doux. Avons encore toute la journée de demain plus une nuit, jusqu'à dimanche midi. Mais à partir de demain, tu devras recommencer à compter et quel tremblement, à l'intérieur : les heures, les heures. Mais maintenant c'est mon moment de paix, on a le temps. Pour la coucher, voilà ce qu'on fait: debout, et où qu'on soit, ses pieds sur les miens. Ou tournés l'un vers l'autre ou tous les deux tournés vers le but. La tenir par les mains et sérieusement, ses pieds sur les miens, avec des pas de cigognes, des pas d'ours, avec des pas de robot, comme une statue, comme un géant sinistre à voix de basse venu d'un passé lointain. Pas à pas. Surprises, détours, ralenti. À reculons, ça va aussi. Ne pas chatouiller ! Ne pas marcher sur le jeu de construction ! Avec elle, comme ça, jusqu'au lit. Et même devant le lit. La déposer. La tenir sous les aisselles et sur le lit, hop, hop, mais saute ! Légère comme une plume. En plein tohu-bohu, au milieu de nos rires, dire avec grand sérieux : psst ! tu dors maintenant ! tu dors depuis longtemps ! Pour finir, elle et nos rires, du bord du lit vers l'intérieur, tête la première! De plus en plus souvent elle veut qu'on la renverse. Ne pas rire ! Quelle heure ? Boire du lait. Couvrir de nouveau les peluches. Encore une fois faim, soif, et toute la journée depuis le début. Veut encore regarder par la fenêtre ! Devant la porte de la cuisine, ses pieds sur les miens. Bientôt quatre ans et demi. Elle m'arrive à la poche du pantalon. Presque à la ceinture, sur mes pieds. L'image de la nuit. La boîte à musique. La brave lune. Avec ce pyjama, les pieds tout de suite en place. Cinq livres de chevet. Des histoires. Le sommeil dans les yeux. Là-bas, deux peluches fatiguées encore. Au-delà de la lampe. Là, sur la petite commode, loin. Au bout du monde. Dors, je vais les couvrir, lui dis-tu. Mais les peluches ne *veulent* pas ! Elles veulent que ce soit elle ! Au moment de dormir, elle veut toujours apprendre en vitesse à lire l'heure et les chiffres, et toutes les lettres. La mettre au lit, toujours de nouveau, toujours autrement, et il faut commencer, s'exercer des heures avant. Elle dort, maintenant ? Ou en sommes-nous encore à la répétition ? Si je m'endors avant elle, elle va me réveiller ! Ou me suivre aussitôt! Elle dort ? Février. Autour de la maison, la nuit. L'hiver, la nuit. Et moi, ma vie, c'est fini ou fini seulement ici ? Après, accrocher encore la lessive au-dessus de la baignoire et ne pas oublier de respirer ! Nuit, silence, la maison commence à trembler.

3

Samedi matin, avec elle au marché aux puces. Il faisait glacial, le jour le plus froid de l'année. Trop froid pour fumer, même, mais d'un autre côté, fumer à la chaîne, la braise, vivante. Les gens qui se trouvaient à la Bockenheimer Warte, la station de tramway, se recroquevillaient sous le froid et disaient : moins huit. Moins onze. Moins quinze, au mur. Le baromètre, un cadeau publicitaire. Chez moi, disait quelqu'un, moins dix-sept à la fenêtre de la cuisine à cinq heures du matin. Stalactites, comme pendant la guerre. Côté nord. Nord-nord-est. Un baromètre étalonné. Mon gendre, opticien. Le fils, herboriste qualifié. Telles des pointes de lances ou des épées de chevaliers, les stalactites, à cinq heures du matin. On va vers les dix heures et il fait facilement encore moins douze ou moins quatorze ! Russie. Stalingrad. Retour tardif de captivité. Sibérie. Le jour le plus froid depuis l'introduction de la nouvelle monnaie. Cigarettes. Le tramway n'arrivait pas. Caténaire, câble, le gel rétracte le câble. Les oiseaux, petites masses de glace arrondies sur le câble ou déjà tombés. Le câble se tend toujours plus, sous le gel. Etincelles bleues. Le câble se met à chanter de peur. Surtout de bon matin, avant le jour. Comme de l'étain, du métal, le ciel.

Et puis le câble se rompt et puis il est rompu et le tramway n'arrive pas, il ne peut pas. Le câble se rompt surtout dans les banlieues, avant le jour. À Ginnheim, à Schwanheim, à Preungesheim, à Oberrad et à Höchst. À Offenbach aussi. Gel ou peut-être sabotage. Avec ce genre de câble sur ton fusil, sur ton casque, sur ta tête, ou si tu trébuches dessus, tu es foutu, dit l'homme qui était à Stalingrad. *Mon* gendre à moi, il est pharmacien, dit une femme au petit chapeau triste. Si ce genre de câble cassait sous le gel et tombait pile par hasard sur les rails. Action hostile. Attentat terroriste ennemi. Sur un des deux rails. Toute la ligne, de Bornheim en passant par Alleenring et FriedbergerPlatz, toute la Mainzer Landstrasse jusqu'à Höchst, et donc la 12, la ligne 12, serait aussitôt sous tension. Haute tension ! Danger de mort ! S'il y a une voiture qui cale sans se douter de rien, là, extrêmement attention! À plus forte raison à pied! Vite effacé ! D'abord un frémissement et puis brûlé, carbonisé ! Comme panné ! Des civils ! Dit celui du retour tardif de captivité à l'homme qui était à Stalingrad. Comme des frères, ces deux-là. J'observais ma fille qui écoutait, passionnée, essayant de se faire une idée du monde, la sienne. Enfonçant profondément ses ongles dans la paume de ma main.

Plusieurs autobus bondés. Passant sans s'arrêter. J'aurais même été exceptionnellement prêt à faire demi-tour. On aurait pu être à la maison en trois minutes et tout de suite, encourager le chauffage. Tout de suite les rideaux fermés, toutes lampes allumées, se raconter toute la journée, nous à la station de tram, la matinée dans le froid : presque gelés ! Presque gelés, un tel froid ! Mais Carina tenait au marché aux puces. Peut-être parce que le marché aux puces, dans sa mémoire, un lieu d'été, peut-être parce qu'elle ne fait jamais demi-tour. Jamais pu lui extirper son entêtement. Le jour le plus froid depuis la guerre. Et ceux d'en haut, assis au chaud et qui se font entretenir par nous, dit l'homme qui était à Stalingrad, les messieurs de la municipalité, les fonctionnaires. Très souvent à Bornheim, ma sœur habite là, dit la femme au petit chapeau triste, mais à Höchst avec le 12, ça fait presque vingt ans que je n'y suis pas allée. Depuis que Lisa est morte, ma belle-sœur. Le jour le plus froid depuis 1914. Encore des autobus bondés. Comme en fuite. Pressés, comme s'ils ne pensaient qu'à sauver leur peau. Un amour perdu, me dis-je. La femme au petit chapeau triste sortit de son sac un châle à carreaux en laine épaisse et le noua autour de la tête. Des carreaux bruns et jaunes. Puis le petit chapeau, de nouveau. Par-dessus. J'avais vingt-neuf marks quarante. Les pfennigs, tu les compteras plus tard. Carina, plus de quatre marks à elle. Un amour perdu, ça veut dire que tu le trimballes le reste de ta vie. Il te faudra le reste de ta vie pour savoir si tu survis. Tu veux vraiment survivre ? Séparé, une enfant. Qui restera encore petite longtemps. Comme si tout allait bien pour nous, comme si notre vie était toujours avec nous, nous sommes à cet arrêt, ce samedi matin. Un père. Un enfant. Froid mais clair, le jour. Un bus vide ! Beaucoup-trop-vite et a pourtant réussi à stopper. Ouverture des portes avec un sifflement sonore. Est sur les rails du tram. Pasd'tram aujourd'hui, m'ssieursdames! crie le conducteur. Navette de remplacement. Circulation en alternance. On fait le trajet du 17 mais seulement jusqu'à Lokalbahnhof ! L'état d'urgence le ravit. La plupart des gens montaient sans billet et n'en achetaient pas. Le conducteur se parlant tout haut à lui-même. Il conduisait vite et sur son siège surélevé, maudissait ses malheureux adversaires qui lambinaient. Dès que quelqu'un voulait descendre, il s'arrêtait. Même sans station. Comme s'il avait volé le bus, qu'il l'avait pris sans autorisation et ne faisait que s'amuser, qu'il conduisait pour son plaisir. Au-delà du Main, pas de marché aux puces, que des quais vides. Oui, fait le conducteur, il n'y a plus de marché aux puces. Le marché aux puces, il est aux abattoirs, maintenant. Municipalité, officiel. Restez jusqu'à Lokalbahnhof, c'est mon terminus. Et puis la Dreieichstrasse. Je vous amènerai au coin, pour vous rendre service, c'est devenu glacial dans la nuit, je vous laisserai au pont en vitesse. Non-officiel. Vous et votre enfant.

Aux abattoirs, le marché aux puces. Alignement. Enfermement, ordre. Pour chaque stand il faut une autorisation, une taxe, un numéro. Occupation en fonction du plan. Les commerçants sont des commerçants. Et au milieu, la clientèle, le public. Allées et venues entre les stands alignés. Pas de fleuve, pas de nez au vent, pas de lointains. À peine le ciel, pas de platanes et pas de ville comme un tableau, sur l'autre rive. C'est fini. Seul le souvenir, à présent. Dans ma tête, seulement. Rien ne reste. Pas de visages, juste une cohue et tout le monde comme avec des œillères. Toujours rectangulaires, toujours à angle droit, les rangées. Les gens, entre les stands, comme prisonniers d'une grille de mots croisés. Règlement, personnel de garde, de surveillance. Clair et glacé, le jour. Plus froid de minute en minute. Ma journée la plus froide à Francfort. Pour Carina, le jour le plus froid de sa vie. Elle n'a pas de gants sur elle ou ne veut pas les mettre parce qu'en fait : elle a son petit porte-monnaie à la main ! Dans ses deux mains ! Plus de quatre marks à elle ! D'où elle sort ce petit porte-monnaie ? Et pourquoi Sibylle n'est pas avec nous, pour qu'on puisse lui poser sur-le-champ la question ? Maintenant ici, avec elle, Carina. Et elle, dans la cohue, avec son petit porte-monnaie. De toute façon presque pas de jouets, presque pas d'enfants, et où sont les peluches ? Tous les commerçants ressemblent à de vrais commerçants et pas, comme avant, parmi eux, un grand nombre d'ivrognes, des gens qui perdent, qui trouvent, des experts en déchets, des chercheurs de trésors, des fous, des collectionneurs, des freaks, des paysans empotés ou arnaqueurs, des voleurs chanceux, des voleurs occasionnels, des videurs d'appartement, des retours de captivité, des immigrés, des laissés-pour-compte et celui qui aura bientôt une vie nouvelle, sera un autre homme,. Émigrer ! Et celui qui a quelque chose dont quelqu'un pourrait avoir besoin. Et celui qui a absolument besoin de huit ou neuf marks, ou dix, ou quatre-vingts. Et les enfants et leurs richesses. Boutons de verre, billes, pierres précieuses, livres d'images, royaumes, îles au trésor, Lego, Benjamin Blümchen l'éléphant, un puzzle de lion incroyablement bon marché avec mille quatre cent quatre-vingts pièces, à vérifier tout de suite (le compte est bon mais il a dû s'introduire une mauvaise pièce d'un autre puzzle, comment la reconnaître et où se trouve la bonne pièce, qui est mauvaise dans l'autre?). Les enfants avec des animaux en peluche apprivoisés, mais où sont les enfants ? Pour Carina, c'était surtout les peluches qui comptaient. Depuis qu'elle a deux ans, depuis l'été d'avant ses deux ans. Et regarder de ses grands yeux les enfants faire leurs affaires sans les parents. Comment peuvent-ils être si grands, comment se sont-ils débarrassés de leurs parents ? Comment ont-ils fait ? Mais, presque pas d'enfants, cette fois, et encore moins de peluches. Devoir se frayer partout un passage. Un ordonnancement que, de toute façon, tu ne connais pas, dois-tu aller d'abord ici ou là-bas ? Cette rangée, pas encore parcourue ou la troisième fois, déjà, qu'elle vient vers toi en gémissant ? Traînant le pas, commençant à boiter à force de saturation, la rangée. Devoir se frayer partout un passage, Carina et moi, pour qu'elle aussi soit sûre de ne rien laisser passer. Elle me demande de lui donner les prix. Mieux encore, de convertir, pour comparer. Tant de chewing-gums, de petits pains, de bananes, un petit carnet, une plaque de chocolat, vingt enveloppes, un timbre pour une lettre, une lettre qui peut être très importante ! Deux pommes. Deux pommes rouges, vertes, une glace à deux boules, un litre de lait. D'où vient ce petit porte-monnaie et d'où, les gestes pour y plonger ? Elle achète un petit chien en peluche. Marron, la peluche. Deux marks. À une fillette blonde. De huit ans. Frange sur le front et quelques dents tombées. Je m'appelle Anke. J'économise pour des patins neufs. Et à un type renfrogné qui regarde à peine parce que spécialiste en accessoires de trains électriques et en fraude fiscale, un animal pâle et délavé pour un mark cinquante dont nous décrétons qu'il est un lama. Des poupées, non, elle n'en veut pas. Et pas de petit cochon en porcelaine non plus. Son argent à elle. Et ce qui reste reste à l'intérieur du petit porte-monnaie. Un teckel à poil long et une corneille aux yeux brillants, mais tous les deux des vrais, pas à vendre. Le teckel a un couple d'un certain âge avec lui. La corneille seule, pressée. Clair et glacé, le jour. Cru, le soleil d'hiver et autour de nous, les gens et leur visage d'hiver, pâle et crispé. Le regard enflammé. Comme pris de délire ou comme s'ils étaient tous depuis longtemps malades. Carina se laissa enfin convaincre de partir. Tournant la tête avec une idée fixe, s'il y a quelque chose qu'elle n'aurait pas vu. Il se pourrait qu'il y ait quelque chose et qu'elle ne l'ait pas vu ! Elle se ferait confiance, à la limite, mais pas sans s'en être assurée plusieurs fois. (N'y a-t-il pas des enfants avec des animaux en peluche ? Des rangées entières que nous n'aurions pas trouvées ? Des passages secrets ? Et l'été commence-t-il juste derrière ?) Elle a rangé le porte-monnaie. Maintenant il lui faut le lama et le chien: ils doivent s'habituer ! Ses mains bleuies, de vrais glaçons.

Nous arrivons à l'Affentorplatz. Une fois nous avions tous les deux congé, Sibylle et moi, après Noël. Des journées si calmes, si sombres qu'il faut allumer à midi la lumière. Ne dirait-on pas, à entendre le chauffage, qu'il n'en pourra bientôt plus ? Prêter l'oreille à l'intérieur, à l'intérieur ! Allons à Sachsenhausen, dit Sibylle, bêtement une telle nostalgie que je peux à peine déglutir. Un vrai mal de gorge, à force de nostalgie. Ah, ne pourrait-on pas aller manger à Sachsenhausen aujourd'hui ? Pour une fois, exceptionnellement! Compter l'argent. Attirer Carina, la caresser, la parer de nombreux noms et lui mettre tous les vêtements chauds que nous avons pour elle. C'était il y a deux ou trois ans, elle était encore petite. Et le tramway. Passant par la place du Rossmarkt et devant l'hôtel Frankfurter Hof illuminé. Vide, le tramway. Lent. Presque personne, en ville. Un ou deux jours avant la Saint Sylvestre, un dimanche, même, peut-être. Dans la Gartenstrasse, dans un profond silence passer à pied devant la maison où Sibylle a ménagères font de la chapelure, tels sont pour l'éternité les derniers jours de décembre*. Carina endormie dans sa poussette. Quatre heures de l'après-midi et bientôt nuit. Que des fantômes esseulés. Trop tard pour déjeuner et trop tôt pour dîner. Alors de porte en porte, lire tous les menus en entier et aussi les prix. Expliquer à Sibylle et à moi-même ce que sont les cartes de crédit et pourquoi nous n'en avons jamais eue.

---

* Ou n'en ont-elles que l'intention sans jamais y arriver, les ménagères, bientôt vieillies ?

Mais pratiques. On aurait pu réserver une table au Frankfurter Hof pour la soirée, une chambre, chambre double avec bain, une suite, un mot que tu ne vois que dans les livres, d'ailleurs ça se prononce comment? Mieux vaut épeler, une s-u-i-t-e pour la nuit de la Saint Sylvestre, donc jusqu'au matin du Nouvel An, ou pour une année supplémentaire. Des années à l'avance. Ça coûtera ce que ça coûtera. On aurait pu réserver des places de façon permanente, une place, du temps, le présent, la vie, un droit à l'existence, une place dans le temps, pour deux adultes et un enfant. Notez bien la réservation ! Et à la suite : *payé* ! l'écrire aussi! L'enfant dort. Nous sommes à l'Affentorplatz. Compté l'argent. Compté trois fois, déjà. Comme enfermés dehors. Le jour s'est immobilisé près de nous. Nous fixant d'un air soupçonneux, le jour. À l'Affentorplatz, sans savoir où aller. Pourquoi ça s'appelle Affentorplatz, place de la porte aux singes ? Tu calcules, ce devait être en décembre 1980. Carina, un an. J'avais cessé de boire. Je travaillais chez un bouquiniste à mi-temps. Écrivant la nuit. Mon deuxième livre. Quand il ne me restait plus rien de la journée, je continuais d'écrire dans ma tête. Ce devait être ça, je commençais parfois, tentative, à imaginer qu'il existerait peut-être malgré tout un livre achevé. Au lieu que ce soit lui qui m'achève. Et maintenant ici, dans le froid. Le livre existe. Carina déjà grande, presque quatre ans et demi. Un petit porte-monnaie. Une mémoire. Des mots à elle. Un être en soi. Dans le froid. Les yeux pleins de vent, clignant dans la lumière crue de l'hiver. Samedi midi. L'avant-dernier week-end de février. Traverser l'Affentorplatz. Marcher, marcher dans la Schifferstrasse. Plus froid à chaque pas. Un café vient à notre rencontre, un coin de rue. Le Palmcafé. Il doit être récent. Une minute avant la glaciation totale, entrer dans le café, elle et moi, dans la chaleur.

C'est plein. Tout neuf, comme s'ils n'avaient ouvert qu'il y a trois jours. Des jeunes aimables. Frère et sœur ? Ménage à trois apaisé et on travaille tous au même endroit ? Très aimables, presque comme s'ils nous connaissaient. Une seule table libre. Qui vient de se libérer. Pile la table qu'on aurait choisie, Carina et moi. Au milieu du café une petite fontaine illuminée qu'elle veut tout de suite aller voir. Lorsque nous avons posé ma veste, son anorak, son bonnet et son écharpe sur une chaise vide, le vestiaire surchargé s'est écroulé sous nos yeux. Lui réchauffer les mains de mes deux mains. Chocolat chaud pour nous deux. Avec de la crème. Aussitôt une angoisse existentielle s'empare solidement de moi. Pas d'argent, pas d'appartement, les chaussures bientôt percées. Pas de nom, pas de revenu et les papiers toujours pas en règle. Jamais! Chacun peut aller choisir une part de gâteau (ne dirait-on pas une formule magique ?) là-bas, au comptoir ! Le chien pourrait peut-être s'appeler Peluche? Non, impossible! Si méditatif et sérieux, un chien on ne peut plus philosophe, impossible de l'appeler Peluche. Et le lama ? Délavé, misérable, le lama. Il a commencé par passer des semaines sous la pluie, malade et affamé. Et puis on n'arrêtait pas de l'oublier dans la machine à laver. Mon Dieu, il n'a même pas d'yeux ! Le lama *a* des yeux ! dit ma fille avec un geste vague de la main. Qui signifie qu'il ne faut plus aborder la question. Maintenant elle va à la fontaine avec ses animaux. Et puis on nous apporte le gâteau. Et Sibylle, où ? Je pensais à la manière de lui raconter le café, la journée. Où es-tu ? Où va le temps, et nous ? Carina de retour de la fontaine. Elle, un gâteau aux pommes, moi, au fromage, et chacun goûte celui de l'autre. Un nom pour chaque animal. Et un passé, une vie pour chacun d'eux. Chaque animal a lui-même choisi quel animal il voulait être durant sa vie. Après, quand on marchera, le bonnet de laine et la capuche par-dessus, me disais-je. L'imposer de force, au besoin. Après avoir payé, combien me restera-t-il ? Par bonheur, assez de cigarettes encore. Dans la froidure jusqu'à la Schweizerstrasse, expédition sur un chemin du retour non sans péril, et à la maison en tramway, le 17. Espérons qu'entre-temps ils auront recollé et fixé le câble comme il faut, ceux du dépannage, la direction générale. Ou plutôt : qu'ils l'auront cloué avec savoir-faire au ciel permanent de la ville.

Avec elle à la maison. Le samedi midi, les rues se vident. Même au cours du bref trajet entre la station et notre immeuble, le froid était à peine supportable. Dans la Homburger Strasse, mon ami Jürgen. Sort du fleuriste avec un bouquet géant. Bon week-end, plusieurs voix, et ferment derrière lui. Samedi midi. Oui, c'est bien nous. Quelques pas ensemble, mon enfant, mon ami Jürgen et moi. Les fleurs, pour son usage personnel. Vous le savez, ça ressemble à un bureau, chez moi, dit-il. Comme dans les vitrines des magasins de meubles. Il vient de rentrer de Sicile. Était au Portugal, auparavant. Depuis qu'il est de retour, un studio avec cuisine équipée, ascenseur, un meublé. Comme un bureau, avec un lit de bureau. Un immeuble résidentiel dans la Schlossstrasse. Au-dessus d'un parking souterrain avec station-service. Mais provisoire. Près de chez nous, maintenant, au coin de la rue. Nous sommes à l'arrêt. Une journée d'hiver, froide. Immobiles au soleil, qui commence à décliner. Oui, étions aux Puces, Carina et moi. Sibylle à Giessen. Le marché aux Puces, désormais, aux abattoirs. La Jordanstrasse. Le carrefour. Notre immeuble, à trois maisons de là. Mon enfant, mon ami Jürgen et moi. Immobiles devant le Tannenbaum. Un vieux bistrot de Francfort. N'ouvrira que ce soir, aujourd'hui. Soleil d'hiver. Nos voix. Une pensée pour mon père. Comme si ma vie était à des années d'ici. Samedi midi. Deux heures. Une journée froide. Tout le monde rentré avec ses courses depuis longtemps. Le samedi midi, les rues se vident. Va chez lui avec les fleurs et puis viendra chez nous, dit-il. Viendra nous rendre visite. Immobiles et le regarder, Carina et moi. Il fait signe, s'est retourné, fait signe. Il continue, fait signe en marchant. Enveloppé dans du papier vert, un énorme bouquet de fleurs. Carina fait signe à mes côtés. Elle l'a toujours connu. Elle fait signe. Fait signe d'abord à son dos, puis à sa disparition, et puis à l'être disparu. Le carrefour : des rues vides aux quatre points cardinaux. Un soleil d'hiver qui aura bientôt disparu, lui aussi. Notre immeuble, à trois maisons de là.

Comme si je ne pouvais pas un pas de plus. Plus jamais de ma vie. Et puis, à elle : Viens ! Vite hors du froid ! À la maison, vite !

À la maison avec elle et entrer dans l'après-midi, de nouveau, comme hier. Comme d'habitude quand on est ensemble et comme si le temps, à l'avenir, nous appartiendrait toujours. Une seule et même longue conversation, elle et moi, depuis qu'elle est au monde. Lait, infusion au fenouil, Ovomaltine avec du miel ? Tu veux du jus de fruit ? Pour moi, un café. Lire tout de suite quelque chose! Elle va chercher ses cinq livres préférés du jour (doit d'abord négocier avec elle-même ; quand tu dis trois, ça devient cinq !) et parle avec ses animaux. Peler des oranges, des oranges sanguines de Sicile. En plus des livres d'images, une grande assiette de fruits surtout. Elle a toujours collectionné l'emballage des oranges. Ils sont colorés, à lisser. À froisser. Ils sont spéciaux, toujours, avec des oiseaux de paradis, des étoiles de mer, des roses des vents, des figures d'animaux, toujours avec des lettres en forme de personnages, et une image mystère. Venus de loin. Précieux. Comme les avares elle a une cassette d'avare où les conserver. Par-dessus les toits, le soleil bas de l'hiver. Qui commence à décliner, tu le sens dans ton cœur. Encourager le chauffage et pourquoi pas tout de suite une casserole sur le radiateur avec de la camomille, et une autre ce soir? La luge ? Ta luge ? C'est celle de Jürgen et Pascale ! Voilà comment ça s'est passé: ils étaient un samedi au marché aux Puces. Ils avaient même un stand aux Puces, ce jour-là. Non, pas comme ça, on recommence! Un jour, quand tu étais petite et qu'on revenait avec toi de la bibliothèque comme d'habitude, un vendredi soir, Sibylle et moi, il s'est mis à neiger. Il neige, il neige, toute la nuit il neige. Le samedi matin, ça continue. Sibylle, toi et moi on va faire des courses dans la Leipziger Strasse. À midi fatigués, de retour à la maison, et le téléphone sonne. Comme si déjà plusieurs fois, comme si depuis longtemps. Et vient de s'arrêter. Qui ça peut être ? Pourquoi ? Que peut-on nous vouloir ? Et a-t-il renoncé ? Le monde devient une énigme. Vider les paniers. Deux gros paniers, plus des sacs. Le téléphone, encore. Jürgen et Pascale. Si on n'a pas de luge pour toi, ils en apportent une ! Le lait au réfrigérateur. Se rhabiller chaudement pour aller à leur rencontre. Neige très haute. Il s'est arrêté de neiger. Un souffle de vent léger, un souffle. Il fait froid. Se hâter et nos pas dans la neige. La neige crisse sous chaque pas. Jürgen et Pascale dans la Schloss-strasse. Avec des luges. Nous les voyons de loin. Déjà une corde à la luge. Faisons signe. Nous mettons à courir. On te tire bientôt tous les quatre sur la neige. Clair, le jour qui nous entoure, tant de neige. Dans la neige et le givre, comme les voix résonnent. Et où est Pascale ? En France. Où, on ne sait pas, mais on sait où habitent ses parents. Et eux savent où elle est. La luge, dit-elle, je veux voir la luge ! Alors descendre l'escalier, quatre étages. Dans la cour, non (la cour déjà dans l'ombre), elle doit être à la cave. Dans la cave se tenir sous le plafond bas, près de la lampe, et contempler la luge. Avec un cordon rouge et blanc. On veut la remonter pour la ranger dans le couloir d'entrée, au pied de l'escalier. Au rez-de-chaussée. Pour qu'elle puisse nous saluer tous les jours, chaque fois qu'on rentre et qu'on sort. Pour que, quand il neige, sous la main tout de suite et déjà au courant. Et puis, lui dis-je, si tu as envie de voir quelqu'un, de le garder dans ta vie, ce quelqu'un n'est jamais perdu ! À elle, et aussi à moi-même. Verticale, la luge, c'est le plus confortable, pour elle. Et toujours tendre l'oreille vers la porte pour ne pas rater la sonnette. Puis lire à haute voix, le soleil, loin, déjà. La lumière est partie. Un tapis épais et sur le tapis, des matelas et des oreillers. N'avais-je pas le sentiment que j'allais m'endormir sur-le-champ, et elle avec moi ? Ou que, déjà dans le sommeil et un demi-sommeil, on pénétrait dans la lumière multicolore et l'éclat ensoleillé des livres d'images ? Mon ami Jürgen et elle, elle tout de suite sur le palier à sa rencontre. Il nous apporte des petits gâteaux de Noël. Des gâteaux de chez Amaretti, l'Italien de la Leipziger Strasse. Et pour Carina, un lys plus grand qu'elle. Comme une crosse d'évêque, une hallebarde, un lys de ce genre. De l'argent emprunté, dit-il. Il faut que je m'y mette sérieusement! Puis veut aller en ville, un samedi soir. Le Jazzkeller, pas allé depuis longtemps, toi non plus? Il est peut-être amoureux ou voudrait l'être. Et demain, prendre un petit déjeuner chez lui vers midi? On l'accompagne jusqu'à la porte de l'immeuble. On va avec lui jusqu'au coin. Dans la lumière devant l'entrée du Tannenbaum, qui vient d'ouvrir. Haut et vide, un ciel d'hiver glacé, il fait déjà nuit, dans la rue. Rester et faire un signe.

Rester et le regarder. Rester et la tache vide du trottoir sous la lumière du réverbère : juste ici ! D'abord là et puis là-bas. Et puis au coin de la rue. D'abord là et puis plus là, tu vois. Rester, immobile, et geler. Jamais appris l'au revoir ! Si seulement on les avait vus, lui et Pascale, autrefois, et le stand du marché aux Puces, si on avait retenu à jamais le stand et le jour, et leur façon d'être là-bas.

Pas seulement des matelas et des oreillers mais des fauteuils aussi. Si grands que tu pourrais habiter dedans. Confortables. Sont en velours gris clair, un pur luxe. Gris nuage, gris perle. Une couleur si élégante et si pâle qu'ils te rappellent toujours la lumière des lointains de mars, à Paris. Un mars passé, un mars à venir ? Tous les jours, pendant des années, aussi souvent que ton regard tombait sur eux. Souvent même à trois dans l'un de ces fauteuils, Sibylle, Carina et moi. Spacieuses, les journées. Vont et viennent. Le visiteur s'enfonce à l'intérieur. Chaque fauteuil comme un autel mais moelleux. Comme s'il voyageait avec nous dans le temps. Et aussi luxure, dévergondage, amour. Pratique. Toujours à portée de main. On les a eus pour pas cher. Directement comme des gens qui s'y connaissent en affaires. Deux avec accoudoirs et deux sans. Pour Carina ils sont comme le monde, ils sont grands, ont toujours été là. S'appuyer, se tenir aux accoudoirs, c'est comme ça qu'elle a appris à se tenir debout. Dans le fauteuil et elle avec moi, près de moi, sur moi. Ainsi à travers les années et elle a quatre ans et demi, maintenant. Pour l'heure avec sa purée instantanée. Prévu de longue date, un carton avec photo couleur et prose abondante. Un format de livre, presque un in-octavo. Pas terrible, le texte. J'ai dû approcher une chaise de la cuisinière pour elle. Elle se tient debout sur la chaise. Moi, avec le lait et le mode d'emploi, lui disant : Retiens ta respiration et remue vite, c'est écrit! Pas assez épais? Il vaut mieux prendre une cuiller ! Heureusement qu'on sait que ce n'est pas de la crème à la vanille. Heureusement qu'on le sait ! Trois cafés à la suite et fumer à la chaîne. Carina, du lait dans une tasse à café en guise de café. À petites gorgées tant son café est amer, fort et chaud (il y en a des blancs, aussi !). Et fait semblant de fumer. Nuages de fumée, expression de fumeur, yeux mi-clos. L'appel de Sibylle pour souhaiter une bonne nuit dès cinq heures et demie, aujourd'hui, où est-elle maintenant ? Et ne pas oublier de manger ! Qu'allons-nous manger ? Qu'aurons-nous mangé ? Ah oui, purée de pomme de terre avec mode d'emploi et photo couleur. Et dans l'excitation, complètement oublié de manger les saucisses de Francfort. Il a fallu les faire après, en deuxième plat, en retard. Avec raifort, moutarde et étonnement. Trois sortes de moutarde. Avec les doigts. Des mots pleins la bouche. Ce n'est qu'après coup que tu sais qu'au long d'une vie, d'une année, d'une journée, d'une soirée, tu étais sauvé, en sécurité, à l'abri. Le téléphone encore. Anne, qui travaillait chez le bouquiniste avec moi. Est-ce que ce samedi, demande-t-elle. A essayé de me joindre dans le cagibi. D'ailleurs ce cagibi, je le lui dois. Est-ce que Carina et moi nous mangerions chez elle?

Elle habite dans la Friedberger Landstrasse. Même en se mettant tout de suite en route, le temps d'arriver, il sera presque l'heure de se coucher pour Carina. Demander à Anne si elle veut venir chez nous? Je n'y pense qu'après coup. (Quand elle était petite, on ne la laissait jamais s'exprimer !) Tout de suite une autre casserole avec de la camomille. Toutes les lampes allumées, les portes ouvertes. Tout l'appartement sent la camomille, les prairies de juin et les chemins creux. Un éternel été au bord du chemin. Notre dernier soir. Peut-être vraiment le tout dernier avec Carina dans cet appartement, te dis-tu, pourquoi le temps est-il si pressé ? Et où va-t-il? Tu observes que la maison va commencer à trembler. Mon enfant. Une enfance. De nouveau au téléphone et demander à Anne si elle, demain, à la maison ? Sûrement, dit-elle. Elle ne sort de chez elle que forcée. Surtout le dimanche. C'est bien dimanche, demain ? Alors à demain ! Et mon ami Jürgen joignable lui aussi. Depuis que je ne buvais plus, tout semblait s'abattre encore davantage sur moi. Toujours cette vie, te dis-tu, jamais appris l'au revoir. Et puis Sibylle de retour de Giessen. Va arriver. Ma veste ? Où est ma veste ? Ma vieille veste en daim de mai 68. Partagé cette veste neuf ans avec elle. Tu prends ta veste et tu sors de l'immeuble. Alors demain après-midi. Peut-être plutôt le soir. Ne pas oublier les cigarettes. Je devais me dire tout à l'avance, encore et toujours à l'avance, pour tenir le coup. De toute façon le pire, c'est le dimanche. C'est toujours le dimanche, le pire.

Samedi soir, on va vers les six heures et demie. L'appartement entre avec nous dans le soir. En visite chez moi. Dernière fois. Carina parle avec les animaux. Aux murs, les livres. Trop pour une vie décente. (Le lama, n'était-ce pas une erreur ?) Et bientôt l'eau du bain, on va prendre le temps. La mettre au lit, la mettre au lit pendant des heures et seulement quand elle dormira, la maison commencera à trembler. Encore dix-huit marks, dix-huit marks soixante quatorze en tout et pour tout. Mais il fallait bien aller au café et revenir en tram, aussi. Samedi soir, l'avant-dernier week-end de février. Une année bissextile. Dehors, le gel. Encore une fois à la fenêtre avec elle. Derrière la fenêtre, tout est bien là? Il ne s'arrête pas, le temps. De nouveau, les bonnes fraises des bois bientôt, s'asseoir dans la montagne à midi. Dans l'herbe, dans la mousse, au soleil. La bouche pleine de fraises des bois, les deux mains pleines de fraises des bois et devant nous, la clarté du monde. Le temps se dirige encore une fois vers l'été. Entre dans l'été. Encore souvent! C'est ce samedi que Carina et moi nous avons décidé qu'il y aurait un autre été. D'abord le printemps et puis l'été. Tout guérit en été ! Et puis nous voulons voyager ensemble, elle et moi. Quant à savoir où ! On trouvera. Dans son petit porte-monnaie, de l'argent, encore, entrer dans l'été avec le petit porte-monnaie. On est souvent partis loin avec elle, deux longs étés dans le Sud avec elle. En été elle devient une enfant tsigane. Un autre été, d'autres vacances et tu auras bientôt cinq ans. Sa toux, partie aussi, tu l'entends à son souffle. Une fois qu'elle dort, à la table avec le manuscrit et mes notes. Pas encore de titre. Pas prêt d'être fini, ce livre. De toute façon tant qu'il n'est pas fini, il ne peut rien t'arriver ou est-ce justement ce livre qui me tuera ? Encore un été, que nous soyons toujours de ce monde. Que le monde reste, et nous. À cette table, entrer dans la nuit. La nuit et l'hiver. Mon manuscrit, les notes. Assis et écrire. Elle sera bientôt grande. Mais comment as-tu pu croire inconsidérément qu'elle serait tous les jours avec toi, autour de toi, présente, comme le temps ? En visite chez moi. La maison tient debout et tremble.

4

Sorti de l'immeuble dans la Jordanstrasse et la porte se referme derrière moi. L'immeuble du cagibi, dans la Robert-Mayer-Strasse, à deux pâtés de maison. À peine cinq minutes de porte à porte. Mais j'avais toujours l'impression de devoir en route franchir des portes dérobées, des passages secrets, des trous, des gouffres, des corridors, des frontières incertaines, de vagues zones excentrées, le silence, des passés, l'oubli, un Hadès après l'autre. Surtout le soir. Sur le chemin, parler avec les pierres. Avec moi, avec le jour, les circonstances, avec Sibylle et Carina. Lire le temps sur les pierres. L'obscurité du soir, les vieux immeubles de rapport, des ruines au crépuscule. Comme les villes effondrées de mon enfance, les champs de ruine de l'après-guerre. La même odeur de cave et d'incendie. Et le ciel, miroir trouble, regard omniprésent. Peut-être me-suis-perdu enfant, déjà, et depuis, tu te reconnais à peine et depuis, ça continue? Devant moi, le chemin monte doucement. Dalles de pierre, vieux pavés. Comme si les trottoirs et les rues pouvaient basculer d'une minute à l'autre, virer par-dessus bord. Ou se mettre à ramper. À chaque trajet de retour, une bourrasque de neige. Le soir tout près de moi. Mes sept années à Francfort, tout près. La

Schlossstrasse autrefois un désert, un amas d'éboulis, un ramassis de pierres éparses et puis, de nouveau, les flots déchaînés qu'il s'agit de traverser. Heureusement, jamais été encore renversé. Dès que je suis seul, d'un pas rapide! Autrement plutôt lent, lent le plus souvent, dans mes pensées, le monde en sens inverse qui me traverse. Pendant des années, des dizaines d'années. Et maintenant ? Peut-être ne puis-je lentement que si quelqu'un, Carina, marche lentement à mes côtés, Seul, d'un pas rapide. Approcher du soir, entrer dans la nuit. Au bout du chemin, au bord du jour, à l'extrême bord, l'immeuble du cagibi. Fenêtres vides, sans regard. Comme en peinture, comme un visage sans nez. Et derrière, sur l'autre bord, des carrefours, des feux de circulation, un pont de chemin de fer, un passage souterrain sinistre. Le train, le S-Bahn aérien, la Städtische Gaswerke, usine à gaz de la ville, et les entrepôts, les rues industrielles, derrière la gare, la Westbahnhof. Dans la dernière lueur du crépuscule, des miroirs vides hauts dans le ciel – qui les a installés ? Quand ? Et les nuits, lourdes comme des rouleaux de tissu. De quoi étouffer ! Comme des armoires, des cavernes, des greniers, les nuits. Murs, enseignes en tôle, stores vénitiens, vitres aveugles. Baraques de tôle ondulée. Vieux hangars lugubres, aussi, apprêtés pour les nuits futures. Épaissies par des multiples couches de bitume et de carton goudronné, les ténèbres de ces nuits. Fabriques, foyers, un soufflet, la guerre, la Première Guerre mondiale, la Seconde. Rampes de chargement et voies ferrées. Mais aussi les années passées et les couchers de soleil rouillés, usés, toutes ces années dans des cavernes, des hangars, des greniers. Amassées, conservées, comptées, engrangées, oubliées. Et derrière l'horizon. Là-bas aussi le temps entreposé, englouti. Derrière l'horizon, la plaine du Rhin et le ciel encore clair, l'océan d'un ciel du soir. Et puis la France, l'Atlantique et dîner dans le Nouveau Monde.

Chavirer hors du jour, être rejeté au pied du piano. J'écoutais la tempête sans d'abord savoir qui j'étais ni comment j'en étais arrivé là. Pourquoi ici ? Cigarettes, les premières cigarettes, amères, du matin. Puis m'extirper du tremblement (l'immeuble faisait semblant de dormir) et à la rencontre du jour à grands pas. Dans l'aube glaciale, à la première lueur. Je marchais vite. La rue court devant moi, court, continue de monter doucement. Ressentir encore la secousse et la réplique, la tempête et la houle de la nuit passée. Schlossstrasse, restes de neige, tramways, une boutique de journaux. Écoliers, le chemin de l'école, le boulanger est ouvert déjà. À l'arrêt de bus, les manteaux inconnus. Tu te cherches parmi eux. Tôt, encore, il y a de la lumière aux fenêtres et soudain, un afflux de jours, de voix, de souvenirs. Traverser le carrefour, vite ! Dans la rangée d'immeubles le ciel se reflète dans les fenêtres du haut. Continuer, vite ! À haute altitude, les corneilles et les martinets d'aujourd'hui. Striant le ciel de foulards et de rubans. Écoute leur cri !* Continuer. Mais vite, toujours

---

* Réveil dans la nuit, quelle terreur : martinets ? Ce doit être des corneilles, ce doit être le crépuscule et ses ailes, les choucas et les ombres, les pies ou un décret, désormais les martinets doivent passer l'hiver ici ? Et toujours

continuer! Comme quelqu'un qui se sait perdu mais ne renonce pas parce qu'il ne peut pas renoncer. Vite, vers le jour comme vers une plage lointaine, un rivage sûr. Le pavé ancien de la Jordanstrasse. Chaque immeuble revêt son visage du matin. Et mon enfant à la fenêtre là-haut. Assise sur le bord intérieur. Une fenêtre en encorbellement au quatrième étage. Vite, traverser la rue. Le trottoir devant la maison. Un perron. Sonner, l'interphone grésille. Entrer et monter l'escalier, elle, sa voix claire, petit remue-ménage hâtif à ma rencontre. Aussitôt presque en sécurité pour aujourd'hui.

La séparation fin novembre et depuis, retour en permanence à ce jour en pensée : une nouvelle ère, tout exprès pour la catastrophe. Et où aller ? Toutes ces années, l'appartement de la Jordanstrasse, un deux pièces. Une cuisine avec une simple lucarne, où on ne peut pas manger, et derrière la lucarne, la tour de la télévision dans le ciel. Une pièce pour dormir et tous les jours vécu dans l'autre. Des années. La table pour manger, Carina, les livres, ma place pour écrire, la guitare de Sibylle, les jouets de Carina, les repas, les sièges, les matelas et les oreillers et nous, nos allées et venues, nous et le temps. Aucune

hors d'haleine, en route vers le jour, avant qu'il fasse vraiment clair : là tu auras les martinets pour toi tout seul ! Ou les autours, hauts par-dessus la ville ? Aigles, oiseaux de légende, autours – alors réveillé ou pas réveillé? Rêvant chaque matin, peut-être, le matin et moi, mon trajet matinal ? Le jour vacille une fois encore devant moi, et les nuées de martinets ! Trop nombreux, impossibles à compter! De tous les côtés des nuées qui passent et entrent dans le sommeil avec moi ! Encore un matin !

visite de visiteur prévue ? Comme un bateau, un château, comme une prairie, un marché, cette pièce. Comme imaginée, comme un plateau tournant. Le vieil électrophone qu'il faut bousculer un peu (une impulsion mais pas trop forte, une impulsion légère, *juste* !), et pour Sibylle, un endroit où danser. Et même une table lumineuse pour qu'elle aussi, à la maison, pour qu'elle aussi, en dehors des heures de travail et de temps en temps, pour la maison d'édition. Depuis des années tout en même temps et ensemble et mêlé, les ans et les jours comme une longue journée, dans ma mémoire, et une seule longue soirée. Pour l'heure, dans cette pièce, mon sommeil et les conversations avec moi-même. C'est bien moi ? Une ère nouvelle. Et moi, comment dois-je m'appeler ? Même avec de l'argent, je n'aurais pas pu trouver d'appartement le premier jour. D'abord un hiver de pluie et puis un hiver de neige. Pressés, les jours. J'écrivais, j'amenais Carina au kindergarten, en marchant je continuais d'écrire dans ma tête. Mon troisième livre. J'arpentais les lieux en état de stupeur. D'abord pressés, les jours, puis le temps de nouveau immobilisé. Interrogatoire avec moi-même. Où aller? Jamais trouvé un appartement pour moi seul de ma vie. Si j'avais eu de l'argent, à l'hôtel. Aussitôt nombre d'hôtels en tête mais à Paris, Marseille, à Istanbul. Même avec de l'argent je ne serais pas parti parce qu'il y a Carina, il faut que je la voie tous les jours. Et si possible deux fois par jour pour qu'on ne se perde pas de vue. Pour ne pas devoir garder trop longtemps les mots que nous avons l'un pour l'autre. Pour que rien ne se perde, pour ne pas se perdre non plus. Marcher, marcher et d'un coup comme si je me voyais partir au loin. Peut-être parce qu'il faudra toujours marcher vite, désormais ? Le laisser derrière moi, le monde, pour qu'il reste en mouvement, continue d'avancer.

Et où aller? Un jour, une fin d'après-midi, passé rapidement à la Bockenheimer Warte. Avant le crépuscule, vite, un crépuscule déjà dense derrière moi. Vite, vite, et ma vie, derrière, qui bat de l'aile ! Qui vient là ? Mais c'est Anne ! Si vite que dépassée, déjà, si bien qu'elle dut m'appeler, me faire signe. Je me tenais comme si je n'étais pas sûr d'être vraiment moi : moi? Et puis avec elle jusqu'au coin de la rue, autour de nous les tramways grinçaient. Elle portait un manteau de fourrure brun doré. Elle dit : vous *devez* venir au café avec moi! On ne se voit plus ! Avant, dois vite à la banque de la Leipziger Strasse, qui va bientôt fermer. On est bien jeudi ? Peu importe le jour ! Le manteau de fourrure, emprunté à une amie. Emprunté pour l'hiver. J'ai failli dire : pas le temps ! Mais finalement avec elle. Auprès du manteau de fourrure. Elle à la banque, moi seul devant l'entrée. À peine quatre heures et il commence à faire nuit. L'air, gris et lourd. Un décembre allemand. Nous avions travaillé chez le même bouquiniste, tous les deux, moi le matin elle à midi. Pendant trois ans. Tous les jours, quand elle arrivait et que je me préparais à partir, continuais de nous raconter la journée et nous. Le travail rémunéré le plus confortable jamais eu. Et tout près, en plus. Dans la Kiesstrasse. Le matin aller chercher le courrier et la monnaie au magasin principal, à la Warte, acheter en chemin un croissant et un chausson aux pommes pour moi, pour la journée et les soucis. Toujours en chemin vers moi-même ! À l'époque, pas de veste déjà, seulement la vieille – autant dire pas de veste – mais une vie réglée. Famille, travail à mi-temps, horaires fixes, un appartement, appartement trop petit, des revenus et des dépenses. Ma vieille veste en daim de mai 68. Vieille, élimée. Ouvrir la boutique et ranger les caisses devant l'entrée dans un ordre sacré, le mien, et laisser entrer le jour. Alors seulement se mettre à farfouiller, saluer, encaisser. Non, pas de sac. Comme clients, des originaux, des fous de livres venus de tout Francfort et de sa banlieue. Mi-temps, quatre heures et ne jamais être obligé d'avoir une tête de commerçant. Pas besoin de faire semblant d'avoir en permanence quelque chose à faire. Une caisse-enregistreuse électrique neuve. Je savais même introduire les rouleaux de papier dans la machine. Non, pas de sac, merci. La plupart des clients avaient leurs propres sacs pour les livres, toutes sortes de sacs. On n'avait pas besoin de faire des paquets non plus. Le magasin principal pas très loin mais pas tout près non plus. Un travail aussi pratique, comment le supporter? Sibylle et Carina passent me voir en allant au kindergarten. J'aurais pu téléphoner, appels privés, pendant des heures. La première bouchée de mon croissant et de mon chausson aux pommes quotidiens pour Carina, toujours. Elle a le droit de mordre dedans ! Il faut ! Toujours des mots et des images prêts pour elle. Et elle avec des billes de verre, des plumes d'oiseaux et des pierres qu'elle dépose à la boutique pour moi. Sibylle, de livre en livre. Carina, sur chaque échelle. Et où sont nos journées, maintenant ? Dans la cour, un chien qui venait nous voir à la boutique et se laissait appeler chien. Brave chien !

Sont-elles parties et comment supporter tant de calme chaque jour? Dormir à peine la nuit. Même quand il faisait froid, je laissais la porte de la boutique ouverte. Lire tranquillement, je ne peux qu'au lit. Dans la boutique, je lisais toujours plusieurs livres à la fois. Chacun à un endroit différent. Les uns assis, les autres debout. En marchant, aussi. À grands pas, petits pas. Le parquet craque. Ils ne me laissaient pas m'occuper des achats car ils me trouvaient trop gentil. La machine à café était bonne. Je fumais sans arrêt, je buvais toujours du café et du Coca-Cola en même temps pour passer le temps, pour avoir une mesure, pour savoir que le temps passait. À petits pas, le jour. À l'époque j'écrivais la nuit. Les après-midis avec Sibylle et Carina. À peine plus de trois heures de sommeil. Souvent, en rêve, au lit dans la boutique. Chemise de nuit ou que vais-je mettre ? Clients, espions, administrations, collègues du magasin principal, directeur du magasin, clients (chaque étagère de livres avec un supérieur hiérarchique qui surveille !). Apparemment ils n'ont remarqué ni le lit ni ma chemise de nuit, ni que pendant les heures de travail je suis au lit dans la boutique. La couverture glisse. Comment le lit est-il arrivé jusque là et moi avec? Ai peut-être su jusque là habilement détourner leur attention mais maintenant je dois aller au pupitre sous leurs yeux, avec les catalogues, ensuite jusqu'à la caisse et après ? Souvent, très souvent ce rêve. Ce n'est qu'au milieu du rêve qu'on se rend compte qu'on rêve. Et pendant mes heures de travail à la boutique, des images géniales, comme par hasard, me harcelaient en permanence. Formidables, toute une série, et puis des séries de séries, et chaque jour davantage. Toujours du papier sur moi, à la boutique. Pour mon livre et souvent, aussi, les pages de la nuit précédente. À lire et corriger. Vraiment écrire aurait été trop risqué. De quoi devenir-fou ! J'aurais pu me couper les ongles tous les jours. Pour la première fois de ma vie, des heures de temps pour le faire. Le temps de méditer, de réfléchir. Ou des opéras ou des langues étrangères au casque. L'une après l'autre. Mon ami Jürgen à la porte, en pseudo-client. J'avais Apollinaire, *Alcools*, à la main. *Zone*, s'intitule le poème. Lis-le maintenant, lis tout de suite, dis-je comme si je l'attendais avec ce livre ouvert à la porte. Peut-être déjà depuis des semaines. Ou sachant depuis longtemps qu'il viendrait aujourd'hui. Voilà une chaise. Tu veux un cendrier ? Dommage que tu ne boives pas de café. Lis ! Lis et n'aie pas peur si un grand chien arrive de la cour. C'est un esprit bienveillant qui nous connaît. Ne te dérange pas et lis ! Pascale vient le chercher. Ce devait être au printemps. En rouge foncé comme des pétales de roses, un drapé léger sous le vent, ultra-court. De Lyon. Maintenant à Francfort. Déjà de loin tu vois à quel point elle est amoureuse de lui.

Anne à la boutique toujours entre treize et quatorze heures. Officiellement ses horaires et les miens devraient se chevaucher une heure. Elle a des ennemis, parmi les clients, mais pas moi. Elle m'apporte une pomme, encore un automne, chaque jour je lui montre un poème ou un vers d'un poème ou un passage d'un livre. Les affaires sont les affaires. Ces billes de verre, ces pierres et ces plumes d'oiseau viennent de ma fille. Elle les utilise pour pratiquer la magie. Et Anne, nostalgique envers ces choses, ces objets, comme si elle aussi aimerait bien pratiquer la magie ! Les jours de froid, elle vient avec un œuf dur dans chaque poche de son manteau. Cuits très longtemps pour qu'ils restent chauds longtemps. Et de son appartement à l'arrêt du tram, puis tout le trajet jusqu'ici (changer Opernplatz), se réchauffe les mains avec les œufs. Avant que je parte, un œuf chacun et en épluchant, le présent dans nos mains. Nous avions du sel, aussi, à la boutique, notre sel personnel. Un jour j'ai dit, ah si les œufs étaient colorés! Le jour suivant, un œuf vert et un rouge. En plein hiver. Pour parler et raconter, j'avais toujours l'avantage car elle, encore hors d'haleine du trajet et à part moi et la journée, les livres de la boutique, je devais absolument lui raconter l'écriture et Sibylle et Carina. Mes insomnies, les livres à la maison et les livres de la bibliothèque. Et hier, et mon enfance. Souvent d'autres contrées aussi. Avant de partir, remettais toujours les caisses et les cartons en place pour elle, les arrivages pour qu'elle puisse déballer les livres et y inscrire le prix. Presque personne du magasin principal, chez nous, aux livres d'occasion. La plupart des clients, l'après-midi. La librairie d'occasion n'était qu'une filiale. Trois ans mais avant que commence un nouvel été, la boutique d'occasion d'abord vendue avec le magasin principal et puis définitivement fermée.

Devant l'entrée de la banque maintenant. Dans la froidure humide d'un crépuscule brumeux. Début décembre. Deuxième semaine de l'ère nouvelle. J'habitais encore dans la Jordanstrasse. Et comme Anne ne sait rien de la nouvelle ère, moi dans son esprit, par conséquent, toujours avec Sibylle et Carina, un nouveau livre entamé dans un appartement sous les toits, avec de grandes fenêtres, dans un immeuble aux murs solides, entrant avec bonheur dans le temps, et elle aimerait de préférence être Carina. Auprès d'elle, du manteau de fourrure. Un grand sac de livres que je porte pour elle. Tel une pierre, par pur désespoir. Pas un seul mot, me disais-je. Peut-être plus jamais un mot! Mais lui dire l'ère nouvelle. Juste pour la forme, y faire allusion, pour qu'elle soit au courant. Pour qu'elle sache pourquoi il ne me reste presque plus de mots et bientôt plus d'appartement ! Où aller ? Nulle part. Sibylle, le livre et mon enfant. Presque plus de mots et désormais comme sourd. Lentes, les voitures. Phares allumés. L'entrée du Kaufhof. Passants, étoiles de Noël. Mes sept années à Francfort défilent devant moi. Continuer. Le sac de livres d'Anne pesait lourd à ma main et tressautait comme un animal. Le café-glacier de la Leipziger Strasse. Déposer le sac de livres. Ôter ma vieille veste et comme si quelqu'un m'avait fébrilement fourré

61

un violon entre les mains. Les premières notes ! Pour essayer mais bientôt pleinement dedans. Un violon tsigane. Ce que tu joues, c'est ta vie, toujours. Elle un Campari et moi un café et puis un Coca. Depuis des années je commande un Chinotto aux garçons du glacier italien et ils disent : Malheureusement, Signore, nous n'avons pas de Chinotto aujourd'hui ! Cigarettes. Un petit briquet en or tiré de son sac à main. Volé, dit-elle. Parce qu'il en jette plein la vue alors qu'il est tout petit. Et pratique, avec ça. Pas de Chinotto ? Alors un Coca. Maintenant, dis-je. En plein dans le présent, en plein dans ma vie. Suis-je encore moi ? Le garçon avec mon Coca et elle le deuxième Campari déjà. Ma main tremble. Je nous entendais rire. À toutes les tables, des gens revenant de leurs courses. Bientôt Noël. Comme sourd au milieu de ces voix. Jamais fait de musique. Et n'en ferai jamais. Pourtant j'arrivais à sentir ce que c'était, tenir un violon entre ses mains. Un violon tsigane et le monde se met à tanguer furieusement.

Et maintenant, disais-je, pendant ces derniers mois, enfin pas maintenant, avant ! Avant la séparation ! Tout l'été, et il y a deux semaines encore ! Souvent pensé que j'étais enfin sur le point d'apprendre à vivre, à manger, dormir, à respirer chaque jour et à partager mon travail et le temps, à les avoir patiemment à l'œil c'est-à-dire moi ! À avancer. Parce qu'en effet avec un enfant, tout appris par notre bout de chou. Et aussi pour pouvoir écrire. Afin de supporter. Et ainsi ne rien oublier. Si on veut écrire, il faut être très vieux. Se sentir chez soi, un domicile fixe,

5

La Juliusstrasse. Mais où est la Juliusstrasse ? Tout de suite
à droite en partant de la Leipziger. Au coin un supermarché, un HL, et juste à côté, un bloc à carreaux verts, une
résidence. Un studio, reprise de location à partir du 15-12
ou du 1° janvier. Petite annonce dans le *Blitz-Tip*. Au téléphone, une femme du Pakistan et ce n'est qu'en arrivant
que tu reconnais l'immeuble. Passé devant pendant des
années. On le voit, depuis la Leipziger. Sonner, attendre
devant la porte. L'interphone ne marche pas. Ouverture
automatique défectueuse ou débranché. Porte vraisemblablement fermée à clé. Au cas où plus de nom, de
nouveau, disparu, deuxième touche en partant de la gauche et quatrième en partant du bas (il y a quelqu'un qui
enlève les étiquettes !), et attendre qu'elle vienne ouvrir
la porte avec ses clés. Troisième étage. L'ascenseur ne
marche pas. Elle fait ses cartons. La pièce sera rénovée.
Bagages, sacs, cartons au sol. Pots de peinture. Les meubles, repoussés dans un coin. Au milieu de la pièce, un
homme sur une échelle qui repeint le plafond. Il a l'air
d'être du Pakistan, mais eux deux se parlent en mauvais
allemand. Elle son allemand, lui le sien. Peut-être d'Afghanistan, de Perse, d'Irak ? Un Turc, un Kurde ? Contourne

l'échelle avec elle. Grande fenêtre sur rue. Sous la fenêtre, le chauffage. Là, dans ce coin, un coin cuisine. Là-bas l'entrée de la douche et des WC. Et puis dans le couloir avec elle. À gauche et à droite, des portes. Renforcées par une plaque de tôle. Presque toutes ébréchées, endommagées, foutues. Chacune à sa manière. Les studios, tous pareils. Les uns sur rue, les autres sur cour. Vue sur le parking du Bilka, sur des garages et des poubelles. Remonter le couloir. Redescendre le couloir. Et puis un étage en dessous. Le même couloir. Une pièce ouverte. Vide, il manque la porte. PVC, moquette avec supplément. Plus la distance avec son studio est grande, plus son soulagement est visible. Ou n'est-ce qu'une impression ? Du Pakistan. Lunettes épaisses. Et derrière, les yeux comme bouleversés, tu ne le vois que maintenant. Jeans, pull over, blouse blanche ouverte par-dessus. Chez Merck, à Darmstadt. Contrôle de la mise en bouteille et de l'emballage. D'où le déménagement à Langen, près de Darmstadt. Mais en fait, formation de chimiste laborantine. En fait depuis toute sa vie, en route vers l'Amérique.

Continuer de descendre l'escalier. La minuterie de l'escalier, d'étage en étage. Et le même claquement à chaque fois qu'on appuie. L'entrée de l'immeuble, maintenant. Tout un mur de boîtes à lettres. Ouvertes, pour la plupart. Cassées, les portes tordues. Ou sans portes du tout. Des boîtes à lettres qui ont brûlé. Seulement récemment ? Il y a longtemps ? Certaines, même, plusieurs fois. Ça brûle toutes les semaines. Des rangées de boîtes à lettres noires de suie. De la suie jusque sur le mur. D'ailleurs ça sent le roussi, le brûlé. Et les gens, les noms ? Des noms turcs, indiens, polonais, serbo-croates. Des Portugais et des Grecs qui toute la journée à la chaîne, chez Messer Griesheim, aux Farbwerke Höchst, à Rüsselheim chez Opel. Les femmes chez VDO, aux usines Adler chez Hartmann et Braun. Et le soir, avec toute la famille, équipe de nettoyage dans les grands magasins du centre ville, les sociétés de transport et la ville de bureaux de Niederrad. La plupart des boîtes à lettres, sans nom. Au mur, le règlement, des instructions et des graffitis obscènes sans une once de talent, de passion. Au sol, des monceaux de journaux de Francfort, petites annonces ou gratuits. Une partie fraîchement imprimée, encore emballée, ficelée, une partie en lambeaux. Le long des murs jusqu'à l'escalier. Des numéros sur plusieurs semaines. Et des prospectus en couleur de Bilka, Aldi, du Kaufhof, de Schlecker et HL. Fraîchement imprimés. Par paquets. Papier glacé, aussi. Certains mouillés une fois et devenus une masse humide unique et décolorée, le tas entier. Allumettes calcinées, paquets de cigarettes vides, mégots, bouteilles de bière, canettes de bière, canettes de Coca, éclats de verre, traces de pas, chewing-gums crachés, sacs en plastique, ordures, déchets, boue. Vide-ordures, oui, mais qui ne marche pas. Ne pas l'utiliser. L'ascenseur, ouvert, et ne fonctionne pas. Peut-être parce que la porte n'est pas fermée. Ne marche pas. Que des studios, tous pareils, mais aussi des familles avec enfants. Et combien de clandestins, combien d'Indiens dans une pièce ? Un Indien avec autorisation de séjour et permis de travail, aide-cuisinier dans une arrière-cuisine de snack. Huit marks de salaire horaire. Cède la place à un Indien avec autorisation de séjour mais sans permis de travail. Pour sept marks, six marks cinquante. Et celui-ci au suivant, pour six marks. Et le septième ou huitième n'a pas de passeport, n'a plus de nom et fait avec gratitude le boulot pour trois quatre-vingt dix de l'heure. Sans nom. Personne ne connaît son visage (pas besoin de visage !). L'enfer de l'arrière-cuisine. Et après le travail, rangement et ménage. Gratuitement. Trois-quarts d'heure par jour. Au moins trois-quarts d'heure. Ça fait partie du boulot, tous les jours, compris gratuitement. Ou à trois au forfait, se partagent chichement un huitième de vie. Trois visages, trois ombres furtives avec un non visage et simili permis de travail. L'arrière-cuisine est au sous-sol. Monte-plats. Tant que l'arrière-cuisine fonctionne, à part le monte-plats, d'en haut on ne voit rien à l'intérieur. Celui qui a le permis de travail, le premier, l'Indien en chef, fait le tableau de service, a depuis peu des lunettes de caisse d'assurance sociale et parle anglais avec les Indiens-adjoints.

Circuler en métro et dans le métro, bouffées de chaleur, retenir son souffle, rester debout et frissonner. Assis, somnoler et frissonner. Même dans le sommeil et le demi-sommeil, frissonner encore. À Bockenheim, Preungesheim, Griesheim, dans le quartier de la gare, le Gutleutviertel, le Gallusviertel. Rester en vie, ne plus se reconnaître et chaque jour à tour de rôle. Se partager la journée. Vivre, dormir à tour de rôle. Quatre-huit-douze Indiens ou Indiens-adjoints dans une pièce, dans le couloir, dans la chaufferie, dans l'escalier qui mène à la chaufferie. Chaque jour, les chiffres dans le journal. Comme les chiffres du loto, les résultats de football, les cours de la bourse et le total du jour des camés décédés. Frankfurt am Main. Et eux, coursiers, distributeurs de prospectus, vendeurs de journaux. L'œil vif et le geste assidu. Sur appel, au service expédition. Traîner des caisses aux Halles. Manœuvres clandestins dans le bâtiment. À trois heures et demie du matin, tenter sa chance devant les halls d'entrepôts et les chambres froides de la gare de marchandises. À partir de six heures, devant chaque feu de circulation, même sous la pluie, avec des journaux, des tas entiers de journaux précieux, incompréhensibles, sur la chaussée. Surtout ne pas les mouiller, ne pas salir ! Étranger, un poids, une charge. Dépôt-vente. Alleenring, Reuterweg, Schlossstrasse, Theodor-Heuss-Allee, Kennedy-Allee, Stresemann-Allee, complexe sportif Friedrich-Ebert, complexe sportif Taunus, Theaterplatz, Bockenheimer, Mainzer, Darmstädter, Mörfelder, Friedberger, Hanauer, Offenbacher Landstrasse, centre ville, toutes les bretelles de sortie de la ville. *Bild*, *Frankfurter Rundschau*, *Abendpost* et *FAZ*. Capuches et capes imperméables, monnaie par la vitre du passager. Ceux qui vont au travail. Ne pas perdre des yeux les feux, la route. En plein courant d'air. Ne pas se faire rouler et ne pas se faire écraser ! Pas de pluie, un simple crachin. De six à neuf tous les jours. Et l'après-midi l'édition du soir à la criée, dans des nuages *lumineux* des fumées d'échappement. Bruit, poussière et contre-jour. Le soir, dans les bars, avec des fleurs fanées dont personne ne veut. Une rafle qui n'est bien sûr pas une rafle mais un contrôle de routine, identité, papiers, dans un immeuble de la Schleusenstrasse, seize Indiens dans dix-neuf mètres carrés. Indiens et Indiens-adjoints. D'Erythrée, d'Algérie, de Roumanie, du Bengladesh. Il y a aussi des Indiens riches, à Francfort.

Avec elle dans l'entrée. Le loyer, quatre cent quatre-vingts plus agent immobilier plus chauffage, électricité, eau, ramassage des ordures, charges, caution. Et une augmentation du loyer, peut-être ? Cinq pour cent ? Dix pour cent ? Peut-être pas de commission pour l'agence si c'est elle qui trouve le locataire suivant. Un cabinet de gérance immobilière qui fait aussi agence. Elle sera partie le quinze, espère-t-elle. L'appartement à Langen, elle devait l'avoir dès le 1° décembre. Retard aussi. Et ici, un délai de préavis mais si elle trouve un locataire ? Non, malheureusement, ils ne sont pas obligés d'accepter. Déjà onze candidats sur la liste. Avec moi, douze. Liste et stylo à bille tirés de la poche de la blouse. Elle est mince, se tient bras croisés et commence à geler. Du Pakistan et si pâle. Le mur en guise de sous-main. Les stylos à bille refusent, en l'air, impossible! Nom, adresse, téléphone, c'est moi ? Le stylo s'y est refusé. Nationalité, profession, employeur, revenus et numéro de compte, elle a oublié ça sur sa liste. Debout et frissonne. Ou est-ce moi qui tremble ainsi ? Ou la maison ? Après-demain, au cabinet de gérance immobilière avec la liste. Saura aussi quand elle aura fini le déménagement et la rénovation. L'hiver depuis des années. Me tient la porte, se tient debout et se gèle. Derrière les lunettes, les yeux toujours aussi bouleversés ou ce sont les lunettes qui donnent cette impression ? Bonne chance, on a nos numéros de téléphone. Dans la rue un détour, tout de suite. Les portes en tôle et le moindre bruit, le moindre son, un vrai boucan. Un tumulte qui défilera jour et nuit dans ma tête et à tous les étages. Rien que l'interrupteur, dans l'escalier, me tirerait chaque fois définitivement du sommeil. À jamais, définitivement! Quatre cent quatre-vingts plus les charges, c'est plus que nous dans la Jordanstrasse. Jusqu'au quinze encore quelques jours. L'ère nouvelle. Après-midi lourd et lugubre. Qui me lorgne. Le prochain qui viendra aura le numéro treize. Même si j'avais l'argent ils ne me donneraient pas la chambre. Qui a conçu l'immeuble ? Quand et pour quelle raison? Qu'y avait-il avant ? De la Leipziger Strasse à la Hessenplatz, et déjà commencé dans ma tête à en tirer une histoire pour Sibylle et Carina. Sont au kindergarten ou sur le chemin du retour. Et ne savent pas que je viens.

Du Pakistan. Du Pakistan et si pâle. Comme si je la voyais encore debout, dans l'entrée, debout à se geler. Devant l'ascenseur qui ne marche pas. Devant le mur de boîtes à lettres carbonisées. Devant les ordures et la boue et le règlement intérieur, devant les graffitis de chattes et de bites sur des murs cochonnés avec le sentiment du devoir, et les journaux pas lus et les prospectus en couleur. Faire demi-tour, retourner vers elle, lui dire que ce n'est pas comme ça ! Pas comme cet immeuble et jamais le temps (à qui appartient le temps ?), jamais assez d'argent et les petites annonces dans le *Blitz-Tip* et les trois huit et le S-Bahn, le métro, l'administration, l'état-civil, les grands magasins, les trams, le S-Bahn. Il ne faut pas ! Pas de vie, pas de pays non plus ni de temps. Et pas de gens non plus. Les enfants par exemple, un enfant, n'importe lequel. Tiens là, l'homme et la femme avec l'enfant. L'enfant encore petit. Et tout au loin, un midi en automne. Déjà passé ? L'avenir ? Deux amoureux marchant, la tête tournée l'un vers l'autre. Staufenberg, par exemple, c'est un village. Pas loin d'ici. Là, il y a des roches de basalte qui sont bleues. Les pavés, bleus aussi. Une petite pluie de mai, déjà finie. Et comme elles brillent, les pierres, après la pluie de mai. Les poules aussi, aussitôt de sortie sous l'auvent. Aussitôt de nouveau le soleil. Colombages et toits de tuiles rouges, toutes fenêtres ouvertes. Jardins, petites portes des jardins, granges. Près de chaque étable, les hirondelles. Il y a une tour et elle a un visage. Le village se dresse sur un rocher de basalte. Même quand tu te sens comme maintenant, la tour te regarde avec son visage. Et les cloches sonnent exactement pareil. Et les carrières, le grès rouge au soleil du soir. Près des carrières, les pins. Rouges comme du cuivre, les branches, les troncs des pins. Haies et jardins, chemins creux. Deux longues traces de pneus qui vont vers l'horizon. Blanche ou rouge, la terre des chemins, selon l'endroit où tu vas, et en été tout devient sable. D'abord sable et puis poussière d'été. Ou bientôt envahi de nouveau par la végétation. Il y a des étangs. Avec des roseaux et des joncs. Et des grenouilles jusqu'au soir, longtemps. Un appontement, au moins, pour chaque étang. En lisière du village, l'étang. Certains étangs comme de l'or liquide, le soir. Tu sors du village. La route d'Odenhausen n'est qu'un chemin carrossable résistant et pierreux. Mais la route fédérale 3, la chaussée, l'ancienne voie des charretiers, est pavée. Un grand coude devant le village et elle court. Elle court vers les lointains. Vers le sud, vers le nord. Écoute le train du soir qui roule dans la vallée vers l'ouest, entre la montagne et le fleuve. Le fleuve, c'est la Lahn. Et près de la Lahn, silencieuse, à ses côtés, l'ancienne Lahn. Entièrement recouverte de nénuphars. Sous la lumière du soir. Le soleil encore haut dans le ciel. Toute la journée le coucou a appelé de la forêt et maintenant, la forêt est là et appelle. Avec son silence, avec nombre de voix, nous appelle. Ce sera mai de nouveau. Ça sent le foin. D'abord le foin, puis le regain. Dans le matin doré, tu marches et te diriges vers les petites forêts de cerisiers de Staufenberg. Mai ou début juin, les cerises seront bientôt mûres. C'était il y a longtemps, un mai du passé, la prochaine fois que tu reviendras, tu ne reconnaîtras plus rien. Du Pakistan. Et maintenant il faut que ce soit une histoire d'hiver. Sait-elle pour quelles douleurs, les comprimés et les gouttes qu'elle met en bouteille, au travail à la chaîne, chez Merck, qu'elle pèse et qu'elle recompte toute la journée ? Au moins, son mauvais dialecte de Francfort suffira, à Langen, et à Darmstadt, aussi, te dis-tu. Pourquoi pas ? On peut avec jusqu'à Mannheim, Karlsruhe, Düsseldorf et même plus loin ! Combien de vies lui faudra-t-elle jusqu'à l'Amérique ? Combien de temps jusqu'à ce que nous arrivions tous là-bas ? Jusqu'à ce que le dernier aide-cuisinier indien arrive en Amérique et y reçoive des lunettes cerclées d'or ?

Avec moi-même, donc. Conversations avec moi-même, rues de l'après-midi, et toujours plus loin. D'un village. Pendant nombre d'années n'ai cessé d'écrire mon premier livre. Et puis, pour la dernière version, pour le manuscrit propre, tout exprès à Francfort, Sibylle et moi. Pendant notre première année à Francfort nous avons déménagé cinq fois dans l'urgence. Un jour elle et moi près de la gare, Westbahnhof, visité une pièce dans une résidence à carreaux jaunes et blancs. Mais où est la fenêtre ? Tout en haut, la fenêtre, juste sous le plafond. Une fenêtre à bascule avec une poignée pour ouvrir et fermer. Presque comme pas de fenêtre du tout, presque comme en prison. Pas d'avenir, pas de vue. Vraiment ouverte, impossible. Tu ne peux que te tenir dessous, avec ta pesanteur et ton désir, découragé par la poignée. Crise d'étouffements, mal de gorge. Rester debout et déglutir. Comme dans un puits. Tout au fond du temps. Pas de délivrance en vue. Lumière au néon. Cellule individuelle. Tu as vu, on peut facilement recommencer tous les jours à se tuer, ici. Une pièce pour suicides. Se pendre ou le gaz. Mais que faire de la note de gaz, après ? Se pendre

sous la fenêtre. La corde avec patience à la charnière, solidement. Ne pas jurer ! Plutôt une chambre pour sauter-
par-la-fenêtre. Peut-être à cause de ça, juste une fenêtre
à bascule et presque inaccessible. Pour raison de sécurité. Autoprotection. La poignée qui ouvre et qui ferme
et dans le prolongement, plus haut sur le mur, une barre
de fer avec charnière et poignée. En appui dessus et se
faufiler à travers? Ou réduire la vitre en pièces, laisser les
éclats pleuvoir tranquillement sur le lit et bientôt tout
couvert de sang ! Et pas de pansements en plus ? Et si
on sonnait à la porte à ce moment-là ? Tu sautes mais
pas encore assez haut. Surtout quand on se trouve au
milieu d'objets dangereux. Il faut toujours avec soin, il
faut tout faire soi-même, et puis essayer d'atteindre en
sautant. Les éclats de verre ne suffisent pas. Les outils
agricoles, beaucoup mieux. Charrue, herse, batteuse,
moissonneuse-batteuse, mais où ? Un chantier avec exca-
vatrice et rouleau-compresseur. Un feu sous la fenêtre.
Un tonneau de goudron ? Essence ? Mazout ? Les contai-
ners avec leur ferraille rouillée, ce serait bien, près des
vieux entrepôts. Mais c'est trop loin, et avec leur taille de
garages, impossibles à déplacer. Si seulement on pouvait
voler ! Juste de temps en temps! Où aller maintenant ? Tu
trimballes tes pensées. Où aller? Jusqu'aux voies ferrées
et le long des rails, à la lisière du jour. Ta dernière course.
Tu aurais dû faire la grasse matinée d'abord! Involontaire-
ment tu te mets à boiter. Le vent dans la figure. Mais où
aller ? À pied au bord du Main, sur tes deux jambes. Mais
dès qu'on est sorti de la pièce, on perd l'envie de mourir.

Peut-être pas sur-le-champ mais petit à petit, à mesure de la marche. Près de l'immeuble, au coin de la rue, un kiosque, une petite échoppe de Francfort. À l'époque je buvais encore. Le kiosquiste, un Indien. Aussitôt une flasque d'alcool de grain pour deux marks. J'aurais préféré un cognac mais à Francfort, le schnaps le meilleur marché est l'alcool de grain. Avec cette chambre pour suicide mortel il *faut* boire de l'alcool ! Ferait trois cent vingt plus les charges, la chambre. On habitait à Niederrad, Sibylle et moi, le temps, là-bas, nous était compté. Peut-être nous sommes-nous dit, on rentre à la maison à pied et du coup, deux marks économisés et toujours en vie, d'où l'alcool de grain. Ou en tramway sans ticket. Gratuitement. Même s'il ne faudrait le faire qu'en venant de fourrer les quarante marks de l'amende dans sa poche, en cas de contrôle, et en pouvant s'en passer facilement (c'est-à-dire sans en avoir besoin).

À l'époque. Une séparation, impensable, à l'époque. Et même il y a trois semaines et demie. Et même maintenant, tout aussi impensable, me disais-je. Une ère nouvelle. Ne pas tomber malade ! Je ne me rappelle plus un seul rêve, depuis. Marcher, marcher. La Friesengasse. De retour dans la Leipziger Strasse. Un boucher turc, un tailleur qui fait des retouches, un autre retoucheur, une épicerie. Une boutique de vêtements indiens, d'huile parfumée et de foulards multicolores. Trois boutiques de vêtements à la suite avec invendus et pièces uniques. Prix fortement réduits. La saison, toujours, qui vient de se terminer ou qui va bientôt finir ou bientôt revenir. Portes d'immeubles, entrées de magasins. Un cordonnier, peintures, papiers peints, articles électro-ménagers. Comme sorties de la province engloutie de ton enfance, des boutiques de ce genre. Articles cadeaux importés de Turquie. Lentes, les voitures. Au pas. En route vers le soir. Phares allumés. Étoiles de Noël. Passants. Et sous tes yeux il commence à neiger. À gros flocons. Une neige fondue qui ne tient pas. Journaux et cigarettes. Produits italiens. La boutique de thé. À l'intérieur, là? Dans la chaleur, dans la lumière couleur miel, Sibylle, Carina et moi ? À des tables en bois blanc. Debout, toujours, un verre de thé, l'après-midi d'aujourd'hui avec des petits biscuits au gingembre. Thé, sucre candi, épices. Bougies, tiroirs et kimonos. Théières et vases de Chine. Ce serait un après-midi comme celui-ci mais qui, en plus de sentir la Chine, sentirait Noël aussi. Quatre ou cinq jeunes filles en renfort. Qui nous connaissent tous et connaissent Carina. Et la propriétaire. Si blonde, si mince, des gestes si discrets et si gracieux que Sibylle devait m'aider à l'observer. Le *fait*-elle? Le sait-elle ? Ou ça va de soi? Et aussi quand elle est pressée ? Et aussi quand fatiguée, abattue, ou avec une indigestion ? Et quand personne ne la voit ? Sibylle essayait de l'imiter à la maison, pour moi. Même encore nue. Même récemment, me disais-je. Encore en octobre. Et maintenant ici seul, avec moi-même. Comme un étranger. Anonyme. Invisible. Muet. Trois fois de long en large devant la porte de la boutique de thé, une ombre, un fantôme, ne nous ai pas trouvés. Ne sommes pas là, n'y serons plus jamais ! Puis à Bilka. Dedans, dehors. Les yeux du magasin. Continuer. L'entrée du Kaufhof. Etrangers, chômeurs, vendeurs de journaux. Ma vieille veste. Les pieds bientôt trempés ! Ménager les chaussures ! Neige fondue, les mendiants préfèrent terminer plus tôt. En face du Kaufhof, la droguerie Schlecker. Compter mon argent. Et dans un accès de matérialisme, acheter de la lessive. Il aurait fallu d'abord Aldi, Penny, Bilka, le Kaufhof, Schade et chez HL, comparer les marques, les quantités, les prix. Quelle efficacité ? Brosses à dent, dentifrice, savon, shampoing, gel douche, crème hydratante, maquillage, papier toilette, mouchoirs en papier, lessive, produits de nettoyage, d'entretien, toujours tout racheter avant qu'il n'y en ait plus! Afin qu'avec le temps, une provision, un superflu, un joli petit jardin qui pousse et qui fleurit : afin de *savoir pourquoi on vit*. *Paquets économiques géants* ! À chaque achat gagner du temps, de l'argent, économiser du temps et de l'argent, aller à la maison et puis où, avec cette camelote ? Comme si le jour n'avait pas eu lieu ! Quand nous avions une voiture et un avenir, du moins dans le passé, on allait tous les vendredi au Main-Taunus-Zentrum et chez Ikea, aux supermarchés Massa et Toom, tout autour de Francfort. Vie de famille. Le vendredi ou le samedi. Quelquefois deux fois par semaine. Voiture et congélateur. Ici souvent, à la droguerie Schlecker, les couches pour Carina, souvent avec le tout dernier argent. Une journée de juin. On voulait aller voir Jürgen et Pascale en France. On voulait faire du stop avec Carina le lendemain. Presque pas d'argent. Le tout dernier jour, encore beaucoup de travail.

De quoi ne pas y arriver. Moi, aller chercher Carina au kindergarten. Sibylle travaillera sur ses corrections à la table lumineuse jusque dans la nuit, et ira livrer les épreuves corrigées chez l'éditeur à bicyclette * bien après minuit. Le travail, mes notes, une carte géographique. Dans la cour, accrocher le linge au ciel (pas un nuage dans le ciel!). Le vieux sac de voyage. Commencer à faire les bagages, et déjà comme dans un demi-sommeil. Nous disant à nous et Carina, au milieu du chaos, on va à la Leipziger Strasse et on prend notre temps. Viens ! Une après-midi de juin. Ciel sans nuage. Si bleu, un ciel d'éternité. On veut monter et redescendre lentement la Leipziger Strasse tous les trois, la parcourir. Là nous sommes nous-mêmes ! Dans le présent de cette lumière. On aurait eu nous et le jour à jamais. La journée d'avant le voyage. Deux jours avant mon anniversaire. Le jour où commençait l'été. Tous les trois au milieu des gens, des pensées, des miroirs, des entrées de magasins. Comme une lente caravane. Comme si on marchait depuis toujours. Et comme lorsque les prairies d'été et les sentiers de montagne, le romarin, le thym, le bord du fleuve, les Cévennes, la mer autour de nous. Nous voulons aller en Ardèche et nous baigner dans le Gardon, dans la mer. Nous avions promis à Carina des sandales en plastique, rouge ou bleu transparent et voilà qu'il n'y en avait pas à sa taille. Pour Sibylle, il y en avait. Un étal à l'entrée d'une parfumerie. Soldées à trois marks depuis ce matin

---

* À trois heures du matin, dans ta mémoire tu le sais, les rues vides se mettent à errer. L'Alleenring vide s'élève sous tes yeux vers le ciel, bretelle d'accès ponctuelle vers une voie lactée monstrueusement rapide.

seulement. En plus les reflets du miroir, du verre froid ombré de vert, des échantillons de parfum. On t'achètera des sandales de bain en France, avons-nous dit à Carina (la France, elle connaît). Avant, dormant à peine depuis des jours et maintenant là comme dans un rêve. Vêtements clairs et été. L'été vient de commencer. Humer les échantillons de parfum en marchant, et dans toutes les vitrines, les miroirs, les yeux, les lunettes de soleil, les flacons de parfum, les entrées de magasin, dans tout ce qui brille, le ciel, la mer et les lointains. Même dans le ciel, la mer et les lointains. Ce devait être à cette même date il y a six mois, au jour près, calcules-tu, le 8 juin. Maintenant ici, à la caisse. La nouvelle ère. Recompté deux fois ma monnaie. Cinq personnes devant moi. La caissière et la seconde caissière, ennemies mortelles. Sœurs, en plus, parentes, belles-sœurs. Pour la vie. C'est bloqué. Devant la porte, la neige, de plus en plus rapide. Bientôt le crépuscule, la nuit, nuit noire haut dans le ciel, devant la porte. Décembre. Les gens en tant que clients et pas un mot. Trop tard. Pas un regard. Frustrés. Frustrés depuis des années. Font la queue à la caisse. Dents serrées. Caddies. Gastrites. Prix avantageux. Immobiles et se haïssent eux-mêmes, haïssent les autres. Dans deux semaines c'est Noël. Ne vient-on pas de faire une annonce, qu'ils doivent tous être comptés ? Rapide, le temps court. Depuis les hauteurs les flocons de neige, de plus en plus rapides, aussi. Comme des yeux aveugles. Une neige fondue qui ne tient pas. Officiellement ils ont les décorations de l'Avent au meilleur prix. Bientôt la fin de l'année, bientôt 1984.

6

L'ère nouvelle. Encore le même décembre ? Comme si je m'étais enfermé dehors, en dehors de ma vie ! Porte fermée, plus de clé, clé cassée. Noms oubliés. Chemin du retour introuvable. On s'en rend compte dès qu'il est trop tard : au moment même ! La mauvaise clé. Qui suis-je ? Le mauvais siècle. Un jour dans la Bockenheimer Landstrasse, à midi. En route vers le kindergarten. Avant avais écrit et me suis mis en route à la dernière minute. Froid, comme enfermé dehors. Possible que je me sois parlé à moi-même et que je n'aie pu arrêter de grelotter. Mais qui est-ce, qui va là ? Quelqu'un que tu connais ? Ou qui *ressemble,* seulement ? À s'y méprendre, un manteau d'hiver, une erreur ? Le passé ? Une vie antérieure ? Nulle ressemblance ? Le passé dans un livre ? Derrière moi, en biais. Un passant ou du moins en a-t-il l'aspect. Dans la même direction. Réduit l'écart. Je voulais concentrer dans mon expression tout mon côté étranger (sinistre, étranger, une tête de Mongol), quand je me souvins avoir lu six poèmes de lui il y a deux ans. Quand je travaillais chez le bouquiniste. *Neue Rundschau*, le numéro 2. J'avais encore mon travail, à l'époque. *Il s'appelle Harry, son nom va me revenir!* Il vient toujours aux fêtes d'anniversaire de mon éditeur. Plus la soirée avance et plus lui, silencieux et digne. Prosecco, Frascati, Whisky. Whisky et Grappa. Traduit pour la maison d'édition aussi. L'ai salué, entre-temps. En homme qui reconnaît tout le monde tout de suite et partout, qui connaît la vie. Et qui sait qui il est. À chaque instant. Évidemment. Un bout de chemin dans la même direction. Lui avions emprunté une tente, à une époque. Il y a deux ans, semaine de la Pentecôte. Mon deuxième livre tout juste fini. Contre toute attente, fini malgré tout. De mon ami Jürgen, quatre-vingts marks et deux sacs de couchage. Fin mai, le mercredi d'avant la Pentecôte. Au bord des chemins les genêts sont en fleur. Voulions aller en forêt avec Carina, Sibylle et moi. À part moi, personne ne sait qu'au dernier moment je dois ajouter un tout dernier chapitre au livre terminé. Sibylle est allée chercher la tente parce qu'à l'époque, c'était elle chez nous qui était chargée du sommeil. Du sommeil, de l'appartement, des jours fériés, du monde, de comment s'y prendre, et de l'état du monde. En m'approchant de lui me revenaient des détails de plus en plus nombreux (l'une de mes ombres s'arrêta aussitôt sur le trottoir pour trier ces détails ; une autre ombre au-devant, au cas où les enfants attendraient déjà). Ai même roulé deux fois dans sa voiture. Dans la voiture, un cendrier qui déborde. Tellement plein qu'il ne ferme plus. Orange ou orange rallye, une Golf, rapide. Après, saluais toutes les Golf, même d'une autre couleur. Et chaque voiture rouge orangé, même autre qu'une Golf. Approchant de lui et le nombre de détails, à peine supportable maintenant. En plus, emporté de ma matinée à la machine à écrire, les dernières phrases, dans ma tête. Un chapitre sur les promenades du dimanche qui n'avaient jamais lieu et sur les dimanches vains à la campagne. Le village de mon enfance. Commencé ce chapitre déjà en automne, avant la séparation. Je voulais n'écrire que trois phrases et n'arrivais plus à m'arrêter. Le manuscrit, sur la table, à la maison. L'appartement n'est plus mon appartement. Et le temps, plus mon temps. À qui appartient le temps désormais ? La séparation, Carina, décembre, et en moi les ténèbres. Avec ces ténèbres approchant de lui et en moi, un silence de mort. Laborieux, le chemin, pas à pas. La Bockenheimer Landstrasse qui serpente devant nous. Un jour de métal qui grince avec ses maillons, ses charnières. Pas assez de temps depuis ce matin. Depuis ce matin, tout toujours un peu de retard. Depuis des jours, depuis des années déjà. Écrit jusqu'à la dernière minute et maintenant, approchant de lui avec cette pesanteur (il s'appelle Harry, son nom va me revenir !). Approchant de lui, de moi-même et dans ma confusion, ne même pas entendre ma voix. Ses réponses seulement. Lui connaît mon deuxième livre par contre, en tout cas il l'a eu entre les mains.

Lectures, dit-il, une lecture. Tu es à la la société d'auteurs ? Journaux, rédactions, radio, Hessischer Rundfunk. Critiques, pièce radiophonique, documentaire. Un documentaire, c'est plus facile ! Ils donnent un à-valoir ! Et à mon air interrogateur : ce qu'est un documentaire, c'est celui qui l'écrit qui décide. Ou celui qui diffuse. À moins que, dit-il, Wolfgang Utschick et moi, on est au théâtre maintenant. En tant qu'ouvreurs. Au Schauspielhaus. Un job facile. Beaucoup de temps. Juste conduire les gens à leur place. Même pas ça. Jusqu'à la porte, seulement, un signe de tête et de la main. Ça s'apprend vite. Et on n'a pas besoin de leur parler. En costume sombre. Le plus souvent pas un mot. Dès que ça commence, tu peux faire ce que tu veux. Il faut juste rester jusqu'à la fin de la représentation, jusqu'à ce qu'ils soient tous partis. Au cas où il y aurait un incendie et si quelqu'un s'est endormi. Ou tu regardes la pièce, ou dans la salle de repos en tant qu'ouvreur. Avons même écrit une pièce, au théâtre. Pendant nos heures de travail, Wolfgang et moi. Le responsable, c'est untel. Inspecteur ou inspecteur général. Ou tout de suite ou dès qu'un poste se libère. Je crois qu'ils cherchent quelqu'un ! Tu peux écrire toute la journée si tu veux. Ou après la représentation, jusque dans la nuit. Comme tu veux. La nuit t'appartient. Et, dit-il, l'émission littéraire, à la Hessischer Rundfunk. Frau Dr. Altenhofer. Parvenus maintenant au carrefour. Le téléphone, dit-il, mon carnet avec le numéro de téléphone, pas sur moi. On te donnera le numéro de poste au standard. Appelle et vas-y, ou envoie un manuscrit. Bonne chance ! Au carrefour, lui tout droit et moi, immobile. Ce livre sera mon troisième livre. Un dimanche, dis-je dans son dos ou dans un murmure à moi-même. Transcrire un dimanche ! Depuis octobre déjà, depuis fin septembre déjà. Un dimanche de l'année d'après l'introduction de la nouvelle monnaie. Les femmes avec leur travail ménager quotidien, et le temps, leurs noms, leurs pensées et leur façon de parler. Les femmes au village, de maison en maison. À chaque instant elles trimballent leur vie avec elles, un poids, une lourde charge. Toute leur vie. Chez nous au village, autrefois, les dimanches étaient si courts. Surtout en hiver. Surtout à la fin de l'hiver. Quand il revient de nouveau, l'hiver, et qu'il refuse de trouver la sortie. Mon prochain livre. Encore et toujours ce dimanche. Plus j'écris plus je me décris en profondeur. Est-ce moi ? Le même décembre encore ? Tu as encore la tente de l'époque ? Comme si, avec la séparation, ma vie éloignée et puis loin et passée. Ce ne sera peut-être jamais un livre. Mon ombre de retour à présent. Celle qui s'était arrêtée pour trier les détails pour moi. *Il s'appelle Harry Oberländer*, me dit mon ombre. *Six poèmes. Peut-être est-il même du village.* Je le vois marcher au loin. Sans se perdre ! Incapable de se perdre ! Un manteau d'hiver. Où va-t-il ? On t'a volé ta voiture ? Une pièce de théâtre à deux, comment avez-vous fait ? Comment s'appelle votre pièce ? Vous avez des lampes de poche de service ? Ah non, c'est pour les ouvreurs de cinéma. Combien ils paient, au théâtre ? Il y a deux ans, la semaine de la Pentecôte, une tente à toi, tu dois t'en souvenir ! Et pouvais enfin commencer à tout lui raconter tranquillement. Encore et toujours, et mieux à chaque fois. Traverser en diagonale. Mon ombre approchant de moi. Une autre ombre m'attendait au bout de la route. Sous de hauts arbres, la porte de la cour ouverte (doit être toujours fermée pour que les enfants

ne se retrouvent pas dans la rue sans prendre garde!). .
L'immeuble occupé de la Siesmayerstrasse. L'entrée du
kindergarten. Décembre, jour de semaine. Froid humide,
journée maussade. Peut-être sont-ils encore à table, les
enfants. On va vers les une heure et demie, ou le temps,
arrêté. On va peut-être être depuis longtemps vers les
une heure et demie.

Au théâtre. Untel, inspecteur général. Retenu malheureusement tout de suite le nom et appelé le jour même. À
mes frais (communication locale). Je savais qu'il n'en sor-
tirait rien! J'en étais persuadé mais je refusais de m'écouter ! Contre moi-même, je suis désemparé! Possédé par
l'idée qu'avec ce travail et un revenu régulier, bientôt un
manteau d'hiver et un appartement pour moi, de l'argent
pour Sibylle et Carina. Un manteau d'hiver tout neuf pour
Sibylle, aussi. Pour Carina, acheté déjà en automne. Rester en vie et comme rôle principal, ouvreur. Peut-être
tout de même une lampe de poche de service? Tenir la
porte pour les clients, comment on fait (tu apprendras !)
et écrire jour et nuit. J'ai appelé et ils ont dit que je pouvais venir me présenter quand je voulais. Plutôt le matin.
Quelques minutes d'attente tout au plus. De temps d'attente, disaient-ils d'une voix empressée au téléphone.
Donc demain onze heures ! Le théâtre se trouve Theaterplatz. J'avais du mal à supporter de ne pas avoir déjà ce
travail. J'imaginais qu'avec, au cas où je l'aurais, j'aurais
davantage de temps pour écrire et pour Carina. Tout
réglé ! Plus de soucis ! Peut-être ne plus jamais dormir!

Ne plus dormir pendant quelques années au moins ! La nuit dernière, déjà! Neuf heures. Ciel couvert. Il est temps de se mettre en route. Avant, deux ou trois cafés, encore. La cafetière moyenne. Neuf heures à peine. Sibylle au kindergarten avec Carina et de là, directement à la maison d'édition. Leurs voix encore dans l'oreille. Sont envolées, sont parties ! Un rond de métal exprès, en guise de plaque de cuisson à gaz, pour que la cafetière ne se renverse pas (elles aiment se renverser !). La flamme de préférence toute petite, patience, mais comment avoir de la patience ? Entre-temps avec moi et le manuscrit, avec mes notes. Chercher quelques passages dans le manuscrit, vite – sont-ils encore là ? Ils sont comment? Sont-ils toujours à l'intérieur, à leur place, et qu'ont-ils à me dire? Avec quels mots ? Voir ce qu'ils demandent à l'auteur. Plus je cherche et plus il y en a qui demandent qu'on les cherche! Certains se bousculent ! Chercher toujours plus vite ! Je commence à avoir chaud ! Le papier se met à murmurer ! Entre-temps brièvement à la cuisine. Le café déjà automatiquement évaporé. S'est consommé tout seul! La cafetière brûlante, presque vide ! Sombre, le jour, sera apparemment plus sombre que clair. La tour de la télévision en motif sépia. Encore le temps? Refroidir la cafetière avec de l'eau froide. Visser, ôter le marc. Ça arrive. Et on recommence. La flamme plus grande maintenant. Du moins au début (pour compenser la perte de temps). Et ne pas oublier de diminuer la flamme à temps sinon le café va déborder! Mais ai quand même oublié ! D'*autres* détails importants. Ça arrive ! Agaçant mais ça arrive !

Alors avec patience, de nouveau ! Trois fois. Exactement comme dans les contes. Heureusement que personne ne le sait ! Me suis un peu brûlé les doigts. Et cogné le genou. Dure journée. La cuisine, plus que jamais une cuisine où on ne peut pas manger. Souvent fait fondre les poignées de cafetière (elles pleurent lentement leurs larmes de bakélite noires qui gouttent, empoisonnées, dans les flammes, grosses et lourdes, inconsolables, perdues, teintant le feu d'un bleu manganèse, d'un lilas d'orage, d'un vert de signal !). Made in Italy. L'Italie est pleine d'histoires de cafetières qui explosent. Et donc une troisième fois. Le rond de métal en guise de plaque de cuisson au gaz, c'est Sibylle qui l'a acheté chez Peikert. Un magasin d'électro-ménager professionnel, dans la Leipziger Strasse. Elle va chez Peikert pour se sentir reliée à cette grand-mère qui sait faire face dans la vie. Voit le monde à travers ses yeux (ou le monde n'appartient-il pas même à sa grand-mère qui sait faire face dans la vie ?). Très pratique, ce rond, quand on ne se brûle pas avec. Continuer le manuscrit. Le dimanche, le chapitre du dimanche. J'avais commencé en novembre en toute innocence et j'en parlais tous les jours, dès que Sibylle apparaissait à la porte. Mais toujours avec elle en pensée si bien qu'à la fin, je ne savais plus ce que je lui avais vraiment dit et combien de fois ou ce que je m'étais dit à moi-même. En parlant avec moi-même, tout tout de suite beaucoup plus clair. Impossible d'arrêter. Comme une seule longue journée. Et puis la séparation et avec la séparation, la nouvelle ère, et impossible de se sortir du chapitre. L'année d'après l'introduction de la nouvelle monnaie ou l'année encore après. Staufenberg, dans le district de Giessen. N'ai cessé d'essayer d'apaiser les ménagères, dans ma tête. Je pensais réussir mais c'est elles qui se mettaient à m'apaiser ! Il ne faut pas penser, surtout, ne s'occuper de rien ! Juste poursuivre, me fier à elles, faire entrer ça dans le chapitre aussi, tout transcrire. Dès que je suis seul, elles arrivent en s'essuyant les mains à leur tablier, un tablier traditionnel de l'année 1949. Tablier traditionnel de semaine, tablier de cuisine. Il y a encore le tablier d'étable et bien sûr, les bons tabliers, ceux du dimanche. Elles arrivent et elles parlent, elles n'arrêtent pas de parler. Les efforts, le travail, il faut voir leur vie, voir leurs mains ! Elles m'apportent leurs soucis. Je les entends penser (elles pensent toujours tout haut !). Et même là, pas tout à fait terminé, elles sont comme ça, et puis à la cuisine, et le café de nouveau bouilli. Sans témoin heureusement ! Seule la tour de télévision bâille. A l'air d'être plus près, par la fenêtre. D'abord ça sentait la pluie et maintenant les nuages, des nuages de neige. Le temps ? Il y en aura assez, du temps ! Remise en place, de nouveau, et un œil sur la montre. La seule heure que je supportais, dans l'appartement, c'était un vieux réveil électrique avec cordon qui se trouvait par terre dans la chambre à coucher, derrière une armoire et qui retardait, marchait à peine. Poussiéreux. Face contre le mur, se terrerait volontiers. Parfois dans le couloir, sur le petit coffre à chaussures. Avec un visage de crampes d'estomac et livre une course éperdue contre le temps. Ne rentre pas dans le petit coffre à cause du cordon et fait peur aux chaussures. Alors la montre, à l'œil, le temps et moi à l'œil, et la cafetière. Le ciel aussi, au cas où il se mettrait à pleuvoir (à neiger). Dans l'intervalle le sac poubelle, vite, dans la cour, pour qu'après, au théâtre, pas les mains sales ou pire, qu'au dernier moment il se déchire (sur l'avant-dernier palier). Dans l'escalier, toujours avec Carina en pensée: une seule et longue conversation depuis qu'elle est au monde mais comment sera la séparation avec elle ? Troisième semaine de la nouvelle ère. Noël à la porte. Ordures jetées, pas encore de courrier (le genou cogné me fait mal, mon genou gauche !) et une fois remonté, la cafetière de nouveau renversée. Peut-être parce que dans ma hâte, posé un peu de travers, ou d'elle-même et par peur? La tour de la télévision se penche vers la fenêtre. Me suis brûlé une seconde fois les doigts. Nettoyer la cuisinière, dix heures cinq (mais juste avant, dix heures moins dix). Le rond de métal pratique en guise de plaque de cuisson au gaz ressemble à un symbole, mais un symbole de quoi ? Que veut-il nous dire ? Pas de témoin ? Une dernière fois ! La tour de la télévision de plus en plus proche. À travers chaque fenêtre le ciel bâille dans ma direction. Vite, rassembler le manuscrit pour pouvoir le laisser tout seul ! L'emporterais volontiers mais il se mêlerait de tout et bousillerait ma candidature. Depuis trois semaines et à la fin, chaque nuit, ai réussi à me faire un lit dans la grande pièce en me parlant à moi-même. De toute façon toujours eu des matelas, des oreillers et des couvertures, dans cette pièce. Pour jouer, pour des excès improvisés en plein jour, ou en cas de visiteur en visite. Maintenant un lit, chaque nuit. Pour moi tout seul, un lit dans le silence qui s'avance après minuit (est-ce le temps qu'il me reste ?) et toujours aussi désemparé. À temps dans la cuisine, cette fois. Ça marche, quand même ! Mais comme par hasard malen-contreusement oublié de mettre le café à l'intérieur. N'ai fait chauffer que de l'eau, avec l'eau. Et de nouveau brûlé mes doigts. Le pouce aussi (le pouce droit). Presque prêt mais sans café, non, je ne renonce jamais. Surtout dans le malheur ! Refroidir la cafetière avec de l'eau et le café une nouvelle fois à l'intérieur. Ne perdre des yeux ni la cafetière ni moi !

Devant la fenêtre, le jour. On entend bien quand ça bout. Comme une petite locomotive zélée. La vapeur com-mence à se former, bout, vibre et fume. Commence à sentir le café. Mais cette fois pas encore. Tu attends et le temps soudain te paraît long, c'est toujours comme ça. Rester debout à attendre. D'habitude ça marche souvent tout seul. Bouilli trop de fois, ça sent le brûlé. Toujours plus fort. Une hallucination olfactive plutôt et de penser à mon père, ça la rend encore plus forte (mon père avait vraiment l'odorat le plus fin de tous!). Patience, te dis-tu, mais ça peut vraiment durer aussi longtemps ? Regarder l'heure encore une fois, le jour sombre et calme, comme s'il détenait un message pour moi. Décembre. Quand je revins dans la cuisine, la cafetière commençait à rou-geoyer. Oublié l'eau ! (c'est rare !) Cette fois la cafetière a vraiment failli exploser ! Gît dans l'évier, encore sifflante, choc, panique, se tourne et se retourne de chaleur et d'effroi. Avant déjà deux ou trois fois mais cette fois, me suis vraiment brûlé et cogné le genou. Pas d'eau ! Complètement oublié l'eau ! Après tellement de mésaventures ça peut se comprendre. Le café cuit et recuit, en grumeaux, le joint d'étanchéité foutu, du caoutchouc, ça pue. Encore brûlé mes doigts. Ma tête, comme bouffie. J'ai la figure brûlante. Fièvre peut-être ! La cafetière ne s'ouvre pas. Peut-être définitivement coincée. Et maintenant ? Failli appeler Sibylle puis la séparation m'est revenue. M'y suis mis bien trop tard mais je ne peux pas sortir sans ! Maintenant la défaite en tant que défaite et tout de suite un établissement spécialisé (regarder dans l'annuaire ! Où est notre plan de la ville ?) ou la deuxième cafetière, la petite, et tout reprendre à zéro ? Juste une tasse ! Maintenant, je reviens à la réalité. Maintenant on recommence. Avec soin, pour que le temps lui aussi se montre compréhensif. L'eau, la quantité exacte. Le café. Ni trop serré ni trop lâche. Le présent. Et le ciel pour témoin. Vissé la cafetière, l'ai redressée mais pas encore posée. D'abord l'histoire, il *faut* s'en débarrasser ! Au moins par téléphone (sinon au théâtre avec et jusque pendant l'entretien d'embauche !). Mon ami Jürgen, au Portugal. Edelgard en voyage aussi. Sibylle, à la maison d'édition. Christa à la Nouvelle Orléans. Jana en Espagne ou en Suède, peu importe. Tout Prague est désormais perdue pour moi. Engloutie. La Bohême au fond de la mer. Wolfram, une maison mitoyenne, je ne sais même pas l'adresse. Eckart, disparu. Horst, un simple souvenir.

Manfred, à Giessen mais sans téléphone. Et plus revenu de ses cuites depuis longtemps. Il n'y a personne. Non seulement perdu mon travail dans les délais prévus mais en plus comme s'il ne me restait plus un seul ami après la séparation. Telle était du moins mon impression. Appeler Anne, tout de suite ! Par chance, déjà réveillée. Le plus souvent elle lit chaque nuit toute la nuit. Sept fois, dis-je, d'habitude ça marche toujours tout seul. Une dure journée. Me suis vraiment cogné le genou gauche, mon genou est vexé, maintenant. Les genoux sont compliqués. Tout faux, sept fois de suite, et me suis brûlé les doigts sans arrêt ! Maintenant, il est bien trop tard ! Tant de café ! Ce n'est pas juste ! Bien trop tard et pourtant, impossible de partir ! Une dernière fois, dis-je, sinon je deviens fou ! Peut-être pas si mal au fond? Une expérience nouvelle! Avec quelle insistance me fixait le ciel ! Un jour plein de mépris, silencieux. Chaque objet tel un reproche ! Trop tard mais je veux quand même mon café ! Veux le voir, le sentir, le goûter et avoir ce moment de calme et de temps unique, de paix avec moi-même ! Boire jusqu'au bout et puis vite : la journée d'aujourd'hui, qui je suis et où aller – ne rien oublier ! Tout me répéter sans cesse et vite jusqu'au tramway! Gaz éteint, porte fermée, se souvenir, la clé et à partir de là, tout comme il faut ! Comme d'habitude, on finit toujours par y arriver ! Tant qu'on est au monde, c'est-à-dire tant qu'on est en vie et dans son assiette ! Au dernier moment y suis toujours arrivé, jusqu'à présent ! C'est à ça qu'on distingue les vivants des morts ! Il se peut aussi qu'on veuille se faire un café rapide : la cafetière en place, tout comme il faut ! Oublier d'allumer le gaz, me dis-je à moi-même, ça peut arriver ! Les poignées de bakélite peuvent fondre, après il faudra décrire les couleurs des flammes ! La passoire bouchée. Le joint d'étanchéité t'a un peu sali. Mais sinon, si on n'a pas d'outil de travail plus technique à sa disposition, ce genre de cafetière italienne est quasiment indestructible, même pour un profane pressé. L'annuaire et le plan de la ville, tu peux les ranger. Il faut encore replier le plan. Le passé aussi. Neuf ans. En cette sombre matinée de décembre, ai failli renoncer à moi-même à jamais, et puis finalement, non, au dernier moment, non ! Au moins sans effusion de sang, sans explosion ! Le gaz éteint ? Avec une cuisinière électrique, une plaque de cuisson électrique et des thermoplongeurs, bien d'autres défaites et coups du sort, mais vainqueur, aussi. Passé, coups de chance, révélations. Gaz éteint ! Lumière éteinte ! Presque pas de dégât des eaux ! L'expérience ! Pourquoi pas un *autre* café, rapidement ? Il va être temps de se mettre en route.

7

Ma vieille veste. À la troisième personne, plutôt. Au dernier moment pourtant pas la vieille veste mais le manteau d'émigré bleu noir de l'année 69. À l'arrêt du tramway. Sombre, le jour. Le regard fixe. S'être cogné le genou gauche. S'être brûlé la main droite. S'être brûlé cinq fois de suite la main. Surtout le bout des doigts. Peut-être quand même un café vite fait, demande obligeamment le diable qui attend, près de lui. Toujours poli, le diable. Onze heures moins vingt depuis une éternité et l'aiguille des minutes tremble sous l'effort. Épuisée. N'y arrive pas. Ne peut pas avancer. Lents, les tramways. Arrivent comme des catastrophes. Mieux fait d'aller à pied. À pied et penser pas à pas, il est trop tard pour ça. Sombre, le jour. Une semaine avant Noël. *Dieu est mort* ! *Vite et bien avec la FVV, les transports en commun de Francfort.* Dans le tramway qui fait du surplace plus qu'il ne roule. Par la fenêtre, la Bockenheimer Landstrasse. Derrière la vitre. Posée à la hâte. Avancer lentement par à-coups, la ruse ne fonctionne plus très bien aujourd'hui. À cause de son impatience, une place debout devant la sortie, tenir la barre de la main gauche. Retenir son souffle. Aller au-devant du but. Comment cela s'est-il passé, quand s'est-il mis à ne penser qu'en termes de catastrophe ? Descendu à Goetheplatz et les derniers pas à pied. À la hâte, comme à l'aveugle, mais toujours pas écrasé. Encore pas cette fois. En vie. Il marche. Sombre, le jour qui nous regarde de son œil fixe de toutes parts. Le théâtre est Theaterplatz. L'entrée latérale, sur le côté.

Une secrétaire avec une voix de téléphone. Comme le candidat vient d'un village, aux moments décisifs il retombe dans les chausse-trappes de son enfance et ne sait pas parler aux inconnus. Pas du tout ou à peine! D'autant plus nettes, les voix dans sa tête, et puis les mots. Et donc une demoiselle de bureau, une citadine. Des meubles de bureau, des plantes en pot, son chemisier, la broche, son sourire du matin et la cabine en verre adéquate avec chauffage central, le lecteur compétent saura de lui-même. Finement amidonné et repassé, un chemisier de soie avec large col et doubles poignets. Comme une décoration, la broche, et son sourire tel une affiche. Juste au bon endroit. Elle appelle. Personne. Elle fait attendre le candidat sur une chaise. Assis. Onze heures du matin ce n'est pas une heure mais un état. Pour ne pas les déranger dans leur travail, ni elle ni les plantes en pot, le candidat doit détourner le regard mais vers où ? Sur l'étagère ? Ce serait de la curiosité ! Sous le bureau ça ne va pas non plus : tels des poissons d'élevage, vifs et agiles, exotiques, il y a ses petits pieds étroits de citadine. Deux ! Le mieux, discrètement vers la corbeille en papier mais le cou se raidit, à force. La main, rien de grave, dit-il pour apaiser sa mère morte, pour qu'elle ne se fasse pas de souci inutile. En voie de guérison. Onze heures vingt-cinq. À midi moins vingt-cinq il semblerait que la demoiselle du bureau ait presque réussi à joindre quelqu'un ! Son visage aimerait un début d'éclaircie et pourtant, non. Au dernier moment, non. Le chauffage, plein de compassion. Les plantes en pot soupirent. À midi moins le quart elle peut enfin parler dans l'appareil de tout son art, avec sa voix de téléphone. Et puis couvrir le récepteur de la main et demander au candidat s'il peut à une heure, un peu après une heure ? L'idéal, treize heures quinze et directement au bureau 318. Monsieur Untel, inspecteur. Le candidat déjà debout, de toute façon. Par bienséance et par désarroi. Sait ce qu'il faudrait faire mais ne peut le montrer tout de suite ! Depuis onze heures cinq ne cesse d'épeler intérieurement son nom. Un genre d'exercice. Nom, prénom, date de naissance. Souligner dans sa tête le prénom usuel, proprement, convenablement. D'un trait fin. Sans exaspération. (Nous savons exactement comment ça se passe. Enfin il. À la troisième personne !) Et ne peut qu'espérer n'avoir pas respiré trop fort, en attendant, dans le bureau d'accueil de la dame. Rétrospectivement il l'espère.

À treize heures quinze, une heure un quart. Pas de montre ! Le plus sûr, devant l'entrée latérale. Cinq pas dans un sens puis cinq pas dans l'autre, ne pas se laisser distraire et entre-temps, un bref regard, à chaque fois, sur l'horloge, devant, Theaterplatz. Une horloge officielle.

C'est une horloge officielle ou pas ? Désignant les quatre points cardinaux. De façon uniforme. Et pour plus de sûreté, demander l'heure à chaque passant. Au moins à ceux qui inspirent confiance. L'heure d'Europe centrale. L'heure normale. En plus, pas moins de trois horloges publicitaires aux alentours, trois ou quatre. Des horloges digitales aussi, avec température et date. Il a peut-être de la fièvre mais ne veut pas se laisser distraire. Chez Mercedes, tout de même, les voitures et les prix. Les nouveaux modèles en vitrine. Se promène jusqu'à Frankfurter Hof en piéton de Francfort. Même pas cinq minutes. Plusieurs va-et-vient à titre d'essai entre le Théâtre et Frankfurter Hof (toujours la même distance et l'entrée latérale, inchangée), et de Frankfurter Hof, pas à pas. Explorateur. Expéditions. Kaiserstrasse, Rossmarkt, Hauptwache, Steinweg, Goethestrasse, Opernplatz, Fressgass. Les marchands de sapins de Noël. Les illuminations de Noël. Bijoux, lingerie féminine, prêt-à-porter pour hommes, et le jour qui se reflète dans les vitrines. Cerutti, Brioni, Armani. Costumes à trois mille huit cents marks. Fabrication sur mesure, prix sur demande. Soie, mohair, cachemire. Coton égyptien des plus fins. Chemises de soie sur mesure. Cousues main, les chaussures en chevreau, raffinées, inusables. Valises de cuir pour tous pays. Et les montres, toutes à ma rencontre, comme dans un rêve, souriant de toutes leurs aiguilles. Le trottoir, le ciel, les nombreux visages. Presque comme autrefois, le temps de l'Avent dans la Lollarer Hauptstrasse, à Lollar, les rues viennent à ta rencontre et entrent dans ta tête et te traversent sans cesse. Midi au centre ville. Les femmes les plus belles dans leurs faits et gestes. Se regardent marcher dans les vitrines. Se reflètent dans chaque regard masculin. Et sentent si bon ! Chacune un parfum différent! Les voir, les reconnaître, regarder, sentir, goûter comme si tu devais les porter en toi désormais ! Toutes ! Mieux vaudrait ne plus les perdre des yeux ! Mais elles s'éloignent ! Dans toutes les directions ! Comment peut-on les garder dans sa mémoire, avec soi ? Impossibles à confondre, chacune en soi et toutes ensemble à jamais, comment fait-on? Comment le supporter ? L'une qui se penche devant un magasin de chaussures. Des bottes en promotion. Porte une courte veste de fourrure et une jupe étroite. Doit se pencher deux fois ! L'une qui te dépasse, t'a rattrapé et pour ton bonheur devant toi, maintenant. Qui marche de façon bouleversante. Ses cheveux, son parfum, ses mains. Même son sac à main et son manteau, tu les inclus dans ton amour. Et voilà qu'elle penche la tête au bon moment, légèrement sur la gauche, afin que son profil, absolument aussi! Que tu l'emportes dans l'éternité. Une heure moins dix. En route vers le ciel. La librairie Kohl, la librairie Blazek et Bergmann, la Frankfurter Bücherstube. Jamais avec Sibylle, pas une seule fois dans les boutiques de mode luxueuses de la Goethestrasse ! C'était presque comme si on avait tout ça devant nous, du temps pour tout. La prochaine fois. De nombreuses vies. Et où se diriger en pensée ? Champagne et huile de truffe, la Fressgass, homard sur lit de glace. Poisson et gibier sur commande. Des montres partout. Comparer l'heure. Trouver le chemin du retour avec tous ces trésors en tête. Plus que richissime sur le chemin du retour. Vif et léger, ce genou abimé. Et la main, maintenant, comme pour mieux réfléchir, la main ne te fait presque plus mal. Jamais la Frankfurter Hof ne m'a salué aussi poliment. Jusqu'aux drapeaux. Aux jardinières de fleurs, sous les arcades. Les fontaines, un doux murmure. Un jour, livré des sous-vêtements coûteux à tout un harem, un corps de ballet et un secrétariat. Encore deux-trois modèles de Mercedes vite fait. Une Rolls Royce s'arrête au feu et à toutes les horloges il est treize heures neuf. Léger, ton cœur. Et bien que sombre, familier, le jour, et plein d'espoir. Avec un éclat intérieur propre, une lueur modeste et silencieuse.

Bureau 318. Le candidat frappe. En principe c'est la chance en personne qui devrait lui ouvrir, qui devrait l'attendre. Il frappe, il ne se passe rien. Il frappe, écoute, il ne se passe rien. Une porte grise. Avec numéro et plaque, nom et titre. Haineux, il se met à ricaner, fait des grimaces ! C'est le bon numéro. Le bon nom. Il faut se montrer reconnaissant envers la plaque, doublement reconnaissant, carrément, parce que sans la plaque, il croirait avoir noté le mauvais numéro. Douterait de lui-même. Douter de lui, il ne supporte pas. Frapper. La main brûlée. Le genou comme si un tournevis. Le visage brûlant. Fièvre, peut-être. Va et vient devant la porte. Frapper. Le silence, de plus en plus fort. Dans le couloir, jusqu'au bout. Avec la main et le genou, retourner vers l'escalier et comme s'il arrivait maintenant. En homme qui s'y connaît. Frappe d'un geste poli, donne la main à la poignée de porte. Fermée, la porte, close ! Désespéré, et maintenant ? Toute une vie bousillée. Peut-être n'est-il qu'un fantôme ? Il ne peut pas rester, pas partir, pas rester ! Pourquoi pas l'alarme d'incendie ? (amende en cas d'abus !) N'avaient qu'à pas commencer ! N'y est pas allé du tout en tout cas, pas un mot là-dessus ! À la troisième personne. Personne ne vient. Qui va nous délivrer ? Pendant quelques minutes il se sentit perdu à jamais. Savait de tout temps qu'il en serait un jour ainsi. Quelques minutes c'est long, avec ou sans montre. Et puis, d'un pas officiel et hâtif, une blouse grise de service. Avec deux dossiers. Doit ouvrir officiellement la porte avec les clés officielles avant de a) demander b) saluer et c) se présenter premièrement, en frappant la plaque de la phalange, deuxièmement, en désignant du même index le bouton supérieur de sa blouse. A d'abord quelques urgences officielles mais fait entrer le candidat sitôt après un temps d'hésitation raisonnable. Tableau des clés, dossiers sur le bureau, ordre. Ôter la blouse. La blouse sur un cintre et dans l'armoire métallique. L'armoire métallique est grise. Se lisser un reste de cheveux des deux mains. D'abord avec les mains, et puis avec un peigne de poche pratique. Une veste poivre-et-sel sortie du placard, enfilée aussitôt et pour la bonne marche du service, le cintre vide de retour dans l'armoire d'un gris militaire. Il doit d'abord passer plusieurs appels officiels urgents au téléphone. Exact, le candidat dans un coin pendant ce temps, sur la chaise qui attend. Tableaux de service au mur. Quatre calendriers.

On va vers les deux heures. Par la fenêtre, l'après-midi urbain. Une semaine avant Noël. Comme le candidat aimerait un regard par la fenêtre. Mais la fenêtre, inaccessible. Et le reste. Derrière le bureau. L'inspecteur au téléphone. Deuxième, troisième, quatrième appel. Sur le bureau, un cadre. De la taille d'une carte postale. Même quand l'inspecteur qui téléphone en tant qu'inspecteur n'a pas besoin de ses deux mains, il colle parfois habilement l'écouteur, en tant qu'inspecteur, entre l'oreille et l'épaule. La routine. L'expérience, il n'y a que ça. Et à qui s'adressent ses multiples clins d'yeux malicieux pendant qu'il téléphone ? Sûrement pas au candidat, prêt à s'oublier lui-même. Le bout des doigts brûlant, la main brûlée à plusieurs reprises. Il préférerait encore être une chaise. Avec un genou abimé. Sur sa chaise, dans un coin. Debout, est comme un portemanteau, assis, comme une chaise. La vie n'a-t-elle pas toujours paru consister en actes simples et séduisants mais inaccessibles à jamais? Même quand ça ne coûte rien, que ce n'est pas explicitement interdit. Comme maintenant, regarder par la fenêtre. Il a toujours voulu regarder par toutes les fenêtres et entrer dans le temps, dans les jours, connaître chaque poste de travail et tous les gens qui sont sur terre en même temps que lui. Et le candidat, avec la candeur qui depuis l'enfance le caractérise, et ce de plus en plus, n'avait-il pas même envisagé un petit appartement au théâtre ? En secret ! Tout près de l'entrée principale. Là où on laisse les manteaux. Près du vestiaire. Derrière la scène (quand on traverse lentement les décors en se dirigeant avec un étonnement perpétuel vers la toile de fond) ou sur le toit, même. Devant les gratte-ciel qui scintillent. En plein Frankfurt am Main. Sans être dérangé, sur le toit du théâtre, à l'écart, une petite maison, habitable et crédible. Le ciel, chaque jour éternel océan. Les gratte-ciel comme des mirages et les nuages qui les traversent. Le Spessart, le Taunus, l'Odenwald qui commencent à faire signe aux fenêtres dès que ton regard tombe sur eux. Ce sera fait ! dit l'inspecteur au téléphone, au plafond. Il faut de l'ordre, il faut ! Suis garant ! De la dizipline, un bon coup de balai ! Sur les doigts, comme il faut ! Là-dessus, vous, dit-il, c'est clair, d'accord ! Seize heures tous les vendredis, mise au point et rapport complet ! Tout à fait de mon, tout à fait de votre avis ! Et, au plancher : le boxon, mettre enfin de l'ordre! Ne vais pas contempler plus longtemps ça! Dizipline, un bon coup de balai ! Personnellement! Jusqu'au gazage ! Rapport complet ! Quatre conversations et un clin d'œil en raccrochant. Bon alors ! Le candidat aimerait que sa requête (où est donc sa requête ?) mais l'inspecteur doit encore téléphoner. Au plafond ? Au plancher? Les saucisses chez le boucher, dit-il. Légumes et viande, HL, comme d'habitude. À sept heures dix pile, le repas sur la table. Rapport complet ! Et maintenant la paix sinon ça va barder ! Comme d'habitude! Je veux! À l'heure comme le journal télévisé, et sans moufter ! Fin du communiqué ! A raccroché et a fait un clin d'œil. Le candidat, enfin, avec sa requête et lui-même. Se lever ? Aller vers le bureau ? Avec ou sans chaise ? La chaise devant lui, sans rien bousculer? Courbé, empêtré dans sa chaise. Avancer penché en avant, un être double, une combinaison malaisée. Maintenant, enfin ! Le candidat et sa requête – mais stop ! Coupé en plein élan, le candidat. L'inspecteur à l'armoire métallique, et après les appels officiels, échange sa veste contre un gilet de laine. Vert mousse ou marron foncé ou sans couleur. Le cintre, la porte de l'armoire, tapoter brièvement l'aimable radiateur pour vérifier. En signe d'approbation, aussi. Le chauffage est sous la fenêtre. Et maintenant, le candidat et sa requête. Déjà hier, au téléphone, et chez la secrétaire auparavant. Maintenant les mêmes mots comme appris par cœur ou formuler de façon nouvelle ? Une grande proximité, maintenant. Expérience et précision. Sur le bureau, un cadre de photo. La taille d'une carte postale. Malheureusement de dos. Devant le bureau, le candidat et sa douleur à la main. Contenir la douleur ! L'extrémité des doigts seulement. Le genou gauche mal revissé ! Et respirer, comment on fait ? Dur. En manteau. Une dure journée. Le candidat tendu sur son siège comme s'il faisait seulement semblant d'être assis.

Ah ah, en tant qu'ouvreur ! dit l'inspecteur. Qui vous envoie ? Écrivain ? Des écrivains, quelques-uns ! Des écrivains, plusieurs déjà! Et il rectifie les plis de ses manches. Qu'est-ce que vous écrivez ? Des enfants ? Un enfant ? Oui, ça se fait vite ! Il leur faut ordre et dizipline ! Le candidat est sûr d'avoir déjà vu ce comédien dans de nombreux rôles semblables. Là, en tant qu'inspecteur. Il y a aussi des livres dans les clubs de livres, dit l'inspecteur dans son rôle d'inspecteur. Pour les membres. Bon marché et bien présentés. Avec les étagères pour, en plus. Atlas mondial, globe, bibliothèque. Avez-vous certains de vos livres sélectionnés dans ces clubs de livres ? Vous connaissez ces clubs de livres ? Pourquoi seulement une fille jusqu'à présent? Les enfants du divorce. On divorce vite mais ça coûte cher ! Oui-oui, messieurs les écrivains ! En tant qu'ouvreur, ordre, ponctualité, dizipline ! Sous Adenauer – vous vous souvenez de lui ? Vous vous intéressez à la politique ? À l'histoire ? En tant qu'écrivain! Politique, l'Allemagne, le parti, c'est une affaire privée mais ordre et dizipline. L'Allemagne. Il y a des écrivains qui sont contre tout, vous en êtes, vous aussi ? Vous connaissez celui de la télévision ? Vous vous intéressez au sport ? La Bundesliga, la coupe du monde de football, les Jeux Olympiques ! Construit une maison à Praunheim. Un quartier neuf, deux enfants. Vous êtes déjà allé à Praunheim ? D'abord le fils et puis une fille, c'est plus pratique ! Les enfants grands depuis longtemps. Dizipline. Partis de la maison. A construit lui-même, le fils, et la fille, avec un ingénieur diplômé. Carrière de fonctionnaire. Marié. En tant qu'inspecteur et grand-père, deux petits-enfants déjà, pour sa part. Quel âge me donnez-vous ? De Poznan. Ancien réfugié, pour sa part. Propriétaire à Praunheim à présent. Vous connaissez Praunheim ? Habitat neuf dans un quartier neuf. Une maison allemande. Dizipline, Prusse, vertus prussiennes. Sous-officier. La guerre, vous et votre génération, vous n'y avez pas participé. Enfin... D'autres conditions, aujourd'hui. *Notre* Adolf, il ne le dit pas. Privé. Opinion privée. Ne pas se laisser ôter le pain de la bouche par les étrangers. En tant qu'inspecteur, également responsable du service de nettoyage. L'a sous ses ordres. Mais entre nous soit dit : il y a du laisser-aller en Allemagne! De la dizipline, il faut, un bon coup de balai ! Ou qu'en pensez-vous dans l'ensemble ? Vous lisez les journaux ? Un écrivain, il faut! En tant que scribe-scripteur-écrivain vous devez avoir un avis ! Poète, ne dit-on pas aussi poète ? Vous n'avez pas un de vos livres sur vous par hasard ? Vous parlez de quoi ? Dans les journaux aussi? Vous vous intéressez à la politique ou plutôt apolitique ? Plutôt le sport ? L'histoire ? Vous écrivez pour qui ? Votre cible ? Pas de cible ? Alors l'écriture pour vous c'est, ça a toujours été une sorte de hobby ? Un violon d'Ingres pour ainsi dire. Chacun doit savoir ce qu'il fait. Vous faites collection de timbres ?

En tant qu'inspecteur en service, a commencé à trier des fiches bristol il y a longtemps. Fiches bristol, tableaux de service, personnel de service, listes de présence, listes de matériel, formulaires. Tout par écrit. Conformément au règlement. Avec stylo à bille, avec soin et crayons de couleur. Par souci d'exactitude. Date, tampon, signature. Oui-oui, on a du mal à se représenter tout ce qui dépend de lui, en tant qu'inspecteur ! Incroyable. Sa propre femme, à la maison, dans sa cuisine, ne peut pas s'imaginer le quotidien, celle pour qui il gagne de l'argent chaque mois. Gaz, électricité, eau, les saucisses du boucher, l'assurance maladie – tout se paie! Construit une maison.

Habitat neuf dans un quartier neuf. Maison avec jardin. Et montre enfin la photo du cadre. La taille d'une carte postale. Une maison allemande, impressionnante. Terrasse, parterre de fleurs, double garage. Vendredi Saint, 1964. La maison fraîchement nettoyée. Devant, les silhouettes sont minuscules. Vous avez une maison aussi? Tout se mérite. Il faut d'abord avoir réussi ! Travail. Responsabilité. Il y a quatre ans, infarctus de service pendant le service. Depuis, non fumeur. Volonté, dizipline ! Dès l'enfance. Dans la Wehrmacht encore plus. Et après, plus que jamais. Toujours apprendre. Vous êtes non fumeur ? Vous fumez ? Encore jeune, oui. Pas fait la guerre ! Servi ? Vous avez fait le service militaire ? Bien que la Bundeswehr aujourd'hui, rien à voir avec la Wehrmacht de la grande Allemagne, avec nous ! Il y a du laisser aller, en Allemagne, faut reconnaître! Vous, en tant qu'écrivain. Sans maison. Pas de fils. Vous avez un devoir. Encore ce téléphone. Oui, oui-oui ! Moui, on en reste là. Comme d'habitude, comme par l'opération du Saint-Esprit. Dur-comme-fer. Pareillement, reçu cinq sur cinq ! Et de nouveau son monologue depuis le début, deuxième essai. Le candidat est sûr d'avoir vu ce comédien dans de nombreux rôles semblables. La seconde fois, son monologue réussi un peu plus rapidement. Revu. Une seconde adaptation théâtrale, modifiée. Bon alors. Allons-y. Ça m'a été, c'était un plaisir ! Aimerait bien encore des heures mais il faut, il est temps, maintenant. Malheureusement tout le monde ne peut pas en tant qu'écrivain. Même si ce serait bien. Le devoir ! En tant qu'inspecteur, il doit distribuer le matériel pour le service du ménage. Le service du nettoyage. Surveillance, inspection, contrôle. Avant Noël, dans le temps de l'Avent, les contes de Noël. Séance spéciale. Groupes scolaires, asiles de vieillards, personnel. Cas sociaux. Des troupeaux d'autocars. Les enfants des pauvres. Quelle saleté, il faut nettoyer tout de suite. Ça fait des semaines déjà. Depuis la mi-novembre. Jusqu'à trois représentations par jour et il ne faut pas le moindre grain de poussière. Le devoir l'appelle. Dizipline. Alors le mieux, par écrit. Comme d'habitude. Vous, en tant qu'écrivain. Par écrit vous pouvez. Pas un problème pour vous. Candidature, CV, attestations, références, certificat de bonne conduite. La routine, vous connaissez. Intéressant. Une conversation intéressante. Pour ma part. Consensus sur beaucoup de choses et même du même avis. Tout à fait de votre avis, pour ma part. Votre candidature dans les plus brefs délais et on verra ce qu'on peut faire. L'administration. On vous fera savoir. On vous écrira. Le gilet de laine dans l'armoire métallique. La blouse. Peigne de poche. Poignée de main. Les dents. Un sourire. Comme d'habitude, comme on a dit. *Notre* Adolf, il ne l'a pas dit. Pas une seule fois. Inspecteur ou inspecteur en chef. Intéressant, aussi, votre opinion. Très heureux. En tant que candidat, en manteau tout le temps,. Serré, étroit, un manteau d'émigré bleu noir de l'année 69. Assis. Boutonné. Tous les boutons fermés et pas assez d'air. Dur. Une dure journée. Les boutons du manteau constituent un chapitre en soi. Et maintenant le candidat a le droit, il n'a pas été arrêté. En liberté. Il n'est pas accusé. La porte. Passé la porte. Couloir, escalier, entrée latérale. Theaterplatz. L'air libre. L'après-midi d'aujourd'hui. Lettres de néon, feux de circulation, lumières, le tramway, les câbles électriques, le vent du Main, un ciel d'hiver urbain. À l'horloge quatre heures moins dix. Des quatre côtés.

Et maintenant on ne peut plus vraiment dire candidat. Pas de visage. Défaire un bouton du manteau ? Traverser la Theaterplatz sans se faire écraser. Pas par le tramway non plus. À la troisième personne. Un type sans argent, un voyou. Direction la Hauptwache. Devant l'église, la Katherinenkirche. À l'entrée, les mendiants pieux de décembre. *Soupe populaire à partir de 16h30*. Écrit à la craie. *Soupe chaude tous les jours*. Les grands magasins, pleins de monde. Vendeurs d'arbres de Noël avec capotes militaires et chapeaux de fourrure polonais. Paix sur la terre. Illuminations de Noël. Vendeurs de journaux. Mendiants, clochards, sans domicile. De plus en plus de mendiants. Mais ne pas tomber malade ! Il se sentait si mal qu'il apprit à refuser aux mendiants. Demande à ceux qui ont de l'argent ! Et puis boire de l'eau toute la nuit, un litre par heure, pour ne pas étouffer. Écrivain. Pendant des années, limite, et juste au moment où on commence à vieillir, le cœur, le foie, l'estomac, les yeux, les chaussures, les deux dernières chaussures, chacun de tes os, la circulation du sang et dent après dent, juste à ce moment-là, tu deviens un clochard. Noël juste à la porte. Travail salarié, une place. Peut-être encore à temps avant

Noël, comme tu pensais, et tu serais sauvé. Noël et l'enfant et le monde sauvés tout à la fois. Le conte de Noël annuel. Sur le toit du théâtre, pour appartement de service, une maison en pain d'épices habitable et résistant aux intempéries. À chaque séparation, répartir et voir le monde autrement, à qui tels souvenirs et à qui tels livres, pulls over, mots, chaises et gens. Le jour et ses nombreux visages. Te regarde sous toutes les faces. De retour à la Jordanstrasse. Rentrer à la maison, tu ne peux plus dire ça. Quand c'est fini, c'est fini. Un mot se perd après l'autre. Et si nous revenions sur la séparation aujourd'hui? Tu entrerais et Sibylle sur le tapis, les mains vides. Un tapis avec des dragons et des divinités de Chine. Derrière la fenêtre, le ciel. Le ciel entrant dans la pièce. Elle n'aurait que sa vieille robe de chambre. Attendrait et dirait : si on voyait, si on essayait une dernière fois. Au centre de la pièce. Pâleur d'hiver. Ses mains comme des oiseaux. Ma vie, c'est pourtant la vie ! Traversant la Hauptwache pour aller dans la Fressgass, un manteau d'émigré. Ménager les chaussures en marchant. L'argent, se dit-il, rassembler assez d'argent pour qu'à la première-deuxième-troisième personne tu puisses rester au lit quelques années sans être dérangé. Combien d'années ? Combien par an ? On a besoin de combien ? Avant, encore, des chaussures neuves et ces chaussures neuves en guise d'avenir sous le lit, à portée de main. Depuis l'enfance, ai toujours lu au lit. Une fois, il y a longtemps, me suis brûlé l'extrémité des doigts de la main droite. Il marche. Vivant. En vie. Il vit.

Un clochard dans la Fressgass. Ivre. Juste devant le café Schwille. Assis sur des pierres, a tout bu jusqu'au bout. Rhum, vin rouge, canettes de bière, alcool de cumin et eau-de-vie double. D'abord là et puis plus rien ! Complètement ! Se lève parce qu'assis, on ne peut jamais donner son avis personnel. Debout et trébuche. Autour de lui : tout vacille ! Fantômes, portefeuilles, silhouettes en manteaux, un peuple idiot. Lui, trois vestes l'une par-dessus l'autre. Tout le monde l'évite. Les mendiants sérieux de la Fressgass ont tous pris la fuite depuis longtemps, parce qu'avec sa cuite il dérange leurs affaires,. Il se tient debout, des moulinets. Étend les bras. Les mains en sang. Lacérées. Sans doute avec du verre, des bouteilles, et ne s'en souvient plus. Mains lacérées de toutes parts. Éclats ayant sans doute pénétré à l'intérieur ou avec un couteau. Avec du fer-blanc, un bord en fer, ou alors soûl, son reflet, et dedans à pleines mains. Hier peut-être? Peut-être il y a trois jours ? Pus, saleté et sang séché. Déjà vomi avant. Souvent ! Zone piétonne. Que le gel en plus ne pénètre pas dans ses blessures, cette nuit ! Qu'est-ce qu'il raconte ? Juste devant le café Schwille. Cuite. Isolement cellulaire. Se retient à un pilier effrayé. Tout tangue, tout s'accroche à lui. Ira se rasseoir bientôt. Comment se fait-il qu'il ne reste pas une seule gorgée? Tant de vie, tant d'expérience de vie et même pas une dernière goutte ! Et les flics en route, déjà ? De toutes parts, de toutes les directions, en route vers ici et dans sa tête : ils n'arrêtent pas de venir ! Il trébuche, halète, il s'est assis. Si on ne s'occupe pas soi-même de tout ! Il commence à se relever, le monde se soulève, toute la Fressgass se lève avec lui. Il n'y aurait pas quelque part dans le monde une ultime gorgée pour lui, que diable! Et si possible dans le quartier ! Par la force au besoin ! Et au loin, les sirènes.

Froid humide, bientôt nuit. Suis-je de nouveau moi ? Un manteau d'émigré et sans visage. Comme si le jour m'avait été volé et comment avoir une seule bonne pensée maintenant, d'où ? Retourner maintenant, de préférence, mais jusqu'à quel point et où ? Retourner et recommencer la journée d'aujourd'hui ? À la maison maintenant, à pied à la maison. Vaincu. À la troisième personne. Et l'après-midi d'aujourd'hui, une histoire pour Sibylle et Carina ou pas un mot là-dessus ? Pas un mot là-dessus, il ne supporterait pas. À pied la maison. Hauptwache, Fressgass, Bockenheimer Landstrasse. Décembre. Le crépuscule, une semaine avant Noël, Frankfurt am Main. Et le long du chemin, pas rencontré un seul visage. Tu n'arriveras jamais. À la maison comme si c'était notre première année à Francfort. D'un village. Là-bas aussi, étranger. Aussi souvent qu'il arrive, de quelque direction que ce soit, les pieds brûlants, sur l'Opernplatz, toujours sans argent pour le tram et qu'il voit briller face à lui affamé, fatigué, la Goethestrasse, la Fressgass : flotte devant lui, intangible comme un passé vivant, l'idée qu'il aura gloire et richesse à profusion. Sous de nombreux ciels. *S'il vous plaît, épelez-nous encore une fois votre nom* ! Et continuer, longtemps encore, jamais assez. Avec Carina toujours, en tramway ou à pied, avant d'arriver à l'Opern-

platz. Bientôt, tu verras ! Cette fois aussi ? Sûrement! Là
où commence le ciel. Sur le toit de l'opéra, il nous reconnaît : le cheval avec les ailes !

8

Cherche colocataire pour trois pièces Leipziger Strasse. Au coin de la Landgrafenstrasse. Au-dessus de la vieille librairie Montanus. J'arrivai dans l'après-midi. Un professeur encore jeune. Sa chambre. À côté, la pièce du milieu. Et dans l'angle, la pièce d'angle. La pièce d'angle serait pour moi, c-à-d à louer. La pièce du milieu, neutre. Chacun la moitié ou à partager. Selon ses besoins. Mon écurie, dit-il, et il se transforme aussitôt en cheval à mes yeux. Un cheval de labour, gros et lourd. Mais avec des pantoufles de feutre, de préférence remplies de gaz propulseur. S'ébroue, hennit. Doit ranger, doit vider la pièce d'angle. Le tout dans le week-end. Prévu de toute façon. Préparation des cours, cours, réception des parents, conseils de classe, formation continue, élèves pas intéressés, effectifs trop élevés, les collègues, des intrigants. Ambitieux. Psychopathes. Neurasthéniques. Sous-payés. Intendance défectueuse. Le réseau social. Les salles de classe, le corps enseignant et le matériel pédagogique, vieillis. Tous les week-ends et pendant les vacances, une réadaptation à chaque fois. Biorythme. Stress, un stress carrément permanent. Possible que j'aie hoché la tête. Dans le couloir. Un grand couloir. Il traîne les pieds. Il hennit, s'ébroue. Cuisine et salle de bain sur cour. Dans la cuisine, bouteilles de bière, limonade. Bouteilles pleines et vides. Dans des caisses. Des caisses empilées. Toujours meilleur marché, l'achat en gros. Sièges pliants. Journaux. *Neckermann*, *Quelle*, *Otto-Versand*. Au mur un calendrier qui m'effraie, tout à coup, le temps. De grands chiffres si chaotiques, si excités ! Le fait qu'il passe, le temps ! Partout des piles de journaux. Sur le plancher, sur chaque table, sur toutes les commodes et sur le rebord des fenêtres. *Frankfurter Rundschau*, *Zeit*, *Süddeutsche*, *Stern*, *Gong*, *Funkuhr*, *Hör zu*, *Welt*, *Spiegel*, *Betrifft Erziehung*, sur l'éducation, directives cadres, *Päd-Extra*, *Erziehung und Wissenschaft*, éducation et savoir, syndicat. Les étagères aussi, débordant de journaux. Outils, cartons, cassettes vidéos, poussière, vases, chaussures de tennis, objets décoratifs, un microscope, un canon sur roue miniature, des voitures jouets, une caméra vidéo. Dans sa chambre, un téléviseur couleur tout neuf avec magnétoscope. Modèle de pointe. Flambant neuf. À peine déballé. Le carton encore à proximité. Vient d'être branché. Dans la pièce du milieu, un téléviseur sur une étagère murale, c'est l'ancien. Format d'image, couleur, télécommande. Impeccable. À côté, encore un. Face tournée contre le mur. Pratiquement neuf. Il faut le brancher. De ses parents. Il vient d'Aschaffenburg. Ces caisses de diapos, en tant que matériel pédagogique. Nouveaux médias. Deux aspirateurs serrés l'un contre l'autre, attendant le signal du départ. Des lampes. Et en plus de ces lampes, d'autres lampes qu'il va apporter prochainement. Déjà prêtes. Pareil pour les rideaux. Des plantes en pots. Une échelle. Après-midi, hiver, jour de semaine. Janvier. Noël supprimé. Derrière la fenêtre, la Leipziger Strasse. De grands sacs de chips un peu partout dans l'appartement.

Il fume des cigarettes mentholées mais avec modération et sans inhaler. Le soir, aussi la pipe. Un cendrier qu'on ouvre en appuyant dessus. On appuie et les cendres disparues comme par enchantement. Très pratique. Pour la pipe, non, pas comme ça. Mais pratique pour les cigarettes. Pour les allumettes aussi, les cendres, les mégots. Haut comme une table. Bien stable. Pied chromé. 60 centimètres de pied chromé. Mais le vider quand même de temps en temps. Pour la pipe, il a un cendrier de bistrot, de la Sparkasse. Son père, deux drogueries. Un magasin principal et une filiale. À moi maintenant. Profession ? Écrivain. Un enfant. La séparation. Le tout, au téléphone déjà mais il n'a pas vraiment écouté. Il croyait que j'étais professeur ou du moins l'équivalent. Écrivain, comment on fait? On écrit, dis-je. Et des revenus ? Des revenus aussi. Par an, par mois ? Pourcentages, livres, argent. À chaque instant. En permanence. Les revenus, comme si j'étais Remarque ou Fallada, mais encore en vie. Critique sociale avec nettes références autobiographiques. Comme si la fin de la guerre sans arrêt et moi, *À l'Ouest rien de nouveau* chaque année. D'abord l'Ouest, et puis tous les points cardinaux dans l'ordre. La rose des vents. Quant à Staufenberg les autres enfants arrivaient à peine à comprendre le lever du soleil, le Nord, le Sud, et Mainzlar, Lollar, la route et la Lahn, je savais déjà qu'il existait non seulement un Nord-nord-est et un Sud-sud-ouest mais aussi un Ouest-sud-ouest et un Est-sud-est. Chaque coucher de soleil dans ma mémoire pour l'éternité. Jamais reçu de réponse à mes bouteilles à la mer. Jusqu'à présent. Les parallèles et les méridiens, toujours comme un fardeau sur moi, une surveillance, comme un lourd filet, une absence de liberté, un poids. Je m'aperçus que j'avais digressé. Intérieurement, en pensée. Toujours plus loin de moi-même. La gorge sèche. L'argent. Honoraires. Et aussi journaux, revues, radio, télé, cinéma. Ici, à l'étranger. Comme *Autant en emporte le vent*. Pareil. Ou Goethe et après, une statue. Mais plus tard. Des journaux partout. Comme la vie même, te dis-tu. Depuis combien d'années, ces journaux chaque jour remplis d'annonces de téléviseurs couleur et de magnétoscopes ! Ordinateurs, logiciels ! Offres spéciales ! Dix pages d'annonces ! Le week-end encore plus ! Suppléments, brochures couleur ! Éditions spéciales ! Suppléments spéciaux ! Quand nous sommes arrivés à Francfort, il y a sept ans, Sibylle et moi, c'étaient des chaînes stéréos. Des tours Hi-Fi. De toutes sortes. Quotidiens et feuilles d'annonces. D'abord pour entrer dans l'automne, une pièce sous les toits avec de grandes fenêtres dans la Basaltstrasse. Puis dans la Kaufunger Strasse, chez l'ami de Jürgen, Siggi. Le matin du café au lait, des œufs dans un verre et des toasts à la confiture d'orange. Le passé. Les matins clairs d'hiver. Toute la maison embaumait le café au lait et les toasts. Et quel beau son rend la sonnerie de sa porte. Presque déjà Noël. Autrefois. Encore étranger. Je voulais comprendre la ville et pendant des semaines, je lisais tous les journaux chaque jour. Page après page. Schleyer, Stammheim. Mogadiscio. Politique, nouvelles locales, cambriolages notoires de la région Rhein-Main. Voitures d'occasion. Les morts toxicos du jour. Le total des morts toxicos par jour-mois-année. Déjà à l'époque. Voyages organisés. Étrangers sans papiers. Indiens et Indiens-adjoints. Placements première classe. Sans risque. Votre avoir doublé en huit semaines. Crédit immédiat quelle que soit la somme. Même sans garantie, sans papiers ni formalités. Argent liquide par voie postale. Chaque voiture d'occasion prête pour un tour du monde sans retour. Mais pas de digression ! Annonces de putes avec détails et numéros de téléphone, et leur spécialité. De luxe. Hyper-équipées. Tous les jours, quelques retraités sous un tram. Et la distance sur laquelle ils ont été traînés – quatre-vingts mètres, cent quarante, deux cents mètres. Comme si c'était un concours entre conducteurs de trams (mais on ne sait pas s'il y a des primes ou des félicitations!) Gros revenus. Petits boulots. Cherche distributeur de prospectus. Il n'y a que les annonces immobilières que je ne lisais pas. Dans la Kaufunger Strasse, un grand appartement où il ne reste plus que l'ami de Jürgen, Siggi. Un procès de la RAF en instance. Le bail résilié. De toute façon, on reste

---

* Itinéraires, horaires légaux., respect humain et surtout les restrictions budgétaires officielles nous l'interdisent !

pour l'équivalent de la caution, me dit-il au moment d'emménager. Tant que tout va bien, vous pouvez rester. Gratuitement. Mon premier livre. Et nous l'approvisionnons et nous approvisionnons quotidiennement en nourriture. Assis à écrire et tous les jours, en fin d'après-midi, la Leipziger Strasse jusqu'à la Warte, et attendre Sibylle au tram. Décembre. Le crépuscule. Des manteaux inconnus. Sur le chemin du retour, la Leipziger Strasse, nos achats. Payer le lait. Payer le pain. Cher, le papier toilette. Des fruits aussi. Et le supplément dont nous avons besoin, le prendre selon les possibilités du jour. Pas facile, surtout quand on est pressé. Au lieu d'une liste d'achats, disons une liste de besoins. Pour les besoins, deux grands sacs par jour. D'un village. J'écrivais tous les jours. Pendant nombre d'années n'ai cessé d'écrire mon premier livre et là, la dernière version. Venu exprès pour ça à Francfort. Toujours recommencer. De nouveau chaque jour. J'écrivais tous les jours comme si c'était mon dernier jour sur terre. Vin rouge, en écrivant. Des bouteilles de deux litres avec bouchon visseur. 1,47 DM. Le schnaps, juste en cas d'aubaine ou de début particulièrement dur. Notre premier hiver à Francfort. Un hiver difficile. Sept ans, depuis. Et maintenant faire abstraction d'ici, de moi. Les lointains. Ailleurs. Ça va tout seul. Et pourtant avec lui, avec moi, ma fatigue et le monde entier comme un poids, près du cendrier à pied chromé. Lui et moi, et l'après-midi. Allées et venues dans l'appartement. Comme pas tout à fait dans mon assiette. L'enfant, dis-je. Presque quatre ans et demi. Ma fille. Carina. Elle s'appelle Carina. Pas de place de parking. Pas de place de stationnement. Le stationnement permanent autorisé le plus proche, dans la Seetrasse et sur la Kurfürstenplatz. Lui a un parking bon marché dans la Landgrafenstrasse. Peut-être y aura-t-il un emplacement libre. Possible que j'aie hoché la tête. Cigarettes mentholées. Le cendrier. À côté de moi le professeur, de plus en plus grand. Comme une baudruche. Un cheval en caoutchouc. Si circonspect qu'on dirait qu'il flotte. Il traîne les pieds. Il marche par à coups, tire à hue et à dia. Un murmure. Puis de nouveau un volume normal. Quand je suis abattu, la réalité est mal ou pas synchronisée du tout. Le loyer. Six cents de participation. Ou peut-être cinq cent quatre-vingts. Chauffage non compris. Loyer sans chauffage. Un mot qui commençait à me rester en travers. Frétillant comme un chat dans la gorge. En guise de caution il a payé une caution. Trois ou cinq ou six mois de loyer de caution. Doit vérifier. Les documents. Et tout ce qu'il a mis, dans cet appartement. Tout noté. Stores. Moquette. Contrats. Quittances. Tickets de caisse. Habite ici depuis cinq ans. Et les chiffres dans l'ordinateur, aussi. Très bientôt il pourra précisément, très précisément. Noir sur blanc. Ai-je aussi la garantie avec garantie parce qu'écrivain ? Les écrivains, il ne connaît pas. On peut par l'intermédiaire de la banque. Une caution de la banque. Et l'enfant viendrait me voir? Une journée pour enfant. Un après-midi pour enfant. Des films pour enfant. Location de films. Vidéos. Et fixer peut-être un après-midi fixe pour enfant. Baby-sitter. Les enfants, il ne connaît pas bien non plus. Sa sœur en a deux. Toujours des baby-sitters de confiance. Budget, nounou, kindergarten. Son mari est concessionnaire Volkswagen. Et lui professeur de physique comme déjà dit. Biologie, physique et chimie. De la quatrième à la terminale. Stress, comme déjà dit. Il regardait autour comme si c'était lui qui se cherchait un cagibi. De nouveau dans la pièce du milieu, près du cendrier au pied chromé. Un cendrier de conférence. Quelques personnes intéressées, dit-il. Des actifs. Déjà envisagé une femme comme colocataire. Au féminin. Étudiante ou active. La douche, tout juste rénovée. Toute la robinetterie dans la cuisine et dans la salle de bain, flambant neuve. Emménagé il y a cinq ans. Un collègue à lui intéressé par la chambre aussi. Maths et sport, jogging ensemble parfois. Alors au cas où dans les jours qui viennent. Fera signe. Premier étage. Derrière les fenêtres la Leipziger Strasse. Janvier, l'hiver. L'après-midi dans la rue. Tous les jours dans la Leipziger Strasse comme sur une scène. Les gens aussi. Du matin au soir, chaque journée comme toute une époque, à chaque fois. À la fenêtre. D'en haut. La rue, les vitrines, l'entrée des magasins. Un stand de fruits turc. Pommes, bananes, oranges, avocats, mandarines et citrons. Sont bien réels. Une lumière jaune. Neige, un parfum de neige dans l'air. Quelques flocons isolés. Peut-être seulement dans ma mémoire après coup et pour fixer mon regard. Une jeune fille en parka foncée. Sortie de la boutique en dessous de l'immeuble, traverse la rue avec un sac de chez Montanus. Mince et blonde, et tu ne sais rien d'elle. Lettres de néon. Les trottoirs pleins de gens. Allant vers le soir. Un hiver de neige. L'ère nouvelle. Janvier. Lentes, les voitures. Phares allumés. Encore une fois le cendrier de conférence. Stable. Hygiénique. Représentatif. On appuie. Il bourdonne, vibre. Et la cendre est partie. Définitivement disparue.

Et puis la Leipziger Strasse. Seul. De long en large, et me chercher ! Au fil des années venu si souvent ici, d'abord Sibylle et moi, puis elle et moi et Carina. Je nous vois encore marcher partout. Allant vers le soir. Dans la neige. Un enfant. Une enfance. Carina, Sibylle et moi. En arrière-plan des manteaux inconnus. Il neige toujours? Entrées de magasins, vitrines, lumière sur le trottoir, et le ciel encore clair. Sont-elles déjà à la maison ? Téléphoné à Anne, avant. Si l'appartement est bien, dit-elle, accepter quoi qu'il arrive et l'appeler aussitôt. À peine raccroché qu'un deuxième appel. Elle doit aller à Bockenheim, de toute façon. Banque, fac, bibliothèque, de toute façon c'est mercredi, non ? M'attendra au café. Il faut que je vienne tout de suite, il faut absolument ! La Leipziger Strasse. Chocolats, stand de fruits, torréfaction de café. Le Kaufhof, Bilka, et la journée avance. Étrangers, chômeurs, mendiants, vendeurs de journaux. La boutique de thé et sa lumière couleur miel, nous ne sommes pas à l'intérieur. Tu le sais d'avance, tu le sens dans ton cœur. Puis la boutique aux vêtements indiens avec son huile parfumée et ses foulards multicolores. Étroite, encombrée, odorante. Arc-en-ciel, clochettes d'argent, cithare, flûtes et tambours, petites chaînes, palmes, lacets en cuir, branches et rubans de couleur, le tout suspendu au plafond.

Musique, musique de caravane. Subcontinent indien. Verres à thé, théière argentée sur un plateau. Étroit, surchauffé. Tel une idole, un radiateur à gaz rouge et or, luisant de chaleur. Des flammes bleues. Devant les flammes, une lucarne ronde. La propriétaire nous propose du thé. Les flammes du gaz dansent. Inde, Népal, Birmanie, Laos, Tibet, elle est allée partout. Ce matin même du courrier de Katmandou. Un instant, il faut faire un peu de place ! Écarter le rideau, patience. Chemisiers, jupes, robes, toute une collection apportée comme par magie, à la vitesse de l'éclair. Pendant les essayages, elle avait l'habitude de regarder Sibylle de l'aider de ses mains habiles. Avec sollicitude. Maternellement. Telle une une tante, gouvernante, telle une amie exigeante. Dans le miroir et devant le miroir. D'abord avec puis sans prétexte. Encore un peu de thé ? Cigarettes d'Inde. Le thé pousse au pied de l'Himalaya. Ses bijoux cliquètent. Elle fume avec un long fume-cigarettes. Si on a trop chaud, elle entrouvre la porte de la boutique. Personne ne viendra regarder à l'intérieur. De fait, sommes presque seuls au monde avec l'après-midi d'aujourd'hui. Me palpe en experte le foie et les côtes. Il faut qu'on soit à l'aise, qu'on prenne tranquillement le temps. Une coupe de vin de riz, peut-être ? Coussins d'Afghanistan. La boutique existait déjà quand nous sommes arrivés à Francfort. Et maintenant, en travers de la vitre : Cessation d'activité ! Liquidation ! Comme si j'avais tout imaginé depuis toujours ! Il neige encore ? Sibylle et Carina à la maison, déjà ? Dans ma tête, déjà commencé l'après-midi d'aujourd'hui pour elles :

encore un constat d'inutilité. Tous différents et au bout du compte, tous pareils. L'ère nouvelle. Aime toujours mon image d'Aschaffenburg. Le Spessart, les histoires de brigands, Tucholsky et le vin de Franconie. Une petite tour baroque aussi, peut-être, par-dessus les toits, avant que le train redémarre ponctuellement ou que la vieille voiture trouve enfin d'elle-même le bon chemin ?* Le Main. Un Moyen-Age paisible. La Franconie commence à Aschaffenburg et le long été, lent, le temps. La route de Bohême, de Vienne, des Balkans. La Méditerranée orientale. La route terrestre vers l'Inde. Et maintenant ? Comment puis-je encore penser à Aschaffenburg? Et à la Leipziger Strasse, à l'hiver, à ma vie, à l'après-midi d'aujourd'hui. Conversations avec soi. Devant, ça mène à la poste. La Leipziger Strasse de long en large à ma recherche. Avec de plus en plus d'urgence à ma recherche! Mon argent, compter l'argent qui reste et le restant des jours. En janvier, les *Stollen*, les gâteaux de Noël sont bon marché. Et bientôt, aussi, les calendriers. Début janvier. Trop froid pour neiger. Descendant des hauteurs comme du polystyrène, de rares flocons secs. Sur la tête de la foule. Les mêmes que d'habitude. Comme s'ils ne savaient faire rien d'autre. Tombés du ciel sans réfléchir, par erreur, mais impossible de remonter ! Dans la lumière des grands magasins et dans les rues latérales plus sombres, devant les échoppes de Francfort, les clochards. Tels les derniers

---

* Ou les petites tours baroques se trouvaient-elles déjà à Würzburg, à Buda-pest, à Arad, Oreda ? Combien jusqu'à Odessa, jusqu'à Damas ?

survivants d'un peuple en voie de disparition. Être ivre mort, c'est long, ça prend du temps ! Tous les jours tu les vois mourir lentement dans la ville, en public. Même pas quatre heures et déjà le crépuscule. Des tas de gens et où aller ? Où vont-ils ? Il n'y a pas si longtemps, ils devaient tous être comptés ? Marcher. Ménager les chaussures en marchant. Il y avait de la neige ici ? C'est bien moi ? Rester sur terre et écrire chaque jour. Chaque jour avec Carina, la voir chaque jour ! Et avec nombre de mots, elle et moi encore une fois vers l'été. Entrer dans l'été. Voir où l'été nous conduit. Des chaussures neuves pour moi. Carina avec des sandales neuves. Quand le soleil brille, elle se met à sautiller. De toute façon l'été, elle devient une enfant tsigane. Écrire, continuer d'écrire jusqu'à ce que j'aie écrit tous les livres, Carina grande depuis longtemps et moi enfin comme les tsiganes, avant, les vagabonds. De toute façon, tous bientôt de nouveau nomades, me dis-je. De nouveau dans le vaste monde, suivant leur vocation. Mais comment Sibylle supporte-t-elle? Comment peut-elle être, ne serait-ce qu'une journée, ne serait-ce qu'un soir sans moi ?

Anne au café. Juste au début de la Leipziger Strasse. Dans l'arrière-salle d'une boulangerie, un petit café ancien. Pas de fenêtre ou fenêtre soigneusement masquée. Des plantes en pot, des veuves, la serveuse, veuve aussi. Lino usé. Papier peint à fleurs datant de 1960. Terne et décoloré, presque comme un souvenir. Ancien et tout petit, le café, il ne faudra pas longtemps avant qu'il n'en reste rien.

Bientôt écoulé, le temps, entre ces murs. Consommé. Entré, juste passé prendre Anne pour que ça ne coûte rien, et avec elle dans la rue. Manteaux de fourrure, sacs de livres, après-midi dans la Leipziger Strasse, la dernière fois nous y étions il y a tout juste un mois, elle et moi. Et depuis le temps a passé, comme d'habitude. Un professeur. L'appartement. Au moins deux ou trois mille marks avant même de pouvoir emménager ! Nous sommes passés devant l'immeuble. Côte à côte, le long des vitrines jusqu'au Kaufhof, puis demi-tour et au café-glacier quand même. Moi, un café et elle, un Campari. Le briquet volé ? Égaré ! Doit être chez elle, dans le couloir, dans la cuisine, près du lit ou de la baignoire. Égaré mais pas perdu ! Et même, mettons trois mille marks, dis-je, mais en plus, le loyer! Six cents marks par mois. Comment faire pour le loyer et encore le loyer ? Continuer d'avancer ou retenir le temps ? S'il pouvait au moins passer lentement, le temps ! Le professeur vient d'Aschaffenburg. Fenêtre sur rue. Je pourrais apprendre la Leipziger Strasse par cœur tous les jours, du matin au soir! *Et* écrire en plus! J'aurais chaque journée et ses détails en moi à jamais ! Bon, dit-elle, avec son Campari rouge. Elle a l'argent. Elle me le donne. Le loyer, avancé jusqu'en mai. Bottes claires, jupe courte, collants foncés. Noirs ou gris foncé. Elle repousse sa chaise et je me redresse au point de bien pouvoir regarder ses jambes. Le loyer jusqu'en mai minimum. Elle a six mille marks et n'en a pas besoin. Buvant comme si elle l'embrassait, le Campari, rouge comme un rouge à lèvres. Même avec tout ça il ne me le donnerait pas, dis-je. Je ne sais plus ce qu'il portait. Professeur de physique. Biologie, physique et chimie. Quand je suis abattu, la réalité est mal ou pas synchronisée du tout. La réalité ou ce qu'on appelle réalité. Aussitôt la circulation du sang. Troubles de la vue. L'année 1984. Il devait s'effrayer, le *bon* lecteur, quand il y a quelques années, sur les rayonnages d'Aldi, les premières boîtes de conserves portant l'inscription : à consommer avant 1984. Pendant des années tous les jours avec mes ennuis et mes pensées. Et comme si je n'avais pas assez d'ennuis, à peine quelques-uns, presque pas, ai souvent commandé un Chinotto ici, pour le plaisir. Faute de mieux. Juste pour passer le temps. Des mots. Comme s'il ne pouvait jamais rien m'arriver! La première fois, avec Sibylle, il y a presque sept ans, je sais encore le jour, et depuis encore et encore. Carina, toujours un lait fraise ou une petite glace. Dès qu'elle se représente les deux, elle n'arrive plus à se décider. Et après, il faut un jus de poire. Le café-glacier Cortina. Aux murs les Dolomites, en photos couleur. Les garçons, un arc-de-cercle, à chaque fois, autour de mon violon tsigane invisible. Avec respect. Ce sont les mêmes clients qu'en décembre ? Même *avec* cet argent et *si* tout allait bien dans ma vie, il ne me donnerait pas l'appartement, dis-je. On trouve toujours une raison. Et quand bien même, j'y pense maintenant et c'est le pire mais c'est presque une consolation : un tel vide, ce serait insupportable! Je devrais penser en permanence avec ses pensées. Les mêmes gestes. On ouvre la porte et on se voit s'asseoir dans le fauteuil. Le cendrier au pied chromé. Journaux, téléviseur, bouteille de bière.

Je crois qu'il vit de cacahuètes et de chips. Au moment de l'addition le garçon dit de lui-même : pas de Chinotto malheureusement aujourd'hui, Signore ! Près du porte-parapluie, dans le coin, le violon tsigane. Invisible, petit et très net ! Et puis la Leipziger Strasse avec Anne. Froid, bientôt nuit. Tous sur le chemin du retour. Avec elle jusque chez elle et au moins un moment, comme si j'étais quelqu'un d'autre ? Le village, lui dis-je en marchant, dans la cohue. Staufenberg et donc mon premier livre. Sur le trottoir le soir passe devant nous. Tout le monde avec une haleine blanche. N'est pas prêt d'être fini, le livre ! Ai toujours été content, à part moi, qu'il ne faille pas grand-chose pour écrire. Table, chaise, machine à écrire et lampe. Surtout depuis que je ne bois plus. On se connaît, on se passe d'approbation. Au besoin un matelas suffit en guise de lit. Avec le manteau en guise de couverture. À Staufenberg ai écrit pendant deux hivers sans poêle, en manteau. Mais comment faire sans appartement et il faut que je voie Carina tous les jours ! En tant que poète, on peut peut-être sans domicile ! Quelques feuilles, des crayons, un canif, un cahier et tout dans la tête. Je pourrais rester tous les jours assis à la Hauptwache, parfois au bord du Main. Tous les jours de la Hauptwache à la gare en passant par la statue de Goethe. Le saluer, toujours. Lui aussi. Sur toutes les cimes. Parfois du temps pour une petite conversation. Sur toutes les cimes, je l'aurais volontiers écrit moi aussi. Autour du socle, des roses de Francfort. Des Japonais du Japon avec des appareils photos japonais. Poussé dans le ciel comme il faut, la Dresdner Bank, ces dernières années. Nous nous saluions de la tête. Les roses, dit-il, je peux en prendre quelques-unes. Moitié moitié. Quand même pas, pour ne pas faire l'Indien-adjoint du Pakistan. Pas parler beaucoup mots allemand! Et avec un regard de la jungle, avec des roses inconsolables, de bistrot en bistrot nuit après nuit. Sans domicile. Pas d'adresse fixe. Et bien sûr, toujours pas les papiers en règle. En tant que poète, peut-être, oui, mais pas avec une machine à écrire, un manuscrit, des petits placards pour manuscrits, des cartes géographiques, des tiroirs, des carnets, de nombreuses feuilles avec le temps et des livres épais. Écrire mon époque ! Des années et des années pour chaque livre et de nouveau, page à page. Vingt fois chaque page. Et pour finir, père d'un enfant. Partir mais où aller ? En tant que père je ne veux pas rester assis à la Hauptwache ! J'aurais dû partir depuis longtemps ! Anne en manteau de fourrure. C'est elle qui porte son sac de livres maintenant. Avec elle, toujours, dans la cohue du soir. Avec elle dans une parfumerie. Juste pour goûter ou humer. Au cas où je voudrais consommer ! Moi-même comme une publicité pour parfums, maintenant. Et quelques bâtiments plus loin, tout de suite témoin de ses achats de salade et de sel à un vieux comptoir en bois, sous une lumière jaunâtre. Et puis l'arrêt du tram de la Bockenheimer Warte. Le soir se presse autour de nous. Un manteau de fourrure d'un brun doré éclatant. Le manteau l'entoure tel un éclair. Et ses cheveux châtains et au henné. Bientôt six heures. Comme des perles, dans ma mémoire, les petites gouttelettes d'argent de la dernière fois. Trop nombreuses, impossibles à compter. Le brouillard les a soufflées sur ses épaules et sur son col dans la pénombre. C'était en décembre. Reconnu aussi les montagnes enneigées derrière elle. Dans la vitrine d'une agence de voyages. Depuis début décembre déjà. Ont toujours été là. Passé, le temps. Et se retrouver précisément au même endroit, Anne et moi. Cette vieille terre. Entre avec nous dans la nuit. Voilà son tram qui arrive.

9

En route vers la la radio, Hessischer Rundfunk, avec le manuscrit. Un extrait du manuscrit. Des photocopies. Janvier. Un matin de janvier tôt encore. Ai téléphoné avant. Frau Dr. Altenhofer. Écrivain, c'est-à-dire moi. Et épelé mon nom avec adresse. Deux gros livres. Et maintenant le troisième mais pas près d'être fini. Appelé toute la journée pendant plusieurs jours, au moins douze fois avant d'arriver enfin à la joindre. Il faut voir, dit-elle. Le *Studio für Literatur*. Prose. Inédit. Une demi-heure d'émission. Douze pages. Par courrier. Sans engagement. Elle lit dès que possible. Dès qu'elle peut. Risque de durer un certain temps. J'étais déjà content d'avoir réussi à la joindre et qu'elle soit prête à croire que j'existais. Convertir en nombre de pages du manuscrit aux interlignes serrés. Douze pages normées font sept pages chez moi. Tout de suite au moins trois chapitres de la bonne longueur, formant un tout en soi, même les titres me seraient venus à l'esprit ! Mais tout de suite, de nouveau, les ménagères et leur promenade du dimanche qui n'avait jamais lieu. Trop long de toute façon et pas encore fini. À l'époque, je pensais ne jamais finir. Certainement pas le livre mais même ce simple chapitre. Surtout et en aucun cas celui-là. Pourtant je savais qu'il fallait ! Pas le choix. Contre moi-même, je suis désemparé. Les sept premières pages ou morceler d'une façon ou d'une autre, mais ça ne va jamais. Même en me trompant dans mes comptes. Ne pourrait-on pas au milieu d'une phrase ? Commencer et continuer jusqu'à ce que ça aille – s'arrêter au milieu d'un mot au besoin : deux syllabes et demie qui restent dans la gorge! Sur le bout de la langue, toute la vie ! Recopier une partie à la machine car en plus, beaucoup à la main et ce n'est qu'à grand peine déchiffrable. Les ménagères et leurs sujets de conversations du dimanche. L'année 1950, quels tabliers et quels gâteaux du dimanche, elles ont fait la vaisselle après le déjeuner et la fille des voisins les a aidées à essuyer. L'homme qui fait la sieste sur le canapé du séjour et les enfants encore petits. Devraient jouer sans bruit dans le couloir mais préfèrent sous la table de la cuisine, ricanent et rient. La table de la cuisine est la table où on mange. La pendule fait tic-tac. Vendredi c'est le jour de la paie. Le tic-tac de la pendule n'est aussi fort que le dimanche. Maison et cour, agriculture de géné-ration en génération. Après la guerre, les hommes sont revenus peu à peu au village, revenus de la guerre. Et puis tous dans la sidérurgie, en tant que chauffagistes, aux fon-deries, de Buderus à Lollar. Chauffagistes ou chauffagis-tes-adjoints. Et à la briquetterie, à Mainzlar. Tous les jours les trois huit. Si possible l'équipe du soir ou l'équipe de nuit afin de conserver la précieuse (et maigre) lumière du jour pour le travail des champs. Chacun toute sa vie son propre esclave. Années de chien, années de cheval, années d'hommes. Et puis l'année où il y a eu la nouvelle monnaie. Les ménagères doivent entamer un compte à rebours pour savoir en quelle année elles se sont procuré leur nouvelle radio du dimanche avec la nouvelle monnaie. Achetée à Lollar, chez Römer. Parce que le dimanche, le tic-tac de la pendule est plutôt bruyant. Pour nous, gens de la terre, les dimanches sont très courts. J'essayais de combiner des extraits de versions différentes. Et de photocopier entre temps. Maintenant je ne pouvais plus abandonner ni même repousser. Lui donner tout le chapitre inachevé avec dans la marge, quand elle n'est pas couverte d'annotations (la plupart du temps, la marge est couverte d'annotations, chez moi) des signes au crayon pleins de bonne volonté mais incompréhensibles ? Des broussailles voyantes qui deviennent vite envahissantes ! Dans la marge : notes marginales ! Qui pourraient en quelque sorte signifier: là aussi on pourrait ! Plutôt qu'au tout début ! Commencer à lire au milieu mais après, ça ne va pas non plus. Pour finir par m'apercevoir que je ne pourrai pas l'envoyer par la poste. Déjà avant je ne savais pas vraiment envoyer des manuscrits par la poste, même s'il ne s'agissait que de photocopies. Surtout à des institutions. Encore moins à des gens que je ne connais pas. Et surtout pas quand les manuscrits sont trop longs et en plus, sans début ni fin. Contre moi-même, je suis désemparé. Depuis toujours. Alors rappeler. Cinq fois, de nouveau, avant de pouvoir la joindre. Encore moi ! Toujours moi! L'apporter, je suis comme ça ! lui ai-je dit. Apporter, d'accord, mais elle ne pourra pas le lire plus vite pour autant. Sans engagement, de toute façon. La durée d'émission est limitée. Non-non, dis-je. Juste vis-à-vis de moi sinon ce n'est pas supportable. C'était un jeudi ou un vendredi. Le lundi n'est pas bien alors disons mardi à dix heures. Dix heures du matin.

À pied! Je connaissais le chemin mais pas en détail. J'espérais qu'il y aurait des arrêts de bus aux endroits stratégiques avec un plan d'ensemble. Il y en avait, en effet, et même avec un plan d'ensemble mais les plans d'ensemble, moches et sans vue d'ensemble. Pratiquement inutilisables. Juste bons pour que les passagers égarés sachent dans quel bus monter, malgré leur passivité (au cas où un bus arriverait). Me presser parce que c'est plus loin qu'on ne croit (c'est toujours plus loin qu'on ne croit). Surtout quand il faut prévoir l'éventualité de ne pas avoir pris le bon chemin! Marcher, marcher vite et marcher sans savoir exactement si c'est la bonne direction, ce n'est pas évident. Alors avec hésitation et en même temps, d'autant plus vite pour avoir assez de temps en cas de fausse route. À l'arrivée, il n'est pas si tard, plutôt un peu plus tôt que tu ne t'y attendais. À chaque arrivée. L'entrée principale. Porte principale? Porte Est ? Avant de savoir déterminer un point cardinal à Francfort, il me faudrait chaque fois aller au bord du Main. Au bord, le fleuve coule. Mieux, sur la passerelle métallique, l'Eiserne Steg. Tu te plantes en plein milieu. Tu restes et tu sens le fleuve : qui coule sous toi, qui passe et qui s'éloigne. Tu restes et tu vois comme il continue de s'éloigner sous tes yeux. Les

lointains, ils existent. Rester immobile, te tenir. Rester
et apprendre l'au revoir. Un au revoir n'est pas un point
cardinal. Le Main et au bord du Main, revenir en pensée
à Staufenberg et au soleil, là-bas, qui tournait chaque jour
autour du village et autour de moi. Moi au milieu, le soleil
brille. Le village au soleil autour de moi avec lenteur et le
soleil, chaque jour, autour du village. Le village se dresse
sur un rocher de basalte. Ainsi vont les points cardinaux.
Ne m'a-t-elle pas dit porte Est ? Si je dois justifier de mon
identité, plutôt quelqu'un d'autre. Un autre mais qui ?
Petit poste de garde, cage de verre, barrière. Les gardiens
armés avec lesquels tu aurais dû compter d'après les livres
d'Indiens et la guerre de ton enfance (une embuscade !).
Toi, sans arme, et les gardiens, armés mais convaincus à
temps que tu es à l'épreuve des balles ! Que tu es invul-
nérable et au monde à juste titre ! Que tu sais qui tu es,
à l'avenir aussi, que tu as un *sens,* que tu es toi et que tu
y crois. Qu'il y a une raison : quelqu'un m'attend ! Identité, qu'est-ce que ça veut dire ? Aucun être sérieux ne
ressemble à sa photo d'identité ! Parler à la cage de verre
à travers un hygiaphone. Absurde. Démasqué tant que
porteur de microbe. Par-dessus un tourniquet tendre la
carte d'identité qui m'atteste. Le tout hermétique. Pourquoi et où aller ? Je me dis, ils ont dû m'observer, savoir
que durant toute ma vie non autorisé, récidiviste, étranger et d'un village. Là-bas aussi, étranger. Pourquoi moi ?
Pourquoi ici ? Pourquoi pas au travail à mon poste de
travail ? Pas de travail fixe ? Pourquoi? Pourquoi pas au
moins chauffagiste-adjoint chez Buderus ? Au moins en

hiver ! Ou manœuvre aux poumons poussiéreux à Mainz-lar, tous les jours, à la briqueterie ! Vous ne voulez tout de même pas sérieusement nous convaincre que vous avez quelque chose à voir avec – comment ça s'appelle ? – la li-tté-ra-ture, sinon n'importe qui pourrait entrer! La carte d'identité est confisquée. Pour ça, un petit étui en plastique par-dessus le tourniquet avec une étiquette et une épingle de sûreté qui semble dire qu'il faut se la mettre tout de suite maladroitement. Avec des mains au tremblement suspect. Suspect et deuxième classe, dit l'étiquette de plastique à fixer. Les gardiens, en uniformes de capitaine. La radio, Hessischer Rundfunk. La télévision. En tant que gardiens, peut-être d'un village aussi. Un bouton rouge sur lequel appuyer et quand il le relâche officiellement, tu deviens sourd-muet pour lui. Voir son regard dans la cage de verre, devenir invisible, aussi, pour lui. D'abord transparent, lentement, peu à peu, et puis invisible. À l'instant. Au moment même. Alors marcher. Les bâtiments sont numérotés et impressionnants. Un tel édifice te scrute de tous ses yeux impassibles et toi, tu marches sous son regard comme dans un champ de tir, dans un viseur. Des bâtiments administratifs.

Panneaux indicateurs, plaques aux portes, flèches de signalisation. Saluer chaque panneau indicateur, obtempérer à chaque flèche de signalisation. Et aux plaques sur les portes, l'attention qu'elles méritent – il te manque un dictionnaire pour les plaques sur les portes. Ne pas rester coincé dans l'ascenseur ! Un ascenseur avec miroir,

faut-il saluer ? Saluer avec distance ? Et puis une secrétaire, tu as quand même su dire ton nom (elle devait être
au courant!), te conduisant de la salle d'attente dans un
grand bureau clair. Personne à l'intérieur. Est-ce qu'elle
parlait ou est-ce qu'elle chantait, rumines-tu intérieurement. Au sol, des piles de livres partout. Tous neufs, la
plupart encore sous plastique. Un miracle que le plancher ne s'effondre pas. Bien sûr, tu n'en piques aucun
mais comment sauraient-ils ? Peut-être qu'on est obser-
vés ? Peut-être vraiment d'une voix chantante, la secrétaire ? À la radio comme dans un opéra radiophonique.
Plantes en pot, il fait chaud (ne pas penser à la prochaine
note de gaz !). Une baie vitrée devant laquelle se les nuages bousculent. Tu les imaginais exactement comme ça
quand tu étais enfant, dans toutes les salles de classe les
tableaux noirs auraient dû être pleins de ciel et bouger.
Et il faut que mes yeux se mettent à pleurer justement
maintenant ! Parce qu'auparavant dans le froid (pour économiser l'argent du bus et aussi parce qu'en marchant, je
peux penser), toute l'Alleenring à pied trop vite. L'unique
piéton à perte de vue. À une vitesse croissante, silhouette
en manteau solitaire dans le vent. En fait une autoroute
urbaine à six voies, après coup, maintenant je me voyais
arriver de là, de très loin, sous les nuages*. Pas de mouchoir. Pas d'argent pour des mouchoirs en papier. Et
oublié de prendre du papier toilette à la place. Et voilà

---

* Pour ménager les chaussures : je marchais comme si j'étais quelqu'un
d'autre !

que tu te retrouves, muet et crispé. Même pas d'argent pour le pain. Mon manteau, un manteau d'émigré bleu-noir de l'année 69. Il y a quinze ans facile, calcules-tu maintenant. J'avais l'impression d'être riche, à l'époque. Même après dix ans, presque comme un diplomate, de loin. Un dignitaire. Puis, pendant quelques années, les tendres mouvements de la tête avec lesquels ma fille prenait toujours soin de s'essuyer la bouche sur moi. Après chaque repas, avant de s'endormir. Quoi que je porte. Quand elle était encore toute petite, légère comme un papillon. Avec elle aussi, les ongles tout de suite les plus sales, et encore maintenant, à chaque fois. M'apercevoir, à mon grand effroi, que j'ai oublié mon manuscrit, mais non, il est là ! Comme on prend vite des habitudes (le manuscrit sous le bras). Peut-être une caméra de surveillance tout de même? Hautement vraisemblable ! Ils ont filmé mon effroi et qui sait comment ils vont l'interpréter. Et maintenant, pour se détendre, penser avec distance aux chapitres terminés qui auraient beaucoup mieux convenu que cette promenade du dimanche en Oberhesse qui n'a jamais eu lieu et qui n'a maintenant (et pour cause) pas de fin. Écrite par moi, impossible à nier, et pourtant me semblait presque incompréhensible. Les mots, trop étrangers. Que veut dire Oberhesse ? Ai imaginé la région et ses habitants, ils n'existaient pas avant ! Le manuscrit, roulé et un peu trop serré. Comme cloué entre les piles de livres, maintenant. Me frotter les yeux des deux mains n'améliore pas les choses ! Je me suis levé et me suis entendu grincer des dents, comme si la patience de toute une vie avait atteint sa limite. Sur la table de travail, le chaos, et trois paquets de cigarettes. Et si elle ne venait pas ? Dix heures du matin. Les yeux me brûlent. Frau Dr. Rosemarie Altenhofer. Hessischer Rundfunk. Literaturredaktion. Au village, de mon temps, on l'aurait appelée la Frau Dockterin, connaîtrait-elle un remède contre la douleur ? Et moi, comment dois-je me présenter ? Là, devant elle, et en moi-même, comment ? Pris rendez-vous la semaine dernière comme s'il s'agissait de quelqu'un d'autre. Comme si l'avenir, à l'avenir, allait rester l'avenir ! Le monde disparaît déjà sous mes yeux. Un long trajet, et trop vite dans le froid. Quand je ferme les yeux, le silence se met à bourdonner. Dents serrées : entrechoquées, les dents ! Comme si tu ne devais plus dire un mot à personne. Manteau, manuscrit, derrière la fenêtre, un mur de nuages. Et en plus, moi et mon nom, ma voix, retrouver ma présence d'esprit. Ma conscience de l'émission car il faudrait pour l'été prochain, c'est ce que tu imposes, à toi et au monde, ta première émission de radio ! Pour que l'été advienne, aussi! Pour que tu saches que tu es vraiment au monde, même en été. Serrées, les dents, comme si tu n'allais plus jamais les desserrer! Rester debout et avaler. La gorge nouée. Bientôt, elle apparaîtra à la porte, innocente. C'est toujours la première fois. Tu ne l'as jamais vue et pourtant tu sais que dès le premier coup d'œil, elle sera si belle que tu ne pourras pas détourner le regard. Et belle, ça veut dire belle à jamais !

10

Entrer dans l'hiver, d'abord un hiver de pluie et puis un hiver de neige. Mon ami Jürgen rentré mi-janvier de Sicile. Avant, au Portugal. A un studio pour deux mois. Neuf. Une résidence carrelée de jaune dans la Schlossstrasse. Avec ascenseur. Meublé. Moquette, téléphone, interphone. Plus de cinq cents par mois. De l'argent emprunté. Ascenseur fonctionnel toujours en état de marche. Que des locataires à bonne situation. Entrée, escalier et couloir propres. Boîtes aux lettres soigneusement briquées. Des laveurs de carreaux réguliers. Gérance d'immeuble, surveillance. Comme un immeuble de bureaux. Irais peut-être jusque fin mai, dit-il, mais préférerais partir dès que possible. *Rundschau*, *Blitz-Tip* et *Frankfurter Allgemeine*. Janvier, on va vers les midi ou le temps s'est arrêté. À qui appartient le temps ? Nous lisons les annonces immobilières, téléphonons, entendons l'ascenseur qui marche. Qui s'arrête, marche, s'arrête. Comme si ma vie s'était enfuie depuis des années. Je m'aperçus que je ne croyais pas aux appartements des annonces. Avant pas plus. Même avec de l'argent, je n'y aurais pas cru. Dans le *Pflasterstrand*, des chambres libres dans des appartements en communauté. Le *Pflasterstrand*, toujours en

140

fin d'après-midi ou le soir. De préférence au Café Elba, au Bastos, au Pelikan ou à l'Albatros. Sept ans à Francfort et rester assis là avec les annonces. Il reçoit le *Pflasterstrand* gratuitement, à la rédaction, en tant que combattant émérite de l'underground. Un avenir ? Un passé en guise d'avenir ? Janvier dure bien longtemps pour moi. Juste à ce moment-là, je me mis à penser qu'il ne faudrait plus aller au café. Désormais, de fait, plus aucune dépense superflue. C'est-à-dire aucune dépense qui ne soit que pour moi. Durable, la chambre, ou passagère ? Homme ou femme ? Études pédagogie, et quel âge ? D'où, quels diplômes, combien de semestres ? Et avec quel programme d'ordinateur ? Pour homme et femme, des petits symboles pratiques griffonnés, peut-être suis-je le seul à confondre sans arrêt les matières étudiées, les abréviations, les programmes d'ordinateur et les petits symboles pratiques griffonnés, à n'y rien comprendre, au fond !

Un jour, un appartement en communauté où une pièce totalement libre et une pour plusieurs mois. Une voix de femme aimable. Rue Oberlindau. Pouvons venir tout de suite, Jürgen et moi. À la fenêtre, le soir. Tu n'aurais pas un foulard pour moi ? Un foulard de soie, voilà. Et le deuxième pour lui. Comme venus des années cinquante. Comme des imposteurs. Nous en sommes ! À pied, et marcher vite. Déjà nuit. En chemin, un crachin. Sommes entrés, je connaissais l'immeuble. Crépi bleu, bleu et blanc. Avec encorbellement, corniche et jardinet. Un escalier haut, à l'entrée de l'immeuble. Près du bâtiment bleu, un bâtiment jaune exactement semblable, juste à côté, ou l'inverse. Le numéro de la rue ne m'était pas inconnu. Déjà au téléphone. Dans le jaune, tu t'en souviens, habitait un éditeur de Suhrkamp il y a sept ans, pour qui j'avais écrit l'avant-dernière version de mon premier livre. N'ait pas cessé d'écrire mon premier livre pendant nombre d'années. Et la dernière version définitive avec lui, ensemble avec cet éditeur. Un jour, ici, une fête après Noël, je me suis endormi bourré et Sibylle avec moi, tu étais là aussi, dis-je maintenant à Jürgen. Le vin, bu jusqu'à la dernière goutte. Cognac Asbach. Pernod. Pas pris de voiture ou je ne l'ai pas trouvée (devais vous rejoindre!) mais qui a payé le taxi ? Sept ans. Et là dans l'immeuble voisin. Rez-de-chaussée, entresol. Un petit couple sur le point de partir. Écrivain, dis-je. De gros livres. Comment raconter les livres ? Si je pouvais en trois phrases, dis-je, je n'aurais pas besoin de les écrire. Et Jürgen, mon premier lecteur. Celui qui est à côté de moi. Il a été mon premier lecteur. Le petit couple, très amusant, on se voit toujours. Vont-ils au cinéma ou alors où vont-ils si vite ? Comme frère et sœur. Lui, de Hildesheim, elle, de Goslar. Tous deux en droit et tous deux le même modèle de lunettes. La femme à la voix de téléphone nous montre l'appartement. Et puis un thé dans la cuisine, un thé qui sent le vin chaud et la cannelle. Puis avec le thé dans sa chambre, chez elle. Debout devant la table avec un fer à repasser, elle parle de la fac. À Francfort depuis mars, seulement. Bientôt un an. Musique, radio, une chaîne stéréo avec des petites lumières de couleur. Huile parfumée sur le radiateur. Ça sent le linge propre, l'hiver, le thé. Être assis sur le lit, fatigue du soir comme dans mon enfance. Elle s'appelle Gerhild. De Bielefeld. Pédagogie, troisième semestre. Jürgen à la fenêtre. Lui raconte comment, il y a vingt ans et depuis, constamment, nous avons imaginé les appartements en communauté puis les avons lancés, appelés à la vie. Comment nous, John, Paul, George et Ringo, nous nous sommes inventés, et aussi les Beatles. Et les kindergarten alternatifs, le temps, nous-mêmes, la liberté, l'organisation Rote Hilfe, les droits de l'homme, les écoles alternatives. Tout fait nous-mêmes. De nos mains. Europe, Love, Peace, l'avenir du monde. Anarchistes. À bas l'État et la confiscation étatique permanente de la liberté ! Les Rolling Stones. *Staat ist Knast*, l'État prison. Découvert le tiers monde, compagnons de route du Che et de Dutschke. Aboli l'argent – enfin presque. Pas tout à fait fini, pas encore ! Pas jusqu'à maintenant Les années, les noms, les villes, il les énumère. Et elle avec son thé et encore du thé, pleine de compréhension. Voire de bonne volonté, pâle, les cheveux fins, comme bien d'autres avant elles qui tombèrent désespérément amoureuses de lui à vingt ans et devinrent par la suite professeurs ou bibliothécaires diplômées. Bruce Springsteen à la radio. Pluie et vent à la fenêtre. L'idéal, rester dans la chaleur d'ici et m'endormir en entendant leur voix. Douce, la radio. Bruce Springsteen, HR3, et puis l'état des routes et la météo. Pluie, pluie toute la nuit et en altitude, gel nocturne dans le courant de la nuit et neige, surtout dans le nord et l'est de la Hesse. Tu entends les numéros de rues, les noms de lieux et soudain, tu vois presque tout. Et puis musique, de nouveau, Neil Young. Juste après sept heures. La nuit autour de l'immeuble. Attendre, s'imaginer comment ce serait de terminer le livre ici. Tous les matins, les après-midis, la nuit. Être assis près de la fenêtre et écrire. Jürgen, tous les jours, avec nourriture et musique. La pluie, le vent à la fenêtre. Exactement comme maintenant, comme il y a vingt ans. Se rencontrer sur le perron sans cesse, soi et le jour, toujours moi. Entrer dans le temps. Aller et venir comme si c'était déjà du passé et que nous soyons tous sauvés. Le livre aussi. Encore et toujours un livre. Ici, donc. Je pourrais faire partie de ma vie, un souvenir et une adresse en plus. De vieilles photos dans une biographie. Feuilleter cet instant-là. Jusqu'à ce que tu saches de nouveau comment cela a continué, à l'époque, ta vie et toi.

Attendre, et puis au téléphone, la femme que nous attendons. De Braunschweig, psychologie, quatrième semestre. Trop tard pour aujourd'hui ! Plutôt un autre jour et rappeler avant ! Avons le numéro de téléphone, oui. Alors partir. Nuit. À la sortie de l'immeuble, le vent. Au-dessus de la porte, pour que je la garde en mémoire, une lampe en forme de globe blanc. L'escalier extérieur. Janvier, toujours. La fenêtre en encorbellement, pleine de lumière, et maintenant partir ! Descendre la rue jusqu'à l'Opernplatz. Qui nous enveloppe. Tout à coup un frisson, une bruine glacée descendant sur nous. Venait seulement des branches, venait du vent dans les arbres et bientôt finie. Des arbres hauts qui penchent d'un mouvement ample vers la rue. Et donnent une voix au vent, oscillent, se mettent à parler avec lui. Avec agitation. Gesticulant çà et là avec leur ombre. Là, près des réverbères, toute la nuit. Une fois ici le jour, en été, l'avenir, et après, qui suis-je? Pourquoi comme morte, la ville ? Un soir de janvier, calme, seul le vent. Comme déjà vu, un soir de ce genre. Presque plus de voitures qui roulent. Où sont tous les gens ? Des sédentaires, des habitants. Restent dans leur appartement. Manger, regarder la télé. Plateaux télé. D'abord la mort apparente et puis la mort. Imposables. Jamais gagné au loto, n'ayant connu personnellement aucun vainqueur des Jeux Olympiques et pourtant le journal télévisé, croient toujours au journal télévisé. Et bientôt de nouveau la déclaration d'impôts, après quoi on clôture enfin l'année. L'ordre. À Francfort on ne rencontre pas un seul vrai Francfortois. Tous ailleurs. Jürgen, à mes côtés. Au Club Voltaire, dit-il, tu viens ? Et doit une fois de plus en marchant, pour lui-même et pour moi, raconter le lancement des appartements en communauté, et comment nous avons commencé, il y a vingt ans, à ne pas vouloir que le monde demeure tel qu'il était. Et maintenant ? Vingt ans après. Après le happy end ou en vérité, à peine au commencement. D'abord au Club Voltaire et puis à la Jazzkeller. De l'argent emprunté. Dois m'en occuper sérieusement, dit-il. Deux cinq, disent ces imbéciles depuis peu, pour deux mille cinq cents marks. Continuer ! Le vent dans le visage. Je ne fais que t'accompagner, dis-je. De toute façon à pied. Il n'y a rien qui part d'ici, de toute façon. Tout au plus un café debout, au comptoir, ou il n'y a pas de café là-bas ? Et puis un Coca. Et tout de suite après, à pied, j'ai failli dire à la maison, à pied jusqu'à la Jordanstrasse. Appeler avant pour que Sibylle et Carina sachent que j'arrive. Pour que Carina soit encore levée. Faut trouver ! Il est temps ! Déménager d'urgence ! Depuis décembre, fin novembre, déjà. Chaque jour trop long. Devant, une cabine téléphonique. Son appel du Portugal, en décembre, il n'arrivait pas à comprendre que nous nous soyons séparés, Sibylle et moi. Une ère nouvelle. Noël, pas eu lieu. Entrez, dit la porte de la cabine téléphonique lorsque tu l'ouvres. Deux pièces de monnaie et voir si le téléphone marche. Elles sont presque toutes cassées, dans le centre, elles refusent les réponses et conservent l'argent. Ton appel, en décembre, au Portugal, d'un café ou d'ailleurs?

11

Anne au téléphone. Une chambre, des amis à elle. Mali, Winni. Avec un y ou un i ? Avec un i, dit-elle, deux i. Mali a fait des études de psychologie. Mais dactylo pour gagner sa vie. Écriture d'adresses, informatique, comptabilité. Il y a six ans, un procès de la RAF, procès contre des sympathisants, et depuis plus jamais allée dans la rue. Rien de grave. Débloque un peu. Des œillères. Des crises d'angoisse. Ne connaît personne. Ne parle pas. Aux inconnus, ne peut pas. Par téléphone si, au téléphone, elle peut. Au dictaphone aussi. De préférence taper en automate, Mali. On apporte les adresses et on vient les chercher. Lui est pire, il est normal. Professeur, professeur dans une école professionnelle ou quelque chose de ce genre. Télé, football, golf, journal. Golf, c'est-à-dire la voiture. Fonctionnaire. Assurance tous risques. Fait les courses pour eux deux, achète, s'occupe. Bricoleur. Bouteilles de bière. S'y connaît. Tout par prélèvement, tout en gros. Spaghettis, lessive, papier toilette. Ce qu'il faut pour la maison, aspirateur, faire les carreaux, administration. Il l'a dans sa poche. Il va et vient, et elle reste là. Pour tous les deux, les bouteilles de bière. Depuis des années comme un couple mais pas ensemble au lit. Dans la Robert-Mayer-Strasse. Quatre pièces. Grand et pas cher, l'appartement. Avant, en communauté, et eux, restés. Au moins une pièce pour moi. Au minimum, provisoire. Tout déjà préparé, discuté, ils sont au courant. On est mardi, aujourd'hui? Un bref appel et tout de suite là-bas ou quand je veux, dit Anne. On est mardi, aujourd'hui ? Elle peut ? Viendrait volontiers aussi. Procès ? Crises d'angoisse ? Six ans d'angoisse et il faudrait que j'habite là-bas ? Justement, dit Anne, je lui ai parlé de vous. Avant, déjà. Non, pas six ans d'angoisse mais reste à la maison à cause de ça. Des comprimés tous les jours, de toute façon. Déjà avant. À 15 ans, déjà, Mali. Sa sœur, un accident à 11 ans. Sur le chemin de l'école. Morte sur le coup. Dois-je venir avec vous? Non, dis-je, plutôt tout de suite. Et il faut tout seul ! Au début, à la boutique, le vouvoiement, Anne et moi. On continue de se dire vous, c'est ça qui est beau. Fin d'après-midi. Hiver. Attendre Sibylle et Carina et en bouche déjà les mots pour elles ou y aller tout de suite? Sous mes yeux, là, prendre la rue ? Essayer de sentir de tous ses sens, de tout son corps, si Sibylle et Carina déjà sur le chemin du retour et où elles sont maintenant. À la fenêtre et elles attendent ? Plein hiver. 17 ou 18 janvier. Les *Stollen* sont toujours bon marché, en janvier. Et les deux rendez-vous chez le dentiste ? Les dents de sagesse ! Ne pas oublier, ils sont encore, ils sont encore à l'ordre du jour.

À la fenêtre. La rue, le présent, moi. À l'intérieur et tout autour de moi la rue, comme si moi-même j'étais cette rue, moi et le temps. Depuis Staufenberg aucun lieu ne m'a été aussi familier. À la fenêtre maintenant et regarder autour de moi. Suis allé ça et là. Me racontais le temps. Le ciel par-dessus les toits. Vers le sud, vers l'ouest. Était pour moi la terre, la mer, et tous les continents avec leurs côtes. Le plus souvent le soir. En face, un bâtiment de brique avec pignons, pierres et recoins, qui est pour moi Amsterdam, Stockholm, Gdansk, Riga, et aussi le vieux Londres, enfumé et brumeux. Comme noyé dans une bouteille ensorcelée. Un mur rouge, une tache de lumière, un arc de fenêtre. Sera pour moi chaque midi Venise. D'abord Venise et puis l'ancienne Byzance. X°, XII° siècle. Une fenêtre, un rideau rouge à la fenêtre. Un peu de vent et les bateaux vers la mer libre, toutes voiles dehors. Sarrasins. Uscoques. L'encorbellement et notre fenêtre triangulaire, Theodor Storm à jamais et un après-midi solitaire avant les vacances d'automne. Tu entends le vent. Entends les trains rouler, les chemins de fer vers le Nord. Les toits sont Staufenberg, sont Prague. La maison d'angle est Prague. Le vieux pavé est Prague. Et Prague aussi le crépuscule, la chute de neige, le silence de fin de nuit et bien avant le jour, le pressentiment récurrent de la première lumière. En moi-même, chez moi. Insomnie. Pris dans une bouteille. Nombre de bouteilles pleines de temps. Vitrines. Bouteilles pleines et vides. Dans la nuit, la tache claire du trottoir sous chaque réverbère, Paris, toujours Paris. Un arbre, un seul arbre dans la rue. Comme si quelqu'un m'appelait ! Des pas sur le trottoir. La porte se referme sur toi. Le visage des immeubles. Les heures du jour, le jour, des fenêtres inconnues. Des nuages traversent les fenêtres. De tous côtés, des fenêtres au regard grave. Qui nous voient aller et venir, nous et le temps. Les gens chez eux. Manteaux, serviettes, un parapluie, une canne, un chapeau inconnu. Jours de semaine. Et de nouveau chercher une place de parking. Les bombes, la guerre, des traces partout encore. Immeubles anciens et neufs. Sur les immeubles anciens, tu vois aujourd'hui encore la terreur des bombes. Plus de ruines. Nettoyer. Reconstruction. Tout d'abord en urgence. Provisoirement. Jusqu'à mi-hauteur. Baraques, aussi. Appartements dans des caves, mauvaises herbes, camomille et orties, ruines, gravats. Haies et toutes sortes d'herbes qui servent de nourriture. Dévaliser le passé. Troc, fils de cuivre. Tout ce qu'on peut trouver. Ferrures, bois de chauffage, carrelage, une porte, un encadrement de porte, une fenêtre inconnue. Églantine, prunelle. Fleurs de sureau pour décoction. Fleurs de tilleul pour la santé. Mûres. Cueillir les baies d'églantier et aller vers l'avenir, l'avenir, que sera l'avenir ? Faut y croire ! En automne, croire au printemps. Et au printemps, à la moisson. Jus d'églantine, compote d'églantine. Auraient dû ramasser plus de bois ! Les orties, aussi, comme nourriture et médecine pour les gens. Un arbre surgi des ruines. Et le silence. Mais le silence n'est pas la paix. Et puis, le silence : entrer dans le temps, dans le vide, avec des murs et des fenêtres, un balcon et au balcon, une décennie nouvelle. Construction de logements sociaux. Avec téléviseur, désormais. Les gens n'auraient pas supporté le vide, autrement, tant de ciel, le silence. Surtout le soir. Ni les couchers de soleil, et encore moins le silence d'après, dans la dernière lumière. Maison après maison, ainsi sont les immeubles. Collés les uns aux autres et chacun pour soi. Bâtiments neufs et anciens et au bout de la rue, toujours les enfants à la voix claire. À la fenêtre. Où dois-je me chercher ? Comme si quelqu'un m'appelait. Fin d'après-midi. La rue, comme d'habitude. Chaque jour, de nouveau, la rue. La rue telle que tu la connais. Fin d'après-midi et chacun vers son immeuble. Sacs en plastique, mallettes, pensées, sacs à provisions. Cigarettes, le journal, la vie personnelle. Jusqu'à quel point faut-il être encore étranger à soi-même? Comme s'il fallait revivre chaque jour l'ensemble de notre vie. On se connaît à peine. Pas plus qu'hier. Avant les informations du soir. Nous ou nos précurseurs, en leur temps. Et pourtant n'ai-je pas toujours vécu ici, en précurseur, et seulement dans les temps anciens ? D'un coup tu te sens à l'étroit dans la maison, dans la ville, dans ta vie. À l'étroit, sans air. On va déjà vers le soir. Premières lumières. Tous les cafés avec leurs portes ouvertes, maintenant. Le jour s'en va. Comme lire encore une fois Tchékhov, les premières nouvelles, toutes les nouvelles, le théâtre, les lettres, la chronique, les Journaux, tout Tchékhov, une fois encore, ainsi sont, dans les rues, les maisons et les jours. Et les fenêtres inconnues avec leur regard. Pareilles à chaque retour. Comme une douleur, une douleur familière. À cette douleur tu peux te reconnaître!

L'hiver depuis des années, déjà. Mais il y eut aussi de vrais
étés. Peu de sommeil. Longues journées. Écrire la nuit,
à trois heures du matin, toutes fenêtres ouvertes et l'air
d'été venu des prairies et des champs de blé jusqu'ici,
jusqu'à nous, en ville, et jusqu'à moi, dans la chambre.
L'écrire aussitôt dans le livre ! L'air d'été. Si léger, sent si
bon. Mon deuxième livre. Bientôt il fera de nouveau jour.
Le réveil des oiseaux. Les premiers tramways. Les chats
du matin. Le soleil du matin, d'une porte à l'autre. Dans le
matin clair, le facteur du matin avec son visage du matin,
son pas du matin, son bonjour du matin. Et en plus, il a du
courrier. L'équipe de nuit revient de son travail de nuit.
Notre gardien, avec serviette et béquille, fumant, vers
la gare, la Westbahnhof. Gardien le soir, seulement, le
jour, magasinier à Eschborn. Artérite tabagique. Fumeur
à la chaîne. En tant que propriétaire de l'immeuble, une
dame raffinée d'un certain âge à Blankenese, dans une
villa avec tourelles et vue sur l'Elbe. Une hampe, quatre
tourelles. Cire à cachet et blason. L'Elbe qui va vers la
mer. Des bateaux jour et nuit. Paquebots, cargos, pétro-
liers, remorqueurs, vaisseaux fantômes, yachts, chalutiers. Un bateau de pompiers. La douane. La police flu-
viale. Chaque bateau salue. Bleue et blanche, la villa.
Fenêtres étincelantes. Quarante pièces. Quarante-quatre.
Quarante-huit, à l'estimation suivante. Fenêtres nettoyées
tous les jours. Notre gardien est le seul à connaître cette
dame raffinée d'un certain âge, qui se repose entièrement
sur sa parole, pour chaque chose et toute chose. Parole
d'honneur ! Ne pas la déranger si possible! Mais dans le

doute il peut la joindre au téléphone à tout instant. À tout instant ! Oui ! Une dame raffinée d'un certain âge. L'argent n'a pas d'importance, pour elle (pourvu que le loyer soit ponctuellement payé). Son fiancé à Skagerrak, pendant la Première Guerre mondiale. Lieutenant-capitaine. Mort en héros. Elle en tant que femme, en tant que dame, a une attestation de doctorat en philosophie. Et un blason. Il faut voir! Un saule pleureur, une allée de gravier, un haut portail. Des mouettes, aussi. Des bateaux. L'Elbe. Voir la pelouse autour de la villa, aussi, une pelouse soignée. Des bateaux qui passent jour et nuit. Toujours les mêmes mouettes, ou chaque jour différentes ? N'a-t-il pas imaginé être un gardien au service d'une telle propriétaire ? Invention pure? Pour les locataires et pour lui ? Pour sa part, avant, dans la brigade criminelle de Hanovre. Direction de la police. Haut gradé, haut fonctionnaire, encore plus haut. Il peut te montrer ses certificats. Autrefois avec sa famille, encore. Autrefois, toujours des Reval et des Roth-Händle, mais artérite tabagique récemment. Dans son dos avec un Italien, sa propre femme! Avant, dix-sept ans d'un mariage heureux. Exemplaire. Plan d'épargne. Meubles neufs. Bougrement cher, le divorce. Deux enfants. Ils doivent sans doute être grands depuis longtemps. Adultes depuis longtemps. À Hanovre. Carrossier automobile, l'Italien. Dans son dos, pendant des années. Aurait pu être son fils. Maria. Elle s'appelait Maria ! Serviette, béquilles, artérite tabagique, fumeur à la chaîne. Va faire prochainement une cure. Mais là, il doit se dépêcher. La Westbahnhof et aussi le *Bild Zeitung*, pour son S-Bahn quotidien. Le matin arrive et maintenant Prague s'éloigne d'un pas léger. L'esprit du monde pieds nus, un vieil homme qui ne cesse de tousser dans sa grotte souterraine ou sur le toit de Dieu. Dieu dort. Le sapin bâille, clignote et se retourne sur le côté pour pouvoir dormir jusqu'à midi. Un vieux café au coin d'une rue de Francfort. Le facteur avec le courrier du matin, et toujours attentif à ce qu'on aille bien. Un facteur citadin bien aimable. Presque comme au village. Il doit être de Bad Vilbel, doit être de Wetterau. Les saisons, les écoliers et au coin, une boulangerie d'où s'exhale une odeur de pain frais, de cannelle, de vanille. Ouvre tôt tous les jours. Comme si elle, tout comme le ciel, appartenait à un ancien trajet d'école, dans une vie antérieure. Tôt le matin, le ciel de ton ancien trajet d'école à l'automne. Sur la corniche du toit, les colombes. Et à l'aurore et chaque soir, les corneilles, les choucas, les martinets. Dans la première, dans la dernière lumière. Si hauts que leurs cris ne nous parviennent qu'après des jours et des jours. Comme si nous étions dans une caverne depuis toujours. Un puits profond. Là, au fond du temps. Ou bien les cris, où tombent les cris ? Parler avec les pierres. Lire le temps sur les pierres. Partout encore, des traces de la dernière guerre. Courbée, une vieille femme qui transporte des sacs en plastique et deux vrais caniches dans une poussette esquintée. Les caniches debout près des sacs en plastique. Elle en imperméable. Un imperméable d'homme aux manches retroussées. Chaque caniche, un foulard. La Schlossstrasse, l'Adalbertstrasse. Avec précaution jusqu'à la Warte. L'un derrière l'autre, en longue file, les jours et les années qui passent. Par la Seestrasse jusqu'à la Kurfürstenplatz. Par la Homburger Strasse jusqu'à la Schlosstrasse, attention en traversant la Jordanstrasse. Elle doit habiter près de la Westbahnhof. Derrière la Westbahnhof, là où le soir attend. Elle marche, elle pousse. Brève pause sur le trottoir. Contrôle des sacs plastique. Secouer les sacs et les remettre droit. Remettre droit les foulards des caniches, les bouclettes, les oreilles. Remballe le jour. Des miettes de pain de mie non grillé pour les caniches et pour elle. Se sent fixée du regard, des enfants arrivent, un petit couple avec une poussette vient, et puis elle commence à râler. Râle et menace, emporte le jour et continue de pousser.

Une autre, bariolée, vieille aussi. Maquillée de façon criarde, et par-dessus le manteau beige clair, une chaîne avec une grande croix en argent. Gants, sac à main, petit chapeau, parfum. Les gants aussi, parfumés. Les affaires, pas neuves mais comme si elles avaient été fourrées presque neuves dans l'armoire, il y a une bonne trentaine d'années, avec une housse de protection, l'armoire des habits du dimanche en merisier verni. Et depuis, intactes, jusqu'au jour d'aujourd'hui. Toujours en fin d'après-midi. Doit se pomponner pendant des heures. Commencé sûrement de bonne heure. Comme pour un album photo. Comme pour la scène. Devant l'entrée du supermarché Kaiser, au coin de la Schlossstrasse. Et bientôt sur le trottoir vide, vient vers moi. Vous, en tant qu'Italien, vous devez croire en notre Seigneur unique? Me retient solidement par le bras, par la veste. Sans doute des bigoudis toute la nuit dans les cheveux et se démêle au fer à friser le matin. Malheureusement un peu roussis parce que ses yeux, pas des meilleurs depuis longtemps. Vingt-neuf bigoudis gros comme le poing, toutes les nuits. Rien que le poids. Pas Italien ? Alors Espagnol ? Ou Brésilien ? Mais là-bas, n'oubliez pas notre Seigneur unique! Comme du métal, les boucles. Du métal et au bord, du bronze argenté et par-dessus, le chapeau minuscule. Sac à main, petit chapeau, parfum. La croix sur sa chaîne. Toujours un gant sur mon bras. Des yeux de chat. Une bouche cerise en forme de cœur. Vous êtes peut-être *quand même* Italien ? Trois fois la même conversation, déjà. Toujours le vendredi après-midi, quand je sors du supermarché Kaiser avec les livres de la bibliothèque. Acheté trois litres de lait. Son parfum, longtemps sur moi. Grand et mince, un vieil homme en vêtement de travail d'un vert amerloque. Toujours en brodequins. Il a une mallette d'instruments de mesure bricolés par lui-même avec lesquels il doit mesurer le rayonnement terrestre. Il y en a de différentes sortes, comme pour les broussailles et les herbes. Personne ne s'y connaît vraiment en dehors de lui. Pour cette raison, cette raison, oui, doit faire le boulot tout seul. Mesurer, inscrire. Comme un prisonnier de guerre, de long en large ici avec sa mallette. Attention au tramway ! De long en large. Compter les pas. Considérable, encore, aujourd'hui ! Dénombre les nombres. Quand trop de radiations pour lui qui surgissent comme de mauvaises herbes, qu'elles arrivent stupidement, il doit les piétiner de ses brodequins. Il doit les arracher à coups de pied, les écraser au sol, les enfoncer avec force moulinets et cris. Menaces. Du poing. Et tout inscrire intégralement. Rapport quotidien. Mais attention au tramway. Quant aux rayons : certains comme des serpents, des tourbières, des escargots géants. Certains comme du fil barbelé, des câbles, des tellermines. Comme un éclair mais invisible. S'il n'a pas l'œil aux aguets à chaque instant, et sa mallette tout le temps – qui sait ce que mijoteraient les rayons ! Le vendredi, toujours pire. Déchaînés ! Il faut que quelqu'un fasse le boulot, s'occupe de tout, c'est clair !

Dans la Jordanstrasse, dans l'immeuble d'en face, un homme qui un jour, de la pointe de sa chaussure, a dégagé de sa porte un paquet de cigarettes vide. L'esprit ailleurs. Les mégots, aussi. Direction la rigole. Depuis quatre ans et demi, perdu l'habitude de fumer. Les deux marches devant l'immeuble, toujours nettoyées, de toute façon, alors pourquoi pas le petit bout de trottoir devant la porte? De la porte au bord du trottoir. Avec pelle et balai. Et puis s'offrir un balai de paille à l'occasion. Offre spéciale. Pas cher. Le plus simple, tout le trottoir devant l'immeuble. Devant la façade, une fois par jour. Presque sans effort. Rapide. Un bon achat, ce balai. Une fois, fait un peu déborder – chez le voisin de droite, de gauche. D'abord une fois et puis tout le temps. Depuis peu, le trottoir de son côté, dans toute sa longueur et toute sa largeur. Devant, jusqu'au carrefour. Pas plus loin ! Pas au-delà du carrefour ni après le coin. Repousser jusque devant les deux arcades. Là où la rue, chaque fois, s'arrête. Les enfants s'y retrouvent. Sous les arcades le crépuscule, déjà. Calme comme une grande cour, la rue, à cet endroit. Voix d'enfants. Silence. Mais agaçant, ces saletés sur la chaussée. Juste là où le trottoir est toujours bien propre. Quand il est en haut, à sa fenêtre, les saletés de la chaussée lui *sautent* aux yeux. Troisième étage. De la fenêtre, on voit beaucoup plus les saletés de la chaussée que le trottoir propre. Pour le trottoir propre, on doit se pencher en avant comme un suicidaire, on doit se pencher loin. Alors tout de même, la chaussée, pile jusqu'au milieu, la chaussée. Voilà ce qu'enseigne la pratique, ce qui s'impose franchement. Balaie jusqu'au milieu, désormais. Le milieu mais il n'y a pas de trait. Faut l'évaluer, le milieu. Le milieu est-il un peu plus au milieu ? Ou un peu plus de l'autre côté? Repousser la saleté au-delà du milieu, pas possible autrement. C'est rapide! Ne coûte rien ! Ne regarde personne ! Un balai très pratique. Comme le temps passe. Trois balais, déjà. Des balais spéciaux. Les a en gros pour pas cher. Prix de gros. Mais chacun doit devant sa porte. Chaque fenêtre bâille et, ce faisant, le vise. Les immeubles se donnent bien du mal pour se pencher vers lui en gémissant à chaque fois que lui, les ordures avec pelle et balai. À chaque fois qu'il se courbe. Presque un genre de lumbago. Il le sent dans l'estomac et le sent dans le dos. Dès qu'au-delà du milieu, dès qu'il rejette un déchet, une saleté ennemie hors de sa moitié, il doit vite lever les yeux. Presque comme un voleur ! Personne ne le voit ? Chaque saleté, au-delà de la frontière une à une? C'est plus pratique si directement toute la chaussée. Rectification du front. Les conditions sont claires. Jusqu'à la rigole, point ! Le trottoir d'en face, il n'y touchera pas, juré ! Jamais au grand jamais ! Jamais de la vie! Même un papier particulièrement attirant, des paquets de cigarettes, du papier d'argent, une moitié de journal avec topless en couleur, même une canette de bière vide ! Nan, fini le travail, point final! Rapidement encore devant la porte de son immeuble et point. Sortie de boulot. Dîner, famille, programme télé. Et après, veut tranquillement réparer la pendule de la cuisine et la balance de la cuisine, le réveil, le réveil de remplacement et la balance dans la salle de bain, réparer, nettoyer, huiler. Et puis le crépuscule, et puis l'obscurité, et puis sortir encore une fois de l'immeuble et traverser la rue vite fait, tel une ombre, avec une quinte de toux. Paquets de cigarettes, papiers d'argent, un demi-journal (sans soutien-gorge et un cul féminin d'Hollywood nu !), quatre emballages de boulangerie et une canette de bière vide. Becks. Courbé, de haut en bas, et des yeux les immeubles, de fenêtre en fenêtre. Comme avec une lunette de tir. Comme de nuit à la guerre. Courbé et partir, vite ! Vu par personne Dieu merci ! Surtout pas par sa femme ! Tricote avec des aiguilles. Sur le canapé, devant la télé. Croit qu'il ne fait que descendre des ordures privées, personnelles ! Et les deux arcades, avec leur odeur de cave et l'écho des voix d'enfants, qui l'ont toujours attiré ! Surtout le soir ! Après le nettoyage de l'escalier, l'eau de nettoyage, rapidement, sur le trottoir ? Mais mesurer très précisément. Juste le trottoir devant son immeuble, pas un empan de plus. Et puis, l'eau dans le caniveau. À la guerre, d'abord sur le front ouest et puis sur le front est, il était encore jeune. Une photo en soldat, ne sait pas où elle est maintenant. Certains conducteurs avec toujours une cigarette au volant. Ou chaque mégot par la fenêtre tout en conduisant, ou le cendrier, d'un geste, dès qu'il est plein: et les saletés, direct dans la rue ! Autoradio allumé. À l'autoradio, une musique pour conducteurs d'autos. Tout de suite, la cigarette d'après. Et dès que jetée, une autre, et ainsi de suite. Même devant le sapin, toujours plein de mégots, le peuple des cafés. Va et vient. Impossibles à compter, les mégots. Comme après une réunion du parti, toutes les décisions prises à l'unanimité. Toujours, le lendemain matin, quand il va au tramway. Mécanicien de précision aux usines Adler. Il sera prochainement bientôt à la retraite.

Matinée. Un samedi matin de mai. Le lilas en fleur. Toutes fenêtres ouvertes. Encore tôt. Juste fini de me raser et le jour, intact. Oiseaux. Voix d'enfants. Le soleil du matin. Le jour d'aujourd'hui. Rasé si bien et avec un tel soin, que peux-tu faire de ce jour ? C'était hier ! Pourtant bien moi? Dois être un autre homme. Un voisin. Notre gardien à l'artérite tabagique. Le voisin du voisin. Un samedi matin qui remonte loin dans le passé et où s'en est allée la vie? Des histoires de samedi matin. Chez nous, à la maison. Le samedi matin, on nettoie l'escalier. Mais à fond. Notre gardien s'y connaît. Pourrait tout à fait, en tant que gardien allemand chargé de la surveillance, se payer régulièrement sa propre femme de ménage yougoslave. Choisir, commander, retenir et faire venir. Propriété. Quand elle nettoie, sous prétexte de surveillance, regarder son cul en connaisseur, sous sa blouse de nylon bleu clair, et aussi, comme il se doit, ses mains. Épreuve de la poussière. Se présenter à l'appel. Mais, dans sa rigueur, il préfère nettoyer lui-même. Tous les samedis. Voilà comment ça se passe : seau de nettoyage, produit de nettoyage, chiffon de nettoyage. À la manœuvre. Un peu de bruit dans l'escalier, un peu d'agitation qui pénètre jusque dans la tête des locataires ! Inévitable ! Balai, balai à franges, brosse, toute la galerie. Dans l'escalier, au garde-à-vous ! Huit heures et demie à peine. Puis il part à l'attaque, rassembler les paillassons devant toutes les portes d'appartements. Désormais ils sont internés. Par mesure de protection. Toujours huit heures et demie à peine. Et pourtant, le samedi, il dort deux heures de plus. En tant que magasinier, doit être toute la semaine à pied d'œuvre dès six heures du matin. Six heures moins dix. Manches relevées, dans le seau de nettoyage, de l'eau chaude. Il a plusieurs seaux. Au moins un par palier. Des postes d'observation. Et en plus, des trucs pour laver les carreaux. Étalés sur le rebord de la fenêtre. Plantes en pot, souvenirs, dégagés. Petites tables pour les fleurs. D'un côté, il est pour les plantes en pot, d'un autre côté, contre. Sont comme les paillassons, sont le contraire des paillassons. Appartiennent à la même famille. Ne pas se laisser distraire ! Il faut ce qu'il faut. On va vers les neuf heures. Tout préparé à l'avance. L'eau du ménage fume dans les seaux. L'idéal, maintenant, une pause. Cigarettes. *Bild Zeitung.* Billets de loto. Mieux encore, le loto du football. Et aussi le journal des sports. Le point de vente du loto. La boutique est juste au coin. Le samedi, il y va en savates. En tant que client fidèle parmi les fidèles, le samedi matin, une flasque bon marché vite fait au comptoir de la boutique. Sous le manteau, il faut. Eh oui, quand on veut. Avec un peu de chance, sur le chemin du retour, le Tannenbaum sera ouvert. Sinon, au Jordaneck d'abord mais il préfère le Tannenbaum. Vite, une bière et un alcool fort. Encore un ! De toute façon, l'eau du ménage est déjà froide. Froide depuis longtemps. Peut aussi bien prendre son temps. Le collègue Krause. Toujours en blouse grise et jamais sans sa caisse à outils, le Krause. Mis de l'after-shave et de la gomina. L'after-shave seulement récemment, pour son anniversaire. Fume des cigares. N'a aucune idée de rien. Il va être dix heures. Onze. Les collègues du voisinage. De plus en plus de samedis. Maintenant il *faut* qu'il prenne son temps parce qu'à cette heure-ci, tous les locataires à leurs affaires du samedi. Sans arrêt dans les escaliers. Tout le temps monter, descendre. En voyant les affaires du ménage, chacun, sait d'emblée que les escaliers seront nettoyés. Comme chaque samedi. Un gardien vraiment sérieux ! S'il parvient à rentrer dans la matinée, mieux vaut ne pas se remettre tout de suite aux escaliers. Pour que les locataires ne s'immiscent pas en permanence, avec tous leurs pieds impatients. Tout au plus de nouveau de l'eau chaude. Et du produit à l'intérieur. Toute la cage d'escalier sent le produit d'entretien, les quatre étages. Il aime voir les seaux fumer devant lui. Mieux encore, il reste au Tannenbaum pour midi. Deux boulettes. Deux boulettes de Francfort avec du pain et de la moutarde. Avec les doigts. S'il n'y a pas de pain, une salade de pommes de terre à la fourchette. Et ne pas penser à avant, sinon le passé, en tant que famille, se met tout de suite à gonfler dans l'estomac. Pire que le mal du pays ou les brûlures d'estomac. A un besoin urgent de Jägermeister, à titre préventif. Maria. Elle s'appelait Maria. S'appelait en fait Marianne. Deux enfants. Les enfants grands, maintenant. Ne les connaît pas. Ne le connaissent pas non plus. Ne peuvent pas le connaître ! Deux enfants. Une autre Jägermeister. Santé. Après un aussi bon début de matinée, il peut prendre son temps. Football, politique, les chiffres du loto, les Juifs, la Deuxième Guerre mondiale, les magasins de l'entrepôt d'Eschborn. Magasinier principal de l'entrepôt principal. Jamais la moindre minute de retard ! Un sans faute ! Guerre éclair, victoire aux points, vainqueur du tournoi ! Boxe, Bundesliga, coupe du monde de football. Bière et alcool fort. Avant, fonctionnaire supérieur haut gradé à la criminelle de Hanovre. Services secrets. Secrets du service. A un besoin urgent de Jägermeister. Trois maisons plus loin, le numéro 36. Lui, en tant que gardien. Classé monument historique. Personnellement. Incontestablement le meilleur immeuble à perte de vue. Les locataires, une question d'honneur. En tant que propriétaire de l'immeuble, une dame raffinée d'un certain âge, à Blankenese. Si raffinée que personne ne la connaît en dehors de lui. Le Krause, comme d'habitude, aucune idée de rien. Une autre bière. En ce moment l'escalier est à la maison. Se nettoie tout seul ! Bière et alcool fort. Largement jusque dans l'après-midi. À son retour, c'est le calme, dans l'immeuble. Peut prendre son temps. Les plantes en pot, de retour à leur place. Auparavant, jeter l'eau du ménage. Attention à ne pas mouiller les savates ! Le samedi, il est en savates. Une chanson maintenant ? Drapeau hissé, rangs serrés. Une chanson de marche mais en tant que footballeur, connaît bien sûr l'hymne national aussi. L'idéal, l'eau du ménage sur le trottoir, devant l'immeuble, pour qu'elle coule vers le caniveau. Alors tout le monde verra qu'on a fait le ménage, dans l'immeuble. Sérieusement. Puis les trucs de ménage, retour dans le placard à balai. Avant de trébucher dans la cage d'escalier et de se mettre à tituber, de commencer à faire du grabuge. Surtout la brosse, le balai à franges et le manche à balai, ingouvernables. Les paillassons tout en se parlant à lui-même. Chacun de nouveau devant sa porte. S'il se trompe une fois, les locataires s'arrangeront entre eux. Ça peut arriver quand on fait le ménage. Parfois, le samedi il ne peut plus faire les paillassons à midi. A le temps, aussi, avant le soir. A le temps même demain. Pourquoi ce machin ne se remet-il pas tout seul en place ? Passent le plus clair de leur temps à se prélasser, les paillassons. De la racaille paresseuse, poussiéreuse. Parfois quand il rentre du Tannenbaum, pas la moindre jeune femme de ménage yougoslave au joli cul en vue, quand il rentre, il est si épuisé qu'il laisse tout en plan et plonge dans une longue sieste, vaste et profonde comme un tombeau. Les trucs de ménage devront patienter. Seulement dimanche, l'ordre de marche,. Rompez. Remuez-vous ! Les paillassons, surtout. Avec un escalier aussi propre, on peut donner un jour de repos aux paillassons. Propreté. Ordre. Chiffons extra spéciaux pour cirer encore et toujours les escaliers. Régulièrement. Avec soin. Produit d'entretien pour le cuivre des boîtes aux lettres, pour les boîtes aux lettres en cuivre baptisées, à l'entrée de l'immeuble. Inlassablement, tous les samedis que Dieu bénit. Tout l'immeuble, de la cave au grenier. Seulement dernièrement, avec l'artérite tabagique, il laisse de temps en temps passer un samedi. Deux artérites, en fait. Juste que l'une va un peu mieux alors que l'autre, plutôt pire. Béquille au tiers payant. Le samedi, il est en savates. Au Tannenbaum, il peut surélever les pieds. Pendant des heures. Doit aller en cure prochainement. Peut-être que le samedi est le jour où il appelle la propriétaire. Devant le réfrigérateur plein de bouteilles de bière. Les deux pieds surélevés ou dans une bassine d'eau tiède ? Au téléphone. Une dame raffinée d'un certain âge, qui se repose entièrement sur sa parole. Dans sa villa, à Blankenese.

Vu d'en face, celui qui dans la rue toujours avec balai, lessive et brosse, avec ardeur. Aujourd'hui, comme tous les samedis, déjà plusieurs fois nettoyé son vélo dès l'aube. Démonter, huiler, revisser. *Vaterland*, patrie, ainsi s'appelle son vélo. Devant l'immeuble, maintenant, sur le trottoir lavé, mouillé, pour qu'on voie comme il étincelle et brille. De la mousse sur le trottoir, encore. Lui, de nouveau devant la porte d'entrée, en hâte, pour le plaisir de le voir étinceler et briller. Comme neuf ! Le reste du temps en haut, à sa fenêtre. Sa fenêtre, au troisième étage. Doit se pencher par la fenêtre en avant, très en avant pour le voir étinceler et briller. Ne faudrait pas non plus qu'il soit volé ! Un vol de vélo ! Certes, cadenassé, mais les voleurs prennent avec le cadenas. Au coin de la rue, c'est vite parti ! Ont des camionnettes de livreurs exprès, ont des transporteurs spéciaux, des assistants formés au vol et au transport. Exposé devant l'immeuble jusqu'à midi et puis de retour à la cave, le vélo. Jusqu'au samedi suivant. Aurait bien plutôt le vélo dans l'appartement, mais sa femme est contre. Strictement contre. Ne cause que du désordre. De la saleté, non, mais du désordre. Quoique : on pourrait le buffet un peu sur le côté et la table de la salle de séjour contre le mur. Et pour le vélo, étaler des journaux, du carton ondulé, une feuille de plastique. D'abord la feuille de plastique, puis le carton ondulé par-dessus. Et puis une pile de vieux journaux, pour que le carton et le plastique soient protégés et puissent protéger d'autant mieux le plancher. Le carton ondulé, il peut en rapporter du travail, gratuitement. Mécanicien de précision, usines Adler. Des feuilles de plastique en quantité, encore, à la cave. Le plastique est lavable. Il porterait bien un peu le vélo. En récompense. Un vélo aussi bien entretenu. N'a pas de voiture. N'a pas besoin de voiture. De toute façon, à la retraite prochainement. Là, il n'en aura vraiment pas besoin. N'a même pas le permis. Ne veut pas. Bien que : à laver et à nettoyer, une voiture, ce ne serait pas si mal ! A perdu l'habitude de fumer il y a quatre ans et demi. Les mains toujours trop vides, depuis.

Une fois de nuit et tôt le matin, devant le Tannenbaum endormi, le carrefour, carrefour enneigé, vide. Les feux de signalisation, des poteaux de glace. En travers du trottoir, deux grandes poubelles ivres qui n'avaient pas pu retrouver leur domicile dans la nuit. Vide, le carrefour, entièrement balayé par la neige. Depuis, une image du pôle Nord pour moi. Juste à côté, la boutique de camping. Toujours sur le trajet du travail. Tentes, sacs de couchage, réchauds à gaz, Finlande et Laponie. Le grand Nord, chaque fois que je passais devant. Le mieux, partir en juin. Fin mai et prendre son temps. On espère toujours un été qui ne finisse pas. Tentes rondes aux allures d'igloos. Indiens, chasseurs de peaux, esquimaux, Canada, Alaska. Souvent un peu trop tard. Depuis le matin. Depuis des années, déjà. Vite, emporter ces images en tête. Et n'oublie pas les soucis en cours ! Quelques pas plus loin, la Camargue, le Sahara, le Nevada, l'Amazone. Temps de partir ! Et aussi, moustiquaires, canoës, gourdes, échelles de corde, signaux de fumée, neige carbonique, alcool solidifié, appareils à dessaler l'eau de mer, pastilles de sel. Encore une année et pas d'été. Temps de partir ! Étui inoxydable autour du cou, des étuis éternels, pratiques pour contenir passeport, assurance vie, billet d'avion, assurance maladie à l'étranger, ticket de parking, vol de retour, jetons de téléphone, l'au revoir et les derniers mots en rayon. Aller au travail. Les courses. L'école. La bibliothèque. Et rentrer fatigué, toujours fatigué à la maison, le soir. Les pigeons sur le toit : pour leur part, en liaison directe avec l'éternité. Pour Carina, un chausson aux pommes, vite, en guise de surprise, ou n'est-elle pas encore au monde ? Des ménagères avec la liste des courses et leurs sacs à provisions. Traînant leur matinée ici et là. Doivent sans arrêt la tirer, la pousser tel un disque rayé pour qu'elle se mette enfin en marche. Les seuls vrais habitants enracinés de Francfort sont les rares veuves endurcies qui se retrouvent, chaque matin, de neuf heures à onze heures, dans la Leipziger Strasse, d'abord chez le boulanger Geishecker, puis chez le boucher Waibel et ensuite à la pharmacie Bock. Chacune un caddie en guise d'accompagnateur permanent. Sont pratiques. En appui, aussi. Le mari, mort depuis longtemps. N'a jamais su attendre. Les enfants, partis depuis longtemps de la maison. Disparus, les uns très loin et les autres oublieux. Et les canaris, poissons rouges, chats et chiens, et surtout les animaux familiers ? Bientôt il en sera d'eux comme des photos de calendriers et des calendriers muraux : on se donne du mal, on s'y attache et ils ne sont déjà plus là. Ont une vie trop brève, ne restent pas, ne suffisent pas. La circulation du sang, pas terrible depuis quelque temps. Mais le caddie : comme pour l'éternité ! Inoxydable, résistant et fidèle! Là-bas, de l'autre côté, est-ce l'esprit du monde ? Savates en feutre, sans chaussettes. Un long manteau ouvert. Quintes de toux. Manteau à col de velours. Paille dans les cheveux. De la paille en ville, mais comment se fait-il ? Au petit trot, apprend les plaques d'immatriculation par cœur. Les déclame solennellement entre deux quintes de toux.

Juste au coin de la rue, dans une petite boutique grecque, une famille grecque sur quatre générations. Épicerie et fruits. De Thrace, Thessalie, Arcadie, du massif du Pinde. Entreprise familiale. Comme une cuisine avec icônes, lampes à huile, évier, plaque de cuisson, laine de mouton, tapis rapiécé, tricots, lego, devoirs scolaires, calendrier, canapé et les vitrines en verre. Au mur, la Crète, Mykonos, la mer et le port d'Ithaque. L'entrée du port. Devant, le comptoir de la boutique. La mer est grande. Sur le comptoir, balance et plaque de marbre. Tiroirs, vitrines de verre. Déjà transformées souvent, ces vitrines. Deux arrière-grands-mères, les grands-parents, les parents, le frère célibataire, un enfant. La boutique telle une grande cuisine. Toutes portes ouvertes. Encore petit, l'enfant. Dort. Le parquet craque. À midi, le temps s'immobilise souvent. Trois marches de pierre usées et à l'arrière une grande pièce avec téléviseur en permanence, dans ton souvenir. Jusque loin dans l'après-midi. La pendule s'arrête. La pendule s'arrête une fois, et puis repart. Le téléviseur. Des affaires de famille. Un snack, la Méditerranée, la Grèce, le comptoir, la table de la cuisine, le pain. Pain et sel, un morceau de fromage de chèvre, une assiette de piments, un petit verre d'Ouzo et le mélange des voix et des jours. Comptoir, canapé, table. Les voix de toutes parts. On baisse le son du téléviseur. L'une des arrière-grands-mères, légèrement endormie, l'autre avec un collier de perles et une comptine des montagnes tremblante, qui a bien quatre-vingts ans. Tous les saints des icônes sont membres de la famille. La pendule est arrêtée. À la porte de la boutique le soir attend. Des ombres au mur. Lumière de néon. Petite lampe à huile. Cigarettes grecques. L'enfant, avec ardoise et boulier, maintenant, s'efforce de faire tenir son souffle en équilibre sur sa langue. La femme ouvre la fenêtre. Le frère célibataire sorti dans la cour avec une cigarette. Sorti dans le soir. Ici, à Francfort, en plein Bockenheim, une cour carrée grecque. Ciel du soir. Hirondelles par-dessus la cour, martinets. Tel un chalutier, la vieille camionnette de livraison du marché couverte d'une bâche. Caisses de fruits, résiné, feuilles de vignes, peinture à l'huile bleue, alphabet grec, caisses de bouteilles avec bouteilles vides, le présent, la journée d'hier, l'été dernier, le temps, une cuve d'eau pleine de ciel. Le temps, oui, le temps. Un jeune chien, un berger allemand, comment peut-il s'appeler ? D'abord encore petit et puis déjà adulte. Comme un loup. L'enfant qui va maintenant à l'école. Première année. Cartable neuf. La famille reste sur le seuil. S'éloignant sous leurs yeux, le père, le chien et l'enfant. Dans le soleil du matin. Avec des ombres longues. Début septembre. Ce devait être le premier ou le deuxième jour de classe. Comme le temps passe. Comme les jours se bousculent. Journées d'automne, sérieuses et grises. Le père à la porte de la boutique, maintenant. Le chien et l'enfant, entrant dans le jour. Tôt encore. Odeur d'automne. Jours d'école. Anorak, cartable et bonnet. Le chemin de l'école. Par la Homburger Strasse. Par la Jordanstrasse. Par la Schlossstrasse. Par la Hamburger Allee. Chien berger allemand. Écolier avec cartable. Jusque devant le grand portail. École Bonifatius. Enfant et chien devant le grand portail. Tôt encore. Frais et humide, l'air. L'enfant, par le grand portail, entre dans le jour. Va vers sa vie. Sans peur, ou ne le montre pas. Le chien le suit du regard. Reste et gémit. Puis de retour seul et sur le chemin du retour, prendre un peu le temps, en tant que chien. Piétons, coins de rue, jours et images des journaux. Bombes à neutrons. Course aux armements. Nouveau système de sirènes d'alarmes en République fédérale. Fusées nucléaires à Rödelheim*. Tempêtes de neige à New York.

---

* Deux kilomètres tout juste, jusqu'à Rödelheim, une grande piscine pour les étés en ville, pour les gens et pour les guêpes. Une piscine avec des prairies et de vieux arbres, beaucoup de place. Le Brentanopark. Les saisons, la Nidda. La Nidda bruisse. Ici, la Nidda se divise. Sur la rive, un chemin. Petits ponts, ombres, lumière sur l'eau, un ponton. Le chemin traverse le bruissement. Entre dans l'ombre. Dans le soir. Des canards, une digue, un moulin, et une chute d'eau vive, verte. La petite île de Rödelheim. Souvent, avec Carina, l'après-midi à Rödelheim, pour buller. Souvent avec tout le kindergarten. Dans l'herbe il fait chaud. Sept enfants, une grosse pastèque bon marché pas un seul mouchoir, même pas de papier toilette et le canif émoussé, un peu trop court. Souvent, avec Sibylle et Carina, dans les rues latérales de l'après-midi, lentement, de maison en maison, et parmi les maisons, choisir les plus belles. Petites et vieilles, les maisons. Ateliers. Éclats de bois. Une annexe et l'annexe de l'annexe. Pour chaque maison, une cour, dans la lumière et dans l'ombre. Une fois, c'est une cour du matin, une fois, une cour d'après-midi. Aisons de paysans, dit Carina (elle oublie toujours le m, dans ce mot!). Venons de nous acheter des cerises. Des cerises sucrées en forme de cœur, les premières de l'année. Avons même

Aujourd'hui, vraiment tard, la dame des journaux avec sa poussette ! Est-ce elle, aujourd'hui, ou sa nièce de Niederrad qui vient parfois l'aider ? Déjà, le facteur du matin. Notre gardien, apparemment libre, aujourd'hui. En savates du samedi vers le bureau de tabac, en fumant, et au bout d'un moment de retour, en fumant, avec le *Bildzeitung,* des billets de loto et sa provision de cigarettes. Le Tannenbaum pas encore ouvert, malheureusement. Au bureau de tabac, tout de même, chaque fois, vite fait, une eau-de-vie double bon marché, sans licence. Ici, au comptoir, et plus jamais à Hanovre ! Ne même plus y penser ! Des petites bouteilles sous le manteau pour les habitués. Santé, et tout de suite après, une autre eau-de-vie double ! L'expérience de la vie. La béquille, comme s'il l'avait toujours eue. Ne le gêne même pas pour fumer. Devant lui, la guerre, encore, et 1946, l'année de la famine. L'esprit du monde vous salue bien. Deux pieds pâles. Savates de feutre, sans chaussettes. Marcher depuis la Westbahnhof en passant par la Zeil jusqu'au zoo et retour, en tant qu'esprit du monde, touche à peine le sol. Disparu depuis quand, l'esprit du monde ? L'esprit du monde, ne serait-ce pas moi ? Les premières veuves nanties déjà en

pu éviter qu'en plus des cerises, on nous fasse cadeau d'une grande tortue immobile comme une enseigne. Ce devait être début juin. Les marronniers et leurs hautes bougies. Le lilas en fleur. De vraies maisons de paysans, non, dis-je parce que je suis d'un village. Mais sont et font comme des aisons de paysans, dit-elle. Bientôt quatre ans et sachant tout, ou presque. Un après-midi de juin. Une semaine avant mon anniversaire. L'été venait de commencer. Rödelheim est une banlieue de Francfort. D'abord, les fusées nucléaires, stationnées officiellement à Rödelheim. Et puis les têtes explosives des fusées, officiellement aussi. Des Pershing deux.

vadrouille dans la Leipziger Strasse, avec leur vigoureux caddie. Qu'est-ce qui est le mieux, c'est-à-dire supérieur? Fille de famille et veuve d'avocat général ? Ayant hérité, en plus, du titre de docteur et de la jolie pension. Ou d'une bonne boulangerie de Francfort qui marche bien? Propriétaire. Boutique mise en gérance. Le mari, décédé, boulanger et président de la corporation. Un homme de cœur. Quarante-deux ans d'un mariage heureux. Trois enfants qui ont tous réussi, tous les trois. L'avocat général était un ivrogne, à ce qu'on dit. (Mieux vaut ne pas nous en mêler!) À midi, les étudiants sur le campus, tous les midis. Chaussures de sports, tennis, sandales. Premiers jours de l'été. Par la Gräfstrasse, la Jordanstrasse, la Kiesstrasse. Et traînent, marchent comme s'ils jouaient, les étudiants. Terrasses de café. Traversant le soleil pour aller au Café Bauer, au pub, au Bastos, à la librairie Karl-Marx. Presque comme en temps de paix. Tout autour, des boutiques de photocopies bon marché. Un libraire d'occasion. Le Tannenbaum est toujours fermé. Le Distel, résistance, produits naturels. Une boutique de vêtements, deux boutiques de vêtements, une boutique de vêtements d'occasion. Dans la Jungstrasse, une crèmerie. Épicerie fine, fruits, produits laitiers. Entrées d'immeubles, escaliers, murets. Une esplanade, une cour pour le soleil. Une corniche pour les chats. Les étudiantes les plus belles. Au soleil, un muret pour s'asseoir. La librairie des femmes. Les échoppes de Francfort. Et devant les échoppes, les clochards, qui s'y connaissent. En été, à midi, les cafés et leurs portes ouvertes. Pub, Pelikan, Albatros. Les rues et moi, et le temps. Pendant trois ans, ai quitté la librairie d'occasion à midi pour rentrer à la maison. Toujours rentré à pied du travail. Souvent dans un demi-sommeil. Ou commencé à écrire dans ma tête. Pas assez de temps (à qui donc appartient le temps ?). Ou au kindergarten tout de suite après le travail, et chaque fois imaginer les lointains en chemin, l'Europe, ma vie. La Jordanstrasse, précisément divisée entre ombre et lumière au soleil de midi. En moi à l'intérieur et tout autour de moi, la rue. Il y a aussi tous les livres que j'ai lus ici. Et ceux que j'ai écrits. Notes, manuscrits. Y a Rembrandt et Pieter Brueghel et les chefs-d'œuvre de la peinture flamande. Y a les lettres de Van Gogh, y a ma fatigue et mon sommeil, être malade et guérir. Et chaque fois, un instant d'éternité méditative quand coule l'eau du bain et que toi, pieds nus, entre deux portes ouvertes, tu converses avec le silence et les reflets dans le miroir du présent, la lumière tremble sur l'eau et bientôt, la baignoire est pleine.

Chaud. Francfort. Il fait chaud. Midi, après-midi. Bleu, bleu gris et lilas, la chaleur s'est accumulée. Pesante, tout comme la fatigue. Ville endormie. Lassitude de midi. Et les pigeons roucoulent. C'est maintenant, vraisemblablement, que la chaleur est la plus forte. Lourde. Une lumière de brume. Il fait chaud. Frankfurt am Main. Déjà la demie ? Une heure et demie ? À moitié comme dans un demi-sommeil ? Juillet, août. Long comme un été, ce seul après-midi d'aujourd'hui. Le temps s'est peut-être arrêté ? Comme quand tu rêves que tu rêves que tu rêves. Ici et là, partout, dans ta mémoire et dans les rues, et puis à la maison. Une fois comme d'habitude fatigué,, la maison dans la lumière – c'était à l'instant ! Comme si tu étais porté : toi, porté, et que tu portes le monde et le temps. Pesante, la chaleur, la lumière. Les voix, certaines t'appellent comme depuis ton enfance. N'ont jamais cessé de t'appeler. À petits pas sur le trottoir, les pigeons. Je suis fatigué ! Retour à la maison à midi, fatigué, mais encore un nom à toi, je le savais depuis des lustres. Et les pierres et les portes, et les pas. Suis souvent allé ainsi. À moitié comme dans le sommeil, comme dans un demi-sommeil, et le monde à ta rencontre, qui te prend avec lui. Les voix. Conversations avec toi-même, aussi. L'après-midi. Les yeux fermés et déjà parti, à moitié parti. Les cloches. L'heure juste. Une heure. Une heure et demie ? Plutôt deux heures et demie, déjà, peut-être dans un demi-sommeil depuis longtemps, deux heures et demie depuis longtemps. Comme quelquefois avant, endormi peut-être en marchant. Taches de lumière sur le mur, conversations avec toi-même, emportant les voix dans ton sommeil. Yeux fermés et le jour, la ville et le monde, au fond des mers avec toi. Et la lumière encore, une lumière comme des papillons sur les paupières, qui tremble et qui respire. Le présent. Entrer dans la lumière puis emporter les voix et la lumière, englouties. Au fond du temps. Endormie, la ville. Au soleil. A tourné lentement autour de toi. Et bourdonne, commence à ramper, maintenant, continue de bourdonner, bourdonner, bourdonner. Avec nombre de voix. Parle, demande et appelle, un murmure de tous côtés. La circulation. *Tout scintille.* Les rues se sont mises en branle. La ville roule. Les taches de lumière dessinent des motifs. Le temps, un écrit sur le mur, un murmure. Nombreux, les gens. Une danse, un lent vertige. Tellement de gens. Et chacun dans son rêve, pris dans son propre rêve, le temps d'une vie. Pigeons. Les pigeons sur le toit. Ils roucoulent. Ils commencent à appeler. Journée d'été en ville. Le Main. Les bateaux sur le Main. Qui joue et qui scintille, le Main. Justement aujourd'hui, justement en traversant la ville, juste là, près des ponts, il scintille. Péniches, remorqueurs, l'île aux oiseaux, comment s'appelle-t-elle ? Demande aux oiseaux ! Location de bateaux. Excursions en bateau. Bateaux blancs. Drapeaux de couleur. Mouettes. Les drapeaux flottent. Cloches. Une cloche de bateau. Une clochette tinte. Les gens se pressent sur le ponton. Les églises, la cathédrale, une paroi rocheuse rouge sur laquelle s'érode le temps. La rive, la lumière sur l'eau, l'Eiserne Steg. Te réciter le jour et l'instant, te réciter chaque détail et tout rassembler ensemble, comme si tu devais d'abord inventer le monde. Et le réinventer toujours, chaque fois, pour toi. Comme d'un autre temps, d'une époque lointaine. En invité seulement, en témoin. Tout comme pour la première fois, la dernière. Ce que tu regardes et vois t'appartient à jamais. Taches de lumière. Visages des hommes. *Le Main qui joue et qui scintille. Vivant.* Un jour, pour l'anniversaire de Sibylle, étions sur l'un de ces bateaux blancs, Sibylle, Carina et moi – où est-ce encore à venir ? En juillet, très tôt le matin. Sur l'Eiserne Steg, sur le bateau.

Du Main vers le Rhin, toute la journée sur l'eau. Un jour d'été est long comme une année. Un jour descendu la Fahrgasse depuis la Konstablerwache. Vers le Main. Entrer dans le midi du jour. Et d'un coup, la Fahrgasse pleine de papillons. En pleine ville. Tel un nuage, les papillons. Solennel, un convoi du silence. Était-ce aussi maintenant ? Toujours moi ? Chaque fois tout, toujours ? Endormie, la ville, la torpeur de midi. Depuis une forte hauteur, maintenant, comme si tu avais l'habitude de la voir d'en haut. Les détails. Très nettes, les routes et les places. Chaque toit au soleil. Bourdonnement, luisance. Et pourtant comme si tu ne faisais que rêver. D'en haut, la ville, d'en haut et jusqu'aux banlieues. Des sirènes au loin. Une ambulance ? Les pompiers ? La police ? Viennent de quelle direction ? Plus près? Ils arrivent ? Ce n'est pas pour toi. Ce n'est pas encore ton tour. Pas avant longtemps ! Il fait chaud, chaud et brumeux. L'été. Un après midi. Frankfurt am Main. Comme des cendres chaudes, la ville, mais sous les cendres une lueur, encore. N'a-t-il pas tonné ? À l'instant ? Auparavant? Il y a longtemps ? Au loin ? Tout au fond de ta mémoire ? Tonné plusieurs fois? Le même après-midi qu'aujourd'hui et le temps, figé dans la chaleur. Les gratte-ciel comme des mirages. Le ciel, un océan endormi. Pas le moindre petit nuage qui voudrait se montrer ? Encore loin, le soir, a attendu sous les arcades, à l'ombre, près des portes d'immeubles, dans les entrées, les cours et les recoins, attendu, muet, attend à l'horizon. Comme un feu d'artifices avant qu'il commence. Attend à l'horizon comme un grand ballon blafard qui ne cesse de grossir tandis que tu retiens ton souffle. Il luit, attend et croît. Aucun oiseau ne chante, seuls les pigeons endormis et leur mal du pays (doivent roucouler le mal du pays, chaque jour davantage, roucouler, le mal du pays coincé en travers de la gorge, en boules, en blocs toujours plus denses, s'amoncelant sur les toits chauds du crépuscule !). Aucun oiseau ne chante. Les murs commencent à transpirer. Les couleurs, décolorées. Pâlies. Sur le toit toussent les fantômes. Que veulent-elles encore, ces voix sous la fenêtre, et celles de ta mémoire ? Chaque note comme disséminée, comme de très loin. Avions. Un orage approche ou il se fait attendre. Pas de vent ? Aucun vent ne se lève ? Parfois le vent du sud, le soir. Une porte claque. Des enfants courent. Une voix de femme. S'entend comme si elle s'appelait, comme si elle s'appelait toujours elle-même. Essaie avec plusieurs noms. Le vent du sud, le soir. Souvenirs, poussière, nuages de poussière, feuilles, bouts de papier, oiseaux tournoyant aux fenêtres. Bientôt une tempête, bientôt l'orage va éclater, penses-tu. Et puis non. Toujours pas ! Le vent tourne ? Trébuche ? Le monde, qui entre dans la nuit. Juillet. Deux rues plus loin, une fête de rue, une fête de quartier, une fête d'été. Lampions multicolores. Musique. Bretzels, saucisses, petites saucisses chaudes, döner kebab, bière, gyros et apfelwein, le vin de pomme. Un cracheur de feu du Bengale venu du Gallusviertel. Un groupe de rock de Rüsselheim. Fêtes des jardins à Francfort. D'abord juillet et puis août. Avions. Un orage. Un orage qui n'arrive pas. Couchers de soleil. Eclairs de chaleur. Trains sur voies ferrées à l'horizon. (Mon train file dans la nuit : qui suis-je ?) Nuit. Fenêtre ouverte. La nuit bruisse. Les arbres bruissent. Comme une grosse coque, la nuit. Un souvenir provenant d'un bazar. Souvenir d'un seul, de tous les étés au bord de la mer. La nuit dernière, un orage dans la nuit ? Ou seulement passé près, rêvé ? Le lendemain, du sable partout. Poussière de sable. Blanc, rougeâtre, jaune. Apporté par le vent. Du sable volant. Comme du désert. Le même ciel tous les jours. Il fait chaud. Poussiéreux. Francfort. La région Rhin-Main. À huit heures du matin trente degrés déjà. Depuis des semaines. À midi, lourd, brumeux, humide. D'abord bleu puis bleu gris puis lilas, le ciel. La couleur de l'éternité. Depuis des années, toujours le même après-midi. Comme un chiffon humide, l'air, chaud et humide. Comme dans un sèche-linge épuisé souffrant de sa vocation. Électrique. Acheté d'occasion. Il fait chaud. Chaud et lourd. Chaud, lourd et brumeux (tous les jours deux degrés de plus, et quand seront les soldes d'été ? Opération pour devoir de vacances). Pesant, le ciel. Murs placardés. Il fait chaud, chaud et humide. À midi, les murs commencent à transpirer. Chaque aspérité est un signe. Chaque détail, un écrit sur le mur. Crue et trouble, comme par rais ou par taches, la lumière. Une heure et demie, et puis deux heures et demie, deux heures et demie depuis longtemps. Des avions. Un avion. N'a-t-il pas tonné tout à l'heure?

Un bruissement qui bruit, bruit, qui gronde et bourdonne. La ville, les rues, les lointains. La circulation. Ce

179

sont les voitures. Après-midi en ville. Les voitures, d'un feu à l'autre. Comme une respiration laborieuse, saccadée, un battement de cœur, du sang dans les veines. Roulent, s'arrêtent et se traînent. Endormie, la ville. Les feux. Agents de la circulation, flics de la schupo. Comme des soldats de plomb, des figurines casse-noix – eux aussi seulement en rêve, on dirait. De tôle, d'étain, de bois, de plomb. Ceux en bois, fraîchement peints. Différentes sortes, différentes tailles, modèles. Certains avec des socles. Qui tournent. Dans un sens et dans l'autre. Les socles, comme des tambours de cirque. Ou ils flottent (*semblent* flotter.) Avec ombre ? Sans ombre ? Avec effort ? Sans effort? À un empan du sol. Ou en haut, au-dessus du carrefour. Apparitions. Pas le moindre petit nuage qui voudrait se montrer ? Petits bonshommes en jouet. Figurines. Les plus récents en plastique, aussi. Certains avec un très grand soin. Gants blancs. Insignes du grade. Boutons d'uniforme. D'autres avec une tache claire sur le visage en guise de visage. Et comme ils dansent, comme ils fonctionnent. Marchent et cliquettent, clignent de l'œil et tournent perpétuellement. Mécaniquement, comme des automates. Un rêve dans le rêve. Endormie, la ville, dans la torpeur de midi. Après-midi. Lenteur. Vitrines, reflets dans le miroir, visages. Le quartier de la gare. Le centre ville. Depuis la Hauptwache en passant par la Zeil et retour. Monter et redescendre la Berger Strasse. Passer devant le Römer et traverser le Main. Sachsenhausen, Bockenheim. Fac, campus, et la Leipziger Strasse. Comment veux-tu retenir tous les gens que tu vois dans ta vie ? Ne serait-ce que ceux d'aujourd'hui ? Une seule et longue journée. Une journée d'été est longue comme une année. Les feux, du rouge au vert. Musique. Cigarettes. La rue commence à rouler. Toutes les rues commencent à rouler. Bretelles d'accès, carrefours, bretelles de sortie. L'autoroute. Entrées d'autoroute, sorties. Le tarmac, la piste de décollage, l'espace aérien, l'axe d'atterrissage. Un avion en diagonale, là-haut. Un autre qui se prépare à atterrir. Signaux, tour de contrôle, signes lumineux. Des avions sans arrêt, qui se préparent toujours et tous à atterrir. Rhein-Main-Flughafen. Francfort Airport. Béton, forêt urbaine et le ciel, un ciel calme qui appartient à personne et à tout le monde. Échangeur sud, ouest, Frankfurter Kreuz. Lignes de chemin de fer, S-Bahn, gares, banlieues, villages, banlieues et banlieues des banlieues. Jardins ouvriers, casernes, chevaux, champ de course, terrains de sport, ateliers, stations-services, centres commerciaux, cimetières, entrepôts, fabriques, zones industrielles, un champ de blé, zone commerciale, rectangles, dés, jeux de construction, plans, maisons, lotissements neufs, zones constructibles, zones en attente de construction, zones d'exploitation, zones à bâtir, chantiers, chantiers. Eté, l'été, l'heure d'été. Présent. Un après-midi d'été. D'abord juillet et puis août. Champs de blé, prairies, le Taunus. De Bad Neuheim, d'Ockstadt, de Friedberg à Bad Homburg, Oberursel, Bad Vilbel. De Bergen à Kriftel, à Hofheim, à Kelkheim, à Hochheim. Limite sud, le long du Taunus. Jusqu'à Wiesbaden. Le long du Taunus, du Main. Partout des arbres fruitiers. Déjà cueillies, les cerises ? Les prunes, les mirabelles, les pommes, les poires. Le moindre détail. Le tout, très net. Les fruits sur chaque arbre. Doivent être mûrs, maintenant. Le vin des collines, vers Hochheim. Il fait chaud. Chemins de terre. La plaine du Rhin. Sous la chaleur, la lumière vacille. Devant Hoechst, Farbwerke Hoechst (usine de peinture sinistre : les cauchemars mijotent), et large courbe du Main. Bateaux. Le courant. La lumière sur l'eau. Les bateaux sur le Main. Vers le Rhin, le Main et son éclat, de toutes parts la terre au loin, et l'été. Les vaches. Et le foin dans les prés. Un tracteur. Tracteur jouet. Un tracteur avec faneuse. Tracteurs avec remorques. Chars à foin. Chars à foin surchargés. Chemins de terre. Champs de blé. Le blé tient bien. Il tient. Or pur. C'est l'été, vient le temps où se rassemblent les moineaux, nombreux, entre ciel et terre. Grands cris et gazouillis, entre ciel et terre. S'étalent dans les champs. Les étourneaux, pareil. D'abord dans les cerises et puis dans le blé. Chaque année. Champs de blé. Une moissonneuse-batteuse. Trois-quatre moissonneuses-batteuses bientôt. Jaune, vert, orange. Bientôt aussi les premiers champs moissonnés. Jour d'été. Vaches. Les vaches sont couchées dans l'herbe. Il fait chaud, chaud et brumeux. Bleu, bleu gris et lilas, la chaleur, le ciel, les lointains, les collines, la forêt. Les champs. Les champs luisent. Les vaches sont couchées dans l'herbe et regardent l'été. Nuages d'été et aussi du vent, maintenant, un peu de vent. Nuages d'après-midi, les premiers. Un autour, un busard, un geai qui appelle. Ils appellent, comme depuis ton enfance. La forêt qui monte vers la colline. Le soleil, la lumière du soleil et au-dessus de la forêt, libre et légère, l'ombre des nuages. Avec le vent. Comme avec des ailes, l'ombre des nuages, comme des pensées au-dessus de la forêt.

Endormi ? Dans le sommeil, un demi-sommeil : comme si tu te rêvais toi, la ville et le temps. Francfort. Un été à Francfort. Un après-midi. Un jour parti de la boutique, la librairie d'occasion, pour rentrer à la maison. Juste maintenant ou il y a longtemps ? Dans une vie antérieure ? Un jour et puis toujours? Fatigué, du travail à la maison ou tout de suite au kindergarten (pendant chaque trajet, tu écris un livre dans ta tête), dans la ville, à la bibliothèque, allé ici et là. En marchant : les yeux fermés, les yeux à peine fermés un instant et déjà plus rien. Endormi, englouti. Les reflets, encore, entrées de boutiques, vitrines. Chaque détail deviendra écriture. Chaque chose se met à parler. Chaque instant te regarde. D'un coin de rue à l'autre, les cafés de midi aux portes ouvertes. Comme des fontaines ensommeillées. Le murmure, encore, la ville, le bruissement du temps. Nombre de voix. La ville et la lumière, les voix, tout emporter dans le sommeil. Autrefois j'écrivais la nuit. Dormir en marchant? La rue vient à ta rencontre. Le présent. Toujours le même instant. La Jordanstrasse à midi, en été, précisément divisée entre l'ombre et la lumière. Dans un sommeil, un demi-sommeil. Marchant, assis, couché. Lit, plancher, fauteuil gris. Les matelas du kindergarten. Dans l'herbe, une prairie. Qui sent l'été. La piscine de Rödelheim. La Kurfürstenplatz. Le Grüneburgpark. Le roucoulement des pigeons. Et endormi, déjà. En marchant, ça irait encore mais quand même pas pendant mon travail à la boutique? Pas sur l'échelle du libraire ; un pied en l'air, main tendue vers l'étagère et tête dans les nuages de la veille, de l'an passé. Pas dans la cage d'escalier, aveugle, moulage ancien en plâtre d'une statue mortelle. Pas dans le Kaufhof, érigé à la hâte, pas à la poste de la Römerplatz. La poste est éphémère, aussi. Et surtout pas avec les employés ! Et en aucune façon sous terre, ni dans le métro ni dans la tombe ! Comme tout en haut d'un char à foin, un sommeil de ce genre, vacillant. Bientôt le réveil ! Tu rêves que tu rêves et te rêves toi-même. Alors bientôt le réveil ! Écoute, elles arrivent ! Elles parlent de toi. Certaines voix comme issues de ton enfance. Devant la porte, sous la fenêtre. Depuis la cour, le jardin (peut-être rêvé, seulement, et depuis longtemps disparu, le jardin). Vont bientôt commencer à t'appeler. Et tout près, Sibylle et Carina. Doucement! Tu écoutes avec l'intention de parler bas, tout bas. Avec plusieurs sortes de murmures, une patience nouvelle à chaque instant. Ou Carina n'est-elle pas encore avec nous ? Pas encore au monde ? La trame du temps. Des cloches sonnent. À ton réveil, les taches de lumière sur le mur. À ça tu dois te reconnaître, toi et le présent. Bientôt le réveil ! Gauloises et Gitanes, pour que l'après-midi immobilisé se remette en mouvement. Du thé turc, poser une grande théière sur le feu! Dans ta tête, la lumière et les voix des commerçants à Istanbul, avant la tombée du soir. Et en attendant que le thé soit prêt, trois quatre cinq cafés debout. Venise, Trieste, toute la côte jusqu'au Bosphore. Derrière, la mer Noire, scintillement argenté, et tu vois tout devant toi. Cessé de boire et depuis, jour et nuit, café serré, moka, café, thé, plusieurs sortes. Et un bain chaud, de préférence un bain chaud toutes les quelques heures ou imaginer, du moins, que tu prends des bains chauds sans cesse. Se réveiller maintenant, se réveiller bientôt! Voir qui tu es, cette fois, comment on en est arrivé là. Temps et lieu, le vieux siècle. Ta vie, la reconnais-tu ? L'eau du bain ? Une fontaine ? La ville ? Le temps bruisse-t-il ? Alors maintenant, se réveiller bientôt!

Mon deuxième livre. Pendant quatre ans écrit la nuit, et le matin, été gagner de l'argent. Manœuvre ici et là. Puis dans un bureau, en tant que répondeur et machine à écrire, avec cinq sociétés boîtes aux lettres et cinq téléphones de couleur différente, dans la Zeil. Derrière la Konstablerwache. Tout au bout de la Zeil, là où elle n'est presque plus qu'un décor, où elle commence à s'émietter, la Zeil, là où tombe le jour. *Das schwarze Buch*. Le livre noir. Entrer toujours plus profond dans la nuit. Délires. Pas assez de sommeil. Cessé de boire au milieu du livre et continué le manuscrit. Pas du début à la fin, un chapitre après l'autre, mais tout en même temps et toujours recommencer. Depuis le début, pas de début. Vingt fois chaque page. Pendant vingt et un ans, n'écrivais qu'avec de l'alcool et puis arrêté de boire au milieu du livre et dès le lendemain, continué sans une cuite. Mon premier livre, aussi, enfin sorti, Carina née, et j'ai trouvé ce travail du matin à la librairie d'occasion. Au coin de la rue, tout près de chez nous. Pas loin de la fac. Un travail où aller à pied. Le sommeil, à peine. J'ai cru que le livre me tuerait. Et contre toute attente fini, presque fini. Toujours proche de la fin. La fin en vue et Sibylle commençait la composition, chez l'éditeur. Un concept, une organisation du livre. Des dossiers noirs. De nombreux chapitres que j'écrivais en même temps. Ils sont longs, ces chapitres. Et dans les chapitres, des paragraphes, deux sortes de paragraphes, deux types d'intervalles. Mais en retravaillant, détruit toute l'organisation. Chaque page recommencée de nouveau. Et maintenant ils me manquent, les paragraphes ! Relisons les chapitres pour ça, Sibylle et moi. La nuit, à la hâte, afin de réintroduire les paragraphes. Pour qu'elle puisse continuer de composer dans la journée. Deux sortes de paragraphes, un labyrinthe et à l'intérieur, dans un demi-sommeil, entre filets et chausse-trappes. Toutes les nuits, pendant près de deux semaines. Entre-temps déjà mai, la mi-mai. Toujours plus courtes, les nuits. Si Carina se réveille et a peur, l'un de nous va la prendre dans ses bras. Les fauteuils gris sont très pratiques. Même endormie, Carina reconnaît les mots justes. Elle s'étire, soupire et se rendort. Dans son sommeil elle s'agrippe solidement au sommeil et dort jusqu'à l'horizon. Jusqu'à la fin de la nuit. On peut se perdre, dans ce livre. Surtout moi. Un livre sur Francfort. Sibylle, au lit à deux heures et demie. Moi, jusqu'à quatre heures, quatre heures et demie. Les oiseaux sont réveillés depuis longtemps. Et tous les jours, clair plus tôt. Longues journées. Et toujours ce midi, revenant à pied du travail. Dans un demi-sommeil, comme d'habitude, le même instant. Jusqu'à la porte de l'immeuble. Toujours en chemin vers moi-même. Et commencer à écrire dans ma tête ! De mon ami Manfred de Giessen, la musique. Trois cassettes. Exprès pour l'écriture. La sélection et l'ordre ensemble avec lui, quand nous étions allés le voir en mars. Exactement ce qu'il faut, exactement comme je veux, les cassettes. Trois fois quatre-vingt dix minutes de musique. Jürgen et Pascale, le soir, chez nous, en couple d'amoureux, m'apportent un magnétophone à cassette et pour Carina, des petits bonbons nounours. Pour Sibylle, un foulard bariolé. Et une image de lion, pour Carina (un vrai lion, sur l'image!). Jürgen me rend les quatre-vingts marks qu'il me devait depuis des années, apparemment. On pourrait dire aussi, prête-les moi maintenant et on verra ce que l'avenir nous réserve. Comme vous êtes beaux ! Ils veulent aller tout de suite au concert. Vous êtes mes beaux oiseaux bariolés, leur dit Carina, bien qu'elle dorme depuis longtemps (Encore une fois boire du lait! Boire du lait pour la dernière fois et aller voir à la fenêtre si tout est toujours là! Les quatre-vingts marks, nous allons les garder pour la Pentecôte !). Chaque matin, à la librairie, et à la maison à midi. Je rentrais du travail, commençais à écrire et j'écoutais sans cesse les trois cassettes. Toujours le même après-midi, et puis entrer dans le soir (la nuit est dans longtemps). Un magnétophone à cassette sur la table, à portée de main, me semblait un miracle. Les cassettes, un objet miraculeux, de toute façon. A fortiori la musique. Du soleil tout le mois de mai, tout mai, un seul et long instant ensoleillé. La machine à écrire électrique grâce à l'à-valoir de mon premier livre et même après trois ans, à chaque allumage, pour moi un émerveillement. Lampe de bureau, petit meuble classeur, trois bureaux. Grosses provisions de papier. Ainsi ai-je écrit le livre jusqu'au bout, mon deuxième livre. Sibylle, déjà à la composition et aux épreuves. À strictement parler *presque* trop tard pour l'automne (en vérité, bien trop tard) mais n'avions plus le choix. Sans le livre terminé, imprimé, je n'aurais pas su contenir mon impatience ! Quatre coquilles. La semaine d'avant la Pentecôte, la dernière page, et quatre jours en forêt, Sibylle, Carina et moi. En dehors de moi, personne ne sait qu'au dernier moment, je dois ajouter un dernier chapitre au livre terminé. Déjà en février, eu quatre semaines de congé sans solde et après la Pentecôte, encore cinq jours libres. Cassettes, magnétophone à cassettes, et recommencer de nouveau. Mais le livre est fini, me disent-ils chez l'éditeur (comme si je pouvais me tromper !). Moi aussi je croyais qu'il était fini, dit Sibylle. Avec mauvaise conscience, comme si c'était de sa faute. À peine rentrés de la forêt et cinq jours libres encore, ainsi ai-je écrit le tout dernier chapitre. Et puis téléphoné, et avec le tout dernier chapitre, à pied chez l'éditeur. Bientôt le soir, déjà. *Tu y es quand même arrivé* ! Je croisai l'éditeur dans la cour. KD Wolff. Un cerisier devant la maison. Les marronniers en fleur. Devant la porte, comme si nous restions là pour nous en souvenir après. Début juin. Une vie à soi. Un soir de juin, clair encore. Nous nous connaissions depuis quatre ans à peine mais cela nous semblait long, à l'époque. Rentrer ensemble à l'intérieur. Je lui donnai le dernier chapitre. Voilà le dernier chapitre. Il se mit à lire aussitôt. Je restai jusqu'à ce qu'il ait fini. Je bus huit verres de thé, dans ma fatigue. Ça fera tard, pour cet automne, dit-il, mais on a déjà commencé. À la fenêtre, le soir. Oui, dis-je, Sibylle, la composition. Peut-être qu'elle n'y arrivera pas toute seule. On peut calculer au plus juste et puis envoyer une partie à la compo. Si on ne le sort pas maintenant, pour moi il ne sera pas fini, pas vraiment ! Je n'arrêterai pas d'y penser ! Je ne pourrai pas faire autrement, je ne pourrai pas me reposer non plus ! Tu te souviens comme j'avais besoin de boire ? Tu te souviens, quand je suis venu, la première fois ? En chemin, une minuscule fiole de cognac, vite fait, à moi tout seul, une flasque. Un dixième de litre, seulement. Et un détour exprès, juste avant la maison. Et ici, du vin rouge. Une après-midi. Mais il y avait tellement de vin rouge que ça n'en finissait pas. Le jour, toujours plus loin derrière la fenêtre. Petit, net et lointain. Je serais parti depuis longtemps mais boire tout le vin avant, et le vin n'en finissait pas. Oui, dit-il, je me souviens. Il nous faudra des photos de toi. La photographe s'appelle Ute Schendel. Chacun un verre de thé, encore. Trop fatigué pour la 4° de couverture. Le soir. Le ciel, comme du verre bleu. Aller à la maison par le Westend, à la maison à pied. Tout en fleur. 1982, juin. Trois jours avant mon anniversaire. Tu y es quand même arrivé ! Dix-huit chapitres. *Das schwarze Buch*. Carina, encore réveillée. Elles m'ont attendu. Tout de suite raconter ce qu'a fait chaque peluche, aujourd'hui. Après, le bain. Il ne fait pas tout à fait nuit. Le carrelage bleu de la baignoire. Murs et plafond bleus. Au sol, de petites dalles de pierre. Marbrées. Grises et blanches. Il se trouve que je voyais des images de paradis, sur les dalles. Quatre ans, déjà, dans cet appartement. Toujours les petites dalles au sol, dans la salle de bain, et maintenant, des images de paradis. À l'entrée. Hommes, animaux et plantes. Le soleil et au soleil, tout est vivant. Exactement comme les arbres dont je pensais, dans mon enfance, qu'ils étaient ainsi, au paradis. Une lumière si douce, une lumière de paradis. Les images se complètent, font partie d'un ensemble. Comme l'eau, elles coulent de l'une à l'autre. Ou plutôt, lentement, comme l'huile biblique précieuse, dans la Bible. Comme le ciel dans un étang, pas un souffle de vent, ou un souffle à peine. Comme dans la réalité, tes yeux de tous côtés. Proximité, lointains. J'en parlais à Sibylle et à Carina mais je ne pouvais pas leur montrer. J'aurais aimé conserver les images à jamais ! Les images encore une journée. Jusqu'à mon anniversaire et au jour d'après. Et puis, je m'aperçus qu'elles commençaient à partir. Elles ne s'effaçaient pas d'un coup mais disparaissaient peu à peu. Un long adieu. Images de paradis. D'abord rien, et puis là, et puis plus là ! C'était l'été d'avant ses trois ans, pour Carina. Avec elle cet été-là, dans le Sud pour la première fois. Un long été tsigane. Pour son anniversaire, les Saintes Maries de la Mer, et Jürgen et Pascale sont venus chez nous. Un pèlerinage. Apportant des cadeaux. Pascale, un chemisier à

fleur en guise de robe. Brunie par le soleil. Jambes nues.
Mon ami Jürgen avec un chapeau de paille à la Van Gogh.
Ils cherchent une maison dans le sud de la France. Pas
d'argent et pas de revenus, à part ça il y a tout. Le paysage, la nourriture, les gens, le climat, le temps, tout
comme il faut, tu vois. Mais de quoi vivre ? Vécu comment, avant, et de quoi ? Ils avaient une vieille Fiat vert
clair qui semblait déjà depuis longtemps ne plus pouvoir
rouler longtemps. De retour en France fin septembre.
Ciel de septembre. Le carrelage bleu de la salle de bain.
Petites dalles au sol. Sur l'eau, la lumière *tremble* et bientôt, la baignoire est pleine.

Carina devant la maison, Carina à la fenêtre et dans l'escalier. Là, Sibylle s'en va. Là, Sibylle revient. Carina née dans
cette maison, ici. Carina dans les bras de Sibylle et Carina
avec un tricycle. Carina dans une poussette. Carina sait
parler. Carina et nombre de mots. Un petit moulin à vent,
bleu et blanc. Maintenant, accrocher tous les trois le linge.
On l'accroche au ciel. Maintenant, l'herbe pousse même
dans la cour. Carina sautille, Carina avec des sandales
neuves. Premier jour du printemps. Attendait à la porte
depuis le matin. Partout je nous vois aller. Les après-midi.
Les voix d'enfants. Et le temps, immobilisé. Exactement
comme la tache de lumière sur le mur d'en face. Sibylle
et Carina, ma sieste de l'après-midi et en m'endormant,
leur voix, encore. Le temps. La trame du temps comme
des taches de lumière sur le mur. Au-delà des instants et
des voix, derrière chaque espace, l'espace réel. Que nous

cherchons, cherchons (écrivais-je), et que nous connaissons pourtant depuis toujours. Ne le trouvons qu'après coup, en pensée, le lieu de notre perpétuel retour. Mon deuxième livre. Chaque soir, avant de pouvoir commencer, le sol jonché des jouets de Carina. Jeu de construction, peluches, étoiles, une lune, une boule de neige, des lettres, des plumes d'oiseau, des cuillers, une balle, une balle de tennis, trois balles, un morceau de tissu, du velours rouge, des clochettes en laiton et des clochettes d'argent, des billes de verre, des pierres multicolores, une montre en jouet, deux ou trois lunes, une chemise, chaussettes, sandales, moutons de laine, ailes (elle s'est fait deux ailes pour s'en revêtir : pour elle !), trois petites voitures, une charrette, un kaléidoscope, des animaux de la ferme en bois et en plastique à-ne-pas-mettre-dans-la-bouche, des pinces à linge, un paquebot en plastique, un voilier. Secouer le kaléidoscope devant l'œil, l'autre fermé, et retenir son souffle – ne pas se tromper d'œil ! Images, crayons de couleur, livres d'images, papiers d'emballage d'oranges, un magasin (depuis quand a-t-elle un magasin?), pommes de pin, bottes de caoutchouc, cubes, patins, un chapeau de paille avec des fleurs artificielles parfumées (des églantines qui sentent le muguet), un miroir, un plateau, une bouilloire, une boutique faite de tiroirs et de cartons à chaussures collés (presque pas de clients, pas de chiffre d'affaires, presque pas, mais une fortune, collée au scotch !), la bouilloire comme miroir panoramique, comme tambour, comme cloche, un cadenas de vélo étincelant pour l'avenir (l'avenir, ça existe !), un décapsuleur, une pochette, quatre rouleaux de papier toilette qui ne sont pas à elle (il faut les redemander sans arrêt et tous les jours!), enveloppes, ciseaux qu'elle s'est appropriés et foulards bariolés. Comme semés, comme tombés du ciel. Peut-être comme une mosaïque ? – et me pencher à chaque fois ! Quelle heure, tard ? Quelle confiance accumulée dans ce désordre ! Les animaux en peluche de ma sœur. Je les avais offerts à mes neveux il y a longtemps et maintenant, confiants et familiers, ils reviennent tous peu à peu vers nous. Vers elle, vers Carina. Souvent des petits objets précieux, aussi, que je lui ai donnés afin qu'elle les garde pour moi. Alors elle aussi me donne des petits objets précieux afin que je les garde pour elle. Des prêts, prêts longue durée. L'été d'avant ses deux ans, déjà, avait acquis la capacité de retarder sa sieste jusqu'en début de soirée. Et puis, de nouveau réveillée et beaucoup de temps, partagé le monde avec nous et avec ses amis, avec nos amis, pour elle et pour nous et le monde. Avant qu'elle se rendorme, il est onze heures. Pieds nus, fatigué, comme si tu ne t'étais jamais connu autrement. Tous les matins à la librairie, le midi au kindergarten, l'après-midi avec elle et Sibylle et la ville, en plus, comme si tu la rêvais. Longues journées. Le réveil pour demain matin, maintenant ? Le bain ? Rassembler les jouets comme dans un demi-sommeil. Mal au dos, fatigue. Rassembler les étoiles, un exercice de méditation, et puis se remettre à la table près de la lampe avec ma fatigue, mes notes et le manuscrit. Mon deuxième livre. Avec la musique entrer dans la nuit. Sibylle à mes côtés, pousser un peu le tourne-disque en alternance, elle et moi. Continuer le livre sinon il n'y aura pas de jour. Sibylle à mes côtés. Lit, assise à la table lumineuse, fait couler l'eau du bain. Écrit. Écrit des lettres, un Journal, des histoires porno pour moi. Lit Tchékhov, lit Faulkner. Lit les notes comme si elle entendait la musique. Séductrice, séductrice tout au long de cette longue soirée. Dans les histoires porno, au moins, elle peut transcrire les sandales blanches pour lesquelles depuis des années, chaque printemps, il n'y a pas assez d'argent dans la réalité. Tu dois me séduire comme si c'était interdit, encore et encore, toujours plus! Souvent, après minuit, toutes fenêtres ouvertes, et avec toutes les images et tous les mots, sortir une fois encore. Les rues nocturnes. Les fabriques et les hangars de marchandises, derrière la Westbahnhof. La Leipziger Strasse. La Gräfstrasse, la Ludolfusstrasse, la George-Speyer-Strasse, la Zeppelinallee. En route, toujours, vers moi-même. Jamais assez de place, jamais assez de temps et pour cela, pour chaque trajet, me suis choisi des fenêtres! Fenêtres à encorbellement-toit-pignon-tour-cour, fenêtres de taverne-boutique-rez-de-chaussée. Vitrines, vitraux, fenêtres de fac, fenêtres de maisons de riches, fenêtres d'entrepôts, fenêtres d'usine désaffectée. De l'extérieur, seulement, fenêtres inconnues. Et en pensée, toujours, la pièce de travail et les livres à écrire, les lampes, la décoration, le calme et le temps. Passer devant ces fenêtres, toujours, qui me saluent. N'ai cessé de montrer ces fenêtres à Sibylle et à Carina. De la lumière aux fenêtres ? *Assis là, il écrit* ! Minuit passé

194

depuis longtemps et trouver le chemin du retour. Encore un Coca au Tannenbaum ? Cinq ans, il a fallu, au patron, pour comprendre que je ne buvais plus. Dans la journée, il comprenait parfois un peu plus vite mais après minuit, il a fallu cinq bonnes années.

Retour à la maison, et continuer les yeux brûlants. Fumer à la chaîne. Depuis que j'ai arrêté de boire, café turc et café serré jour et nuit. Continuer jusqu'à trois heures du matin, et puis au lit, mort de fatigue, sans sommeil, il ne me trouve pas. La respiration de Sibylle, la respiration de Carina, la nuit respire. Écouter mon sang, mon cœur, le battement, le bruissement, le tic-tac pressé du temps. Compter en outre avec régularité, combien il me reste d'heures, de minutes, de secondes d'insomnie jusqu'à ce qu'il faille de nouveau se lever, et à grands pas à la librairie. Me représenter le sommeil comme un marchand d'étoffes : d'énormes balles de tissu. Comme pour l'éternité. Uniquement premier choix. Des quantités énormes[*]. Et les minutes gagnées ou volées si ce matin, de nouveau, je ne me rasais pas? Ne me laver les dents qu'au magasin, tel un voleur ? Et voir ce qu'on peut économiser de vie, encore, dans la vie, et ce que je peux faire deux fois, trois fois à la fois. Ou être assis à écrire sans s'occuper du temps? Être assis à écrire toute la nuit. Ne plus dormir ! Une seule et longue journée. Et toujours refaire et agrandir l'appartement en pensée. Comme si tu rêvais et que

[*]   Faut-il les charger sur des bateaux ?

tu te rêvais toi-même. Encorbellements, tribunes, une galerie, une cour surélevée devant le toit, et une chambre dans une tour. Dans la cour surélevée devant le toit, chaque après-midi, deux heures d'été. Entre le bureau et les étagères de livres, un passage dans le mur, et après seulement, l'espace où je suis assis à écrire. Jour et nuit, sans être dérangé. Devant chaque pièce, une grande pièce : zone de protection, corridor. Doublé, l'appartement. Tel un reflet dans le miroir, tout à l'envers. Comme dans les fenêtres de la nuit. D'abord doublé et puis quadruplé. Fenêtres inconnues, vies passées, antérieures. Quelqu'un d'autre. Derrière chaque espace, l'espace véritable. Des petites marches et des portes ouvertes et au-dessus de nos têtes, de nos têtes fragiles et rêveuses, ainsi j'écrivais (mon deuxième livre), hautes et basses, des annexes jusque dans le ciel. Dans le vide. Exactement comme dans la chambre à coucher, la cuisine, la salle de bain, les vasistas, et dans une paix tranquille, la perspective spacieuse des lampes. Derrière chaque espace, l'espace véritable, tel un reflet minuscule dans le miroir, un reflet lumineux, doré, irrésistible, dans ton regard. Des années lumière. Écrire comme dans une tour. Dès que tu y crois, que tu t'y es habitué, que ça fonctionne et que tu vis avec (mieux vaut garder ça pour soi !), derrière les parois et les murs, les espaces, les espaces réels, à chaque instant l'infini, de toute façon,. Intérieurement, au fond de toi. Même dans un demi-sommeil. Dans le sommeil. Être assis à écrire. Pour Sibylle, de la place pour danser. Dégagée. Au milieu de la pièce. La pièce devient vaste comme ton cœur. Une plage. Un portique. Près du feu, un campement à ciel ouvert. Une clairière. Dans la clairière, des tsiganes. Dans la nuit et de jour. Quand elle danse, elle danse sous le ciel. Hier encore, l'été. Hier encore, elle dansait, Carina dans ses bras.

Et la rue, juste là, après le croisement, devenant heureusement impasse. Comme une grande cour qui n'appartient à personne et appartient à tous. Et calme. Au bout, deux arcades. Pour piétons, enfants, chats, couchers de soleil, voix d'enfants, pissenlits, rêves de chiens, le soir, l'écho des voix et chaque année, au printemps, six semaines de nouveau de blanc, dense et tendre, l'écume fleurie, soufflée au sol par le vent, l'écume perdue des acacias qu'on retrouve devant (c'est-à-dire derrière) les arcades. À hauteur d'immeuble, les acacias. Sous l'arcade, le crépuscule, déjà. Viens donc ! Par les arcades, jusqu'aux aires de jeux, afin que tu puisses de tes yeux, et encore le soir, voir le Taunus, le Taunus, au moins une fois, chaque jour, dans la ville. Le Taunus. Les lointains. Beaucoup de ciel. Et au loin, le jour du lendemain et le temps qu'il fera le lendemain. Le Tannenbaum : les yeux fermés. Ronfler. Dix heures, onze heures, non, à midi il pense ouvrir enfin à une heure. A failli ouvrir entre une heure et deux heures, aurait presque hâté l'ouverture. Mon Dieu ! À deux heures et demie lui vient à l'idée qu'à cinq heures il serait bien assez tôt. Mais un gouffre, une montagne de pierres, une pente raide, la rue qui s'élève, haut dans les nuages. Une paroi rocheuse, tu vois le vent qui la façonne et la dessine, le temps qui passe avec lenteur. Vers sept heures le Tannenbaum aura ouvert, peut-être. Les cafés, portes ouvertes, le soir. Les cafés et leurs enseignes, leurs noms, leurs lumières. Tous les soirs. Commencent à briller, vaciller, à appeler, comme si je devais boire encore. Les bistrots de quartier de Francfort ouvrent grand les bras. S'agitent, gesticulant sur le trottoir. Vantards. Maladroits. Se trouvent sur ta route, comme à Paris, les vieux cafés de la banlieue parisienne sur les premiers tableaux d'Utrillo. Le vieux siècle. La rue. La rue, tu la connais. Est pour moi le bateau ivre de Rimbaud, pour moi, juin, la promesse, la guerre et la paix et le soir, le retour. Bu, et puis arrêté. Un jour, juin, et dans la salle de bain, sur les dalles, des images de paradis. Mon deuxième livre juste fini. Pour Carina, l'été d'avant ses trois ans. Encore un jour avec des images de paradis sur les dalles. Et puis de nouveau moi et les dalles, seulement. Grises et blanches. Deux dalles branlantes. Depuis toujours.

Trajets de retour. Allers retours, et toujours en route vers moi-même. Sorti de la maison. Devant le Tannenbaum. Traverser le carrefour. Devant la côte grecque, la couleur bleue, devant les pêches juteuses et l'alphabet grec. Devant les jours passés, devant les vieux immeubles de rapport et leur visage du soir, et l'odeur des caves de pierre, à Prague. Devant les enfants et les ivrognes, les bistrots de quartier et les échoppes de Francfort. Près du trottoir, deux vieux bus Ford cabossés et dorés appartenant à des Turcs de Francfort. Transports, transports.

Sur le trottoir, les ordures, un bric-à-brac, les journées d'hier, et déjà les trois premières cargaisons pour le lendemain matin. Étagères, petites armoires en bois, plaques de formica, réfrigérateurs d'occasion, vieilles cuisinières à gaz, vieilles cuisinières électriques. Deux familles nombreuses turques, au rez-de-chaussée. Turcs ou Kurdes ? Les enfants, le soir, cinq enfants. Tous les soirs, toujours, passer par la fenêtre et tous les cinq dehors. Quatre fenêtres alignées. Dans la dernière lumière, le crépuscule vert clair. Ils ont deux grandes bouteilles d'eau. Assis en pyjama de chez Woolworth, sur les cuisinières électriques et à gaz d'une blancheur de marbre, d'ailes de mouettes, d'une blancheur d'écume. N'était-ce pas déjà pareil il y a un an, le soir, et eux avec deux grandes bouteilles d'eau ? Exactement pareil ? Sous une demi-lune turque qui brille toujours plus, toujours plus claire ! Ont été appelés trois fois déjà mais sont toujours assis sur les vieilles cuisinières électriques et à gaz. La mer d'un ciel du soir. Les lointains. Dans toutes les directions, les lointains. Aller vers la sortie de la ville (la rue commence à rouler) la Turquie, l'Orient, l'Inde. Comme un fleuve, la rue, qui emporte tout. Souvent venu par là. À travers le campus, où la nouvelle fontaine bruisse et jaillit. À travers le campus et chaque matin vers moi, à la librairie, d'un pas matinal, et pendant quelques années, au kindergarten, et pendant quelques années, à la maison. Et dans la ville, dans la ville et chaque fois que tu vas en ville, un Goethe vient à ta rencontre depuis la ville. Savoir d'abord comment il est luné, cette fois. Velours et soie, les bas crème allant jusqu'aux pantalons de soie qui s'arrêtent aux genoux, je ne peux pas les avoir inventés ? À la fenêtre, encore. Chez moi, à la maison. Fin d'après-midi. Plein hiver. La rue, le présent, moi. Et puis se mettre en route à la troisième personne, il est temps.

12

De la Jordanstrasse à la Robert-Mayer-Strasse on entre dans le soir. Jaune, un ciel d'hiver. La maison déjà à première vue comme un décor peint, une illusion d'optique. Ne laisse rien paraître. L'appartement, au premier étage. Tous les deux à la maison. La Mali, le Winni. Et moi, je suis le Peter, comme on dit. Plein de bonne volonté, dans le couloir. Un grand moment. Dans le couloir avec rien que des mots. Comme se tenir à côté de soi. Se tenir là et laisser le temps s'étirer. S'éclaircir la voix. Un grand couloir. Une porte ouverte. La pièce dans laquelle Mali écrit. Winni part tôt, ne rentre à la maison que dans l'après-midi. Et moi, donc, en tant que père. Un enfant. Et avant avec Anne, à la librairie d'occasion. Écrivain de livres, dit ma fille. Non, sans ordinateur. Une machine à écrire électrique. D'un village. C'est-à-dire moi. Pâle, la Mali. Des taches rouges quand elle parle. Se tient là et étend ses mains vides devant elle. Des mains froides. Deux mains. Deux. C'est surchauffé et elle, comme si elle n'arrêtait pas de geler. L'appartement : cuisine-salle-de bain-wc. Une porte, la pièce de Winni, l'autre la pièce de la télévision. Et là, la porte ouverte. Mali, sa pièce. La pièce où écrit Mali. Table pour écrire, meuble classeur, fichiers, lit, fauteuil, poupée de chiffon, chaîne stéréo, téléviseur. La pièce est grande. Moquette. Une grande machine à écrire Olympia, ordinateur et écran. L'écran, un scintillement vert, et derrière la fenêtre, le jour gris. Après-midi. Hiver. Jour de semaine, 17 ou 18 janvier. L'année 1984. Pendant tout ce temps dans le couloir, devant la porte ouverte. Rien que des mots. La pièce, oui c'est ça, la pièce pour moi. La porte au bout du couloir. Maintenant, ils me montrent la chambre. Voilà la chambre. Dès qu'on me montre quelque chose, je ne le vois plus. Depuis toujours. Avant, déjà. Retour dans le couloir. Deux cents marks ? Ou deux cent cinquante ? Le téléphone, avec compteur. Un long cordon et pour les unités il y aura un cahier, un bloc-notes dans le couloir. La clé de l'appartement, demain. Dans le réfrigérateur, un compartiment pour moi. De toute façon, deux réfrigérateurs dans la cuisine et en plus, un minibar dans la pièce du téléviseur. Congélateur aussi. De toute façon la plupart du temps, l'hiver. L'hiver depuis des années déjà. Il y a tout, dit Winni en se frottant les mains. Il se frotte les mains de façon étudiée. Pour le compartiment du réfrigérateur, un autocollant à mon nom. Il me l'écrira demain à l'ordinateur. Je hochai la tête. Pas de complications ! Inutile ! Failli dire, il ne mange jamais ! C'est-à-dire moi ! À la rigueur, pour la forme, un litre de lait au réfrigérateur. Un demi-litre suffira. Juste pour que je sache que je suis là. En carton. Voire seulement un leurre,. Ça rentre dans un compartiment de la porte. Finalement, le mot seul me suffit. Et un bout de papier pour l'écrire, le mot. À la machine à écrire. Pour ma part, même à la main. Un L au crayon. Uniquement m'imaginer le papier. Donc d'accord. Quand je veux. Pour finir on redit tout deux fois. Un grand couloir. Je voulais déjà partir. Dans la chambre de nouveau. Une table ? Une table, utilisable. Peut être utilisée. Assez grande pour la machine à écrire et mon manuscrit à côté, chaque jour, et les pages terminées. À ma disposition. Rien vu à part la table. Alors à demain. Mais ils me donnent les clés de l'appartement maintenant.

D'un village. C'est-à-dire moi. Et dans un débordement de joie (les clés à la main !), leur raconter vite fait comment on conduit une vache dans un champ. Quand j'étais enfant. Quand on n'a pas de ferme à la maison, chez soi, pas de cultures, pas de bétail non plus. Quand on est réfugiés. Tu avais huit ans. Pas que la vache refuse d'aller avec toi, non. Elle vient. Elle ira avec toi tant que toi-même tu penseras qu'en tant que vache, elle doit aller avec toi. 1951, l'été. Midi, un jour d'été. La même histoire vraie, la même vache et le même chemin déjà, pour Carina, et même assez souvent. Mais là, ai commencé la vache un peu sans réfléchir, tu le vois à leur air. Moi-même déjà dans l'escalier, en pensée. En pensée comme avec des ailes, envolé. Alors qu'encore ici avec la vache. Une telle vache a besoin de beaucoup de place, de patience et d'exhortation (de beaucoup de place, aussi, dans la mémoire). Alors un collier de vache, une courroie, une corde pour vêler. Moi, pieds nus. Huit ans. Sur le chemin, poussière d'été. Marron, la vache. Marron, tachetée, avec de larges cornes. Appartenant en fait à Keulerheinrich. Pas de cloche à vache. Des cloches à vache, il n'y en a pas, dans la région. Els, s'appelait la vache, disons Else. C'est-à-dire Elsbeth, ça vient d'Elisabeth. Els, Lies, Betti, ainsi s'appellent les vaches, dans la région. Sont compliquées, sont lourdes. La patte raide, on dit. Elles-mêmes le savent, les vaches. Le paysan Keulerheinrich, aubergiste et meilleur trompettiste du village. Pas seulement du village, à cent lieues à la ronde. Hochant la tête. Et hocher soi-même la tête. Comme pour expliquer. Les cloches de vaches toutes récentes. Rapportées de voyages en car bon marché à Berchtesgaden et à la Zugspitze. Elles seront ensuite exposées dans la salle de séjour. Ou accrochées dans le couloir, avec un cordon tricoté. Avant tout achat, comparer les prix sur place. Avec les prix d'avant, aussi, et ce qu'on en disait à l'époque. Le mieux est de retenir les prix si possible par cœur, voilà un sujet de conversation durable pour le voyage et la maison. Au bord du Rhin, aussi, à Heidelberg, où il n'y a pas de cloches à vaches. À Helgoland. Dernièrement, presque plus de vaches au village, de toute façon. Les vaches, pour les grands fermiers à la rigueur. Mais il n'y a pas de grands fermiers dans la région. N'y en a jamais eu. Pas d'église non plus, au village. Les autorités, étrangères. Ailleurs. Maintenant, l'au revoir et la porte. Déjà au revoir trois fois pour se dire au revoir. Comme une clochette, le trousseau de clés. Ensuite, pris le trousseau et parti. Janvier. Tout juste jour. Des merles. Dans la Robert-Mayer-Strasse, les maisons ont des jardinets, devant. À l'extrémité inférieure de la rue, plutôt d'anciens jardinets. Désormais que des bords de trottoir, des murets, une grille de fer basse, des poteaux vieillis. Des restes. Veufs, orphelins. Béton, dalles de pierre, pelouse de jardinets urbains qui ne pousse pas. Ne vient pas. Dure, la terre. De la place pour les poubelles pour que, pleines à ras-bord, elles puissent attraper ensemble un peu d'air. Petits chemins pour piétons avec dalles de pierre. Toujours rectangulaires. Plutôt comme un symbole, comme une icône sur une carte : Imaginez un jardinet à l'échelle ! Les merles d'ici, habitués depuis longtemps. Des trains sur les voies ferrées. Toutes les quelques minutes, un S-Bahn qui passe. Les fenêtres des caves fixent avec insistance. En plein hiver des jardinets, comme si toute l'année, l'hiver.

Apporter la machine à écrire. Ce devait être un soir, peut-être le lendemain soir. Grande et lourde, une Olivetti avec cadre métallique. Il y a cinq ans, avec l'à-valoir de mon premier livre. Maintenant ça commence, susceptible, un peu spéciale. Depuis peu. Comment la porter ? Pas de valise, pas de caisse pour ça. Sous le bras, ça ne va pas, ou pas longtemps. Énorme. Se hérisse déjà ! À deux, ça ne va pas. Aucune prise. Tu peux seulement avec effort devant toi et avec les deux bras. Comme un handicapé. Les lointains aussitôt perdus de vue. Et en plus, hors d'haleine. Prend du poids. Devient plus lourde à chaque pas. Imaginer ce qui se passerait si tu trébuches. Un tel poids, comment peut-on le porter ? À deux, seulement dans un carton auquel on peut faire confiance. De la ficelle autour, tous deux tels des bossus, et la poser tous les trois pas. Regarder autour de soi si on ne serait pas suivis. Ou on serait dans une grande ville pour la première fois, la nuit arriverait et se collerait à nous, hors d'haleine. Si possible à jamais. Ainsi Sibylle et moi l'avions-nous transportée jusqu'à la maison avec succès, il y a cinq ans, après l'avoir achetée. Un soir de mars. Fin mars. Venais d'arrêter définitivement de boire. Vide et gris, le crépuscule arrivait. Dans ma mémoire, je sais chaque trajet. À chaque époque. Remonter les jours et me les rendre présents. Et les chemins parcourus chaque jour. De nouveau et toujours. Pas à pas. Mais comment ai-je sorti la machine à écrire de la Jordanstrasse pour l'amener dans la Robert-Mayer-Strasse ? Personne ne l'a prise dans sa voiture. Janvier. Le mois de janvier presque à sa fin. Huitième semaine après le début de l'ère nouvelle. Entrer dans le soir. Un ciel d'hiver, jaune. Lourd, le poids, et je ne retrouve pas le chemin, ne me retrouve pas moi-même, dans ma mémoire. Et puis couvertures, draps, deux chemises, deux serviettes et du linge en prévision, pour trois jours. Arraché en pleine vie. Sorti de la maison seul et dans la rue à grands pas. Carina appelle. Est avec, est derrière moi. Porte un oreiller. Assez gros pour sa taille, l'oreiller. Lorsque l'oreiller glisse, elle marche dessus, trébuche, s'arrête, elle remonte l'oreiller, le secoue, elle agite l'oreiller. D'un côté, gronder l'oreiller et de l'autre, essayer de l'encourager. Patience, aussi. Et moi avec des couvertures et des soucis en guise de paquet, ma vie en guise de paquet, aucune main libre, et faire pourtant tinter le nouveau trousseau de clés en marchant. Presque encore jour. Il fait froid. Un ciel d'hiver, jaune, orange et jaune. Et s'immobiliser et avec elle, les oiseaux : là-haut ! Les martinets, le soir. La lumière et le ciel, elle le fera toute seule. Y en a beaucoup. Tu les entends crier ? Tête enfoncée dans les épaules, bouche ouverte : hoche la tête. Encore petite. Et tout retenir à jamais ! Serrer l'oreiller contre soi, ne pas lâcher ! Dans ses bras, l'oreiller tel un nuage. Et puis continuer. Personnages de contes. En vadrouille. Nous chez Frau Holle, un peu de sommeil et les rêves, couvertures et oreillers. À titre de prêt, seulement, comme tout ce que nous, ici, sur terre. À titre de prêt, cela aussi, ça s'apprend seul. L'année dernière, un jour, un matin, au kindergarten avec elle et elle, pendant longtemps pas un mot. Comme ruminant à mes côtés. Et puis a demandé : c'est nous qui marchons? Ce devait être avant l'ère nouvelle. Ne pas arrêter de faire tinter les clés. À chaque pas*.

Les chaussures, juste celles que je porte. Et pour lire ? Quel livre, quel livre entamé prendre pour la route? Comme marque-page, des cartes postales, toujours, images, vignettes, tickets de caisse, notes, une pochette,

---

* Et quelques jours plus tard, seulement, mes notes en bas de page, me suis dit avec effroi dans un rêve, mais pas de martinets, en hiver ! Peut-être juste leur âme volante qui serait de retour? De retour matin et soir, ? Ou enfant, à la table de la cuisine, endormi un jour avant l'heure. Au soir. Sous la lampe. Et moi et le jour, l'ensemble des jours au complet, seulement rêvés depuis? Et maintenant, ma vie seulement comme un rêve-dans-le-rêve? Se réveiller enfin ? Mais comment ?

des mots, un mot, une enveloppe qui vient de loin, une enveloppe avec mon nom dessus, des billets de cinéma, un ticket de transport pour tout passé, pas de chèque, à peine des billets, un petit ruban, un ruban, un morceau de monde, un extrait, des papiers d'emballage d'oranges, un brin d'herbe, une feuille, une plume d'oiseau que Carina m'a rapportée du monde, d'une contrée sauvage. Ce doit être le Grüneburgpark. Un été passé. La journée d'hier. Souvent, avec tout le kindergarten, été au Palmengarten. Une enfant de la ville. Chaque marque-page, une portion de moi qui m'évoque ma vie. Quel livre, quel livre entamé ? Et quels autres livres, deux ou trois au moins, pour ne pas en manquer? Surtout dans la nuit. Et la nuit d'après. Elle pourrait se transformer en prison, la nuit ! Pourquoi je sais les marque-pages, seulement, et pas les livres ? Pas maintenant et plus jamais ! Café. Une petite cafetière pour une seule tasse. La tasse et une cuiller à café. Ma vie comme en état d'urgence. Enfin mon manuscrit et moi, il est temps. Chemise, classeur, bloc-notes, l'alphabet, feuilles de notes, papier pour machine à écrire, crayons et stylo. Le tout dans deux caisses en bois assez grandes. L'une, un ancien tiroir, l'autre, un jour, avec deux bouteilles de Cognac. Emballage cadeau. Les deux en bois de pin, sans couvercle. Mon vieux rasoir acheté avec Sibylle une matinée d'été d'un passé révolu, alors que nous n'étions pas allés travailler. Et une rallonge pour la machine à écrire. De la Jordanstrasse à la Robert-Mayer-Strasse, on entre dans le soir. Un ciel d'hiver, orange et jaune. Presque jour encore. Tu entends passer

un train. Froid, n'y a-t-il pas un parfum de neige dans l'air?
Le soir, sans cesse à la rencontre du soir. Le gardien de
nuit, trois fois sur son trajet de retour depuis la Westbahnhof. La plupart du temps, il n'arrive pas tout à fait jusqu'à
la maison. Jusqu'au Tannenbaum seulement. Fumeur à la
chaîne. Moi aussi, à la chaîne. Toujours un signe de tête
aimable pour nous, même d'un trottoir à l'autre. Chaque
fois. Et tu penses tout à coup que le gardien est mort.
Artérite tabagique, béquille, cure, puis la jambe amputée.
En deux fois, d'abord jusqu'au genou, et puis finalement,
tout. Reval, Roth-Händle, demande de retraite et parti
vite. Mort depuis un an et demi, au moins, n'est plus d'ici.
Ce devait donc être son successeur, Krause, qui habite à
deux rues de là et s'occupe de l'immeuble voisin. Fume
des cigares. Aime engueuler sa femme et son fils copieu-
sement en public, la chère famille. C'est pour leur bien !
Toujours en blouse grise et jamais sans sa caisse à outils,
le Krause. D'abord jaune et puis orange, le ciel, qui commence à pâlir. Comme le papier des vieilles cartes de géographie mais beaucoup plus vite. Et vite partie, aussi, la
lumière. Arriver au crépuscule. Les merles d'hier. Dans
ma mémoire, trois ou quatre soirs de suite mais au fond
peut-être un unique et long soir et moi, toujours mon
va-et-vient. Entendre Carina appeler, encore. Les cris des
martinets, vers où ? Où sont-ils maintenant, ceux d'hier
et ceux d'aujourd'hui ? Où les conserve-t-on? Ma vie qui
m'appelle, qui appelle et appelle. Les voix, derrière moi.
La porte de l'immeuble, la fenêtre à pignon, les années.
La musique crie, derrière. Toujours les mêmes disques.

Pour écrire. Cinq ou six maximum et ainsi à travers les ans. Joan Baez, Bob Dylan, Janis Joplin, les Beatles, Mahalia Jackson. Nous n'avions que ces cinq ou six-là. Pour écrire et aussi contre la fatigue, la musique. Pendant des années, pour entrer dans la nuit. Et quand je n'écris pas, Vivaldi et le *Voyage d'hiver*. Marcher vite. Arriver au crépuscule. La maison ne laisse rien paraître.

Puis à la table, avec le manuscrit. Il y a une table. Féliciter les deux caisses en bois. Vidées et sous la table, les deux caisses, là à disposition. Redresser la machine à écrire et tout de suite la dernière page et demie, une nouvelle fois. À chaque réécriture meilleure. Fenêtre, oui, mais le store au milieu. Est de travers, coincé. Coup d'oeil vers l'extérieur, pourtant, regard. Quand il fait sombre, le ciel de Francfort est brun. Lourd. Impénétrable. Une voûte éclairée par dessous, et qui pèse lourdement sur la tête. La chambre : un bric-à-brac, un vélo, une chambre à air et quatre pompes. Indications de dates, classeurs Leitz, cartons, une tente pliée. Coffres, une armoire, une machine à coudre. Chaussures, bottes, matériel de cirage, coffre à chaussures, trois tapis enroulés. Pile de journaux, magazines télé, un téléviseur aveugle, des pots de fleur vides, deux aspirateurs inconciliables. Sacs de voyage, quatre valises, une corbeille, des sacs en plastique pleins à rasbord. Attachés. Comme pour les étouffer. Attachés solidement. Au milieu de la pièce, un piano, grand et noir. Au pied du piano, échoué, rejeté, un matelas. Sur le matelas, ma couverture de lit et l'oreiller que Carina portait

210

derrière moi. Le soir. La chaise sur laquelle je suis assis. La chaise grince. Sur la table, mon manuscrit et la machine à écrire. Trouble de la circulation, ou la lumière tremble. Respirer avec précaution. La chaise grince. Toujours plus fort, le silence. Et bientôt le bazar, le bric-à-brac. Nombreuses voix. Qui veulent m'attirer dans leur semblant de vie fantomatique en grésillant, en râlant, en sifflant. Tu entends passer un train. As toute ta vie en mémoire. Et la maison commence à trembler.

13

Se remettre tout de suite au manuscrit et ne pas se trans-former en fantôme, rester assis à écrire. Mes trajets, un va-et-vient. Le soir, le matin. Presque comme en fuite. Maintenant, et chaque fois, de nouveau. Tu trimballes toute ta vie avec toi. Le jour, Carina, moi et la nouvelle ère. Marcher, marcher vite, et ne pas te perdre des yeux. Janvier. Dans les rues, une lumière d'hiver. Marcher vite, le regard au loin : sinon tu ne supporteras pas ta vie. Et à chaque retour à la maison, se remettre au manuscrit, chaque fois. La chambre, le cagibi. Souvent, en écrivant, la machine de Mali en arrière-plan. Tout bas. Rapide comme le temps, comme un cheval enchanté au galop. Comme un écho, comme dans ma tête. On va sur midi. Depuis nombre d'années, aussi souvent que tu regardes, on va sur une heure. Dans la cuisine et à la cafetière, me faire un café. Rester jusqu'à ce que ce soit prêt et puis tout de suite, debout, brûlant et amer. Pas de patience pour un café au lait. La porte de Mali ouverte. Dans le couloir. Rencontres. Faut-il un signe de tête ? Invisible ? Passer en silence? Parfois tous les deux jusqu'au télé-phone. Elle et moi, en même temps. Le téléphone n'a pas sonné ? Et quand tu ne supportes plus, raconte ! Dans la cuisine, comme si j'étais piégé et à elle, avec un essaim de mots vivants, le kindergarten, Carina, moi, la matinée d'aujourd'hui, c'est toujours ta vie à toi. Un café toutes les heures. Cuisine-salle-de-bain-WC, et un compteur dans la tête. Mali dans le couloir. Toujours le même matin? Fin janvier. Dans la cuisine, Mali. Depuis le couloir, lumière d'hiver dans sa chambre, les informations de midi et les tubes d'hier sur SWF3. Morte, la poupée de chiffons sur le lit. La poupée de chiffons en victime d'un meurtre. De retour dans le cagibi, fermer la porte et se remettre tout de suite au manuscrit. Lire, retravailler, recopier sans arrêt, page à page.

Winni rentre en fin d'après-midi. Je l'aide à décharger la voiture quand il a fait les courses. Nous montons ses achats dans l'escalier. Tout dans un magasin de gros, bon marché. Il faut faire trois ou quatre trajets. Lui et moi, comme sortis d'un manuel. L'allemand pour étrangers. Première ou deuxième leçon. Quand il fait froid, nous disons qu'il fait froid. Et sinon, pas très froid aujourd'hui. Nous nous dépêchons parce que la voiture est devant l'entrée et que le crépuscule arrive. Les merles aimeraient bien savoir quel genre de truc, et d'où ? Une partie, tout de suite à la cuisine. Et le reste dans le garde-manger en tant que provisions, pour avoir des provisions, avec tout un système. Il fait sombre, maintenant. Ça sent le mazout, le soir et la cave et l'hiver, et un temps perdu inconnu. Parfois Winni rentre et doit repartir, après, voire tout de suite après. Autrement, tous deux à la fenêtre, Mali et lui. Pantoufles, bière en bouteille, le soir, fin du travail, programme télé, le téléviseur et une énorme casserole de spaghettis pour regarder la télé. Lui, toutes les émissions avec huées ou applaudissements. La bière, ni trop froide ni trop chaude. Des pommes de terre sautées, aussi, avec du lard et des œufs. Grande comme une roue de voiture, la poêle. Toujours pour trois jours. Mali se fait réchauffer les restes plusieurs fois par jour. Des raviolis en boîte, aussi. La cuisine, c'est lui, elle, parfois du quark aux fruits, du muesli du flan au dessert, en guise de dessert. Rester assis à écrire. Aller Jordanstrasse, mettre Carina au lit. Puis un détour par la Gräfstrasse, la Ludolfusstrasse, la Zeppelinallee, et imaginer des avenirs pour supporter ma vie. De retour, et se remettre tout de suite au manuscrit. Après minuit, trouver une fin au travail et au jour. Tu les vois, près des casseroles. Dans la cuisine, sous la lampe. La Mali, le Winni. L'appartement tellement surchauffé que les murs se mettent à transpirer. Dans la pièce du téléviseur, le téléviseur prêche et clignote, esseulé dans la pénombre. La nuit autour de la maison, la nuit, l'hiver. Tu entends passer un train. La maison se dresse et tremble. Et la nuit commence à haleter.

Arraché en pleine vie. À l'âge de quarante ans. Dans ma quarante et unième année. J'ai pu le supporter. La nuit, les murs jusque vers moi. Pas d'air ! Toux, crises d'étouffement ! Trempé de sueur, trempé ! Réveil en état de panique ! Réveillé par mon propre cri ! Ou seulement rêvé, le cri ? Enterré vivant ! Réveillé trois fois, trois-qua-

tre-cinq fois toutes les nuits et pourtant j'ai pu le supporter. La poupée de chiffon morte. Dans l'appartement,
retenir son souffle. Une promiscuité inadmissible tel un
grouillement d'acariens et de soucis, l'effet d'un miroir
ardent, d'abord sur, et puis sous la peau. Invisible, traverser le couloir. Me rincer la bouche dans la salle de bain et
pas de reflet dans le miroir, plus de visage. Cuisine-salle-
de-bain,WC et un compteur dans la tête, un broyeur, plusieurs compteurs. À la fenêtre. Coincé, le store, ne bouge
pas. Essayer encore, pourtant, pour ne pas t'habituer à la
situation. Au moins si le piano n'arrivait pas au milieu de
la pièce, à force d'avancer, de se cabrer ! Au moins s'il
n'y avait pas tant de poussière ! Ou sous la poussière, pas
ce vernis noir, au moins, si brillant, vernissé ! Au moins
s'il n'était pas fermé – si une fois au moins le couvercle
levé, et une note, une seule, vivante ! Telle un oiseau
libéré, haut dans le ciel, une seule note ! S'il était ouvert,
au moins, je pourrais compter et recompter les touches,
tel un automate heureux ! Comme sortie d'un livre, Mali,
dans ma tête. La croiser dans le couloir : le temps s'immobilise, nous nous immobilisons, le jour, Mali et moi. Tous
deux bientôt statues, et entrer ainsi dans le jour. Et avec
quel effort il garde son visage sur le visage, crispé comme
douleur. C'est-à-dire moi. Fin janvier. Vas-tu ce tressaille-
ment de l'expression, universitaire et chic et tout le reste
de ta vie ? Avec lunettes ? Sans lunettes ? Ou le temps
n'est-il pas encore mûr? Un café toutes les heures. Ma vie
comme en état d'urgence. L'après-midi, Winni rentre à la
maison. Un jour, des spaghettis dans la cuisine avec eux.

L'âge des cavernes, assis et manger, et les murs se mettent à transpirer. Pensaient-ils que je regarderais la télé tous les jours avec eux ? Seraient-ils différents, pour moi, si Anne ne m'avait rien raconté ? N'ai-je pas tout rêvé, tout imaginé sans pouvoir désormais m'arrêter ? Une fois, enfant, endormi sur la table de la cuisine. Le soir. Sous la lampe. Et tout, depuis, seulement un rêve ? Mais comment se réveiller ? Invisible, traverser le couloir. Mais attention, pas trop souvent. Sinon tu risquerais de ne plus pouvoir sortir de l'invisibilité. Pas en sécurité, dans la chambre. Si on ne se sent pas en sécurité dans un château-fort, une forteresse, dans une caisse faite de planches avec règlement strict et grossier, on ne devrait pas s'y installer. Au kindergarten avec Carina et puis seul dans la rue. Seul et très vite, comme si mes jours futurs se précipitaient à ma rencontre, qui suis-je ? Tremblant sous la lampe, le soir. La lumière tremble aussi. Contempler les chaussures. Pas de peur ! Assis près de mon manuscrit et me tenir à la table des deux mains, juste pour pouvoir rester auprès de moi. Pour m'entendre penser. Dents serrées mais j'ai pu tenu. *Qui a tué la poupée de chiffon* ?

Un soir, Sibylle et Carina. Déjà tard, déjà plus de neuf heures. Sommes sur le chemin du retour, rentrés à pied du Gallusviertel par le pont de la voie ferrée, le Emser Brücke, et Carina voulait absolument aller chez moi. Me montrer la lune ! Depuis l'Emser Brücke, on voit les gratte-ciel et entre les gratte-ciel, la lune, grosse et basse. Tout de suite, une chaise de la cuisine et du lait pour Carina.

Avant, longtemps seul à la table. La lumière de la lampe. Le silence. Viens de retaper la fin du chapitre précédent, et chaque page, de nouveau, pleine d'ajouts et de corrections. Mon écriture. Lumière trouble. Sibylle, de l'autre côté de la table. Tu y vois quelque chose ? Et regarde autour d'elle. Bien sûr, dis-je, la lumière est suffisante! Pourquoi pas une lampe de bureau ? Pourquoi tu ne l'as pas prise ? demande-t-elle. La table, au moins, un peu plus par là! Et veut déjà le faire. Tout de suite prête à déplacer les meubles. Carina sur mes genoux. Prend du lait dans la tasse à café. Derrière moi, comme échoué, rejeté, chargé de cauchemars, le matelas au sol. Couvertures, oreiller et chemise de nuit à titre d'équipage ivre au grand complet et désormais à bord comme des corps de noyés. Lumière trouble, qui vacille. Comment tu supportes ? Pourquoi tout ce bazar, toutes ces choses ? Pourquoi pas le piano contre le mur, au moins? Et veut déjà le faire. Non, laisse, dis-je vivement, c'est bien ! Il faut que ce soit comme ça ! Comme si c'était une de mes lubies habituelles, éternelles. Carina sur mes genoux. Sibylle à table en face de moi. Déjà tard mais on reste longtemps ainsi. Comme si on avait imaginé la séparation et la détresse, comme si on avait dû entamer la nouvelle ère et venir jusqu'ici pour pouvoir nous revoir à nouveau, elle et moi. Elle, si proche, en chaussettes maintenant, les chaussures sous la table. Assise, s'étire. Comme par le passé, comme quand elle était sur le point de se déshabiller devant moi. Carina, sans cesse en alternance sur ses genoux et les miens. Sans cesse le tour de la table. Contente que nous, tous deux, de nouveau si proches l'un de l'autre. Nous restons à nous regarder. Les voix de la télévision ou leur écho dans ma tête. Et Sibylle, remarque-t-elle que la maison tremble ? Les sacs de plastique contre le mur comme des sentinelles ivres. Et le store coincé, la pièce, comme tombée de la lune. Reste en suspens jusque dans la nuit. Comme perdue en mer. En pleine tempête, immobilisée au bord de l'abîme. Carina sur mes genoux. Veut dormir chez toi ! Demain, plutôt, il est tard maintenant ! Avec elles, encore, jusque dans la Jordanstrasse, et rester jusqu'à ce que Carina soit au lit. La lampe de bureau de Sibylle. Une lampe à vis gris clair, héritage de l'appartement en communauté. Apportée quand elle était venue avec toutes ses affaires chez moi, à Staufenberg, un jour d'automne, un automne passé, avions déplacé tous les meubles pour ça. Il y a plus de neuf ans. Avant, ai toujours écrit sous la lampe de la cuisine. Elle me donne la lampe. Un peu avant minuit. Emporter la lampe, ne pas oublier de respirer (chaque au revoir, un au revoir à jamais !) et avec la lune, aller à la maison.

À peine rentré, l'appel de Sibylle. L'édition de Dostoïevski ? Encore à emballer les livres. Carina dort. Je voyais la scène. Peut-elle la garder ? Oui, dis-je. Tous les livres. De toute façon. J'avais prévu de ne rien réclamer pour moi de l'appartement. Tu en es déjà à la lettre D ? Non, dit-elle, je viens de commencer le C. Tu es vraiment d'accord ? C'est seulement parce que le *Journal d'un écrivain*, cet été. Ou l'été précédent. Continuer le C, maintenant. Avec C, il y en a plus qu'on ne croit. Je sais, dis-je. De Cendrars il y a *Moravagine* et *À l'aventure* ? Juste si tu tombes dessus en faisant les cartons. Juste pour savoir. Bonne nuit. Toi aussi. Va te coucher bientôt. Et rester seul dans la nuit. Visser la lampe. La plaque métallique et froide de l'air nocturne. Mon manuscrit. Fatigue. Janvier. Le store coincé. Poussière partout, et mon cœur me fait mal. Entendre passer un train, un S-Bahn, le dernier tramway ou était-ce avant, sur le chemin du retour? C'était peut-être le premier soir et depuis, sans arrêt ? L'automne, le dernier : l'automne passé, comment peut-il être passé? Comment s'est-il refermé ? Tu voulais écrire trois phrases sur les dimanches à la campagne et les promenades du dimanche. Qui n'avaient jamais lieu parce que les hommes, toujours trop fatigués et avec la journée, les saisons, toujours trop tard pour s'y mettre et de toute façon n'auraient jamais été prêts, même sans travail ; les dimanches sont trop courts. Ce sont les femmes qui imaginaient les promenades du dimanche. Alors un chapitre sur les femmes du village, les mères, les ménagères. Entrer longuement dans l'automne, avec ce chapitre. Et comme pour le temps même, je ne trouvais pas de fin. Presque un livre en soi. N'ai cessé de le raconter à Sibylle, avec nombre de mots. À chaque fois qu'elle rentrait à la maison. Dès le seuil de la porte. Et quand elle était sur le point de partir. Au dernier moment. Vite fait. J'avais l'impression de ne pas l'atteindre. D'autant plus fort et d'autant plus de mots. Chaque jour, quand elle s'en allait et qu'elle revenait. À la fin, toute notre chère vie n'aura été qu'une seule et longue promenade. C'est-à-dire après coup. Fut si long et si court, le temps. En novembre, la séparation. Et à partir de la séparation, une ère nouvelle. Comme si, avec ces vains dimanches, j'avais inscrit pour nous l'hiver et l'adieu à jamais. Le chapitre du dimanche, pas près d'être fini, et maintenant, un chapitre sur les enfants du village, aussi, attendant l'arrivée d'un cirque en 1950. À la rencontre du cirque. Sur la chaussée qui aussitôt m'emporte. Le temps à la campagne, janvier. Le village dans l'hiver et dans la nuit. Au fond de moi et tout autour de moi, le village. Tu pourrais compter les réverbères tant ils sont nets. Ce devait être 1949 ou 1950. Ténèbres, nuit, silence. Depuis Mainzlar, dans la nuit à travers champ. De Lollar en traversant la Schanz et la banlieue, jusqu'au croisement. Là se trouvent les plus grands marronniers. Dans la Schmandtgass, un ivrogne solitaire tardif sur son trajet de retour nocturne. Comme s'il marchait depuis toujours. Comme des granges, les maisons de la Schmandtgass, sinistres et délaissées. Officiellement elle s'appelle Scheuergass, c'est-à-dire Scheunengasse, rue des granges, la Schmandtgass. Les maisons comme des granges, et les granges comme des blocs de roche impressionnants. Dans une nuit totale. L'éclairage public, accroché à un fil. Quand il balance au vent, la rue commence aussitôt à rouler, roule et oscille. Les chiens aboient en lisière du village. D'abord en lisière du village et puis trois villages plus loin. Puis dans le silence et la nuit, l'horloge de la tour. La lune a-t-elle une cour, aujourd'hui ? Minuit passé depuis longtemps. Entendre un train, un S-Bahn, le dernier tramway. Encourager les chaussures. Dormir bientôt! Et de nouveau demain! Chaque jour, continuer l'hiver, le temps et le chapitre du dimanche. D'abord le chapitre du dimanche et puis le chapitre du cirque, tu t'en fais la promesse. Ne pas abandonner, jamais ! Chaque jour continuer, aussi longtemps que ça durera. Et puis, je me voyais assis au loin, et puis tu écriras l'avant-printemps. Bientôt mars, déjà.

Le lendemain matin, dans la Jordanstrasse. Les cartons de livres devant la porte de l'appartement, sur le palier, des pleins et des vides. Neuf mille pages de Dostoïevski. Non, dit-elle, oublie. Je n'en veux pas. Ça n'est pas pour moi. Carina en pyjama sur le bord intérieur de la fenêtre. Sur le pyjama, des pâquerettes et des canards. Matin d'hiver. Jaune, le ciel. Les cheminées fument. Les cheveux de Sibylle fraîchement lavés. Elle secoue la tête. Non, vraiment, dit-elle en se frottant des deux mains les jambes, de haut en bas. Un collant rouge. Par-dessus, un pull épais bariolé. Agitée, embarrassée. Elle est pâle. Se reprend et remue la jambe. Juste une pensée nocturne dans la nuit, dit-elle. Juste parce que l'été des Saintes Maries de la Mer, le *Journal d'un écrivain*, tu sais. Était-ce l'été dernier ou celui d'avant ? Prends-les, dis-je. Sinon resteront dans la caisse, ne seront peut-être jamais déballés. Non, dit-elle, c'est fini. Sont déjà emballés. Juste les souvenirs de sa deuxième femme qui savait la comptabilité et la sténo. Peut-être que ça ? Carina sur le tapis, maintenant. Un pyjama avec des coccinelles. Ses animaux en peluche, ou à qui parle-t-elle. D'où, les cartons ? De Kaiser, de Schade, de Schlecker, et de la vieille dame de la Jungstrasse. Pleins de marques au feutre, les lettres initiales, les noms d'auteurs. A commencé à emballer les livres dès mon départ. Chaque jour quelques rangées. Surtout le soir, dit-elle, pour s'apaiser aussi. Après, je pourrai tout changer, dit-elle, tout changer dans l'appartement. Quelques nouveaux meubles anciens, aussi. Après, il faudra faire de la place pour les livres, dans la cave, à moins que tu ne saches déjà où. La première fois de ma vie que tous les livres sur des étagères comme il faut, et même par ordre alphabétique. Tous les murs, pleins. Avais trois tables de travail. De petits meubles classeurs pour les manuscrits. Plusieurs petits meubles. Des provisions de papier et de temps, pensais-je, des décennies d'avance. Toujours aussi désemparé. De l'appartement, tout ce dont tu as besoin, dit-elle. Me fourre une grande tasse de café au lait entre les mains. Encore brûlant. Les deux mains. Ne pas gesticuler avec la tasse, pas de pensées brusques ni non plus rapides. Debout, bu déjà la moitié, c'est seulement là que je l'ai remarqué. Depuis quelques jours, dit-elle. Pour que tu arrêtes de geler. À chaque fois que je te demande, tu dis non. Si je te mets la tasse dans les mains, tu restes tranquillement et tu bois jusqu'au bout. Tous les matins. Tu t'es même quelquefois assis à table, avec ta tasse. Rit comme si elle me connaissait. On va sur les huit heures et demie. Encore une, ou il faut de nouveau te la fourrer, mine de rien, entre les mains? Carina sort et entre sans arrêt (entre et sort). Cherche le jour, sa journée d'aujourd'hui, et pour le jour d'aujourd'hui rassemble les peluches et les livres d'images. Tout emporter au kindergarten. Sur son pyjama, des girafes et des cerises. Prête toujours l'oreille à nos voix. Pas à ce que nous disons, juste l'intonation. Encore tôt. Il fait froid. Toujours le même matin d'hiver ou chaque fois un autre ? Chez Kaiser et chez Schlecker, de nouveaux cartons la semaine prochaine. Et à la papeterie de l'Aldabertstrasse aussi.

Carina à moitié habillée, et toujours avec les peluches. Doit encore décider quel animal elle sera pour la journée d'aujourd'hui. Et quels animaux, Sibylle et moi. Tous les jours, depuis qu'elle a deux ans, et personne ne peut l'influencer. Aujourd'hui, des chats! Quand j'ai déménagé, pensais qu'on pourrait se partager la garde. Un autre café au lait brûlant, une tasse pleine. C'est le jour d'après et pourtant, comme s'il avait déjà été. Un matin d'hiver. Le ciel jaune, les cheminées fument. Carina avec l'anorak, maintenant, le bonnet et l'écharpe mais encore en chaussettes pour que je lui dise, vite : mets-tes-bottes- maintenant/sinon-je-deviens-méchant! Il n'y a pas si longtemps encore, vottes au lieu de bottes. Devions toujours faire attention à ne pas trop emporter ses mots en ville, Sibylle et moi. Au travail. Dans le monde des gens, dans la vie commerçante. Dans le jour, tous les jours. Carina avec des plumes d'oiseau, des formules magiques, des cailloux. Toujours le même jour ? Aujourd'hui nous sommes tous trois des écureuils. Chacun un. Bottes d'hiver, bonnet de laine, moufles bariolées à lacets. Bleu-blanc-bleu sont les moufles. Bleu foncé, blanc et bleu clair. Comme le ciel et la neige, et silencieuses, les ombres sur la neige, les ombres joyeuses du matin. Le passé et nous trois. Un jour d'hiver du passé. Maintenant, la fermeture éclair de l'anorak et avec précaution! Pas d'écharpe, surtout ne pas emmêler les cheveux ! Encore tôt. Il fait froid. La pendule sur la table. Le vieux réveil électrique avec un cordon. Comme l'aiguille bâille ! Sibylle va peut-être dans une administration, aujourd'hui ? Pensais encore que notre enfant pouvait être tout le temps avec nous deux. Carina et moi au kindergarten. Et maintenant, en route. Dans l'appartement, dans le couloir, sur le palier devant la porte de l'appartement : des cartons de livres partout. Entre-temps février, déjà. D'abord nos voix dans l'escalier et puis passer dans la Jordan, la Merton, dans la Dantestrasse. Devant le campus. Sur la Beethovenplatz. Chaque jour par la Schwindstrasse, et prendre le temps. Des années et des années. Rues d'hiver. Encore tôt. Le ciel, œil omniprésent. Lentes, les rues d'hiver. Se sont tout de suite adaptées au pas de Carina, nous connaissent, commencent à parler, viennent à notre rencontre avec lenteur.

14

Quitté la Jordanstrasse fin janvier pour aller dans le cagibi.
Le soir, et la maison commença à trembler. Et chaque soir
depuis. À l'irruption du crépuscule. Se dresse et tremble.
Jusque dans la nuit, jusque dans mon sommeil, et à chaque réveil. Ne serait-ce pas la dernière guerre ? Et sentir
la réplique, le matin, jamais en sécurité. Le chemin de
fer, crois-tu, les usines, la terre, un revenant, le métro,
les chantiers, le S-Bahn, la circulation. Pourtant c'est un
autre tremblement, celui-là. Et tard dans la nuit, quand
aucun train ne passe plus, dans le silence c'est le pire.
Dès le deuxième ou le troisième soir, Sibylle et Carina.
En visiteuses en visite. Et Carina chez moi le soir suivant.
Une fête, nous en faisons une fête. Elle veut dormir chez
moi. À la cuisine, lait chaud au miel et prendre le temps,
elle et moi. Du temps, du lait, du miel à profusion. Avec
elle dans le couloir, près de la porte ouverte. La pièce
du téléviseur. Sur l'écran brille un chef d'Etat. Et sur le
canapé, devant lui, tu vois le couple d'ombres. La Mali, le
Winni. Bonne nuit, bonne nuit ! Puis à la fenêtre du cagibi.
Mon enfant et moi. Fenêtre ouverte. Sous le store de travers, coincé, le regard au-dehors, dans la nuit. L'un près
de l'autre, les oreilles froides. Et chercher les lointains,

les lumières, la nuit. Dix heures, presque dix heures. La ville qui bruit et qui mugit. Respirer profondément. Les pieds nus. L'air de l'hiver. Deux animaux en peluche, le blaireau et l'écureuil. Carina en pyjama. Un pyjama avec des coccinelles. La lampe de bureau de côté, pour qu'elle nous éclaire, qu'elle éclaire le matelas. Près du matelas, déjà, la paix du soir et les livres à lire. Les pieds froids ? A une pomme pour elle et une pomme pour moi. Doit défaire l'emballage, maintenant. Les a apportées. Cette nuit-là, la maison n'a pas tremblé ou j'ai oublié d'y prêter attention ou ça m'était égal.

Chaque jour, plus clair déjà, et pourtant, le tremblement de pire en pire. Le soir, sur le chemin du retour. Le soir, aller à la maison, fatigué. Le trottoir tremble. Entre-temps février, déjà. Les merles dans les jardinets, occupés par le jour qui rallonge. Fixer sans cesse une bande de clarté à sa lisière. Ça ne sent pas la neige ? Peut-être demander quand même à Sibylle, lui demander avec précaution si elle a remarqué que la maison tremblait ? La maison de la Jordanstrasse a commencé, elle aussi, à trembler. Le soir, toujours, Carina attend. Lui dire bonne nuit. La mettre au lit. La maison se dresse et tremble. Surtout le week-end. Sibylle part à Giessen le vendredi midi, Carina et moi, dans l'appartement. Le Tannenbaum aussi tremble, le coin de la rue, la maison d'angle, la boulangerie. Le soir, c'est toujours le pire. Tout le trajet, de la Jordanstrasse à la Robert-Mayer-Strasse. Le trottoir, les murs, la terre, chacune des pierres. La maison où habite mon ami Jürgen.

Une résidence carrelée de jaune dans la Schlossstrasse. L'ascenseur, dit-il, d'où le tremblement. Et parce que l'immeuble est au-dessus d'un parking souterrain avec station-service. De toute façon, déménager au plus vite, dit-il en empilant les journaux d'annonces immobilières sur la table, sur le lit et sur le plancher. Le café Bauer, l'Elba tremble. Surtout les bistrots. De jour aussi, maintenant. Le Bastos, le Pelikan, l'Albatros – ils tremblent tous! Magasins et employés. Marches de pierre, pierres, murs, la poste de la Rohmerplatz. La fac et la Westbahnhof. Le S-Bahn, en tant que métro aérien. Dans la dernière lumière, le soir. Et derrière la Westbahnhof les fabriques, entrepôts, entreprises de transport. Tu n'as pas remarqué? Personne ne le remarque à part moi? Et puis il s'est mis à neiger, un soir. De la neige, toujours plus de neige. Un hiver de neige. Il a neigé toute la nuit et la moitié de la matinée, il peut encore refaire froid. Ou bien avec Carina, et prenons le temps, elle et moi. Ou bien seul, rester assis à écrire. Sinon, à l'air libre. Marcher vite et le regard au loin. Autrement tu ne supportes pas ta vie.

Un savon ! Tout de suite, c'est urgent ! Le dentifrice, Jordansrasse, toujours au moins trois tubes à la fois, différentes sortes, en ai pris un. Du shampoing, aussi. Un reste, comprimé, un tube à moitié vide. Suffira largement. Mais le savon ! À la droguerie Schlecker. Un après-midi d'hiver. Ma vie. La Leipziger Strasse. Quitté la Jordanstrasse hier ou avant-hier pour aller dans le cagibi, et toujours aussi désemparé. Mon argent ? Combien ? Compté l'argent trois fois, déjà. Trente-deux marks soixante-cinq. Quel choix. Au rayon des savons. Moi et le savon. Prends le moins cher ! Choisis un savon en guise d'avenir, de conception du monde! Jadis, avant de connaître Sibylle, à l'époque d'avant Sibylle, au temps d'avant son temps c'est-à-dire autrefois, autrefois, souvent, un savon au romarin, qui coûterait bien trop cher aujourd'hui. Qu'il n'y a pas de toute façon ici. Courbé devant le rayon comme si j'étais courbé là depuis une éternité. Comme si je faisais partie du rayon. Classé. Un élément. Les variétés de savons de ces dernières années sont éliminées d'emblée. De toute façon, la plupart pas en stock. Comme si je n'avais fait que nous inventer, nous et le temps. Pure imagination. Ou faut-il aller à la recherche des savons sans tarder, et de tous nos chemins ? Et de nouveau les jours, chaque pas, chaque instant, et les conversations avec moi-même jusque dans mon enfance lointaine? Certains savons comme les samedis soirs de l'année 1954. Avant encore, que du savon de Marseille et de l'eau froide. Savon de Marseille, eau froide, le temps, une mémoire, nous et le temps. Fatigué, maintenant. Les épaules, le dos, mon cœur me fait mal. Avec ma fatigue, mieux vaudrait reprendre tranquillement mon souffle dans un coin. Rester là et m'absorber en moi en silence, de plus en plus profondément en moi. Ou comme quand enfant, sur un petit tabouret, aux pieds du monde, la tête toujours plus lourde. Deux ou trois coins tranquilles. Moi et mon ombre. Et à travers une fente, un recoin entre les pensées, les étiquettes en carton, les souvenirs, les murs, les étagères et les vitrines, ne pas quitter des yeux la Leipziger Strasse, vivante, ni l'après-midi d'hiver ni le temps. Un détail du monde, comment serait le monde sans moi ? Y avait-il de la neige ? Est-ce bien moi ? L'hiver depuis des années, déjà. Le savon le moins cher du magasin est à la camomille. Soixante-neuf pfennigs. Sur le papier d'emballage, des fleurs de camomille. Ne sent pas trop mauvais. Quelques autres, vite, dans la main à titre d'essai, les examiner de tous côtés, les sentir. Sentir à travers l'emballage. Trier par odeur. Ils sont tous emballés différemment. Chaque savon chante-murmure-appelle-crie-épèle son nom, sans arrêt. Hâtivement! C'est vrai, même moi, hâtivement! De retour à la machine à écrire et me remettre tout de suite au manuscrit, jusqu'au soir. Mais aussi le long de la Leipziger Strasse et dans ma tête. La Leipziger Strasse de long en large et tous les visages, chaque détail, janvier, une mémoire. N'oublie pas les lampes de la boutique de thé. Elles brilleront comme en souvenir. Un après-midi comme celui d'aujourd'hui. Comme du miel, la lumière aux fenêtres. Rien d'autre, perdu, et tout retenir à jamais ! Vite, un savon, n'importe lequel, le savon qu'il faut et ensuite, à l'annexe de la bibliothèque municipale de la Seestrasse mais vite, très vite. Juste un saut, quelques livres sous le bras et les autres dans la tête, et retour, tout de suite, au cagibi. Depuis longtemps à la table, près de la lampe. Notes, manuscrit, machine à écrire. Comme si j'avais tout le temps été là, comme si je n'étais pas parti, en réalité, et toujours été le même homme. Presque comme dans un livre. Et puis le soir, chez Carina. Un soir d'hiver. Presque comme un vrai soir d'hiver. Presque comme avant, devrais-tu te dire. Comme dans ma vie. Prendre le temps. La mettre au lit. Respirer. Le tout comme si c'était la dernière fois. Puis retour et s'y remettre tout de suite. Entrer avec le manuscrit dans la nuit. Et continuer demain, et chaque jour. Quelle heure ? La caissière à la caisse, avec échantillons gratuits, ou s'est fait les ongles et doit les faire sécher. De Yougoslavie, de Bania Luka. Ici depuis longtemps. Cheveux noirs teints, un noir d'encre, une blouse de nylon bleu clair et trois sortes de parfum. Le mari, chauffeur de bus. Deux enfants qui vont à l'école ici. Devant la boutique, l'après-midi. Janvier. Un savon qui sent bon comme les glaces et l'été. Comme midi en été, au bord de l'eau. Glace vanille fraise, comme en faisaient les boulangers avant. Quand la glace s'appelait encore crème glacée. Soixante-dix-sept pfennigs, et tu n'arrives pas à te décider ! Avoir senti plusieurs fois, ça ne facilite pas les choses. En pensée, tu te transportes au marché, à Marseille, pour acheter tout le nécessaire pour la maison. Entre-temps dans un bistrot, un café, un bar. Avant, vite à Marseille, encore, acheter un appartement, la rue, le quartier, une maison. Sur un rocher, une maison avec une tour. Tu as enfin une tour. Deux ou trois bistrots, et chaque fois, en passant, un pastis, un petit verre de vin rouge, un café arrosé (mais c'est le passé). Tôt encore mais tous les bistrots sont en train de répartir dans des coupelles amandes salées, pistaches, olives et cornichons pour l'apéritif. Le marché et les boutiques autour du marché. Marchands ambulants, grand magasin, chez le boulanger, la mer, de loin seulement.

Les bateaux au port. Le soleil loin dehors, au-dessus de la mer, qui reste dans ta mémoire. Et à l'ouest, vers le soir, la mer commence à briller. Pour finir, le marché en pensée, une dernière fois, prends ton temps ! Toute la ville est un marché. Et à la toute fin, sans rester devant trop longtemps, au stand de la vieille dame et de la petite jeune fille, quelques savons encore. Plusieurs variétés d'un coup. D'un coup, une provision pour des années et des années. Depuis les Phéniciens, Marseille est réputée pour son huile d'olive, pour la bouillabaisse, la lumière du soleil, et pour ses savons à l'ancienne.

Et maintenant ? Prisonnier de l'hiver au rayon des savons ! Courbé, et comme à l'intérieur de ma tête. Le rayon aussi, dans ma tête. Étagères dans tous les sens, de guingois. Clouées. Depuis quand ma vie est-elle aussi à l'étroit? À l'étroit et comme si juste dans ma tête ! Enfermé dehors ? Dedans ? Quand tu es enfermé dehors, le monde entier se transforme en prison, devant une porte verrouillée! Entre-temps, d'autres clients, et puis chaque fois, de nouveau, moi seulement, et l'après-midi, la caissière. L'après-midi devant la boutique. L'après-midi passe devant la boutique avec lenteur. Elle et moi prisonniers. Chacun dans sa boîte. Tous deux en isolement cellulaire. Prends un savon, celui-ci, celui-là, prends le moins cher ! Et à la caisse tout de suite ! Parfois, dans un élan vers la caisse et puis de nouveau demi-tour. Entre-temps, devant la boutique, un camion haut comme une maison, tu ne sais pas depuis combien de temps, nous a ôté la lumière, fait du bruit, vibre, nous étoufferait presque. La caissière déballe des cartons en soupirant. Dommage pour ses ongles. N'est-il pas déjà devant la porte de la boutique, le crépuscule en suspens dans l'air? Courbé devant le rayon, comme si ma vie était partie, sans moi, enfuie, comment en est-ce arrivé là? Et moi comme enfermé dehors, une idée fixe ! Le savon à convertir en durée ! Tant de jours et de semaines. La lumière bourdonne, le néon. Le jour et son regard fixe, maintenant ! Chaque objet devient un regard qui ne cesse de se braquer sur moi! Et moi ici avec moi-même, comme si c'était le premier accès de folie, de compulsion, dans ma vie. Vite, un savon pas cher, mais tu ne peux pas partir maintenant ! Et en Suède ? Un jour il y a longtemps, en Suède, tu ne sais pas quels savons tu avais, à l'époque. Les savons au moins en tant que preuve d'existence. Quels savons de quand à quand. Par conséquent en vie. Et pas vécu en vain. Irréfutable. Chronologique. Bruits, propreté, années. Une biographie. Tu dois t'y retrouver. Le passé. Quelques noms en plus. Ici à la mi-décembre, aussi : acheté de la lessive. Il neigeait. Tu as attendu à la caisse. Noël à la porte. Dehors il faisait nuit déjà et à la lumière des réverbères, devant la boutique, une neige fondue, de gros flocons qui ne tenaient pas. L'ère nouvelle. Déjà autrefois, l'ère nouvelle ou espérais-tu encore que la lessive pourrait te sauver ? Autrefois des gens devant toi, tu attendais à la caisse avec impatience et maintenant, impossible de partir ! Il me semblait que je pensais aussi à la Suède, autrefois. Peut- être à chaque fois ? Peut-être que, dans chaque droguerie Schlecker, je pense à la Suède et en été, à l'été en Suède. Quand Carina était encore petite, souvent ici les couches pour elle. Souvent avec elle, aussi. Toujours ici quand il faut faire vite et dépenser peu. Papier toilette, liquide vaisselle, tue-mites. Bientôt une autre brosse à dents, encore? Alors quel savon ? Personne ne viendra me délivrer ? Le savon, l'avenir ! Comparé plusieurs fois les prix dans ma tête. Si j'avais soixante-neuf pfennigs pile : tout juste la monnaie, peut-être que je me déciderais pour le savon à la camomille. Et les autres savons en tant qu'images, seulement, en tant que noms, parfums, souvenirs. Pour l'avenir ! Rentrer enfin à la maison et sur le chemin du retour, penser à ma mère. Qui avait toujours une considération pour la camomille et en faisait l'éloge. Toute sa vie elle aura lié amitié avec les plantes. En Suède au cercle polaire, et jusqu'en Norvège. Une fois, à Vienne, un savon aux fleurs de tilleul. Dans la Josefstädter Strasse, une droguerie à l'ancienne. Pas prêté attention au prix et emporté le savon à Prague. L'été dernier, à l'anniversaire de Sibylle, en bateau sur le Rhin, Sibylle, Carina et moi. Et au grand ravissement de Carina, en ce seul jour, trois fois une glace pour nous trois. Elle parle encore de cette journée. D'où le savon qui sent l'été et la glace et l'eau, tel une longue journée de vacances. 100 grammes. La caissière, ignorer sa poitrine et regarder ses doigts. Comment s'appelle cette couleur ? Rubis, dit-elle, tout neuf. Un essai. Protège les ongles ! Sèche très vite ! Le savon, et encore trente et un marks quatre-vingt-huit. Presque deux heures avec moi-même, au rayon des savons. Et maintenant, entrer dans le soir.

Parfum de crème glacée, d'eau et d'été. Midi, un ponton, les voiles, lumière sur l'eau. Parfum de crème solaire, du moins, de vacances, de piscine, quoi d'autre encore? Robert-Mayer-Strasse, devant le miroir de la salle de bain. Le soir. Toujours le soir. Plusieurs soirs de suite. Encore et toujours le silence qui avance, tard dans la nuit. Comme d'habitude le même instant,. Pas de reflet dans le miroir. Odeur de savon, de temps, un temps usagé. De linge sentant le renfermé. De sueur. Très nettement. D'abord tu as l'impression qu'il sent bon. Blanc et rouge, le savon. Comme un dimanche d'été, une dimanche en famille et deux parfums de glace mélangés l'un à l'autre. Comme quand il ne reste, par une chaude journée, qu'un peu de chaque parfum. Vanille fraise. Plutôt comme une glace au citron, tant le blanc est blanc, mais qui sentirait la vanille et la fraise. Peut-être que lorsqu'il est mouillé et que ton cœur devient lourd, peut-être qu'alors il sent le linge et la sueur seulement. De toute façon panique chaque nuit et puis, avec le dernier argent, un savon avec une odeur artificielle de sueur, de temps usagé, de linge sale, d'air du métro. Étouffant! Comme une armoire pleine. Trop pleine. De plus en plus de trucs à l'intérieur. Linge, fringues, cauchemars et tout les trucs en partie humides. À qui appartiennent-ils, ces trucs ? Imaginaires, seulement? Oui et non ? Plusieurs fois par jour. Retourner le savon ? Lettre au fabricant ? Retourner le savon à Schlecker ou continuer les mains avec ce savon chaque jour, avec parcimonie ? Une odeur se couche difficilement sur le papier! Idéalement souhaiterais que mon père soit là parce qu'il a le nez plus fin de tous et qu'il a toujours compris l'impondérabilité des choses. Ne sent-il pas le sable mouillé aussi ? Et chaque sable du passé dans ma mémoire laborieuse, avec pelletées imaginaires. Lourdes, les pelletées. D'autant plus lourdes que le sable est mouillé. Plus tard, des cargaisons entières, beaucoup. Chaque jour, de nouveau, le savon. Toujours quand je n'ai rien de pire à ma disposition ou avec chaque désespoir, celui-là en plus. À qui demander ? N'a pas l'air non plus de diminuer. L'odeur dans les narines, accompagnant le sommeil et jusque dans chaque réveil. Et cette odeur dans ma journée, aussi, et dans toutes mes pensées. La porter dans mes mains et rejeter mes mains loin de moi. Loin des autres, aussi. Les bras tendus et les deux mains, loin de moi. À peine respirer ! Éviter la cohue ! D'un autre côté, dans la cohue, quelle importance ! Dans la cohue, ça se remarque moins ! Les mains dans les poches du pantalon mais après, les poches du pantalon sentiront aussi. Mon vieux pantalon de velours bleu qui, de toute façon, s'use de plus en plus. L'hiver. Un long hiver. Ménager les chaussures en marchant et continuer la lettre au fabricant. Qui s'améliore de plus en plus. Joindre une expertise en pensée, et imaginer les réponses. À chaque trajet l'odeur dans les narines. Mon pull-over aussi, le lit, chaque sommeil, et les cheveux. Même les pensées sentent. Une sueur artificielle, étrangère. Et pas un mot dessus, à personne.

Le soir, Jordanstrasse, chez Sibylle et Carina. Fouillé long-temps sur les étagères et dans les cartons de livres, dans ma vie d'avant et dans ma mémoire, parce que les livres, peu à peu, invisibles, enfuis, parce qu'ils disparaissent de plus en plus vite. Comme s'ils cessaient de vivre ! Murs vides. Ai cherché le passé, des traces de vie, des livres, et puis dans les petits meubles classeurs pour manuscrits. Que faire de ces manuscrits ? Les emballer ? Où les garder et comment tout porter ensuite dans la tête? Et où aller avec ma tête ? Sibylle et Carina, deux fois des disputes, déjà, parce que Carina ne veut pas enfiler son pyjama. Elle veut bien mais pas tout de suite parce que, chaque fois, il manque au jour quelques miracles, le soir, pour que le jour s'accomplisse. Où aller, avec ces manuscrits que je dois sans cesse lire, réécrire, poursuivre, retravailler ? Et s'ils ne sont plus là, qu'en sera-t-il de moi ? Sur la pointe des pieds, sur une chaise, devant l'étagère murale. La maison tremble. La chaise commence à vaciller. L'éta-gère, presque vide, comme si elle penchait en avant. Et de même que l'ombre du camion, devant la droguerie, cachait et encombrait le jour, les soucis s'abattent d'un coup sur moi. Poussière et toiles d'araignée sur le visage, ou l'impression d'avoir de la poussière et des toiles d'arai-gnées sur le visage. Pas assez d'air ! Même sous la peau, ce sentiment, qui commence à s'avancer avec une extrême lenteur. Des pattes d'araignée. Dans la salle de bain, vite, la salle de bain et trop la connaître. Comme si tout était à l'intérieur de moi. La salle de bain et le gant de toilette, de l'eau ! Vite ! Me passer le gant de toilette sur le visage.

Une serviette. Ne me suis rendu compte qu'après que ce n'était plus ma salle de bain ni mon gant de toilette, accroché là, et ai pris peur du temps, de moi et du miroir. Étouffant! Mon visage commence à brûler. Lumière. Toutes portes ouvertes. Jusqu'à quel point doit-on être étranger à soi-même ? Sibylle, récemment, un savon d'un vert médical, le nom ne me revient pas, et un nouveau parfum. Peut-être prochainement une autre coiffure. Musique. Vêtements neufs. Transformer l'appartement. Voyager. Un déménagement. Voyager, et je ne serai pas là. Comment peut-elle sans moi, et où ? Comment peut-elle la soirée d'aujourd'hui sans moi? Mots étrangers et hommes, villes. Le temps, de plus en plus de temps, le temps ne fait pas demi-tour. Devant le miroir de la salle de bain, pourquoi le visage me brûle-t-il ? Sentir la serviette, ma main, le gant de toilette. Ça ne sert à rien. Portes ouvertes et toutes les lumières allumées, comme avant. Le soir. La salle de bain se reflète dans le miroir et dans le vasistas oblique. Pas de dalles au sol. Deux plaques branlantes. Juste à l'entrée. Depuis toujours. Depuis le début. Pas vraiment branlantes mais comme une illusion des sens, un léger déclic dès qu'on pose le pied dessus. Chaque fois. Dès que quelqu'un marche dessus. Très peu! Presque imperceptible ! Personne ne le remarque, à part moi ! Et pourtant, comme un signe avant-coureur, un premier tangage, comme un début de tremblement de terre ! Un abîme qui attend et dort mais ne se laisse pas oublier. Étranger, et le visage me brûle. Ce ne peut pas être seulement la poussière, ma fatigue et le gant de toilette, son nouveau savon, la serviette, l'eau, mon reflet, ou une odeur étrangère. Mon reflet dans le miroir, comme s'il savait quelque chose ou voulait me faire signe. Devant le miroir, pourquoi est-ce comme si j'avais déjà vécu cette scène ? Ou du moins, toujours su qu'il en serait un jour ainsi. Le soir, la nuit autour de la maison. Février. Après sa dispute avec Sibylle, Carina petite et seule sur le tapis. Sibylle cherche une lettre administrative. Toutes deux pâles et blessées par la vie, pas un mot l'une à l'autre. L'ère nouvelle. Février, début février. Dixième, onzième semaine. Toutes les lumières allumées et en moi, un silence de mort. Et puis parti. Mais il aurait été pire de ne pas pouvoir partir. Quand je suis parti, Sibylle avec ses formulaires officiels. Carina en pyjama, maintenant, avec moi sur le palier d'en haut. Puis sur le suivant, et encore un, marche après marche, avec moi ainsi jusqu'à l'entrée de l'immeuble. Avec la lumière de la minuterie. Et puis moi, remontant l'escalier avec elle. Lumière éteinte, allumée. Et puis elle, seule sur le palier d'en haut. Entre deux barreaux de la rampe. Encore petite. Les cheveux fraîchement peignés. Un pyjama avec des coccinelles. Reste là, appelle, fait un signe d'au revoir.

Depuis quand je ne mange presque plus rien ? Un petit Camembert français. Acheté avec circonspection le jour où Carina est venue, où elle a dormi chez moi. Acheté du pain, aussi, ce jour-là. Et le soir, environ la moitié du Camembert eavec elle. De Normandie. Depuis, d'abord avec pain et puis sans, le Camembert dure toujours un jour de plus. Un bocal de concombres marinés. Trois tranches de salami et moi, la Hongrie, en pensée. Tous les jours, du lait aussi, dans la cuisine. Toujours debout, comme si on allait me prendre sur le fait. Ou plutôt invisible ? Tel un fantôme ? Parfois une pomme d'hiver. De préférence avant de me coucher. Parfois, dans la Jordanstrasse comme dans une vie antérieure, un morceau de pain et tous les quelques jours (comment prendre un air de goûteur ?) goûter un peu au dîner de Carina. Compter mon argent et chez le boulanger, en passant, à la hâte un croissant. Presque incidemment. Comme si j'étais toujours en activité. Travail fixe. Revenus réguliers. À juste titre au monde. Et puis compter l'argent qui reste et voir ce qu'il me reste de temps. C'était avant-hier. Dans la Leipziger Strasse, chez un autre boulanger, petits pains au levain en vitrine, croustillants, à l'anis et au cumin. En vitrine. Tous les jours. Je pourrais manger au kindergarten, aussi, parfois. Une fois, un petit déjeuner chez mon ami Jürgen. En fin d'après-midi. Saucisse de foie, saumon fumé, jambon de Parme et fromage aux herbes de France. De l'épicerie fine du Kaufhof. Tout préemballé, pratique. Facile à mettre dans la poche, à porter. Salière d'un hôtel de Porto. Sel et poivre. Et des œufs à la coque dans un verre. Lui du thé, moi du thé et du café. L'ascenseur marche et la maison tremble. Miles Davis ou Otis Redding, demande-t-il. Lequel en premier ? Les journaux s'amoncellent de plus en plus, chez lui. À la caisse, deux litres de lait, vite fait, (les œufs sont-ils frais ?) et payer les œufs. M'occuper enfin de l'argent, dit-il. Et déménager ! Déjà le crépuscule, à la fenêtre, jour d'hiver, et mon cœur me fait mal. Robert-Mayer-Strasse, un café toutes les heures en écrivant. Debout dans la cuisine. Quand le Camembert sera fini, mais ce sera dans longtemps, un morceau d'Emmental. Ou un morceau d'Appenzell, ou de Gouda. Ça dépend du prix, de l'avenir, tu verras. le soir avec Jürgen, dans une pizzeria où on mange debout, partager une pizza, partager la soirée. Une pizza debout dans une pizzeria debout, dans un immeuble en démolition de l'Adalbertstrasse. Une fois, à Anne, au téléphone : tout tremble, ai-je dit, mais parce que je suis écrivain et qu'elle, depuis une éternité, prend des cours du soir en germanistique, elle doit penser, symboliquement. Il veut dire symboliquement. La radio, Hessischer Rundfunk. Un appel. Elle prend le texte. Même s'il est trop long et sans début ni fin. Signer le contrat et ensuite, elle peut faire une avance, si je veux. Comme titre : La promenade du dimanche. Le début en tant que début mais trouver le bon endroit pour conclure, dans le texte. Au téléphone. Je la voyais assise devant la baie vitrée. Assise comme dans les nuages, en train de fumer. Nuages, ciel d'hiver. Ses nuages et les miens. Même après avoir raccroché, je la voyais. Alors, dirent les femmes du village de mon chapitre en venant se placer autour de moi, les bras croisés, alors ! Et voudraient parler, maintenant, puisqu'il s'agit du chapitre du dimanche, de leur manteau du dimanche de l'époque, et des coutumes de la kermesse et des bracelets du bal de la kermesse. Ce que coûtent les bracelets de bal et ce qu'ils coûtaient avant. Qui peut en acheter et à qui.

Les prix, surtout, et Dieu, et le monde. Et la cueillette des fleurs. Comme si elles étaient de la ville. Et les enfants, au loin. Sortir du village et aller à Lollar, dans la rue principale de Lollar, à la rencontre des lumières troubles du cirque. Comme du plomb, les rues, et leur éclairage terne se reflète dans le ciel. Mon manuscrit, les notes. Stylo et machine à écrire. Février. On va sur midi.

Ce mois de février, tous les vendredis, après le kindergarten, avec les enfant au Tatzelwurm, un magasin de jouets du Nordend. Au Tatzelwurm, un conteur. Le vendredi après-midi. En dehors des horaires de travail du personnel concerné, voilà pourquoi j'y allais avec les enfants. Jusqu'à quatre heures, le conteur, quatre heures et demie. Puis attendre les parents et voir le crépuscule arriver. Fatigués, les enfants, on vient peu à peu les chercher[*]. Et nous, Carina et moi ? Chez Anne, peut-être ? Elle habite dans la Friedberger Landstrasse. Chez Anne ou bien où aller ? Un jour, un midi, dans la Robert-Mayer-Strasse, mon ami Eckart au téléphone. J'avais entendu dire, en décembre, qu'il habitait à Brüchköbel. Dans la semaine d'avant Noël. Le jour même, une lettre au courrier du Portugal, de mon ami Jürgen. Le soir, à la maison avec Carina, dans la Jordanstrasse. Elle et moi, l'un à côté de l'autre dans un grand fauteuil gris, et colorier des timbres aux crayons de couleur. Avant, je m'étais essayé obstinément, avec

---

[*] Comme s'ils jouaient, au crépuscule, à un-deux-trois, comme s'ils allaient se perdre dans les vers des comptines ou sur décret de la Providence.

241

ces mêmes crayons, à faire sérieusement, d'un chapitre en prose de mon livre précédent un dialogue, une pièce radiophonique, un drame, un scénario, soulignant systématiquement les phrases au crayon de couleur, avec des crayons de différentes couleurs, en couleurs multicolores. Pour souligner, une règle, un crayon de couleur en guise de règle. Depuis combien de temps j'aimerais avoir une petite règle infaillible ! Une règle qui arrive dès qu'on l'appelle ! Peut-être quand j'allais à l'école, déjà ! Et attribuer différentes couleurs à différentes voix, ou à des niveaux de temps ou de conscience différents. Pour moi des points de repères. Et puis, me suis mis avec enthousiasme aux timbres, comme si c'était ma véritable profession. Des timbres merveilleux. Et puis les renseignements, et après composé directement le numéro d'Eckart. Que fais-tu ? Où es-tu ? Disparus huit années l'un pour l'autre. Il travaille à Griesheim dans une entreprise de transports. Heures supplémentaires non payées, même pas le tarif syndical. Habite à Bruckhöbel. Un immeuble avec ascenseur. Marié. Un immeuble neuf. Un quatre pièces coûteux. Bruchköbel. Après Hanau. Un village, un ancien village. Un fils. Benjamin. Benny. Sept ans, déjà. En ce moment, avec Benny dans la salle de séjour. Auparavant, le marchand de sable officiel sur la première chaîne, comme tous les soirs. Joué à la marelle deux fois. Sa femme à la cuisine. Benny, bientôt au lit. C'est alors que j'ai remarqué qu'il parlait à voix basse. Il ne faut pas que sa femme sache qu'il bavarde avec moi. Et moi ? Des livres, dis-je. Écrits, oui. Deux livres. Et petits boulots ici ou là. Commencé le troisième livre. Sept années à Francfort. Un enfant, une fille. Carina. Assise sur mes genoux, elle a quatre ans. Bientôt quatre ans et demi. Avec Sibylle, dis-je, tu te souviens ? Neuf ans ensemble. Venons de nous séparer. Tu veux noter discrètement mon numéro de téléphone ? Séparés depuis à peine trois semaines, elle et moi. Je dois partir, déménager mais où aller ? Jürgen et Edelgard à Francfort, aussi. Plus ensemble non plus. Et là ni l'un ni l'autre. Tous les deux en voyage. Reçu une lettre de Jürgen du Portugal, aujourd'hui. Un soir d'hiver. Sibylle, ailleurs. Une autre vie. Les murs, pleins de livres. Aux fenêtres, des rideaux rouge bordeaux. Le fauteuil de velours gris clair. Un lampadaire avec abat-jour rouge. Carina, fatigue du soir, pâle et enrhumée. Petite et chaude, sur mes genoux. Sur la table, du papier, des crayons de couleur, des livres, le rayon de la lampe, un écureuil, un blaireau, des ciseaux, le cendrier, des cigarettes, la lettre du Portugal, un verre de lait, une tasse à café, des noix, un casse-noix, une grande assiette de fruits. Le casse-noix, argenté, et avec décorations. Sur l'assiette de fruits, des oranges et des oranges sanguines, pelées et partagées, et deux pommes d'hiver rouges. Dans peu de temps tout sera balayé et bientôt en allé, du passé. Et puis raccroché. La nuit autour de la maison, la nuit et l'hiver. D'abord les oranges et puis manger une pomme, et raconté à Carina, moi et mon ami Eckart. Il a un fils. Benjamin, s'appelle son fils, qui va déjà à l'école. Aura bientôt huit ans. Je ne l'ai encore jamais vu. Toi non plus. C'était en décembre. Et puis Noël, supprimé. Fin janvier, l'appel d'Eckart (n'arrivait pas à me joindre à la Jordanstrasse, a eu le numéro par Sibylle). Le vendredi, il finit toujours plus tôt. Un vendredi sur deux, deux brèves heures de libre. À trois heures et demie, après le conteur, dans un café de l'Eckenheimer Landstrasse pas loin du Tatzelwurm. À droite, juste avant l'Alleenring. Un café ? Un restaurant ? En tout cas un bistrot. Il se peut qu'il y en ait deux. Si deux, disons le premier en partant du bas ? Quand tu remontes, en venant du centre, tu dois déjà être en pensée à notre rencontre! Ou plutôt, celui qui nous plaît le mieux ? On verra si c'est le même ? Il n'y en a peut-être qu'un seul. Il n'y en a qu'un. Depuis toujours. On passe devant une fois tous les deux ans et en esprit on est ailleurs, et jamais le même homme. Si nous sommes un peu en retard, ma fille et moi, ce sera à cause de la ville, de la circulation, du conteur et des enfants du kindergarten. Et à cause des parents qui ne viennent pas chercher leurs enfants fatigués à l'heure. Le crépuscule, qui vient trop tôt. Le vendredi, à Francfort, la sortie du travail commence dès deux heures de l'après-midi. En lambinant elle s'ajoute à la circulation anticipée du week-end et comme ça d'un feu à l'autre, ou tout de suite réduite à la paralysie. Chaque arrêt, un recul. Mais nous venons à pied. Peut-être que ta montre avance et que tu ne le sais pas. Moi, toujours ponctuel en fait, des gens ponctuels, ma fille et moi.

Encore un vendredi après-midi chez Anne avec Carina, après le conteur. Fatigués en allant dans le crépuscule.

Rues d'hiver. L'hiver depuis des années. Marcher, marcher sans savoir, pendant tout le trajet, si nous allons chez elle ou non. Même devant la porte de l'immeuble, me suis demandé si nous ne devrions pas faire demi-tour. La Friedberger Landstrasse, un appartement sous les toits. Il a fallu sonner deux fois. Déjà le soir, tu le vois à ta fatigue. Dans la Friedberger Landstrasse, tous les immeubles ont deux étages de plus que dans la Jordanstrasse. Et les escaliers, raides. De plus en plus raides. Elle attendait à la porte, et avec nous entre dans la pièce, devant un grand buffet. Viande des grisons, selle de chevreuil, roastbeef, salami, fleurs, saladiers, marbre, argent, cristal et nappes blanches dans le miroir et jusque par terre. Salades de crevettes, d'œufs, de volaille, olives, artichauts, champignons farcis, un plateau de fromage. Fraises, ananas, mangues sur glace. Galettes Karlsbader Oblaten, eau minérale de Karlsbad, jus d'orange en carafe, flûtes pour le jus d'orange et l'eau minérale. Des bougies, des bougies, toute la pièce est éclairée de bougies. De hautes bougies blanches, tu commences aussitôt à les compter. Déjà le soir, le crépuscule à la fenêtre, bleu. N'a pas tout de suite appuyé sur l'interphone intentionnellement, a retenu sa respiration et vite allumé les bougies. Toutes ! Quarante-huit bougies qui brûlent. Un grand miroir. Et les bougies qui se reflètent, claires, dans le miroir, dans ses yeux, dans les nôtres. Comme si un jour je lui avais raconté un buffet de ce genre. Raconté à moi-même, aussi, imaginé l'après-midi d'aujourd'hui avec circonspection, mais quand ? Acheté où, ai-je demandé, et pour qui ? On s'est

trompé de jour? Visiteurs en visite prévus? Dans la Fressgass, dit-elle, comme ça ! Au téléphone avait dit, manger un petit quelque chose chez elle, peut-être ? Du pain
avec du pâté, avais-je pensé, pour Carina. De l'Edam ou
de la saucisse de foie. Pas grand-chose à manger chez elle,
en général. Jamais d'argent. Toujours pâle. Des soucis,
une vie de soucis. Au lieu de lait, lait stérilisé, la plupart
du temps. Charcuterie en conserves, soupes en sachets
et crackers. On peut passer la nuit chez elle, dit-elle.
Prendre un bain, aussi. Et demain, avec elle au marché
de la Berger Strasse. Ou faire la grasse matinée, comme
on veut. Je savais qu'on était vendredi, dit-elle, les yeux
pleins de la lumière des bougies. Et ai dû la laisser me
serrer dans ses bras en retour, et me faire quelques bises.
Mais l'ère nouvelle. La douzième semaine à compter du
début de l'ère nouvelle. Et depuis, c'est comme si je ne
pouvais plus toucher personne. Seulement mon enfant,
parce qu'elle est petite et qu'elle a besoin de moi. Vendredi soir. Les bougies brûlent. Les recompter encore.
Quarante-huit. Doit coûter une fortune, te dis-tu, et a tout
fait livrer, en plus. Trop pour porter soi-même. Et maintenant, goûter ! Avec ou sans musique ? Vivaldi, dis-je, l'hiver, le printemps. Vivaldi, Carina connaît aussi. Carina,
quand elle était petite, goûtait avec enthousiasme chaque
plat avec moi.

Retour en tramway. D'abord le 12 et puis le 18. Carina,
d'Anne, une petite boîte avec des paillettes de carnaval
pour se maquiller. Des points bleus, tout petits. Restent

collés. Possible comme fard à paupière et partout. Innombrables comme des étoiles. C'est-à-dire presque innombrables. Et scintillent, ne cessent de scintiller. Essayé dès le tramway. Le parc des expositions défile en tressautant. Le tramway presque vide. Un Indien endormi. Transpire, tressaille dans son sommeil. Deux hommes et une femme, ivres. À chaque arrêt veulent sortir et puis non. Se rassoient. Deux soldats américains. Places assises, banquettes vides. Nous et un couple. Sont jeunes. Parlent bavarois tout en nous regardant. Leur offrir de la poussière d'étoiles. Ils se servent dans la boîte. Autour des yeux et où on peut, ce truc, partout. Sur les vêtements aussi. Lui, de Regensburg, elle de Passau. Comment elle s'appelle ? En fait, plutôt de Straubing mais depuis deux ans à Passau. Et ses yeux qui rient. Comment elle s'appelle ? Partout, ce truc, ce scintillement. Carina me laisse la regarder dans les yeux sans cligner. Toujours le parc des expositions. Montée d'un couple. Doivent être de Praunheim, qui est le terminus. Elle, avec une permanente, lèvres pincées. Offensée depuis des années et toujours inquiète pour son sac à main. Lui, installateur de chauffage. Filiale de quartier, indépendant. À la retraite depuis deux bonnes années. Rentrées d'argent, un loyer. Assurance complémentaire privée. Nous regarde, et le petit couple de Bavière, l'Indien endormi, les trois ivrognes : camp de travail, maison de correction, camp de concentration. Avec Adolf, auraient tous disparus depuis longtemps, auraient été tous gazés. Mais les deux soldats américains, il ne sait pas trop. D'un côté, ennemis, pas allemands. De l'autre, soldats, quand même, et contre les russkoffs. Lent, le tramway. Du conducteur, on ne voit que la porte de la cabine. Carina et moi, descendus au coin de l'Adalbertstrasse. Au dernier moment. Les ivrognes aussi, presque. Le petit couple avec poussière d'étoiles sur les doigts et autour des yeux. Font tous deux signe. Où, vont-ils, où ? Fais au revoir ! Tu as entendu comment ils parlent, dis-je à Carina. Pas tout à fait mais ma mère parlait un peu comme ça. Tu ne l'as pas connue. Le truc qui scintille. Des traces partout. Des années après encore le scintillement, l'éternité stellaire. Tant mieux si je n'ai pas eu l'idée, ce soir-là, de compter tous les petits points, toute la boîte. Et à partir de là, tous les petits points à la suite de toutes les boîtes en ma possession. Le seul fait de les respirer les blesse ! Aussitôt envolés ! Il faut toujours au moins deux fois le même résultat, par sécurité, et recopier tous les chiffres en retenant son souffle. Sur chaque boîte, une petite étiquette, et de longues listes en plus. Ne faire que compter et recompter ou aussi peser? Photo d'identité de chaque petit point, indiscutable? D'abord photos souvenirs puis photos de groupe, sur demande. Commencer tout de suite ! Non, finalement, au dernier moment, non! Sauvé au dernier moment ! De retour dans l'hiver. Par les arcades, vers la Jordanstrasse. L'immeuble est encore debout. Neuf heures seulement et depuis des heures, déjà nuit.

15

Rester assis à écrire et ne pas se transformer en fantôme.
Tous les matins la Jordanstrasse pour aller chez Carina,
pour que le jour débute, et qu'elle et moi, au kindergarten. Emportant le jour avec nous. Juste au coin, le
berger allemand de la boutique grecque. Une fois avec
écolier, une fois sans. Celui qui accompagne l'enfant,
nous disons-nous, Carina et moi, le loup. Le collier, simple camouflage. Pour la ville, pour le monde des hommes, c'est clair. En réalité, un loup. Dans le cagibi, moi
et la machine à écrire, mon manuscrit, des notes et le
magazine, un vieux numéro de *Pflasterstrand*. En guise
de sous-main, ce vieux *Pflasterstrand*, quand j'écris à la
main. Un reste de la Jordanstrasse. À chaque fois qu'il
surgit entre les pages de mon manuscrit, aussitôt ma vie
d'avant, l'ère nouvelle. Aussitôt enfant de la séparation,
marché immobilier, chômeur, sans domicile, des flèches
de mots qui, avec leur poison et leurs pointes acérées,
me précipitent hors du journal droit dans le sens. Chausse-trappes, aussi. Agence pour l'emploi, aide sociale, aide
à la jeunesse, assistance publique, tutelle. Lire et corriger les pages terminées, sans arrêt. Et en lisant, changer,
déplacer, améliorer, ajouter jusqu'à ce que je puisse à

peine me relire moi-même, tant les caractères se super-posent, serrés, sur chaque page. Me les chanter, murmu-rer, épeler. Ou commencer à parler tout seul. Parler avec nombre de voix. Pendant que j'écris au moins, il devrait s'arrêter, le temps. Écrire. Tu écris trois phrases. Puis tu ne cesses de retranscrire ces trois phrases. Jusqu'à ce qu'il en sorte un livre. Ainsi recommences-tu toujours ta journée et ta vie à zéro. Un café toutes les heures. Debout dans la cuisine. Une fois invisible et puis de nouveau pas. Le même jour d'hiver, artificiel. Néon, vitres opa-ques. Un âge des cavernes. Comme figé dans une glace éternelle[*]. De retour à la table, et continuer de travailler à mes notes. Neuf heures à peine passées et déjà onze heures. Comme la musique me manque, en écrivant. Le temps, encore et toujours, et le vieux *Pflasterstrand*, ma vie et le spectacle du temps entre les jours, les instants, les notes et les pages de manuscrit. Dans *Pflasterstrand*, un calendrier d'événements depuis longtemps périmé. Les adresses des organisateurs en prime. Théâtres indé-pendants, librairies de gauche, cafés musicaux, culturels. À Offenbach, une librairie Tucholsky. À cause du nom, je téléphone. Écrivain. C'est-à-dire moi. Sans arrêt épeler mon nom. J'ai dû appeler trois ou quatre fois avant de

---

[*] La glace aussi, artificielle, peut-être. L'époque comme réfrigérateur. Omni-présente, une caisse avec nombre de tiroirs, qui ronronne et qui vibre. Dans le couloir, la Mali, la poupée de chiffons, moi. Work in progress. Grandeur nature. Mais qui nous a mis là? Idée et forme? Et en tant que groupe plas-tique, que signifions-nous pour la postérité, pour nous ? Quand même pas simple demi-relief, il doit y avoir une erreur sur le catalogue ! Et enfin une quinte de toux, qui me délivre.

sur quelqu'un de compétent. De RDA. Parle saxon. De Dieringen, dit-il. Il s'appelle Lutz. Les titres de mes livres, deux livres épais. Et lui parler ensuite du manuscrit. D'un village, c'est-à-dire moi, et le manuscrit. Un village où les gens, les habitants, ne savaient pas parler aux étrangers. Là-bas aussi, étranger. De Bohême. Ça reste. Mon manuscrit, les notes. Là, sur la table. Une table qui ne m'appartient pas. Le livre n'est pas prêt d'être fini. Une lecture le 28 mars. Pas d'argent, c'est un collectif, pas d'argent mais peut-être cent marks d'ici là. Environ cent, des marks de l'Ouest. On verra. J'espère, espère-t-il. Il l'espère. Encore une fois mon nom. Mieux vaut épeler. Se procurera le dossier de presse auprès de l'éditeur, lira le livre d'abord. Le 28 mars est un mercredi. Et puis, raccroché. Culture underground. Un téléphone avec compteur. À déduire à l'avance des éventuels cent marks, il y aura le tramway et le téléphone. Cela me semblait peu et beaucoup à la fois. Jusque là, presque pas de lectures et pas parlé d'écriture. Avec personne. Encore moins avec des inconnus, encore moins au téléphone, jamais. Être assis sans savoir quel genre de jour on est. Ni non plus l'heure – même pas neuf heures du matin, et peut-être déjà vers le soir ? Sinon on doit aller vers une heure, comme d'habitude. Jusqu'à la fenêtre, et sous le store coincé, aspirer l'air : une sortie de secours, place! Une issue de secours pour le regard et les pensées. Le 28 mars est un mercredi. Prévoir d'être encore en vie ! Le 28 mars dans l'agenda maintenant, fais-toi un agenda ! Pour que le temps puisse être enfin réel, accessible. Le café suivant. Une année charnière. Retrouver le chemin du retour vers la journée d'aujourd'hui. Hiver. Un jour d'hiver. Février. Bientôt midi, peut-être, et aller au kindergarten.

La neige, toujours plus de neige. Il s'est mis à neiger dans la soirée. Entrer dans le crépuscule, dans la nuit. Il neige, il neige. De plus en plus épais, les flocons. Neigé toute la nuit et la moitié de la matinée ; et puis le gel, et le silence. Bientôt la mi-février et maintenant, une nouvelle fois l'hiver. Avait commencé à partir, allait vers la sortie, et puis demi-tour, de nouveau de retour. Jambes écartées, descendant la rue dans la neige à pas lourds, l'hiver. Silence, haute neige. Avec une casquette de charretier et des bottes de paysan. Bleue, la neige, et qui gèle. Gratté la tête, gratté la nuque, puis enfoncé la casquette sur le visage, sur les oreilles. D'un village. Comme un bûcheron sorti de sa forêt. Comme quelqu'un qui vient de dégringoler de sa cargaison de bois en gémissant. Sabots de frein serrés. Un sac d'avoine pour les deux chevaux, un sac d'avoine accroché, presque vide. Restez calmes! Restez tranquilles, petits chevaux ! Deux chevaux de bûcherons bruns. Münsterländer, hanovrien. Presque comme des jouets, comme deux chevaux en pain d'épices au moment de Noël, ainsi se tiennent-ils. Ou un Bulldog, un Magirus, un Diesel décoloré à force d'âge, tant il est vieux. En fer. Lourd. Un vieux Deutz-Bulldog avec cheminée, en guise de tracteur. Un tracteur avec une remorque à pneus en caoutchouc. En partie chargée de bûches, en partie de bois long. En tant que bûcheron, et en échange d'un charroi, ou sur facture. Arrêt dans la Schlossstrasse, et avec le stationnement de la charrette, deux rues aussitôt bloquées : la Nauheimer et l'Adalbertstrasse. Et le tramway, mon Dieu, en plus : celui qui doit venir de Westbahnhof et qui ne vient pas, le 21, en direction de Schwanheim. Se gratte la tête, se gratte la nuque, des moufles. Il ne va quand même pas se signer ? Crachat puissant, à la manière d'un charretier. Bleue, la neige. Silence et gel. Un dicton, un murmure murmuré. Et se met en route. Dans le froid. Dans le gel. Le silence. S'enquérir du chemin et de l'heure, d'une adresse de livraison, ou aller prendre un casse-croûte. Faire halte, un snack. Voir, regarder la ville. De l'Apfelwein chaud, du vin chaud et un grog. D'abord le snack et puis se renseigner sur l'adresse. C'est-à-dire, se renseigner avec discernement : la direction, le but, et le jour d'aujourd'hui. L'haleine fumante. D'abord le froid, ensuite une petite pipe de tabac, en bois de frêne. Dans sa vieille fourrure. Gonfle les joues. Frappe ses mains l'une contre l'autre. Marche en piétinant de ses bottes. Ainsi l'hiver descendait-il la rue dans la neige, aujourd'hui. Un hiver de neige. Venu du Vogelsberg, du Rhön, de Sibérie, en prenant son temps. D'abord la neige et puis le silence. Dans le voisinage, à droite et à gauche, les premiers gardiens d'immeuble, déjà, et de plus en plus. Devant les portes d'immeubles, dans les entrées de cour et sur chaque trottoir. Bientôt en surnombre. Des régiments. Des gardiens d'immeuble partout. Et les propriétaires, en plus. Parfois l'un des propriétaires, qui avec surveillance, service de garde, garde de service et vieille blouse, se transforme personnellement en gardien. Avec racleur de neige, pelle et balai. Avec sel à répandre, cendres, gravillon municipal. Compétences. Propriété, terre et sol. Et ne pas cesser de penser, dans sa tête, à l'avantage, en tant que gardien de son propre immeuble : combien il se coûte à lui-même et combien il s'épargne ainsi d'argent, de temps et d'énervement. Salaire horaire, forfait. Le gravillon de la ville, il y a un réservoir, tout de suite à droite du pont de chemin de fer. Gros comme un wagon de marchandises. Au crépuscule, vite fait. Peut-être n'est-ce même pas interdit. À la chaufferie, une bouteille d'alcool de cumin de gardien dont personne ne sait rien. Toujours à portée de main avec le règlement, l'obligation de répandre le sel, et le racloir pour la neige. Pour ne pas qu'au bout du compte, il y en ait encore un qui se casse délibérément un bras ou une jambe par mégarde, pour une importante somme d'argent, une fracture de la hanche, de la clavicule, bonjour. En tout cas pas à nos frais, pas à notre porte, pas chez nous. Qu'ils y viennent!

Le chien et l'écolier. Le chien sachant toujours où il va, quand il va avec l'enfant. Avec circonspection, sens des responsabilités, ne traîne pas. Vif, ne se laisse pas détourner. Sa démarche habituelle, ses détours uniquement quand seul sur le chemin du retour. Sur le chemin du retour avec lui-même, il prend volontiers son temps, en tant que chien. Le chien qui est un loup, nous disions-nous, Carina et moi. Nous connaît et sait que nous savons. Rencontres. Et ne pas trahir, ne pas répéter, à personne, pas un mot. Prendre le temps, elle et moi. Les lointains, les vols d'oiseaux dans le regard. Plutôt s'arrêter que marcher, la plupart du temps, avec nombre d'images et de mots. Et dans la neige, dans le froid. Chaque mot est une amulette. Ici, chaque jour sur nos propres traces de nouveau. Toujours vers l'horizon. À midi, les écoliers. Avec leur nom, leur anorak, leur cartable, leur bonnet. Avec des voix claires, en groupes. Sautiller, lambiner. Tout ce qu'ils ne retrouvent plus, perdent et retrouvent. En une seule matinée d'école, a fortiori sans école, à partir de midi. Arrivent en courant, et le long de la rue. Avec le vent, comme une chanson. Sans rime ni raison, une cohue sur chacun des trottoirs. Et entrer dans le temps, dans le clair midi. Les trajets de retour. Mon enfant, moi, le présent. Le jour avec nous. Le jour prend son temps. Des écoliers, dit Carina en tournant la tête, bientôt quatre ans et demi. Avec envie, pleine d'admiration. Des écoliers ! Rencontrer encore et encore le chien qui est un loup. Et faire chaque fois comme si on ne le connaissait pas. Mais dans le secret le plus total : un regard, un signe. Personne ne doit remarquer. N'a-t-il pas le museau en l'air? Tressailli des oreilles ? A cligné de l'œil et hoché la tête de notre côté, tu vois. Mine de rien, et déjà parti. Rues d'hiver. L'ère nouvelle. L'hiver depuis des années.

Un centre culturel à Höchst. Berthold Dirnfellner au téléphone. Il connaît KD Wolff, connaît la maison d'édition Roter Stern et le titre de mes livres. Il a publié les lettres de jeunesse de Sinclair chez le même éditeur. En cas de lecture, seulement en septembre, septembre au plus tôt. Peut-être quand même une date, déjà, pour la lecture. Le mardi, il est toujours au bureau. Mais pas mardi prochain. Si je passe le 6 mars, le directeur commercial sera là, aussi, et alors, une date en septembre. Deux cents marks, la lecture. Cent tout de suite, si je veux. Une avance, le 6 mars. Sur l'ancien budget. Au 6, alors, dans trois semaines. Non, stop – déjà presque raccroché ! Pas le 6, le 6, c'est Mardi-Gras. Plutôt lundi. Le 5, la veille du Mardi-Gras. À peine raccroché, pas sûr que la conversation ait vraiment eu lieu, peut-être n'a-t-elle pas eu lieu du tout? Peut-être dans mon imagination, ou pas bien noté le nom et la date ? Hanau, Höchst ou Offenbach ? Les jours et les années, jour, mois, année, confondant les chiffres, les noms. À Staufenberg, déjà, alors pourquoi pas tout à coup à Francfort ? Tous les noms sont faux ! Un présent, une mémoire? Qui sait ce que nous sommes réellement, et ce que nous avons vraiment dit? Mieux vaudrait rappeler tout de suite ! Heureusement, occupé. Un café? D'abord occupé et puis personne pour décrocher. À cause de cela, rester près du téléphone et le même numéro sans arrêt, encore et encore ! Puis, inconnue, une voix inconnue. Berthold ? Parti, vient de partir ! Non, stop ! À la porte ! Va le chercher. Berthold Dirnfellner. Oui, c'est-à-dire moi, dis-je. Juste pour vérifier. C'est d'accord, alors. Lundi 5 mars, et là, nous pourrons en toute quiétude. La veille du Mardi-Gras. Tout convenir comme convenu. Tout exactement comme on a dit ! À bientôt ! Et puis raccroché, épuisé. Culture underground. L'avenir. Un téléphone avec comp-

teur. Comment peut-on savoir si ce jour existera vraiment ?
Et ce que je deviendrai, et le temps intermédiaire dans l'intervalle ? Qui suis-je, maintenant, et qui serai-je alors ? Des
trains passent. On va sur une heure depuis des années.
Midi, toujours le même jour d'hiver. Derrière la fenêtre,
une lumière d'hiver. Cette lumière d'hiver autour de chaque objet, février, et mon cœur me fait mal. L'année 1984.
Une année charnière, ne pas oublier ! Höchst, on y va
avec le S-Bahn. À la table me tenir solidement, une table
inconnue. De jour, la lampe est plus trouble encore. Ici,
donc, et peut-être ne plus jamais sortir dans la rue, parmi
les hommes. Enfant sans monde. Épuiser le reste du reste,
ça ne durera plus très longtemps ! Et plus un mot à aucun
être humain. Mes chaussures. Toujours les mêmes deux
seules et dernières chaussures. Seront bientôt en miettes. Et les rues, impitoyables. Ne veulent rien entendre.
Que puis-je dire aux chaussures ? Les contempler sous
toutes les coutures, et ma vie. Gorge serrée. Pas assez
d'air ! En plein hiver, avec de misérables chaussures, écrivain ? Les notes de téléphone, comptées et décomptées
dans ma tête. Bientôt un nouveau ruban de machine à
écrire. Faire au moins partie de la culture underground,
aucun homme de lettres sérieux, aucun cordonnier doté
d'un minimum de raison ne pourra sérieusement douter
de toi, avec ces deux seules et ultimes chaussures. En
plein hiver, comme là depuis des années, l'hiver. Un pays
aussi riche, te dis-tu. Écrit deux livres. Et maintenant le
troisième. Un livre comme il n'en existe pas d'autre. Et
en tant que père, un enfant. Tout de même pas mourir

de faim, dans un pays aussi riche. Commencé à me faire un agenda mental il y a une semaine, avec des chiffres et des traits. Maintenant, avec mes notes à la table, imaginer un mois de mars de toutes mes forces. Un mars auquel je peux croire. Le 21 février.

Un hiver de neige. Gel. Le temps maintenu à l'arrêt. Des montagnes de neige et de silence entassées, empilées les unes sur les autres. Des tas de neige dans chaque cour, des tas de neige près des perrons et des poteaux. Neige près des poubelles, sur chaque corniche, près des entrées d'immeubles. Sur la grille, près du mur, et derrière, dans la cour, près des jours enfuis et des barres pour battre les tapis. Neige, un mur de neige au bord des rues et le long des trottoirs. Une croûte de neige dure, toujours, près de toi. Comme un muret bas, comme un chien qui te connaît : s'est adapté à ton pas et court avec toi. Enfant, tant que je n'ai pas eu de chien, m'en suis toujours inventé un. Qui n'écoutait que moi, tout le temps avec moi. Un loup, en vérité, je suis le seul à savoir ! Double rangée de neige. Neige ancienne. Le long des façades et devant les murets des jardinets. Et encore entre le trottoir et la rue, dans le caniveau. Durs et encroûtés, la neige et le temps. Et puis il se remet à neiger. Neige, toujours plus de neige. Et à la suite de la neige, un grand silence qui descend du ciel. Souvent, au crépuscule, le soir, le matin, ça frappe tout autour, de tous côtés, ça griffe, ça gratte. Des voix, aussi. Comme si elles ne pouvaient pas supporter le silence. Et ton cœur : comme il bat ! Sont de nouveau à ramasser la neige, la communauté du peuple, la *Volksgemeinschaft*,. C'est comme si tu devais prendre place quelque part, t'ajouter, mais à quoi? Comment ça se passe, comment prend-on place* ? Pressés, les merles. Dans la neige, au crépuscule, dans les jardinets. Dans l'arbre et dans l'arbuste et sur chaque corniche, à grande hâte, les merles. Regardent les membres de la communauté du peuple ramasser la neige. Et même s'ils l'ont décrété récemment en tant que merles, ils doivent se demander s'ils l'ont vraiment voulu, s'ils en ont réellement envie. Une telle grossièreté humaine, une telle agitation, un tel bruit devant leurs pattes d'oiseaux ? Sautillent sur chaque toit de garage, sautillent à l'orée du jour. Et toujours accrocher une bande bleu gris, délavée et claire, pour prolonger. Vite ! Fils et bribes de tissus dans les branchages. Une fois le soir et une fois le matin. Couleurs du crépuscule. À l'intérieur des fenêtres, il y a de la lumière. Une porte d'immeuble se referme. Une porte de boutique s'ouvre et se ferme. Et comme si quelqu'un m'appelait, ou que tout se soit déjà produit une fois. Un tramway éclairé qui passe. Puis un bout de chemin où la neige a été entièrement emportée. Emportée, presque comme en forêt. Le chien et l'écolier. Le chien qui est un loup. Un loup qui n'appartient qu'à lui-même, tu sais, nous étions-nous dit, Carina et moi. S-Bahn, trains sur la voie ferrée. Un moteur de voiture avant le jour. Dans ma tête, ou deux rues plus

---

* Depuis longtemps, et les papiers toujours pas en règle. Jamais été ! (Pas de ça chez nous ! Sur la rampe, l'étranger ! D'abord sur la liste, et puis contre le mur, le bâtiment!)

loin. Qui n'arrive pas à démarrer. Encore nuit. Comme exposé dans le noir. Battements de cœur, fatigue, attendre le jour. Cœur fatigué. Les éboueurs, à l'aube. Énormes, dans le crépuscule et le froid. Avec deux véhicules. Chacun, une équipe de six hommes. Feux de détresse. Bruits de métal, cris. Comme à la guerre, comme en souvenir de la guerre, et la terre qui tremble. Depuis combien de temps notre gardien est-il mort ? Chaque soir, tu le vois revenir de la Westbahnhof avec serviette et béquille. Une fois avec béquille, une fois sans. Sur le chemin du retour. Reval et Roth-Händle. Le Tannenbaum a-t-il enfin ouvert ? Là-bas, l'esprit du monde. L'esprit du monde, ce n'est pas moi ? Au crépuscule. Toussant. Rasant les murs. Depuis que l'été est fini, il marche ainsi, courbé. Ou l'esprit du monde ou du moins son manteau. Épuisé. Un long manteau noir à col de velours. Au crépuscule, dans le froid. Manteau et galoches de caoutchouc. La boutique grecque. Épicerie et fruits. Toutes lumières allumées, porte ouverte. Comme du miel, la lumière. Te donne, à chaque fois, un coup au cœur. Devant l'entrée, ils commencent à débarrasser les caisses de fruits. Un enfant traverse la rue en courant. Devant la boulangerie, des enfants avec une luge. La maison d'angle, le carrefour. Ici ou là-bas, la luge ne sait pas. Tire sur la corde, ne peut se décider ni à l'instant ni dans l'éternité. Neige et glace au bord de la rue. Tire à hue et à dia, la luge. Bientôt la nuit. Voix d'enfants. Là-bas, sur le trottoir, Sibylle, Carina et moi. Un enfant traverse la rue en courant. Deux autres enfants avec une luge. Il fera froid, cette nuit. Toutes les portes d'immeubles, fermées. Massives, les poubelles. Serrées les unes contre les autres. Grises au crépuscule. Lourdes. Dressées dans la neige. Montent la garde pour la patrie. Gel nocturne, froid. Un clochard remontant la rue. Trois vestes l'une sur l'autre, bourrage avec papier journal, en plus (le *Rundschau* du samedi, de préférence) mais où aller, maintenant, et à quoi peut-il se retenir ? Aucun chemin ne mène au bout de la nuit. Se soûler à mort – hum, il faut du temps! Les ivrognes, là-bas, devant l'échoppe. Trop loin et pourtant, c'est comme si tu les entendais discuter. Chacun sous la lampe avec des sacs en plastique et la bouteille à la main. Une vieille femme, courbée. Pousse une poussette d'enfant. Sur la poussette, des sacs en plastique et des couvertures, des oreillers, et dressés, nuque raidie, deux vrais caniches avec foulard et paletot. Maugrée, a rassemblé le jour à la hâte, l'a chargé sur la poussette et pousse le jour devant elle en maugréant. Conduit le jour qui vacille, haut comme le ciel, sur la poussette. Au crépuscule. Derrière la Westbahnhof, là-bas, où peut-elle habiter ? Pousse le jour vacillant jusque dans le soir. Fatigués et voûtés, au-devant, au coin de la rue, elle et le jour.

Le matin, avec Carina au kindergarten et tout de suite de retour au cagibi et se remettre au manuscrit. Dans la Robert-Mayer-Strasse, à son extrémité inférieure, les immeubles et leur visage du soir. Toute la journée, le visage du soir. Maison après maison, comme si elles étaient vides, les maisons. Tout comme les jours d'hiver, chaque maison, un jour d'hiver, et le temps à l'arrêt. Février. Immobilisé, le temps. Ou une fois de plus demi-tour et février de retour en janvier, il doit avoir une cour à lui, ici, un campement. Neige ancienne, tas de neige. La neige de nombre d'hivers rassemblée, empilée. Entre-temps le silence, amoncelé. Consommé et épuisé, le silence. Un silence de seconde main. Durs et encroûtés, la neige et le temps. Et les jours, comme des maisons vides. Au crépuscule, les maisons penchent. Dans le cagibi, entrer seul dans le soir. Poussière, partout, et mon cœur me fait mal. À la fenêtre, le store jusqu'à la moitié. Est de travers, ne se remonte pas. Laborieusement, un peu de la lumière du jour. Comme elle doit se baisser, comme elle souffre. Deux pommes sur le bord de la fenêtre. Des pommes d'hiver. L'une près de l'autre, qui sourient. Déjà les premières rides dans leur sourire. Comme dans ton enfance à Staufenberg, les provisions de pommes dans la cave, sur des étagères, à l'époque. En décembre, en janvier. Et jusqu'à la sortie de l'hiver. Dans certaines maisons, au grenier aussi. Dans les chambres à coucher non chauffées, en haut de l'armoire. Là où se trouvaient non seulement les gâteaux habituels du dimanche mais aussi, en leur temps, les boîtes et les sachets de petits gâteaux de Noël. Ainsi que les pruneaux et les noix. Noix, noisettes. De nouveau, chaque année. Dans les garde-mangers, près de l'entrée, sous l'escalier. Dans la buanderie, dans le couloir. L'hiver ne trouve plus la sortie. Dans les grandes maisons, dans les salles d'apparat glacées avec tapisseries aux murs et photographies des morts vivants de

1914 et de 1939. Avec sérieux et soin, les morts : leur dernier sourire. Cadre argenté. Armoires et buffets solides, dans ces salles d'apparat. Des armoires avec vitrines, des armoires comme des forteresses. Sièges de conseillers municipaux, horloges, silence de cire et le temps, écoulé. Enfermée, la pensée. Pas de porte ? Emmurée, la porte ? Bloquée par une armoire de chêne ? Livrées à elles-mêmes depuis si longtemps, ces salles d'apparat, qu'elles ne savent plus qui elles attendent ni quoi. Plus l'hiver dure, plus les pommes nous sont précieuses. En guise de passetemps, aussi. Chercher régulièrement celles pourries. Les recompter sans cesse, les pommes. Compter seulement comme ça : pour savoir. Pour soi. Compter et recompter. Patience. Un ordre pour les jours et pour les pommes, presque une hiérarchie. À peine commence-t-on quelque chose que cela se transforme en savoir. Tu dis un mot sans y penser à une pomme et elles commencent toutes à te parler. Chacune veut se mettre en avant. Et elles sentent, les pommes, elles sentent l'hiver et les pommes. Le village, l'hiver, la terre et la cave, la cire des bougies en offrande, et la douceur du vin vieilli. Chaque pomme sourit de son sourire propre, elles sentent toujours plus fort. Toute la maison sent les pommes. Trier les pommes par couleur et par taille, par forme et par humeur, par origine et par nom, par sorte. Les retrier, plusieurs fois. L'hiver est long. Sont acides et sucrées, et desséchées, à la fin, signifiant par-là la fin de l'hiver, plus tout à fait fraîches. Sont glacées, sous la dent. Dès que tu mords dedans et que l'air s'engouffre vigoureusement entre les dents. En fait on devrait les appeler petites pommes. Chaque pomme. Si l'hiver est long, on pourrait des pommes au four. Le soir, toujours. Avec arak, sucre et cannelle. En plus des pommes au four, les soirées, les histoires. Le cagibi. Deux pommes. D'abord sur le bord de la fenêtre. Puis dans ma main. Puis de nouveau sur le bord de la fenêtre. Lumière d'hiver, crépuscule, neige, et quand tu te tiens à la fenêtre, chaque jour comme une cour. Comme une neige ancienne est le silence. Il peut t'arriver d'avoir l'impression que ta vie t'étouffe. Manger les pommes en silence ou revenir à jamais au jour d'avant, toutes deux sur le bord de la fenêtre? Le store de travers. Ne s'ouvre pas, ne se ferme pas. Bientôt loin d'ici ! Le temps bientôt écoulé et après ? De retour à la table, le dernier paragraphe encore une fois au moins. Au moins le début de la phrase suivante. L'idéal, écrire, écrire sans faire de pause. N'aller nulle part. Écrire comme si le peloton d'exécution en route. Maintenant, à la porte de l'immeuble. Maintenant, l'ange-gardien en personne : devant moi, derrière moi, à droite, à gauche. Pas encore ! Ne me dérange pas ! Je dois aller jusqu'au bout, d'abord ! Machine à écrire. Notes. Manuscrit. Écrire. Rester assis à écrire, plus un mot avec aucun être humain. Pas de courrier, ne pas se laisser détourner. Pas la moindre interruption jusqu'à ce que tu l'aies terminé, ce livre. Et continuer aussitôt avec le suivant ou mieux encore, tous les livres dans celui-ci. Comme si ta vie, une seule et longue journée. Inspirer l'air, respirer profondément, et tout ce que tu as su un jour jaillit maintenant, ou avec un violon tsigane en guise de voix. C'est toujours ta vie à toi. Les deux pommes, c'est ton enfant qui te les a données, Carina. Et maintenant ? Fatigué, le soir. As toute ta vie en mémoire. N'aurais jamais cru qu'il y ait un tel courant d'air, près de la fenêtre. Presque comme un souffle, comme une voix. Mince, douce, une voix que personne n'entend bien qu'elle ne cesse d'appeler. Appelle aussi quand il n'y a personne. Et tu te lèves : t'es levé de façon inattendue, avec toi-même et avec ces choses éphémères qui te tirent bêtement par le bras et ne cessent de te harceler. À la fenêtre Avec toi. Un bavardage envahissant. Tire, t'entraîne. Ne veut vraiment pas te lâcher.

16

Le soir à la table près de la lampe, avec mes notes et mon manuscrit. La maison tremble. Recompter sans arrêt les soucis et l'argent. Être assis auprès de mon ombre, fatigué, avec mes deux chaussures, fatiguées. D'une main à l'autre, les chaussures. L'une, l'autre. Le cuir, les coutures, les semelles ? Pas pour longtemps, te dis-tu, ne dureront pas, les chaussures. Rien ne reste. Sont les seules, les dernières, tu le vois, à rester et pour leur part, tout aussi éphémères. Exactement comme les pierres, la ville et le temps. Seront bientôt définitivement abîmées, bientôt finies et usées, les chaussures. Périmées. Que seront alors mes trajets et mes jours? Et moi-même ? Où aller ? À peine quelques mots en reste. Très gêné, le silence. Et comme mon ombre est soucieuse, assise auprès de moi. Que puis-je dire, que peut dire mon ombre aux chaussures dans ce silence gêné ? Qu'elle et moi, sans chaussures, ne pourrons bientôt plus dans la rue ? En tant qu'ombre, en tant qu'homme parmi les hommes, nulle part où aller ? Et ici, à l'intérieur, dans le cagibi, ça ne durera pas longtemps non plus ! Comme à l'intérieur de ma tête, enfoui sous la couverture. Pas assez d'air. Invisible, la plupart du temps. Et là-dessus, la poupée de chiffon morte et l'écho des voix de la télévision. Un âge des cavernes. Pour le store coincé, essayé mais en vain, comme d'habitude. Ouvert la fenêtre et commencé à geler. La maison tremble. Nuit et hiver.

La lampe du bureau. Table et chaise à la lumière de la lampe. Sur la table la machine à écrire, mon manuscrit. Notes, cendrier, cigarettes, un nuage de fumée. Dans le nuage de fumée, moi et mon ombre. Tout le reste, invisible, comme pas là. Il faut toujours agir contre, tout écarter sans arrêt. Terminé, cet amoncellement. La poussière aussi, terminé (un décret !). Je veux aller au lit, lampe du bureau de côté, pour qu'elle éclaire le matelas. Comme une île accueillante, le matelas, sous la lampe. Un radeau, plutôt. Avec couvertures, oreillers, livre. Dès que je m'embarque, prêt à m'éloigner. Maintenant il me manque et me manque à jamais une voix humaine qui me dise la date, bonne nuit et un dernier petit mot gentil. Première chose, le matin, la lampe en direction de la table : dans la journée, la lumière de la lampe dirigée vers la table, et ne pas regarder le matelas sinon, impossible de continuer moi, la journée, le travail. À peine mon regard a-t-il effleuré le matelas que ma vie m'apparaît comme un affreux ratage. Un naufrage. Retour immédiat au lit. Me terrer sur-le-champ et toujours, pour le restant de mes jours. Vu du lit, perdu, le temps, penser à la poussière qui m'étouffe, moi, la machine à écrire, et toute joie. Ou fuir, se précipiter au loin? Sortir de l'immeuble, le visage brûlant – mais où aller ? À la rencontre du vent et de la nuit. Et ma vie qui ne cesse de voleter à la hâte derrière moi. Toujours plus vite, en sens inverse du vent, toujours vers l'horizon. Revenir et se remettre tout de suite au manuscrit. Rester assis à écrire. Quand je ne peux plus, à cause de la fatigue, aussitôt le truc, le bazar et nombre de voix. Le bazar qui me saute tout de suite dessus. Chaque objet pousse, parle, murmure, se met en avant. Des histoires mensongères. Le piano s'est cabré, piétine, hennit. Se précipite avec des inscriptions funéraires au galop. Une révérence après chaque inscription. Des inscriptions façonnées avec révérence. Comme pris de fièvre, le cagibi et moi, sommes en détresse. Transpiration, frissons. Peur, non ! Me retenir et retenir l'ombre à la table, des deux mains. Ne pas briser la lampe, la lumière ! L'ombre, tel un manteau sur les épaules, et attendre de toutes ses forces la fin des apparitions. Jusqu'à ce que les voix diminuent. Courbé, le piano. D'abord haletant encore et puis muet. Mais un sifflement, encore, un bruissement tiède et confus, les voix. Sont assises et respirent. La chaise craque. Le bazar. Un vélo, une chambre à air, quatre pompes. Indications de date, classeurs Leitz, cartons, une tente pliée. Une petite armoire, une armoire, une machine à coudre. Chaussures, bottes, nécessaire de cirage pour chaussures, coffres à chaussures, trois rouleaux de tapis. Piles de journaux, magazines télé, un téléviseur aveugle, des pots de fleurs vides, deux aspirateurs inconciliables. Sacs de voyage, quatre valises, des sacs en plastique pleins à ras-bord. Attachés. Comme pour s'étouffer. Solidement attachés. Muet, le piano. Fenêtre ouverte. Devant, le store, comme d'habitude. De travers et coincé. Et en-dessous, à l'étroit, comme bossu, le jour. Infirme. Un fantôme. Partir d'ici et après ? Où aller ? Ouvrir et fermer la fenêtre. Chaque objet de retour à sa place. Terminé, ce bazar. Une fois le clair midi, et puis de nouveau dans la nuit. Depuis nombre d'années, aussi souvent que tu regardes, on va sur une heure. Ta vie lorgne sur toi.

Toutes les deux semaines, deux cent vingt marks de l'agence pour l'emploi. Quand la librairie d'occasion a fermé, deux mille cinq cents marks d'indemnités. Et les vacances en plus. Avec mon dernier salaire, ce que gagne Sibylle à la maison d'édition et l'argent de l'agence pour l'emploi, les indemnités nous suffiront pour six mois, nous étions-nous dit en juin, Sibylle et moi. En juin, c'est mon anniversaire. Sommes même allés en France, en juin. Chez Jürgen et Pascale, avons fait du stop jusqu'au bord de la mer, Carina, eux et moi. Avant, rassemblé tous les papiers, un dossier spécialement pour ça, et ponctuel, à l'agence pour l'emploi. Les documents, tous remplis. Un visage. Les bonnes réponses. Je n'ai dû y aller que deux fois et depuis, un numéro, et toutes les deux semaines l'argent sur mon compte. Commencé le nouveau livre depuis longtemps. Un livre sur le village de mon enfance. Les indemnités nous ont suffi jusqu'à l'ère nouvelle, jusqu'au long et sombre décembre. Commencé à travailler à quatorze ans et maintenant, pour la première fois, de l'argent de l'agence pour emploi. Formulaires, numéro de

269

dossier. Demande auprès d'un expert en tant que demandeur, et soi-même à la troisième personne. Encore inscrit
et déclaré officiellement à la Jordanstrasse. Ils devaient
croire qu'en tant que demandeur et bénéficiaire de pres-
tations, j'étais un homme comme dans leurs formulaires.
Formation professionnelle. Périodes d'activité. Concubi-
nage, père d'un enfant. Le fait que j'écris n'apparaît nulle
part. À tout moment je peux recevoir un courrier de
leur part. Questionnaires. Convocations. Ordres. Même
par téléphone. Comme si je devais ne penser qu'à ça et
montrer un visage de circonstance. Un visage en guise
de visage. Disponibilité. Comme s'ils m'avaient de loin à
l'œil. À chaque instant. Demandeur, citoyen, chômeur.
À la recherche d'un emploi. Et les opinions, journées,
trajets, pensées et gestes en conséquence. Me présenter
volontairement et devenir éboueur municipal par désespoir. Gants en amiante. Chaussures à clapets métalliques.
Petite toque ronde des Balkans. Mauvais allemand. Pas
cher. Jamais malade, à toute épreuve. Après une recon-
version réussie (un succès), une calculatrice électrique
en gratification. Compatible. Peut-être que des lunettes ?
Des lunettes cerclées d'or? Comme si je devais me voir
à travers leurs yeux, comme s'ils pouvaient me voir en
permanence. Ou aurais-je dû m'exercer ? Me donner du
mal. Portefeuille, lunettes, lunettes de secours. Vie de
secours. Un lexique. Avec masque et montures à écailles,
étudier les rôles, les épreuves quotidiennes. Je me ren-
dais compte que je ne le supportais pas bien. Je m'en
doutais. Pourquoi pas comme les autres, pourquoi doit-il

se présenter ainsi, te demandes-tu. C'est-à-dire moi. En tout cas.

Je devais m'acheter des airelles. Je suis né dans la forêt de Bohême. Nous mangeons des airelles parce qu'elles sont douces et amères. Pour résister au monde et afin de reprendre goût au monde. Avec une cuiller. Avec du lait, du lait épais, avec de la crème aigre. On les mange en tant que nourriture et on les mange symboliquement. En tant que conception du monde, en tant que dessert, repas, en tant que culte, en tant que remède. On les mange seul et aussi en groupe, ou en famille. En signe de fraternité ou de vie communautaire. Devant des spectateurs croyants, c'est bien aussi. Avec une cuiller, et faire en même temps la grimace. Par enthousiasme et parce qu'elles sont amères. S'il n'y a pas d'airelles, des myrtilles feront l'affaire. Manger les myrtilles avec précaution et se concentrer sur autant d'airelles, au moins, en pensée. En cas de spectateurs, en parler, aussi. Se laisser entraîner. Les airelles en tant que monologue. Conversations avec soi-même, aussi. Incantation. Les airelles, parce que non disponibles, sont plus réelles que les myrtilles et tout ce qu'on trouve ici. Toutes-puissantes. Chez nous, elles s'appellent *brusinka*. Celles-ci, achetées hier chez Schade. Mon avant-dernier argent ou plutôt, il me reste dix-huit marks trente-huit après leur achat. Un grand verre. Des airelles sauvages de Finlande, congelées. De la crème aigre, avec. Faim, aussi. Robert-Mayer-Strasse. Dans la cuisine, étranger. Étranger parmi des casseroles étrangères. Étranger et seul. Le soir, toujours. Plusieurs soirs de suite. D'abord debout près du réfrigérateur et puis à table, avec précaution. Verticaux, les murs. Sur une chaise de cuisine, et penser à ma vie, rester assis à penser, et déglutir. Penser à ma mère. Penser à mon père. Penser séparément aux deux. Comme dans la vie : chacun pour soi. Pour ça aussi, les airelles à travers les siècles, parce qu'elles nous ont toujours attirés dans des contrées sauvages, parce qu'elles nous ont rendu ces contrées familières, parce qu'elles poussent pour nous gratuitement, dans les contrées sauvages, et qu'elles sont rouges, païennes. Supportant pour leur part tous les froids et toutes les solitudes. Surtout les forêts de conifères, te dis-tu, résineux, bruyère, mousse, fougères hautes comme des arbres. Et tu te souviens des résineux et de leur bruissement, à l'époque où il n'y avait pas encore de feuillus. N'était-ce pas hier ou avant-hier ?

Et un soir, alors que je pensais que ma vie était définitivement paralysée, Edelgard est venue à moi. Elle, précisément, qui ne vient jamais, qui ne va jamais chez quelqu'un. Chez elle, on ne peut pas non plus ; elle ne prévoit pas de visite. Tu peux la rencontrer en ville. Dans des cafés-glaciers, dans des bistrots, sur le campus, à la poste de la Röhmerplatz. Appeler avant ! À l'entrée du Kaufhof. À la fontaine de la Kurfürstenplatz. Appeler avant et sinon, le hasard. Pour moi, elle vient à la bibliothèque, aussi. Un jour de l'avant Noël, l'ai ratée, dans le centre. À l'église, Katharinenkirche. Un long samedi d'avant Noël. Des masses de gens, l'Avent, le marché de Noël, marchands, dealers, changeurs de devises, policiers, et bientôt la nuit. Et dans le froid, un mot pour elle, à la porte de l'église, où les mendiants autorisés redeviennent pieux, en décembre, les mendiants qui attendent la soupe chrétienne et un miracle nourrissant. Tu as vécu avec elle autrefois et tu dois compter à rebours les années et les jours, comme si le temps n'avait commencé qu'après, et avec le temps, le caractère éphémère, l'âge, la maladie, les prisons, les institutions, l'isolement cellulaire, la démence, la folie et la mort – avant, non ! Et maintenant vient chez moi, dans le cagibi. Comment as-tu trouvé ? Ne connaissait même pas l'adresse. Je te trouve, dit-elle, si je veux. Tu lui as raconté l'immeuble. Jeans étroits, écharpe et veste. Pas de gants. Février, l'hiver, un soir d'hiver. Dehors depuis des jours, une haute neige. D'abord le bon immeuble et puis les plaques des sonnettes, compté les étages et sonné à la porte. Qui t'a ouvert, la Mali, le Winni ? Une poupée de chiffon ? Le présentateur du journal télévisé ? Prestement sorti du téléviseur, loquace, une ombre de droit public? Et puis frappé à ma porte. Parce que personne ne vient jamais, je n'ai pas entendu la sonnerie. Un meublé, tu vois. Un meublé avec piano. Jamais eu de piano, avant. C'est l'hiver et le soir. Ce n'est pas ce que tu vois mais seulement là où la lampe brille, le réel. La lampe du bureau. Sous la lumière de la lampe, table et chaise. Sur la table la machine à écrire, mon manuscrit, notes, cendrier, cigarettes, un nuage de fumée. Ça, tu connais, ça existait avant. Ici et là. De nombreuses vies. Et toi et moi, au bord de la lumière. Tout le reste, terminé. Comme poussière. Comme pas ici. Et puis, à la fenêtre. Le store coincé et de travers. De jour, le jour doit se pencher. La Schlossstrasse, tu vois. Immeubles de rapport, fenêtres de cuisine, le S-Bahn aérien, les trains de la voie ferrée. Arrière-cours, murets, poubelles, règlement, gardiens, grilles métalliques, grillage, haies, un arbre, le souvenir d'un arbre, une neige ancienne. Barres pour battre les tapis, parkings pour bicyclettes, histoires de familles, merles, corneilles, entrepôts et garages. Le jour, des voix d'enfants. Les cours en enfilade. S'appellent janvier, février, mars et ainsi de suite. Le store est coincé. Et quand je suis fatigué, que j'ai utilisé toutes les lettres de l'alphabet, la lampe vers le lit. Debout on contemple le lit, elle et moi. Prêté. Est étroit, un simple matelas. Comme une île, le matelas, à la lumière de la lampe. Comme un bateau, un canot de sauvetage, du moins. Un radeau, une planche, grande, petite. Comme du bois à la dérive, chaviré, charrié, tel une épave. Pas de radio et jamais de musique. Les livres, près du lit, viennent de la bibliothèque. Les deux pommes, là, sur le bord de la fenêtre, Carina. Me les a données avant qu'il commence à neiger. Le soir, la maison tremble. Tu sens la maison trembler ? Des notes, ma vieille veste. Clés, argent, cigarettes et stylo. Des notes, encore, dans la veste. Froid, dehors ? Quelle heure ? Nous mettant en route, maintenant. Toi, apparue silencieusement à la porte, comme si tu venais chez moi tous les soirs. Exactement comme à Staufenberg, un soir de mars, il y a des années. Quelle bonne idée d'être venue à ma porte !

Au Café Elba. Presque pas de clients. En été un café-glacier, en hiver c'est une pizzeria. Un soir comme aujourd'hui, les gens restent chez eux. Elle vin blanc, Orvieto, et moi un café. Retirer la veste, pull over bleu vert. Laine de mouton, dit-elle. Sur un marché de Grèce, la laine. Tricoté elle-même, teint elle-même. Et se prend la figure entre les mains. Jeans étroits. Il est beau, dis-je, belle couleur. Tu n'en avais pas un semblable? Tu as remarqué qu'elle tremble, la maison ? L'Elba aussi. Tous les bistrots. Le pire, c'est le soir. Quand as-tu vu Jürgen pour la dernière fois ? Sa maison tremble aussi. La dernière fois, ici tous les trois, à l'Elba, quand je sortais de chez la dentiste, tu te souviens ? Tu pouvais à peine parler, dit-elle. Toute la bouche en sang, dis-je. Toute la bouche, une plaie ouverte. Dix jours plus tard, deuxième fois, encore pire. Les dents de sagesse du bas. Trop près des molaires, disait la dentiste, mais ça ne m'avait jamais fait mal. Je n'aurais pas dû la laisser les enlever. Le garçon, à notre table. Maintenant, Rocco est en Italia, dit-il. Je voulais Dicembre, ça marche *pas*. Maintenant Rocco, et la semaine prochaine, quand Rocco de retour, peut-être moi aller Aprile. Bientôt Aprile. Lui, Rocco, chef. Lui Calabria, moi Sicilia. Le téléphone sonne et lui, aussitôt, au téléphone. Mon café, son vin. Je croyais que c'était lui qui s'appelait Rocco, dis-je. C'est vrai, dit-elle, moi aussi, je croyais. Mais l'autre, c'est le chef. Peut-être qu'ils s'appellent Rocco tous les deux. On pourrait demander à Gigi qui s'appelle Giovanni et qui vient de Sardegna. Comment est le vin ? Ça va, dit-elle, comme d'habitude. Le deuxième verre mieux, déjà.

Depuis combien de temps tu ne bois plus ? Bientôt cinq ans, dis-je. Le 10 mars. J'ai été ivre beaucoup plus longtemps. Ne nous sommes pas souvent vus, ces cinq dernières années, elle et moi. Pourquoi ?

Elle un autre verre de vin. Moi d'abord un café et puis un Coca. Le garçon de nouveau jusqu'à nous, et de l'index sur la table, sur la nappe. D'abord la pointe de la botte et puis la Sicile. Des nappes, seulement en hiver. En été, l'Elba est un café-glacier. Palermo, Messina, Catania, un triangle, et là, Siracusa. Pas allé encore à Siracusa mais après, ce n'est plus très loin. Les gens de la table voisine, maintenant. Veulent payer. Cinq personnes. Payer et un reçu, une note. Tu te souviens, dis-je, les premières années où on se connaissait, toi, des soirées entières avec juste un Coca ou un jus de pomme ? Un verre de vin, tu n'y arrivais pas. Même pas en pensée. Oui, dit-elle, c'est vrai. Et je n'ai longtemps pas compris pourquoi il fallait toujours que vous soyez si ivres, Jürgen et toi. Et pourquoi un bistrot ne vous suffisait pas. Ni deux ni trois, pareil pour les pays et les villes. Les gens de la table voisine qui enfilent leur manteau, partis. Nous avons entendu la porte se refermer, un tel calme. La ceinture, là, ma ceinture. Toi. Tu me l'as donnée à Staufenberg l'automne 71, dis-je. Quand l'été était fini et nous, de retour d'Istanbul, de Samothrace. Après le voyage. Elle était empaquetée et tu m'as dit : quelque chose qui sent bon et qui dure longtemps, quelque chose de pratique. Parce que à Giessen, au Kaufhaus, dit-elle, nous avions volé le pantalon de

276

velours gris, Jürgen et moi, pour toi. Et ce jour-là, dis-je, tu as essayé une robe courte, noire. À manches longues. La robe était plus courte que ton pull over aujourd'hui. Devant le miroir, tu as saisi la robe à l'ourlet, tu l'as relevée et tu as ajouté : je pensais qu'elle était *beaucoup* plus courte ! Tu exagères sûrement, dit-elle, tu *aimerais* que ça se soit passé comme ça. Et puis acheté la robe, dis-je, ou volé, tu l'as portée souvent. Noire, à manches longues. La robe, plus courte que les manches. J'aimerais que tu l'aies encore. La ceinture va durer une éternité. Sent toujours bon le cuir. Tu te souviens, après le voyage ? Besino avait deux ans. Toi et moi, on se connaissait depuis trois ans et demi, ça nous semblait long. Le cuisinier, sorti de sa cuisine. Un verre de vin rouge derrière le comptoir. Il transpire. La porte de la cuisine, ouverte. Cuisinier, caviste, faiseur de pizza, cuistot sur un bateau, maçon et installateur de fours. Une fois, l'ai écouté raconter, son premier four à l'âge de quinze ans, tout seul, sans aide. Tailler les pierres, encourager les pierres, chaque mouvement, seul. Un four dans la banlieue de Catane. Existe encore aujourd'hui. Jamais, te dis-tu, jamais tu ne te réveilleras dans une banlieue de Catane sur une terrasse en pierre, près de deux amandiers, tôt le matin, sicilien, âgé de quinze ans. Non loin, la mer. Les amandiers hauts par-dessus le toit. C'est février quand ils sont en fleur. Pierres et outils, avec, en plus, les pensées prêtes de la veille. Café, salami, olives et puis, avec le fromage, le premier verre de vin. Et tu commences, plein de confiance, ton premier four. Couvreur, maçon, installateur. À partir de là, de nombreux fours. En février, les amandiers fleurissent. D'abord les amandiers et bientôt les cerises, les abricots et les pêches. Depuis longtemps, avec niveau à bulle et fil à plomb sur l'île et dans ta vie, dans ta pensée, autour, un long tour du monde et des fours comme pour l'éternité. Puis cuisinier à Palermo, à Napoli. Faiseur de pizzas, cuistot sur un bateau, un snack à Milano, et puis en Allemagne. Est allé à New York, à Marseille, Odessa, à Hong Kong et San Francisco. Lui ne s'appelle pas Rocco au moins. Il s'appelle Gaetano. Le regarder avec cigarettes et vin rouge, au comptoir, il a une chemise rouge foncé et essuie la sueur de son front. Une pause. Nous fait un signe de tête, retour à la cuisine. À part nous, presque pas de clients. Besino est le fils d'Edelgard, son fils et celui de Jürgen. Dans la Schlosstrasse, un tramway. Le 18. Lumières derrière la vitre. S'arrête et repart. Nuit et neige, haute neige. Février, de nouveau. Un même vendredi soir de février que quand j'ai vu Edelgard pour la première fois. Le 9 février 1968. Le garçon, avec deux Amaretto pour nous. À notre santé ! À la Sicilia ! Offerts par la maison. Tu dois boire aussi le mien, maintenant. Le téléphone sonne. Le garçon, au téléphone. Les gens appellent pour commander des pizzas à emporter. Le soir. La maison qui tremble. Pourquoi les maisons tremblent-elles ? Toi aussi, tu l'as remarqué? Je le remarque là, dit-elle, quand je suis avec toi. Presque comme ivre, dis-je. Comme si la taverne traversait la nuit avec nous, ainsi restons- nous ici. À quinze ans, mon premier verre de vin et après, pendant vingt et un ans, plus jamais sobre. Tout a toujours oscillé, balancé, et je ne le remarquais pas ou dans mes cuites cela m'était égal ? Vécu un vrai tremblement de terre au moins. Deux ou trois vrais tremblements de terre. Jürgen, témoin. Pour les miroirs qui prennent leur travail au sérieux, ce doit être terrible, un tremblement de terre. J'aimerais en bateau. De préférence en pleine tempête. Même sur l'océan Arctique. Peut-être qu'il vient de la guerre, le tremblement ? Attaques aériennes. Bombes. Comme si la guerre, en réalité, n'avait jamais cessé. Et qu'elle vienne nous hanter en secret chaque soir. Le silence, aussi, un silence de sirènes. D'où le jeu de skat, le loto, les boules de neige, le football, l'État, la télévision, et la bière en bouteille. Et tout cet argent. Ils n'arrêtent pas de faire du bruit, n'arrêtent pas de construire.

17

Aller au Bastos, au Pub et à l'Albatros. L'Albatros avait déjà fermé. Alors au Pelikan, dans la Jordansstrasse. Elle du vin blanc, moi un Coca. Quel vin blanc ? N'a pas de nom. Quel goût il a? Ça peut aller. À chaque gorgée meilleur. Comme avant, dis-je, quand quelqu'un de passage, un étranger, étranger ici comme partout dans l'Allemagne d'après-guerre, en Allemagne de l'Ouest, quand quelqu'un, dans un bistrot normal allemand, à schnaps et à bière, commandait du vin blanc sous Adenauer. Pendant nombre d'années. Moi, surtout. Souvent à la troisième personne. Ai fait un long chemin, de toute façon. Me reconnaissant à peine moi-même, la plupart du temps. Vin blanc. En tant qu'étranger. Un petit verre. Chaque patron demandait alors automatiquement, en tant que patron, Rhin ou Moselle ? Police, appel d'urgence, police secours et en tête, les avis de recherche en cours. Un verre à pied sorti du placard et la main déjà tendue vers l'unique bouteille de cinq litres à fermeture à vis dont elle nous sert deux verres, comme d'habitude. Des cubes de plastique, il n'y en avait pas encore. Autrefois les cubes de plastique tout au plus pour une huile de moteur coûteuse. Pourquoi tu ne bois pas de schnaps ? Quand je serai vieille, peut-être, dit-elle. Dans la maison que tu m'as promise pour mes vieux jours. Comment s'appelait le bistrot, avant ? Il ne s'appelait pas Pelikan déjà? Avant, Schrottkopp, dis-je. Et encore avant Narrenschiff, la nef des fous. Octobre, un jour, il y a neuf ans et demi, je vais te raconter. Jürgen dans la clandestinité. Il était recherché. Toi, avec Besino à Francfort, à Francfort depuis peu. L'appartement de la Martin-Luther-Strasse. Je ne le savais que par ouï-dire. Je ne suis arrivé qu'en fin d'après-midi. En voiture. Avec Christian. Pour une rencontre de conspirateurs. Deux rencontres. Beaucoup de travail. Un type que j'ai vu pour la dernière fois cet après-midi-là, a été abattu un an et demi plus tard. A connu encore un été. Abattu en cavale. Mort depuis huit ans, déjà. Beaucoup de morts, beaucoup entre quatre murs. Entre-temps, la nouvelle d'une perquisition chez toi et pour cela la rue barrée, de l'Alleenring à l'église. Toute la journée. Tout le temps. Besino avait cinq ans et demi et déjà le désir de connaître par cœur le trajet de l'école, pour l'avenir. Impossible d'aller chez toi. Continuer la rencontre, le travail de l'après-midi. Et puis seul au bistrot et dans ma vie, et il fait nuit dehors. Ils jouaient les Doors, Procol Harum, Uriah Heep. Pas loin de la fac, je n'en savais pas plus. Alors la nef des fous. Une porte de bateau avec un hublot rond. À chaque fois que la porte s'ouvrait, je pensais, maintenant, peut-être! Peut-être qu'à cet instant, au suivant, peut-être que tout sera bientôt fini ! Il y avait une deuxième porte, un passage pour aller à la cuisine. Prison avec sursis. Je buvais du café au rhum. Et puis Crosby, Stills, Nash and Young. Comme

281

exprès pour moi. Afin que je sache qu'après des années, je le saurai encore. Puis de nouveau les Doors. Me mettre en route, il est temps, maintenant. Mon vieux manteau de voyage en fourrure, tu l'as connu. Allumer une cigarette à la précédente. Le bistrot, la musique, les lampes comme des lanternes de bateaux. L'année 1974. Octobre. Et donc au Narrenschiff. Une porte de bateau avec un hublot rond. Se referme derrière moi. Crachin, crépuscule, le soir. La rue mouillée. Les pavés. Les lumières qui luisent dans le crachin. Le soir. Le vent dans la figure. Manteau ouvert. La cigarette. À la bouche, à la main, à la bouche. Seulement dans la voiture, la prochaine, ça c'est une résolution. Et les mains, non, pas dans les poches du manteau : les mains vides, devant moi ! Et respirer : moi, c'est bien moi ! Chaque pas comme le dernier, chaque instant. Il faut pour toute une vie. Souvent marché ainsi. La voiture, à deux pâtés de maison. Un enfant traverse la rue en courant. Six heures du soir. Le pavé qui brille sous les réverbères. Au milieu des immeubles de rapport, deux vieux entrepôts aux fenêtres aveugles, et partout les traces de la dernière guerre, encore. Bistrots, boutiques, entrées d'immeubles. Un boucher, un boulanger, une librairie. De la lumière, encore, à l'intérieur. Encore des clients devant les rayonnages. Un café. Ouvert ou sur le point de fermer. Le café Bauer. La voiture. Christian, déjà dans la voiture. Avant de monter, lu les noms des rues pour que, quand tout sera fini, si je suis encore en vie, je passe un jour par ici : Jordanstrasse. Jordan Wilhelm, écrivain et homme politique, mais on pense d'abord au

Jourdain. La Jordanstrasse, la Gräfstrasse. Et démarrer. Toute la nuit sur la route. D'abord crachin et puis neige fondue, verglas, neige. Avant de partir, ai appris qu'un avocat chez toi et que pas inquiétée après la perquisition. Quatre ans plus tard, l'appartement de la Jordanstrasse, un pur hasard.

Comment avez-vous eu l'appartement ? Une annonce dans le *Rundschau*. Sibylle avait lu l'annonce. Quand nous sommes arrivés, un samedi matin, un flot de candidats. Au milieu de la cohue, une table avec une liste. Neuf heures à peine passées et plus de trente personnes inscrites, déjà. Enseignants, couples d'enseignants, employés de banque. Commerzbank, Deutsche Bank, Dresdner Bank, Frankfurter Sparkasse. Vrais couples, double salaire, célibataires bien payés, techniciens, ingénieurs, maîtres de conférences. Calme et bien situé. Situations en ordre. Chefs de département, responsables, programmateurs, juristes, Lufthansa, un conservateur de monuments, des employés du secteur public, fonctionnaires, un pasteur, un conseiller fiscal et une chef de service d'un consulat général avec diplôme d'interprète juridique en portugais et espagnol. L'appartement déjà vidé, un appartement sous les toits avec de grandes fenêtres. Partout des gens, des candidats. Qui se tiennent devant la table avec la liste. Semblons étrangers et le sommes. Chacun veut faire bonne impression et doit être son propre représentant. Il en arrive toujours d'autres. Toujours plus. Le gardien, vers nous. Fume à la chaîne, un ivrogne aux yeux bleus.

En pantoufles et bras de chemise. Avez-vous vu l'appartement ? L'appartement vous plaît ? Vous voulez l'avoir? Bon, alors vous l'aurez. Rien demandé sur la profession et le revenu, rien. S'écrie : Désolé, messieurs! Frappe dans ses mains jusqu'à ce que tout le monde soit parti. La table avec la liste, sur le côté. Toutes portes ouvertes, l'appartement vide me paraissait gigantesque. Il nous montre le grenier, la cour et la cave et la boîte qui sera notre boîte aux lettres. Le pied gauche lui fait mal. Les deux pieds. Il écrit sur une pancarte : Appartement attribué. Inutile de se présenter. La pancarte, à l'entrée de l'immeuble. La propriétaire de l'immeuble, à seule fin que nous le sachions, est une dame raffinée d'un certain âge qui se trouve dans une villa à Blankenese et se repose entièrement sur sa parole. Sa parole et ses actes. Samedi matin, neuf heures et demie à peine passées.

Le Tannenbaum, ouvert ou fermé ? La porte, ouverte. Une seule lampe au-dessus du comptoir. Le patron avec lui-même. Il s'appelle Ralf. Bonsoir. À travers les vitres, les boutiques fermées. Dans la pénombre, le flipper et les machines à sous aux lumières multicolores. Asbach ? Non, Coca. Asbach-Coca ? Coca seulement! Ah bon, dit-il, pas aujourd'hui ? Bientôt cinq ans que je ne bois plus. Edelgard ? Un petit verre de vin rouge. Venus du Pelikan, traversé le carrefour. Neige en bordure de la rue. Depuis le croisement, l'immeuble, comme d'habitude, et à la fenêtre du pignon, de la lumière encore. Pourquoi pas un seul client au Tannenbaum, aujourd'hui? Le patron, derrière le comptoir, en patron. Boit une gorgée et essuie la mousse de sa barbe. A deux bières de patron devant lui, à moitié pleines : boit et en tire une autre tout de suite après. A allumé deux petites lampes murales pour lui et pour nous. Nous nous tenons là comme dans une caverne. Veut-il allumer la radio pour lui, sur la tablette, derrière : là où il y a les cigarettes ! Mais il n'a pas de feu. Il s'avère maintenant que nous ne sommes apparemment pas de purs produits de son imagination, ni nous ni lui, pas plus au comptoir que dans sa tête. Et pas non plus, éphémère et pâle, un simple souvenir. Dans la mémoire, presque comme une apparition. Toujours plus pâles et bientôt transparents, bientôt plus ici. Mais une réalité, le présent, des gens ! En vie, vivants. Deux, et fumeurs, et présents ! Un vrai briquet ! Et des allumettes, en plus. Clair ! Ça lui paraît évident ! Pour sa part, a des allumettes en quantité en tant que patron. Allumettes à offrir et allumettes à vendre. Allumettes en pochettes et allumettes en boîtes. Il y a un sapin vert imprimé avec Tannenbaum, le sapin, inscrit dessus. Mais : souvent ne sait pas où elles sont. Pour les clients, plutôt, pas pour lui. Exactement comme le jour d'aujourd'hui. Tous à la maison, déjà, ou personne n'est venu aujourd'hui ? Lui ne serait pas descendu pour une petite gorgée vite fait? Et pour se chercher lui-même et l'heure, les cigarettes et parce que la soirée d'aujourd'hui, les informations du soir, un journal, le journal télévisé ? Des pommes sautées aux œufs et au lard à la cuisine? Une omelette aux pommes de terre, en tant que patron? En a eu seulement envie ou se l'est faite debout, dans la cuisine ? Et puis la porte du bistrot ouverte et un regard pour le jour qui entre dans la nuit, dans l'obscurité. Et pour que la fumée d'hier se dissipe, et le pénible brouhaha. Le Tannenbaum est un bistrot de quartier. Avec bail. Il est là tous les soirs, comme quand il n'était pas patron. Pils et Export. Tire, lisse l'écume du verre, boit et après, tire. Depuis qu'il a le bistrot, a transformé sa barbe d'étudiant en bacchantes de policier. Boit et après, tire. Porte ouverte. Nous buvons. Dans un tel silence on entendait passer les voitures de l'Adalberts-trasse. Souvent, en écrivant, une pause à minuit, sortir de l'appartement pour venir ici. Tant que je buvais encore, un schnaps ou un Asbach-Coca, ou un petit verre de vin rouge, comme toi maintenant. Plus tard, Coca seulement. Debout, au comptoir. En général pas longtemps. Souvent, après, les rues nocturnes, les dépôts et les usines derrière la Westbahnhof. Avant Carina, Sibylle venait parfois me retrouver au Tannenbaum. À Francfort, le schnaps le meilleur marché est toujours l'eau-de-vie. Ne restons pas très longtemps : trop près, aussi ! Presque comme si l'ap-partement était derrière le mur. Nous payons, il compte un Asbach en plus. Ah non, pas aujourd'hui ! Le retire de lui-même aussitôt. Le flipper et les machines à sous brillent et clignotent, comme s'ils avaient quelque chose à nous transmette. Ils ont un message à épeler et doivent reprendre depuis le début sans arrêt mais n'y arrivent pas. Le patron, encore une gorgée en patron. Maintenant, debout dans la cuisine, omelette avec pommes de terre sautées, œufs et lard ? Exact, oui, veut allumer la radio et oublie toujours. En tant que patron. Va fermer juste derrière nous et reporter la journée d'aujourd'hui à demain. Quand nous sommes partis, depuis le carrefour, l'immeuble, comme d'habitude, et l'appartement sous les toits, et à la fenêtre du pignon, de la lumière encore.

Le café-glacier de la Friesengasse. En hiver, pizzeria aussi. Auparavant, par la Seestrasse vide. Pas de lune aujourd'hui ? Dans la journée, on voit d'ici le Taunus, les lointains. À l'œil nu. Sommes partis depuis longtemps dans la nuit vers des lumières lointaines, elle et moi, les lumières du bout de la rue. Le glacier de la Friesengasse est presque à la porte de son immeuble. Elle un Amaretto, moi un Bitterino sans alcool qui ressemble à un Campari, tout rouge. Famille nombreuse et en tant que patron, bientôt tout le monde. De Sicile, ici depuis longtemps. La table familiale, devant le passage pour aller à la cuisine. Quelquefois avec Carina, quand elle était petite ; quelques mois seulement. Nous avions un porte-bébé pour elle. Je revenais du travail à deux heures de l'après-midi et j'allais avec elle. Tu as connu ce kangourou? En velours bleu, US Patent. On pouvait se l'attacher et porter l'enfant à l'intérieur. Contre la poitrine, le bras autour d'elle. Même une veste, un manteau ouvert par-dessus. Face à face, chaleur et souffle communs. Avec elle par la Seestrasse et jouer avec ses mains et ses pieds et en jouant, la réchauffer durablement. Elle était si petite que je pouvais presque entièrement la recouvrir de mes poignets et de mes mains. Tu joues avec ses pieds et tu peux le lire sur son visage, tu le vois dans ses yeux. Veut retenir le présent et trop petite, n'a pas encore de mots. Il y a quatre ans. Et tu commences ainsi à partager le monde avec elle. Des mandarines, des instants. Encore un petit morceau de pomme, des raisins secs, les premières fraises. En grande partie comestible, le monde, le reste on peut l'appréhender avec les yeux, en supplément. Une plume d'oiseau, un ruban, une bille de verre. Une petite chaîne d'argent, si fine qu'elle ruisselle chaque fois dans la main. D'abord froide et puis chaude, la bille de verre, en outre toujours lilas et bleue. Un bleu magique, sans arrêt. Les maisons qui passent devant nous : murs, crépi, verre. Il faut l'appréhender, la réalité. Il faut se laisser effleurer. Et l'air, naturellement – ce n'est pas rien, l'air. On peut le sentir, le goûter, l'air. Se lève dans ta mémoire, à côté de l'eau et de la lumière. Un enfant. Une enfance. Et commencer à se réjouir de son premier printemps. D'abord le printemps et puis l'été. L'annexe de la bibliothèque municipale, des vitrines comme dans une boutique. Des livres, toujours, exposés en vitrine. Prendre le temps : lentement, les couleurs des livres à travers tes yeux et les siens. Et peu après, un regard dans la bibliothèque, vers nous, et la vitre depuis l'intérieur. Aurions volontiers détourné un peu le temps et nous serions vus de l'intérieur, nous qui étions récemment dehors, devant la vitre. Ou rester à l'extérieur mais nous voir déjà à l'intérieur. On ne peut pas se rater, même si la vitre est désormais embuée en raison du froid, du chauffage, de l'haleine. Toucher en passant chaque fois la haie d'un jardinet. Une haie qui a gardé ses feuilles tout au long de l'hiver afin que nous puissions l'effleurer légèrement. Une haie de logement social, avec de petites feuilles vertes luisantes qui résistent à l'hiver. Et des baies blanches encore, des baies blanches de l'année précédente. Tant de journées et de trajets d'école, écoliers, trajets de retour, première et deuxième classe qui défilent, le temps, le vent, un long automne qui défile. Et toujours une profusion de baies blanches, sur les haies. Traversant ainsi l'hiver et l'après hiver, autrefois, déjà, au café-glacier avec elle. Café, Bitterino, Chinotto. Un an tout juste que j'avais arrêté de boire, et l'épuisement, encore, chaque jour. Au milieu de mon deuxième livre. Jamais en sécurité, cela n'existe pas. Tu t'arrêtes de boire et tu dois tout réapprendre. Manger, dormir, être avec les gens. Respirer, même, la patience, et comment se déplacer dans le monde, sur la terre. Sans arrêt, jour après jour. Marcher – comment ça marche ? Apprendre à parler ! Te trouver un langage neuf pour chaque occasion. Presque pas de clients, en ces après-midis d'après hiver. Le patron fait-il une sieste ? Sicilien. Marié depuis peu. La femme veut un enfant, beaucoup d'enfants. Vient et veut toujours voir Carina, lui parler, l'attirer, la toucher. Nous attendait chaque jour. Avec une cuiller à glace pleine de crème pour l'enfant. Demande le nom. Carina. D'abord une première fois pour essayer, pour goûter, et puis toujours. Comme des flocons de neige, de minuscules flocons de neige sucrés, encore un, pour que le repas, d'autant plus long. Carina. Cinq mois la semaine prochaine. Les yeux. Bouche ouverte, lécher, sucer, avaler. Les yeux lui sortent des orbites, à la femme. Encore un flocon de neige sur la cuiller, et observer en connaisseuse, en tant que future mère, que ça fonctionne bien avec cette enfant. Entre temps, bientôt l'avant prin-temps, et souhaitons continuer, l'enfant et moi. Des fleurs, une boutique de jouets, un magasin d'animaux. Dans la vitrine, les perruches nous connaissent. Le caca-toès d'en haut nous attendait tous les après-midis. De là, voir qu'elle est fatiguée, fatiguée et lourde. Tu le vois, tu le sens dans tes membres. Et déjà endormie. Devant les jardins ouvriers, le long du remblai, un chemin. Jardins ouvriers avec drapeaux allemands. Les jardins en mars. Les premiers jours de douceur. Là-bas, près du terrain de sport, au bord du chemin, là-bas, près des arbres. Jusque tout récemment, terre d'Indiens pour enfants, et mainte-nant, terrain de sport aux normes. Clôturé, serrure, cade-nas. Traverser le chemin et dans l'herbe avec elle, son sommeil, ma fatigue. La pesanteur en plus. Au soleil. Va se réveiller bientôt ! Les coccinelles et les pâquerettes, toutes pour elle, veulent bien patienter un moment. Les papillons et les abeilles ont toujours à faire à proximité et jettent un oeil en passant. D'ici à ce qu'elle se réveille ce sera enfin le printemps et elle pourra marcher à qua-tre pattes. Soleil et vent, les feuilles vives des trembles et les oiseaux qui y habitent. A appris l'émerveillement, le retour, et qu'on s'en émerveille. Bientôt mai et pour Sibylle, chaque après-midi, deux-trois heures de repos.

Qu'en penses-tu, quelle heure ? Edelgard un Campari parce que mon Bitterino était si rouge et moi un Chinotto. Il y a effectivement du Chinotto, ici. Il n'y a plus que le Gingerino à introduire, à force de le commander. Le patron, comme s'il s'était juré, plus un mot superflu à personne. Rétroactivement de préférence. La femme, entre deux naissances. D'abord le garçon, afin que la fille, toute sa vie, un grand frère sur qui se reposer. Et celle-ci, maintenant, apportant les verres à notre table, qui doit être la belle-sœur ou la nièce. Le garçon, trois ans, la fille, bientôt un an et demi. Plus tard, on la verra assise pendant nombre d'années à la table familiale, avec de plus en plus de devoirs, comme si c'était un seul et long après-midi. Sous la pendule Coca. Une pendule murale arrêtée. Peut-être qu'elle se sera remise en marche, d'ici là. De l'autre côté, le juke box. Avec le juke box, le temps toujours recommencé. L'été d'il y a un an, j'ai dit à mon ami Manfred, à Sibylle et à moi-même, que jamais je ne me pardonnerais de nous connaître si peu et de nous séparer, Sibylle et moi, quand Carina serait encore petite. La maison avait-elle commencé à trembler ? Tremble-t-elle de plus en plus, depuis ? Chaque soir depuis lors? Toutes les maisons ? Quelle heure, qu'en penses-tu? Du Campari en hiver et ton parfum. Une petite table de marbre. Tous les deux sans montre. Assis là comme en Italie, comme par le passé, toi et moi. Derrière la vitre, la rue. Et dans la vitre, nous et la table et les lumières, comme un reflet de miroir dans la nuit. En face, la maison fraîchement ravalée. Montants, volets, porte d'entrée, peints en couleur.

Une vieille maison en bordure de la rue. Là, dans la neige, dans la nuit, telle une vieille ferme danoise au bout du chemin. Large et spacieuse. Avec nombre d'édredons de première qualité et des oreillers, des caisses pleines de sommeil et de livres, et une grande provision de silence et de temps. Au prochain tournant, la mer. Il faut croire à la mer. En plein Francfort, tapie comme si elle attendait notre venue depuis longtemps, la maison. Dans la Jordanstrasse, le sommeil de Carina, maintenant, l'image de la nuit et sa respiration dans son sommeil. Sibylle dans la grande pièce. Toutes lampes allumées. Va continuer à empaqueter les livres, à déplacer les meubles, pour voir. Un va-et-vient, dans sa tête. Et bâtir sans arrêt des plans, comment arranger l'appartement prochainement, et sa vie. Derrière chaque espace, l'espace véritable, qu'on ne trouve qu'après. Messine, dis-je. Enfant déjà je connaissais le nom. Savais que c'était un port ensoleillé. Les lointains, ça existe. Edelgard un Averna, moi un autre café. Tant pis pour l'heure. Le café est si bon, ici, que tu ne penses absolument pas aux insomnies. Ou seulement quand il est trop tard. Après le café, dans la longue nuit. Toi déjà au Danemark, moi aussi. Mais jusqu'à présent, jamais là-bas ensemble, toi et moi. Payer ! Son argent et le mien. Et calculer comment je ferai, les prochains jours et les prochaines semaines, pour compenser la dépense d'aujourd'hui. Son écharpe. La fermeture éclair de sa veste. Une fois à Hambourg, en décembre, dans le Hofweg, dans ma chambre d'hôtel, son parfum après son départ. Il y a plus de douze ans. Comment s'appelle ton parfum ? Elle habite à quelques maisons de là. J'aurais aimé savoir combien de pas, jusqu'à l'entrée de son immeuble. Payé, et presque partis. Un bar à vins, dit-elle. Pas loin. J'y vais quelquefois avec Günter et quelquefois avec Jürgen, souvent seule, aussi. Peut-être qu'il n'est pas si tard, dit-elle ! Un bar à vins dans la Florastrasse. S'appelle Schampus. Là où il y avait le Grec, avant, avec des images au mur, je demande, au coin ? Non, en face. Là où il y avait le Grec, il y a un Italien depuis longtemps. Ferme sa veste. Pourquoi tu n'as pas de manteau ? Enfant, je n'avais jamais de manteau non plus, dit-elle.

Le bar à vins. Une ancienne boutique dans la Florastrasse. Sur les vitres, des rideaux à croisillons. Vieilles tables en bois, aucune pareille. Murs de crépi blanc. Une grande ardoise et les variétés de vins à la craie, l'année et le prix. Le patron, un étudiant ou un ex étudiant que connaît Edelgard. Prêt à me connaître aussi, désormais. Elle du vin rouge, moi de l'eau minérale. Tout en haut, le premier vin sur l'ardoise. Vin de pays français, une carafe qui sent bon. Au comptoir, la photo d'un voilier avec sa masse et les données techniques. On peut le louer. Où est-il ? En ce moment à Salerne mais bientôt, à Gênes. Appartient à des amis à lui qui habitent Munich. De la place pour sept, dit-il. Loyer à la journée ou à la semaine. Pas cher, il connaît les gens, il connaît le bateau. Vraiment pas cher, nous sommes-nous dit l'un à l'autre, essayant d'évaluer les jours et les semaines, le volume, elle et moi, longueur, largeur, hauteur. Et en plus, l'horizon. Deux mâts, un moteur diesel et comment on pourrait arriver à sept. Toujours vers l'horizon. Il faut croire à la mer. Comment est le vin rouge ? Bon, dit-elle, comme en France. D'où peut-il être ? De Bordeaux ? De Bourgogne ? Du Sud ? Et aussitôt toutes les régions françaises, les villes et les rues, et les bistrots, dans ma mémoire, j'ai si souvent bu un petit verre de vin rouge en passant, un peu partout, ou d'abord une carafe et puis un verre et puis un autre petit verre. À chaque moment de la journée. Étranger, ici. Tout juste arrivé, et ensuite, pareil. Étranger partout. Pour aller vers le soir, les bouteilles et les verres, les couchers de soleil et toutes les rues, tels des fleuves, entrant avec nous dans le soir. Un verre plein. Lumière dorée. Comme si tu devais sans cesse vider le ciel du soir, la mer du ciel du soir jusqu'à plus soif. Une fois de plus, toutes les bouteilles et tous les verres de ta vie en pensée, comme si tu t'y noyais. C'est-à-dire moi. Puis de nouveau ici, à table. Le présent. Je le sens, le vin. Sur chaque table, une bougie. Non, pas des bougies, des lumières d'hiver ! Comme elles vacillent ! Comme s'il avait fait la tournée de ses amis pour leur piquer leur table de cuisine, pour ouvrir son bistrot. Et les gens, tous les clients. Comme depuis des années, comme s'ils étaient là depuis toujours. C'est vrai, dit-elle, tous les soirs. Mais d'habitude plutôt plus de monde. Quand j'étais petit, dis-je, je voulais connaître tous les gens qui étaient sur terre en même temps que moi. En fait, encore maintenant. Christian rattrapé en Suisse, à la frontière. À Schaffhausen, ce devait être en 1976. Lors de l'arrestation, plusieurs blessures par balles.

Et puis extradé, et quinze ans. Il n'y a qu'en tôle qu'on sait vraiment si on veut vivre ou pas. Je le vois, dis-je, je le vois encore rouler dans la nuit. Des mains fragiles. Les cheveux aux épaules. Vitres ouvertes, ayant à peine dormi. S'enfonçant toujours plus profond dans la nuit, autour de nous la neige, de plus en plus épaisse. Il s'en sortira. J'en suis sûr ! D'autrefois, mon vieux manteau de fourrure : un manteau pour vivre en voiture. Les voix autour de nous et dans ma tête. Mort de fatigue et en même temps, entièrement réveillé. Toi aussi ? J'aimerais pouvoir me reposer ! Le cagibi, ça ne peut plus durer longtemps. Nous restons là, comme en voyage. En bas, l'escalier. La porte ouverte. Une vieille porte vitrée et derrière, la lumière. Souvent, dans les petits hôtels bon marché de France, en province, ce genre d'escalier et de lampe, de porte. Arrivé tout juste ce soir. Tu es assis là, à boire ton vin, et tu sais qu'il suffit de monter l'escalier pour être chez toi. Des stations. Nombre d'années ainsi. Quoi qu'il se passe, il ne peut rien t'arriver, un voyage de ce genre. Tu viens souvent ici ? Comme si nous avions roulé toute la journée, voilà comment nous sommes installés là. La maison vacille, tremble aussi, mais plutôt comme un bateau avant le départ. Tu te souviens quand nous étions arrivés à Alexandropoulis, un soir, pour attendre un bateau ? Et le présent, maintenant, à table avec nous. Toi avec ton vin rouge. D'abord la carafe et puis un verre, et puis un autre petit verre. Nous et le temps. Je la regardais boire comme elle me regardait il y a des années. Rester en vie. Et continuer, quoi qu'il arrive. Et après, seul sur le chemin du retour, le trajet vers le cagibi, me dis-je, mais quand même passer devant les vitrines de la bibliothèque. Tant pis pour l'heure. Quoi qu'il arrive. Même si la lumière, déjà éteinte, l'éclairage. Pour les livres en vitrine, juste devant, des réverbères, toujours. Et n'oublie pas l'escalier, le bateau, le vin rouge. Qui sent bon. N'oublie pas les lumières d'hiver sur la table qui vacillent et qui brûlent, me dis-je à moi-même, et se reflètent à travers les rideaux à croisillon dans les vitres vides de la nuit. Comme des étoiles, comme des lumières sur l'eau. Quelle heure peut-il être ? Bleu vert comme la mer, ton pull over. Pas comme la mer dans la réalité mais comme elle est quand on y pense de loin. Quelle heure peut-il être ? Autour de nous, neige et nuit. Et je vais avec toi jusqu'au début de la Seestrasse et puis tu m'accompagnes jusqu'à la Kurfürstenplatz, et je te raccompagne jusqu'à la porte de ton immeuble.

18

Et un soir, une fois, dans ma hâte – où ai-je vraiment envie d'aller ? Des perce neige ! Jardinets, crépuscule, et les merles. Neige ancienne, restes de neige. Avant, traversé le long janvier hors d'haleine. Vite ! À grands pas, et continuer, vite, toujours, continuer! Et là, maintenant. Février. Le soir, dans la dernière lueur. Pieds mouillés. Neige. Air d'hiver. Perce neige, beaucoup, comme dispersés dans la neige. Comme avant, chez nous, à Staufenberg, chez les gens de Staufenberg. Comme tombés du ciel. Une prière. Qui se perd peu à peu, tintement faible dans le silence. Ma sœur, comme ma sœur aime les perce neige ! Elle rentre du froid, dans le soir, des perce neige à la main. Elle a onze ans, j'en ai cinq. Chaque année, les plus beaux perce neige se trouvent chez Benzlersch, dans son jardinet. Une maison neuve, sur la route de Lollar. À la lisière du village, déjà. Il n'y a eu d'abord que quelques maisons en brique rouge foncé issues de temps anciens. Chacune avec appentis, petite buanderie, petite maison de jardin, cabane à outils, remise en bois, poulailler, clapier. Citernes de pluie pleines de ciel, nuages hauts dans toutes les fenêtres, par dessus chaque toit. Derrière chaque maison, un petit jardin potager. Pommiers, prunes, un poirier, un jardin d'herbe. Les saisons, le vent, les oiseaux. Cordes à linge et buanderie, derrière la maison. Haricots grimpants. Souvent en construction, encore, un appentis de l'appentis. Les maisons avec leur visage du soir. Chacune pour soi. Des champs comme des mouchoirs de poche et entre eux, des prairies. Mais depuis qu'il y a la nouvelle monnaie, les espaces vides se remplissent peu à peu. Des réfugiés, surtout. Benzlersch, leur maison, le gros œuvre, encore. Mais déjà, appentis et véranda. Une remise à bois, deux hangars à côté et devant la maison, un petit cognassier. Et tu passes devant sur le chemin du retour, quelques années avant que tout soit recouvert de crépi. C'est juste à la hauteur de cette maison que le vent tombe. Après être remonté de Lollar, avoir traversé la Schanz et les bourrasques de neige errantes, tu es arrivé et ici, d'un coup, plus de vent. Chaque fois. Plus qu'un simple écho, maintenant. D'un coup tu as franchement chaud. Et tu n'es plus très loin. Bientôt à la maison ! Comme les oreilles te brûlent, après ce vent. Comme le sang afflue à tes oreilles. Tu as le visage très chaud, on marche facilement le long des maisons, à l'abri du vent. C'est pour ça et parce que le soleil chauffe le sol à midi, et chauffe les murs de la maison et les pierres, tout le mois de janvier, c'est pour ça, tu le sais, que les plus beaux perce neige se trouvent, chaque année, dans le jardinet des Benzlersch. Souvent les tout premiers du village. Et le petit cognassier : il se penche par-dessus la clôture dès que tu passes, comme s'il voulait te parler. Il y a peu, enfant, encore, sur le chemin du retour, et maintenant ? Entendre passer un train sans savoir où toutes ces années s'en sont allées. La terre a bougé. Dans le ciel, la dernière lueur, lumière d'hiver qui commence à baisser. Et moi ? Où aller ? Vers elle, vers Carina. Mon enfant. Très occupés, les oiseaux. Moineaux et merles. Dégel de la terre. Bientôt mars. Vers Carina et toujours en chemin vers moi. Stylo, papier. Lui dire bonne nuit et le jour d'aujourd'hui de nouveau avec elle. La mettre au lit avec des images, des visages. Et dès qu'elle dort, retour au cagibi. Sous la lampe mon manuscrit, la machine à écrire sur la table et continuer. Un livre sur le village de mon enfance. N'oublie pas les perce neige !

Et une fois, avec Carina et Edelgard. Un dimanche vers la fin de l'hiver. Il neige. L'hiver ne trouve pas la sortie. Sibylle, le week-end à Giessen. Carina et moi à la fenêtre, dans la Jordanstrasse. La neige qui passe en hâte devant la fenêtre. Un tourbillon blanc dans lequel il faut s'accrocher. De la neige, toujours plus de neige. De gros flocons qui descendent sans arrêt du ciel et sur la neige ancienne. Comme si on pouvait penser que ce serait bientôt fini, nous avons appelé Edelgard. Chez nous, ça s'est arrêté, avons-nous dit. Vêtement de neige et bottes d'hiver pour Carina. Bonnet de laine, écharpe et anorak avec capuche. Ne pas coincer l'écharpe dans la fermeture éclair, et surtout, pas les cheveux ! Capuche sur le bonnet de laine et gants à lacets. Nous prenons la luge qui nous attendait et partons aussitôt. Puis passant devant les jardins ouvriers avec Edelgard, le long du remblai. Moi avec un anorak de Sibylle. Acheté aux Puces il y a un an. Un anorak bleu avec capuche. En marchant, imaginer la capuche, entre les omoplates, comme un poids lourd. Là où sont les ailes. Et pas seulement le poids, esquisser précisément la forme. Et résistant, en plus. Carina, sur la luge. Une corde rouge et blanche. Edelgard m'aide à tirer. Un train sur la voie ferrée. Lumière aux fenêtres. Deux lampes rouges derrière le dernier wagon. Vers Giessen. Vers le Nord. Tu as froid ? Aurions dû faire signe ! De préférence continuer toujours ainsi. Puis plus de neige, de nouveau. De plus en plus épais, les flocons. Bifurquer. Par les champs, un no man's land plutôt, et sous l'autoroute, direction Ginnheim. À pas de géants, l'autoroute : va sur Steltzen. L'hôpital Markus. Le cimetière. L'arrêt de tramway, près du cimetière. La tour de la télévision, invisible dans la tourmente de neige. Dissoute. En allée à jamais. Avec la luge, la Ginnheimer Landstrasse, entre des immeubles de rapport sinistres. De grands arbres. Dans les arbres, du gui. Comme en avant-poste au crépuscule d'hiver, le gui dans les arbres. Qu'elles sont tristes, les lumières. Une pharmacie, un magasin de chaussettes, une agence de voyages, un magasin Reformhaus. Une pâtisserie ouverte le dimanche après-midi. Un étal de gâteaux. Dans l'arrière-boutique, un petit café. Ne sommes-nous pas déjà venus ici ? Secouer la neige ! Chocolat chaud, Edelgard un thé au rhum. Napperons décoratifs, bougies, vitrines. Quatre femmes âgées indignées, derrière l'étal de gâteaux, et toujours les décorations de Noël. Dimanche après-midi. Une cohue, au comptoir. Clientèle avec voitures. Gâteaux et tartes à emporter. En quantités énormes. Des paquets comme des cartons à chapeaux. Ils avancent avec précaution : comme s'ils transportaient le dimanche. Et sur le siège du passager, avec délicatesse, ce dimanche précieux et fragile. Viennent tous les dimanches. Ouvert de quatorze heures à dix-sept heures. Tout est toujours pire, le dimanche. Noël, supprimé. Tous les articles de Noël à moitié prix. Avant de partir, un petit sachet de gâteaux secs pour nous, des Printen aux épices. Neige-t-il encore ? Mais pas l'arrêt du cimetière. Là-bas, il y a toujours des courants d'air. Vent, tourmente de neige, les voitures éclaboussent. Aucun tram ne vient. On attrape une pneumonie, on veut traverser la rue pour aller à l'hôpital et on se fait renverser devant l'entrée principale. Plutôt au terminus ! On arrive au terminus avec la luge, ça s'est presque arrêté. Juste quelques ultimes flocons isolés, des retardataires qui prennent leur temps. Alors passer devant le terminus, devant le métro, sous l'autoroute suivante et entrer dans Ginnheim. Presque une rue de village, déjà. Une papeterie. Un jour, avant Noël, étions ici, Carina et moi. Un long temps devant la vitrine, des heures, avons choisi les plus belles cartes de Noël et les plus beaux calendriers de l'Avent comme si nous voulions les acheter. L'année d'avant aussi. Maintenant il *faut* s'arrêter devant et rester un moment. Maintenant les calendriers sont bon marché. Maintenant nous allons choisir du papier à lettres, une petite règle infaillible, un taille-crayons, des crayons de couleurs – et les plus beaux bloc-notes. Puis continuer la rue. Carina sur la luge. Partagé les Printen aux épices et mangés aussitôt, avec leur bel arôme. Il s'est presque arrêté de neiger. Traversons le village. Ce n'est plus un village. L'église, toute petite, qui se blottit comme une chapelle de cimetière. La rue latérale, à gauche, qui nous fait revenir. Étroit, notre chemin, et monte doucement. Un tournant, les maisons reculent. C'est ici que je pense toujours à Staufenberg et aux villages de Haute- et Basse-Autriche, sur la rive gauche du Danube. Encore plus reculés, en allant vers la Bohême. Portails de maison, clôtures de jardins. Un toit de tuiles. Des restes de neige. Neige. Silence. Déjà leur visage du soir, les maisons, et derrière tu vois le crépuscule, près des tas de neige, dans la cour. Là, dans l'angle, près des garages et des remises à bois, là tu vois le soir qui attend. Pies, corneilles. Un geai des chênes appelle. Remontant d'abord doucement, un nouveau tournant et puis redescendant, notre chemin. Une petite rangée de pins nains, quelques hauts sapins isolés. C'est là qu'il a recommencé à neiger. Une bourrasque violente et dense. Nous trouvons le chemin de justesse, descendre vers Ginnheimer Wiese, poursuivre en longeant la prairie. Tirer la luge. Neige sur le visage. Parler, parler, comme si par la parole je devais éloigner le froid, la détresse, le poids de la capuche, la neige et la dureté du chemin, la fatigue et la charge de tant d'années. Edelgard à mes côtés. Ne nous sommes pas souvent vus, elle et moi, ces cinq dernières années. Si dense, la bourrasque qui nous enveloppe. Stopper et retourner vers Carina. Anorak, costume de neige, écharpe, bonnet, capuche. Bottes à droite et à gauche, sur les patins de la luge, moufles, se tenir solidement. Enneigés, couverts de neige. Capuche et bonnet jusqu'aux yeux, pleins de neige. Lui ôter la neige. Tu as froid ? Secoue la tête. Il faut faire demi-tour ? Secoue la tête. Est chaude, au toucher. Souffler la neige sur ses cils. Les flocons se bousculent. Il faut te porter ? Secoue la tête. Continuer ! dit-elle. Comme en transe. Les yeux ouverts dans la tourmente. Continuer ! Ne t'endors pas, dis-je. Tu sais comment ça fait quand on s'endort. Si c'est le cas, appelle-nous ! Tiens-toi bien ! Et continuer de tirer la luge et de parler, parler fort ! Un fantôme à notre rencontre. Un fantôme avec chien. Qui croise deux fantômes avec luge et enfant. Continuer ! Edelgard à mes côtés. Continuer. Et parler, parler de quoi ? Sibylle et Carina, la séparation, l'ère nouvelle. Agence pour l'emploi, office de protection de la jeunesse, tutelle, et mon prochain livre. Les papiers toujours pas en règle, jamais été ! De Bohême. De Bohême et sans domicile. (Aurions dû conserver quelques Printen aux épices !).

Peut-être aurais-je dû mettre la capuche mais elle était pleine de neige. Edelgard avec veste, écharpe et bonnet. Couverte de neige aussi. De la neige partout. Les flocons, si épais, une bourrasque, que j'ai pensé, peut-être qu'elle ne m'entend pas? Peut-être comme paralysée ici, dans la tempête de neige, à mes côtés? Peut-être ne sommes-nous plus vraiment réels ? Pourquoi n'as-tu pas de gants ? Disparus, dit-elle, haut et clair. La paire, il y a longtemps ! Il faut un cordon, dis-je. Pas perdus, dit-elle, purement disparus ! Le cordon n'aurait servi à rien. C'est sûr, dis-je, j'aurais aimé te connaître quand tu étais enfant. Marcher, marcher dans la neige, la luge crisse derrière nous. C'est bien de supporter tout ça! Bien, la corde tient. Une corde rouge et blanche, d'une vie antérieure. Comme issue d'un livre ancien et chéri que tu relisais sans arrêt, tu ne sais plus comment il s'appelle, maintenant. Marcher, marcher. Chaque fois que je me retourne, Carina est toujours là. Assise, petite et enneigée, et tient bon sur la luge. Deux mètres de visibilité à peine. Si nous la perdons, si nous commençons à la perdre avant qu'elle puisse crier, on s'en apercevra au poids. Sibylle a acheté un siège avec dossier, pour la luge, mais nous ne le prenons jamais quand nous sommes seuls, Carina et moi. La luge de Jürgen et Pascale. À Staufenberg, disais-je à Edelgard, les enfants de Staufenberg. Parce que le village est sur une montagne, tu vois, perché sur un rocher de basalte. C'est pour ça que tous les enfants de Staufenberg savent faire de la luge. Depuis toujours. Nous avions des chemins de luge qui partaient du château tout là-haut. Tiens-toi bien ! Franchir le portail du château, traverser le haut du village et traverser près de la tour. Deux virages en épingle. Près de la tour, franchir le haut portail. Et descendre dans le faubourg, un grand arc-de-cercle pour sortir du village, entrer dans la campagne, au loin. Jusqu'à Kirchberg et au bord de la Lahn. Et aussi vers Daubringen, et vers Mainzlar. Trois kilomètres au moins. Dans la région et autrefois, trois kilomètres faisaient beaucoup plus qu'ici et maintenant. Derrière la forêt du Burgwald, sur la pente nord, là où la neige reste davantage. Pas un seul enfant de Sichertshausen, Odenhausen, Ruttershausen, Lollar, Daubringen, Mainzlar ou Treis ne savait faire de la luge aussi bien que les enfants de Staufenberg à Staufenberg. Ils n'y connaissaient rien, ceux des autres villages. Rien du tout ! Sans comparaison ! Les enfants de Giessen, encore moins. Prévoir de raconter ces voyages en luge à Carina, dès que nous aurons enfin conduit la vache aux champs, dans les histoires de l'automne dernier. Marcher et continuer de raconter ma vie à Edelgard, nous et le temps. La neige en plein visage. Tirer la luge plutôt seul pour mieux l'accabler de paroles! Libres, désormais sans inhibition. La neige nous enveloppe. La luge, légère derrière nous. Je n'ai plus froid mais chaud, en parlant. Devant nous, une colline et des maisons sur la colline, mais le tout invisible dans la tourmente. Comme englouti. Ou comme au bord de la mer, elles se tiennent comme sur le rivage, les maisons sur la colline Peut-être est-ce seulement dans mon souvenir qu'elles se tiennent ainsi. Si nous pouvions choisir une maison de ce genre. Les clés tout de suite, prendre notre temps pour nous installer à l'intérieur. À peine suis-je transporté par l'idée et ai-je envie de commencer à en parler que je me souviens, il y a douze ans, quatorze ans déjà, nous, elle et moi, où était-ce ? Je cherchais des maisons et des fenêtres, et des entrées pour les lui montrer. À Hambourg, à Darmstadt, à Paris, à Giessen et à Salonique, partout où nous allions, elle et moi, qui étions sans maison. Tout au plus une vieille voiture parfois, ou un hôtel pour deux jours. La plupart du temps, sur les routes à pied. À l'air libre. Sans domicile. Faisant du stop, en fuite, en fuite pendant des années. Comment peut-on habiter dans un livre. Invisible, la colline, au-devant de nous. Aurions dû obliquer et remonter la pente vers Escherheim, vers le métro. Au lieu de cela, continuer dans la neige épaisse. Tant que nous marchons, je suis sauvé. Continuer encore, vivants, les mots, et la luge et Carina derrière nous. Air de neige, la neige en plein visage. Aurions dû continuer jusqu'à Giessen, Hambourg, jusqu'à Moscou. Chapkas. Mots russes. Et puis la Sibérie. Mais ne pas s'endormir en marchant ! Ne pas geler dans son sommeil. Un grand arc-de-cercle autour de la Ginnheimer Wiese et le long du remblai. La Ginnheimer Wiese comme un lac gelé, enneigé. Peu à peu les flocons au ralenti, moins épais, maintenant. Poteaux télégraphiques. De retour le long du remblai, prendre le temps.

Neige-t-il encore ? Le café-glacier de la Friesengasse. Edelgard, Carina et moi. Assis là parce que nous n'arrivons pas à nous séparer, à rentrer à la maison ou ailleurs. Devons nous sécher, aussi, nous réchauffer. Edelgard un thé au rhum. Moi du thé et Carina du lait au miel trop chaud ! Au début, il est toujours trop chaud ! Déjà dans mon enfance, ils étaient trop chauds au début ! Il faut se réchauffer à toutes petites gorgées, chauffer ses mains à la tasse et repenser au trajet. Parcouru un long chemin. Les vestes mouillées, les bonnets, les écharpes. Près du radiateur, sur le rebord de la fenêtre. En séchant à la chaleur, se mettent à somnoler, les vestes, les bonnets, les écharpes. Devant la luge qui tremble encore de l'effort. Neige-t-il toujours ? Au ralenti, maintenant, les flocons. Comme s'ils ne savaient pas où aller et qu'ils cherchaient un endroit. Dimanche soir, et il fait nuit dehors. De plus en plus net, le café-glacier, nous et le soir en reflet dans la vitrine, et en reflet à l'intérieur, la maison d'en face comme dans un rêve. Une ferme danoise au Danemark. Comme le crépuscule même. Bleue sous le crépuscule. Au bord du chemin qui attend. Un café pour moi. Carina devant le jukebox. Edelgard fume. Dans ma tête, je m'en rends compte maintenant, les dépenses de l'après-midi d'aujourd'hui pas encore compensées. Onze marks quarante. Le café à Ginnheim. Onze marks quarante et un appel local. Non prévu. Toutes les dépenses sont des dépenses non prévues et à ce titre, non autorisées. Mais peut-être pourrais-je faire en sorte d'intervenir auprès de moi-même pour que ces dépenses non prévues, en partie du moins compensées par un bonus à déterminer pour les tickets de tramways dont je n'ai pas profité, ainsi que par des ristournes sur le budget du pain et des timbres. Il faut tout recommencer depuis le début, dans les longues transactions, avec confiance et ténacité. Dimanche soir. Sibylle de retour ? Déjà à la Jordanstrasse ? Ensuite rac-compagner Edelgard jusqu'à sa porte ou est-ce elle qui nous accompagne encore un peu et nous qui ne la rac-compagnons qu'après, devant sa porte ? Par la Seestrasse. Passer devant les vitrines de la bibliothèque. Fermée le dimanche mais la vitrine est éclairée. Neige et glace sur la

Kurfürstenplatz, et plus froid de minute en minute. Personne, à perte de vue. La fontaine, barricadée. La nuit, il gèle. Un clochard qui passe, ivre. Venu de l'au-delà. Une ombre de clochard. Traverser le carrefour et la Jordanstrasse, il me reste à déposer Carina à la maison. De préférence à l'intérieur, quand nous serons sûrs que Sibylle est déjà là. Ne pas être obligé de l'attendre jusqu'au soir, c'est dangereux. De préférence un bain chaud, encore, avec Carina, une fête, pour ne pas prendre froid tandis que Sibylle, dans la grande pièce, au téléphone avec sa mère, le beau week-end à Giessen et sa vie familiale future. On va sur six heures. Dimanche soir, la maison tremble. Tout est toujours pire, le dimanche. La neige tombe dans le rayon du réverbère. De temps à autre, une silhouette en manteau. Les voitures et leurs phares. Passant lentement, comme s'il fallait trouver un équilibre. Muet, le patron. A mis les informations du soir. Carina, devant le jukebox encore, ou déjà à la table familiale, près de la femme et de la nièce de la femme, et près des deux enfants. Est-ce la nièce ou la belle-sœur ? La pendule Coca arrêtée. Edelgard fume et je dois regarder ses mains. Dimanche soir. Jusque dans la nuit, la neige, neige fondue, humidité qui gèle, gelée au sol, verglas, visibilité réduite, risque d'accident, risque élevé d'accident, nombreux carambolages et dégâts matériels à hauteur de millions. Dimanche terminé, fini. Une fois de plus l'ensemble de la population, dans sa majorité, n'a pas gagné au loto. Nulle part ! Et sans aide médicale demain, infection grippale. Dans la nuit et tôt le matin, compter avec encombrements et risque élevé d'accident. Avec, à l'aube, retards considérables de nombre d'employés, arrivant trop tard à leur travail. Il faut compter avec. Large et spacieuse, la maison, comme une ferme danoise. Pourrions être enfin arrivés ! Vêtements chauds et secs. Depuis longtemps. Nous serions déjà installés. Assez de place. Du temps à profusion. Le Danemark. La Bohême au bord de la mer.

À Ginnheim, derrière le cimetière, un chemin. Le long du mur du cimetière. Lierre, mousse, grands arbres, le mur. De l'autre côté, des jardins au bord du chemin. Arbres fruitiers, clôtures et haies. Silencieux et patient, le chemin, surtout en été, dans l'ombre et la lumière. Surtout l'après-midi, fin août, septembre. L'été indien. Tu marches et tu penses que tu reviendras quand tu seras vieux. Les mêmes fruits, les mêmes guêpes, les mêmes silences des après-midi d'étés dorés, avec toi le long du chemin. Un jardin avec des colonnes en pierre, à l'entrée. Des églantiers sur le portail. Gros et lourd, un cadenas rouillé. À cela tu reconnais le jardin, tu le reconnais chaque fois. Tout a poussé très dru, près de la colonne, avec un peu d'effort il te reste de la vue. Des chats ! Impossible de compter les chats ! Sur le parvis pavé, sur la terrasse de pierre avec des marches et un petit muret. Des chats, de plus en plus nombreux! Devant la petite cabane de jardin, à la fenêtre et sur le toit. Partout, des chats ! Deux petites cabanes et entre elles, plusieurs appentis avec bois et carton bitumé, des caisses, des boîtes. Comme des poulaillers, des clapiers. Des chats de toutes les couleurs. Sur les arbres, des chats partout! Blancs et noirs, roux. Des chats à longue fourrure. Têtes de lion. Figures de lion. Toutes les couleurs, tous les modèles. Chats lions et chats panthères, et tigres. Chats du Siam. Chats égyptiens. Au bout de vingt-huit tu arrêtes de compter. Pareil pour les soucoupes et les petits plats. De toutes sortes. Davantage de soucoupes ou de chats ? Un petit jet d'eau, arrêté. Une charrette légère avec de petites roues de caoutchouc et un frein à main. Grande et démodée, une balance verte qui vient apparemment d'être repeinte. Verte et ornée d'or ou de bronze doré. Sans doute un genre de communauté d'assurance et de vie, les chats, peut-être une fondation. Un héritage. Touché l'argent en tant que chats avec terrain fourni à la fondation en tant que chats comme bien de la fondation, ou plutôt acquis comme bien de la fondation ou bail de longue durée. En règle avec les statuts. Ensuite, quelques petits pigeons, peut-être, des lapins et des poules. Un étang à carpes aussi. Carpes et poissons rouges. Une volière, avec grillage inoxydable. Se lécher les babines devant le grillage inoxydable. Sont leur propre conseil d'administration et leur conseil de surveillance. Pas de peste aviaire sur ce terrain. Sont ornithologues. S'y connaissent en dossiers et en droit associatif. N'ont rien planté, ont tout laissé en l'état. Bien camouflés, avec le cadenas et les églantiers. Raté ce chemin et ce jardin, cette fois. Juste un petit détour mais suite à la précipitation humaine et aux chutes célestes de neige, cette fois, malheureusement, pas passé devant.

19

Préventivement deux dents, deux dents de sagesse. Et puis la neige, l'hiver de nouveau de retour avec des montagnes de neige. Le cagibi. Pas assez d'air ! Le cagibi, ça ne peut pas durer plus longtemps. Bientôt écoulé, le temps et les chaussures, les papiers, l'agence pour l'emploi et après ? Les deux dents et comme tu te manques à toi-même, me disais-je. De Bohême. De Bohême et sans maison. Une fois, seul dans la nuit et comme fou. Un peu avant minuit. Devant le commissariat de police section13. Avec moi-même. À grands pas et vite, toujours plus vite. Une large courbe pour traverser la Schlossstrasse déserte. Une voiture s'est arrêtée au carrefour. Feu rouge. De la voiture, une musique, Janis Joplin. Là j'ai dû m'immobiliser – comme pour ne pas tomber, comme devant un abîme ! À quoi se retenir ? En moi-même, obstinément immobile à cause du bouleversement, voilà comment agissait sur moi la musique après un long silence. Un peu avant minuit ou juste après minuit. La rue déserte. Et s'étire avec ses lumières et ses feux, loin dans la nuit, dans les lointains. Y avait-il de la neige ? Est-ce bien moi ? En vérité. En vérité toujours sur l'Affentorplatz. Carina et moi. Samedi midi, sur le chemin de retour du marché aux puces. Et avant ?

Il y a deux ans, trois ans déjà, un jour, Sibylle, Carina et moi. Après Noël. Carina en poussette. Le jour d'après la fête ou deux jours avant la Saint Sylvestre. Et en plus un dimanche, peut-être. Comme du pain dur dont les ménagères font de la chapelure, les derniers jours de décembre sont ainsi depuis toujours. Carina en poussette, et vient de s'endormir. Quatre heures de l'après-midi, quatre heures et demie, et bientôt nuit. Au crépuscule encore, tels des ombres, sans maison, âmes perdues, Sibylle et moi. Avec l'enfant endormie, de porte en porte lu intégralement tous les menus, y compris les prix. Les cent pas dans Sachsenhausen et ses vieux bistrots sinistres. Un moyen-âge confus et tardif, en partie ancien et en partie reconstitué. Froid et humide. Un baril de ténèbres. Et se dirigeant vers la nuit comme aujourd'hui, les bardeaux et les tuiles du toit qui claquent, de nouveau, les volets, les fantômes et les portes, les panneaux des auberges et les enseignes des bistrots, entre Noël et le Jour de l'An. Ou sommes-nous déjà allés de porte en porte et revenus, elle et moi, et nous restons, devons rester immobiles avec l'enfant endormie sur l'Affentorplatz. Rester et le crépuscule, la nuit, le froid, l'air plein de neige, l'hiver sur nos lèvres, rester là à geler. Comme enfermés dehors. L'air, froid comme un métal inutile. Rester encore et toujours comme une sainte famille en retard, quatre ou cinq jours et quelques milliers d'années trop tard, le mauvais pays, le mauvais siècle. Encore et toujours sur l'Affentorplatz. Le jour, immobilisé lui aussi. Nous fixe avec colère, le jour. L'enfant dort. Recompter l'argent. Compté trois fois l'argent, déjà. Toujours compter, regarder et compter l'argent. Trois billets. Les pièces dans la main. Comme un signe, incompréhensible. Et les papiers toujours pas en règle, jamais été! Quand allons-nous arriver ? Rester là à attendre jusqu'à ce que sous nos yeux, à nos pieds, la nuit touche le sol. Hésitant à présent, est-ce nous ? Nous éloignant de notre regard, pas à pas. À deux avec la poussette, avec Carina dans la poussette, veillant sur son sommeil. À deux, serrés l'un contre l'autre. Traverser l'Affentorplatz. À l'orée de la nuit, traverser la Paradiesgasse et prendre la Wallstrasse. La Wallstrasse, l'Abstgässschen, la Kleine Brückenstrasse. Y avait-il de la neige ? Au coin et avec nombre de fenêtres, un vieil immeuble. Les fenêtres luisent et blanche, une enseigne d'auberge en verre. SPLIT sur l'enseigne, en lettres capitales. D'abord elle clignote et puis elle brille, claire et forte, dans la ruelle étroite. Porte ouverte. Un homme en veste de serveur et tablier d'aubergiste. Qui reste près de la porte, à côté d'une petite boîte en verre éclairée. Ouvrir la vitre et glisser le menu à l'intérieur. Dans cette petite boîte aussi, la lumière a d'abord clignoté et maintenant elle brille, claire et fixe. Dehors, autour de la maison, cet homme, les boutiques fermées. Mais seulement de ce côté, les boutiques. Puis de retour à l'entrée et dans la ruelle étroite, lever le regard vers le ciel, vers l'enseigne en verre de l'auberge. Ne s'est-il pas tourné vers nous avant de rentrer à l'intérieur? À l'entrée, toi et moi. L'entrée nous attire, les lumières. Rester sur l'Affentorplatz avec la poussette, rester, deux pâtés de maison plus loin. Rester à regarder autour de nous.

Tables mises, lustres, petites lampes murales, le silence. La salle à manger, presque vide et vide la salle d'à côté, plus grande encore. Rideaux rouges et miroirs. Étrangers, toi et moi, étrangers et avec poussette. L'enfant dort. On nous amène à une table. On nous prend nos longs manteaux sombres d'émigrés, on remet en place les ombres et les chaises pour nous. On apporte même une chaise d'enfant, au cas où l'enfant endormie se réveillerait. Le tout sans parole. Trouble, la lumière. Maintenant on nous apporte le menu comme un document officiel, un contrat, un diplôme, un jugement. Vient de s'allumer sous nos yeux, la lumière, dans les baies vitrées. Vient d'ouvrir et pourtant il y a des clients. De la visite peut-être ? Des membres de la famille ? Faisant étape ? Figurants ? Compatriotes ? Émigrés étrangers comme nous ? Étrangers partout. La salle d'à côté pour une réunion, une fête ? En tant que scène, en tant que salle d'attente ? Attend-elle la nuit, cette salle, ou est-ce le siècle ? Le tout sans parole. Peut-être suis-je sourd ? Et pourtant, perçant très nettement le silence, un train. De la gare Südbahnhof et sur le pont de chemin de fer, près de la Darmstädter Landstrasse. Direction Offenbach. Vers Prague, dis-tu, vers Vienne, et plus loin, les Balkans. Le prochain groupe d'émigrés à entrer du dehors. D'Arménie, du Kazakhstan, Kurdistan, du Tibet. Seront amenés à leur place. La salle du siècle. Trouble, de plus en plus trouble, la lumière. Le lustre bouge. Les miroirs sont aveugles. Qui va là, de fenêtre en fenêtre, et ferme les rideaux rouges, maintenant ? Des verres, une carafe d'eau sur la table. Tu entends les ombres toussotter, elles se penchent les unes vers les autres et commencent à chuchoter. Des pas. Les lames de parquet craquent. Et le vent, la nuit autour de la maison, le vent. Le tout très net, seules les voix, inaudibles. Se sont en allées, se sont éteintes, les voix ! Problème de son, film muet. Nuit. Hiver. Des trains passent. Des bateaux sur le Main. Nous-mêmes, assis comme dans un train en marche, comme sur un bateau. Entre les pays, entre les années. De vie en vie. Prisonniers du mauvais siècle. Pourquoi chaque verre tinte-t-il aussi fort ? Les vitres gémissent, la lumière vacille. Est-ce là que les lumières ont commencé à trembler et depuis, chaque soir ? Les voix, maintenant, autour de nous les voix reviennent. Plus claire, la lumière. Tôt le soir, tôt encore. Au comptoir, une femme qui nous a déjà fait signe deux fois et maintenant nous sourit. Un sourire de son propre chef. De Dalmatie, du Montenegro. Sortant de la cuisine, un enfant va vers elle, une petite fille avec un tablier et une natte noire. Solennel comme un dignitaire, un serveur qui vient vers nous. Carina va se réveiller bientôt!

Et la Saint Sylvestre la même année, ou l'année suivante. Nous voulons aller à Eschenheim, chez Jürgen et Pascale. Pour Eschenheim il faut prendre le S-Bahn. Nous aurions pu monter à Westbahnhof. Ou en métro depuis la Hauptwache. Avant, il faut le tramway, le 17, le 21. Possible aussi par beaucoup d'autres chemins (et en pensée, ailleurs) à Sachsenhausen ou avec le 19, à Ginnheim, et de là le métro. Le bus irait aussi mais pas pratique. Trois ou quatre lignes de bus et les arrêts, jamais au bon endroit. En partie introuvables. Sur le plan, seulement, dans la réalité n'existent pas. D'autres lignes et d'autres arrêts, même dans la réalité, mais signalés depuis peu, des panneaux de tôle. Jamais de bus. Depuis des années. N'arrivent pas ! Aucun ! Ou est-ce la réalité qui n'arrive pas ? Il fallait encore faire des courses, le matin de la Saint Sylvestre. Voulons passer la nuit chez Jürgen et Pascale, la Saint-Sylvestre c'est l'anniversaire de Jürgen. De préférence le 18 jusqu'au terminus, dis-je à Sibylle et Carina, et puis à pied le long de la Nidda, comme en été. Bonne idée ! Et pas besoin d'aller sous terre, et ensuite de nous trimballer toute la journée avec des pensées de métro. J'avais commencé à en parler un jour avant, déjà. Faire les courses le matin, Carina et moi. En chemin des histoires de renards et de blaireaux. Pas de chats de la Saint Sylvestre. Les portes des immeubles ont-elles été changées aujourd'hui ? Et les maisons, ce matin, déplacées? Le vent, parce qu'il est de garde cette nuit, et chaque nuit sur les routes toute la nuit, il dort maintenant, dort chez nous sous les combles. Sibylle, déjà aux préparatifs et aux bagages. Jouets, livres, vêtements et couches pour Carina. Peluches. Le renard et le blaireau. Nourriture, boissons, une couverture, d'autres livres, des bloc-notes et une partie du manuscrit de mon deuxième livre. *Das schwarze Buch*. Resterons peut-être un jour de plus, un jour et un autre jour. On ferait mieux de prendre la poussette ! Et même une casserole avec de quoi manger, préparé, déjà, selle d'agneau ou filet de bœuf, une casserole de métal. Lourde comme une pépite d'or. Notre plus grande casserole. Renforcer le couvercle avec des fixations. Pour que rien ne s'échappe, renforcer le couvercle avec des fixations. Mais en réalité, la réalité est toujours beaucoup plus compliquée – le couvercle avec fixations, mais où les faire tenir? Et pourquoi cette confiance dans les fixations ? Pourvu que la réalité ne nous échappe pas, ne passe pas par-dessus bord ! Et d'où viennent les fixations? Allons avec le 18 jusqu'au terminus où la voie dessine une boucle. La poussette hors du tramway, laborieusement – surtout pas de secousses ! (Encore en tête, la succession des stations comme une bande son, comme un message codé, une énigme !) Au terminus, sur un talus de la rive, une petite maison de brique jaune. Moitié boutique moitié bistrot, une échoppe de Francfort. Un kiosque, avec salle d'attente à ciel ouvert en guise d'appentis. Encore des cigarettes pour moi, des cigarettes et des allumettes. Carina *veut* une gaufre Hanuta *ou* une barre de Duplo *ou* un Milky Way ! De préférence un Milky Way mais avec les gaufres Hanuta, il y a des images d'animaux à collectionner ! Les barres Duplo aussi, avec images mais surtout des gens, surtout des joueurs de football et des boxeurs. Collant et sucré. D'après toi, les trois variétés ont fondu dans leur emballage depuis longtemps. Carina dans sa poussette, un peu fatiguée, déjà. En veut plus pour la forme, par principe (kiosque et enfant!) et parce que trois sortes de crème de nougat au goût chocolaté, et trois noms différents, et des images surprises à collectionner, quand on est fatigué et qu'on ne peut pas se décider, voilà un dilemme de première catégorie! Bien plus, parfaitement insoluble ! Devant la salle d'attente à ciel ouvert, deux clochards des faubourgs de la ville en hiver qui examinent leurs affaires, déballent, trient. Sacs, paquets, sacs en plastique. Trois vestes chacun. L'un deux sacs à dos, l'autre seulement un mais par contre de meilleures bottes. Vin rouge, bouteilles de deux litres. Du Kalterer See (un quarante-huit chez Penny). Ils remballent et comptent, boivent et remballent. Dans pas longtemps, se disent-ils l'un à l'autre, l'année nouvelle. Avant qu'elle commence, mon Dieu, qui sait. Et crachent et boivent en connaisseurs. Plus froid qu'on ne pense, mon Dieu. Froid et humide. Mains froides ! Au kiosque, la jeunesse masculine des banlieues, situations stables. Ils fument debout, en connaisseurs. Boivent du Piccolo-Sekt avec le patron, le kiosquiste, qui s'y connaît (bail, pas de licence pour l'alcool). En musique, les tubes de l'année, une radio à poignée. La Saint-Sylvestre. Midi. Deux heures. Leurs voitures à rayures de rallye, telles des voitures de cavale garées devant dans la rue. Et derrière le kiosque, comme d'habitude, la rivière, la Nidda. Fait peu de bruit en hiver. Derrière le kiosque, passant en décrivant une courbe, se dirigeant longuement vers le soir.

Sur le pont avec la poussette. Entrant dans le silence. Comme dans un autre pays. Et en amont, le long de la Nidda, un chemin. Il y a de la neige ici. Serais bien resté. Aurais examiné leurs affaires avec les clochards, chez eux, dans le froid, aurais partagé les soucis du patron. Et aussi, après tant d'années, encore une fois tout l'après-midi, les hits de l'année. Là, aux limites de la ville, au bord du fleuve, au terminus. Rester à attendre la nuit, la Saint Sylvestre. Et les types de banlieue avec cigarettes, clés de voiture et bouteilles de Piccolo, avec leurs expressions, leur peu de loquacité. Rester à bâiller. De préférence tout collecter, de préférence les entendre penser! Et l'histoire de leur vie et leurs pensées, l'après-midi et les mots pour, et tout emporter en chemin à jamais. Tout emporter, m'en charger et dans la neige ainsi. Neige ancienne, durcie, glacée. A commencé plusieurs fois à dégeler, a fondu au soleil de midi. Ce devait être il y a deux semaines. Et puis il a de nouveau gelé dans la nuit. En ville on ne voyait plus de neige depuis des jours. Ici, avec la poussette dans la neige. Neige, neige fondue et glace en couches superposées. Poussette si lourde qu'elle ne cesse de s'embourber et les roues de s'enfoncer, surtout celles de devant, dans la neige fondue. Vient d'une centrale d'échange d'accessoires pour enfants, la poussette. C'est Sibylle qui l'a choisie. Presque comme pour elle. Un peu bricolée, aussi. Un samedi matin et un autre samedi matin. Des histoires de samedis matin. Chaque élément brillant, huilé avec la meilleure huile de machine à coudre, le tout nettoyé à fond, astiqué. En autodidacte, cours accéléré de sellier et tapissier. Vissé des boules de couleur. Imaginé des accessoires en plus. Un filet à provision qui sera fixé au guidon, à la poignée qui sert à pousser. Gestes nouveaux pour cette poignée (cherché le mot caoutchouc dans le dictionnaire, d'abord à la maison et puis à la bibliothèque). Une sorte de lit, on dit coussin ou matelas pour une poussette? S'adapte, comme fait sur mesure. Chaud, cher et de qualité (parce qu'à la centrale d'échanges, très bon marché, la poussette !). En cuir, peau de mouton et laine colorée, ce coussin ou matelas. Avec un motif indien qui va bien avec le mot caoutchouc. Et qui va aussi avec le motif esquimau du petit galon décoratif du vieil anorak vert de Carina (comme si les membres de deux tribus étrangères se rencontraient pacifiquement. Avec étonnement aussi. Et dès lors, peut-être amis ou bien l'une devenue légende pour l'autre depuis cette ère.) Le filet à provisions sur le guidon : très pratique, ce filet. S'il s'use, on peut en racheter un, penser aux chalutiers. Pêcheurs de crabes. La mer du Nord. Et pour finir, le compartiment pour paquets. Une grille, un coffrage en chrome ou en fil métallique. Inoxydable. Un coffrage grillagé. Comme dessus ou comme compartiment sur les essieux. Parois hautes des quatre côtés. Presque comme une demi cage. Faut-il chercher le mot nasse dans le dictionnaire ? Il a fallu commander exprès, changer plusieurs fois, réclamer, recommander. Chez Peikert. Un magasin d'électroménager, quincaillerie, outils, appareils, meubles de jardin, verre, porcelaine, casse-noix, landaus et jouets dans la Leipziger Strasse*. Personne d'autre n'a de dessus ou de compartiment aussi pratique. Très pratique. Le tout

---

* Chez Peikert il y a même des gazons verts artificiels longue durée en rouleaux, résistant aux intempéries, mais seulement en été. Sibylle souvent seule, chez Peikert, s'exerçant à voir les choses à travers les yeux de sa grand-mère capable de faire face à la vie, que pendant longtemps je n'ai pas vue et puis brièvement une seule fois. Chef de famille. Sans âge. Vit dans le Taunus, à 720 m au-dessus du niveau de la mer en tant que créature d'altitude.

plein à ras-bord. Pousser ! Pousser plus fort ! Roues bloquées. Le chemin serpente. Est glissant. Carina endormie, entre-temps. Surtout ne pas perdre le renard ni le
blaireau ! Aurions encore pu faire demi-tour. Crissement
des pas. Tous les quelques mètres, les roues s'enfoncent
sur le chemin qui serpente. Bientôt bloquées ! Dérapage !
J'ai toujours été étonné de voir ce que cette poussette a
enduré avec nous.

Alors que nous ne pouvions presque plus avancer, je me
dis qu'il serait plus facile ou du moins qu'il semblait plus
facile de pousser en appuyant moins, pour que les roues
avant aient une moindre charge. Et aussitôt de l'expliquer
à Sibylle, lui montrer, expliquer ! Le lui expliquer plusieurs fois ! À moi-même, aussi. Pause. Cigarettes. Pieds
mouillées dans la neige fondue. Nous avons pris (en guise
de vin blanc, de vin rouge, Samos, Cinzano, Marsala) du
jus de raisin et buvons le jus de raisin, maintenant. Une
poussée des mains, régulière et légère, maîtrisée : un certain poids. Il faut de l'adresse ! De la compétence. Calculé
avec précision, le poids. Montrer, essayer ! Les mains,
comme ceci ou comme cela ? Le mieux, les avant-bras
avec affectation devant toi et te tenir très raide. Comme
un pianiste vaniteux qui retarde le moment de commencer. Ou comme ça : poignet, le pouls tourné vers
le haut ! Un cocher ivre, un cocher de troïka sur une
image. Ça va aussi, tu vois. Une image de couverture de
livre mais lequel ? À chaque tentative, un peu plus loin
chaque fois. Et sans arrêt défaire un peu les paquets. À

titre d'essai, par sécurité, et pour plus de clarté dans la tête. Chaque fois, en déballant, manger quelques provisions et boire. Pas seulement du jus de raisin en guise de vin, dans le froid, du sirop d'érable aussi, en guise de schnaps. Du magasin Reformhaus. Mon ami Jürgen me fournit. Il l'achète ou le vole, ça dépend de l'argent qu'il a, argent, temps, patience. Un goût lourd et sucré, un goût canadien. Encore une gorgée. Bon pour le froid, le sirop d'érable. Va bien avec le motif indien sur la couverture de la poussette et le galon esquimau de l'anorak de Carina, et avec la neige. Grise, la neige. J'ai l'impression qu'elle grésille ! Il fait froid. Froid et humide. On n'y arrivera jamais mais impossible de faire demi-tour. Partis de la maison à une heure et demie. Dans l'ensemble, j'ai toujours l'impression qu'on peut prendre le temps, à chaque instant. Un long chemin, tout le chemin tranquillement, en pensée. Toute la vie en mémoire. Détours, histoires, stations. Par beau temps et sans paquets, nous aurions mis quatre bonnes heures pour ce simple trajet et au moins une demi-journée avec conversations. Et pourtant à l'arrivée en fait, le temps à peine ou pas du tout écoulé. Plutôt l'inverse. Partis à une heure et demie, voire un peu plus tard. Et arrivés vers la même heure, vers deux heures environ. En tout cas pas très tard. Plutôt un peu plus tôt. Pendant qu'on marche, au moins, le temps doit s'immobiliser. Doit se mettre à l'écart et attendre. À l'arrivée, un snack, du café, ôter les chaussures, raconter le trajet et bientôt, un une courte sieste. Toujours bien dormi, là-bas. Un appartement sous les toits, à moitié dans les arbres. Les maisons avec jardins et derrière les maisons et les jardins commencent les chemins de terre. Les voix qui entrent dans mon sommeil. Et quand je me réveille, il doit faire encore jour ! Pour deux cents mètres, une demi-heure, et tous deux épuisés. Il fait froid. Tout est mouillé. Le jour comme sur des béquilles, qu'est-ce que ça signifie pour nous? Si je buvais encore, cela fait longtemps qu'il y aurait eu un petit feu au bord du chemin. On aurait pu prendre le temps. Boire jusqu'à ce que tout nous soit égal et manger peu à peu toutes les provisions et faire sans arrêt notre éloge, celui de notre prévoyance, celui du petit feu. Sombre, le fleuve, entre des rives de glace. Sur les rives de glace, une neige ancienne. Autour de nous, la neige sur les champs. Neige fondue et neige, glace, bandes grises. Tu l'entends *grésiller*, la neige ? Tu sens la neige s'enfoncer peu à peu dans la terre ? Lentement, avec une lenteur extrême. S'affaisse. Corneilles qui nous regardent, dans les arbres. Carina dort. Les peluches dorment, le renard et le blaireau. Pousser en alternance, pousser, Sibylle et moi. Sur la glace, avec précaution ! Glisser soi-même sur la glace et en même temps, les roues avant qui s'enfoncent profondément dans la neige fondue et s'embourbent. Le chemin bascule. Tout ce temps, je m'accrochais à quelques vers de Villon dans ma mémoire. Se reposer. Au repos, hors d'haleine. Il commence à faire nuit. Ce sont les mêmes corneilles ? Toute la journée les mêmes? Nous suivent ou se passent le mot, service de surveillance, omniprésentes, de quartier en quartier. Manger une pomme, la moitié chacun.

Aurions dû prendre des figues et des dattes aussi. Agitées, les corneilles. Carina dort. Pour le demi-tour, trop tard depuis longtemps. Toujours mieux que sous terre, dis-je. Signifiant par là non le tombeau mais le métro. Content que Sibylle ne me contredise pas – ou je me serais séparé d'elle à jamais! Une corneille s'est envolée. Deux autres après elle. Lourdes et basses, par-dessus la neige grise. Se sauvaient en faisant signe. Signe comme si elles nous abandonnaient. Misérable paquet. Le chemin commence à ramper, sautille et rampe. Un bout de chemin, continuer sans relâche, continuer encore. Ils doivent nous attendre, Jürgen et Pascale. C'est son anniversaire et il attend. Si au moins les boules de couleur de la poussette étaient des petites lucioles! Nous avions longtemps réfléchi au choix et à l'ordre des couleurs avant que Sibylle les accroche. Bientôt, il fera vraiment nuit. Praunheim, englouti depuis longtemps derrière nous. Depuis longtemps, la ville romaine et son Römer et la ville du nord-ouest, d'abord lentement, par-delà l'horizon, puis nous longeant de côté et enfuie, engloutie. Autour de nous, la neige et le silence des champs. Continuer ! Aurions dû prendre tous les manuscrits ! On ne sait jamais si on reviendra. Et si tel est le cas, si la maison sera toujours debout. Continuer ! Et entrées depuis longtemps dans le silence, les premières pièces du feu d'artifice. Pétards, fusées, boules lumineu- ses. Éparses, tantôt ici tantôt là. Signaux. Réponses. Puis de nouveau, trois d'un coup, trois-quatre-cinq sur l'hori- zon assombri. Une fois des chevreuils, au loin. Une fois, un groupe d'hommes. Peut-être les derniers. S'éloignant laborieusement dans la neige, la neige fondue et la glace. Comme pendant la guerre, c'est la guerre. Nous suffira-t-il, le temps ? Grise, la neige, dans l'air assombri. Dans chaque vie nous allons de nouveau ainsi. Tantôt avec enfant et tantôt sans. Toutes les quelques années. Au moins trois fois par siècle. Et à chaque fois n'emportons rien d'autre que nos quelques erreurs et petits riens. Quatre livres, du papier pour écrire, une casserole métallique entourée de fixations, une couverture. Nous suffira-t-il, le temps ? Tantôt sans papiers, tantôt avec de faux papiers. De la nourriture pour un jour. Un enfant. L'enfant ouvre les yeux, nous regarde détendue, fatiguée. Comme si c'était depuis toujours que nous nous déplacions à travers le temps. Crépuscule. Tirs d'artillerie. Coups de canon, boules lumineuses, fusées. Continuer. Grise, la neige, au crépuscule. Sombre, le fleuve. Figé. Commence à geler. Inaccessibles, les rares lumières à l'horizon. Ont passé lentement, comme des constellations qui déclinent. À la lisière de Heddernheim avant qu'il fasse complètement nuit, on *devrait* y arriver ! À Heddernheim, un pont et à partir de là, des habitants, des maisons et des réverbères ou ce qu'il en reste. Marcher. Pousser en alternance. Continuer ! Carina tantôt endormie, tantôt les yeux ouverts. Toujours plus dense, le crépuscule. Le bruit de combat augmente. De minute en minute, ainsi doit sonner ma phrase, le bruit de combat augmente. Marcher. Pousser. Le champ désert. Et nous, toujours, au devant de nousmêmes. Distance plus grande, maintenant. La poussette dans la neige fondue, laborieusement. Chaque pas avec effort. Là-bas, devant, toi et moi. Hors de portée de voix. Vers la nuit, vers l'horizon. Marcher, encore et toujours.

20

Et la même année ou l'année précédente, deux ou trois jours avant la Saint Sylvestre. Avons pris le S-Bahn dans la matinée pour Bad Homburg, Sibylle, Carina et moi. Avec la poussette. Pris de quoi manger et toute la journée en ville, soleil et neige. Pas beaucoup d'argent. Vers midi chez Hertie. Au rayon des parfums. Au loin, les chemises pour hommes. Quelques années durant, ai vraiment eu de l'argent, dans ma vie, pour des costumes sur mesure et des chemises très fines. Bien avant toi, dis-je à Sibylle. Un genre de richesse un peu louche, presque comme par ouï-dire. Et après coup, une légende chaque fois plus belle. Bientôt, un nouveau ruban pour la machine à écrire. Un jour avec Sibylle, acheté un calendrier artistique soldé, après Noël. Il y a de nombreuses années. Et promis à elle et à moi, avec nombre de mots, que nous en aurions un désormais chaque année. Et puis l'année suivante, pas d'argent pour, et depuis, chaque année, rien. Pullover, pantalons de velours, une robe du soir pour laquelle il faut imaginer nombre d'occasions et d'opportunités. Des histoires. Et Sibylle en top-modèle, la regarder, et son reflet volontaire et muet pendant l'essayage. Mettre en scène. Le rayon de lingerie féminine, inspirant. Les jouets avec

Carina. Avant, un long moment avec elle dans la neige, au soleil. Montée en biais vers une petite place à l'entrée de la zone piétonne. Réaménagement séduisant. Animation avec murets bas et bacs à fleurs en béton, implantation d'une nouvelle race de chevaux municipaux à bascule, petits, patients, qui résistent à l'hiver. Neige au soleil. Traces de pas. Motifs dans la neige. D'autres motifs encore. Nous aussi ! Motifs avec les pieds. Trouver un morceau de bois, une baguette magique, une branche de sapin d'avant Noël. Tout autour de nous, les enfants Bad Homburgois du matin, de Bad Homburg. De tous les côtés. Étonnant. Nous voulons volontiers nous joindre à eux. Malheureusement, tous les enfants accompagnés d'accompagnateurs adultes compliqués. Qui sont là comme un coup du sort, ne comprennent rien et donc que des allées et venues, autour de nous. L'éducation. Et nous, libres toute la journée. Dans un Reformhaus, demandé des airelles de Bohême et du jus de sureau, et de la pulpe de prunelle. Vu Sibylle avoir vraiment la chair de poule, devant la propriétaire. Et nous trouver un lieu tranquille, au centre, pour que Sibylle puisse imiter la propriétaire devant moi. D'abord la propriétaire et puis toi, la façon dont tu t'y prends avec elle ! Que veux-tu, que peut-elle faire pour toi ? Aurions dû retourner au magasin pour les accessoires et pour la scène ou choisir une boutique adéquate. Au moins de l'extérieur, et se pénétrer soigneusement de la scène. De nouveau vers les maisons que je cherche toujours, ici. Chaque fois. Pas loin du parc thermal. Des maisons presque comme en Bohême. D'élégants immeubles de rapport. Façades avec fenêtres à encorbellement, corniches et balustrades. Comme un décor peint, comme des coulisses, des vues intérieures. Comme si la différence entre l'intérieur et l'extérieur était enfin abolie et que nous circulions de l'un à l'autre, comme si nous avions de nombreuses vies. Que nous circulions autour sans savoir si nous rêvons. La même terreur, chaque fois, lorsque j'ai l'impression que : se sont enfuies, ne se retrouveront plus, les maisons ! Mais à chaque fois, l'emplacement juste, le présent, les maisons à leur place. Et se mettent à sourire, tu les vois aussi ? Avant de les avoir vues la première fois, je les avais rêvées. Leur image originelle lors d'une journée paradisiaque à Carlsbad, à Franzensbad, à Marienbad quand j'étais petit. Un an. Mon deuxième été sur terre. Et depuis comme une reconnaissance à chaque fois, même en d'autres lieux. Même là où je suis nouveau, étranger, là pour la première fois. Plus nettement encore en été, avec balcon, véranda et fenêtre en encorbellement dans le feuillage épais. Tacheté de lumière. Sommes venus un jour d'été, oui, était-ce l'été dernier ? Sommes déjà venus.

Ce doit être justement là que Carina s'est endormie. Emportant dans son sommeil les images et nos voix, la neige et le soleil. Soleil et neige, c'est bien que nous soyons là. Notre enfant dort. Étrangers, une petite ville allemande, une station thermale au pied des montagnes. Et maintenant, midi passé (afin de s'en souvenir plus tard), le temps avance lentement. Et attendre que Carina se réveille bientôt. Et regarder comme elle se reconnaît de nouveau, au réveil, elle et nous, et le monde, et le jour, tout. Tout est là, au complet ! En fin d'après-midi, plus de soleil et la lumière commençait à pâlir. Lumière d'hiver déjà partie, aussi. Bleue, la neige : gel. Bientôt il fera froid. Et bientôt tous pressés et étrangers. Ils sont tous sur le chemin du retour. Dans un café-glacier italien ouvert, encore, afin qu'au cours des hivers à venir, les cafés-glaciers restent ouverts en Allemagne. Et nous aussi, au crépuscule, et plutôt un peu en retard, dire que nous devons rencontrer l'un après l'autre Hölderlin et Dostoïevski ! L'un en haut, l'autre en bas de la ruelle. Chacun me tire par la manche et est si envahi de soucis que je parle à peine ou pas du tout des miens. Ne pas réveiller inutilement le petit enfant, dit Hölderlin tandis que Carina se réveille. Autour de nous le soir et d'un coup, les murs étroits qui se dressent. Alors comme convenu, à plus tard ! Tous deux, impatients et pressés, aussi, chacun avec sa détresse. Il faut se retourner, se retourner plusieurs fois et faire signe, dans la ruelle étroite, à chacun d'eux. À la fin, il se fait tard. À travers le parc du château vers la gare. Pensions que c'était le chemin le plus court mais la grille, à la sortie, est fermée. Alors, demi-tour, et dans l'autre sens. Six heures et déjà nuit. Pas de lune ? Les lampadaires du parc. La neige. Comme elle luit, la neige. Carina, réveillée maintenant. D'un coup, toute l'impatience tombée. Presque à jamais. Nuit, neige. Air de neige et froid. Comme il fait calme. Comme la neige crisse, sous chaque pas. De retour à l'entrée et là aussi, la grille est fermée. Personne. Trouver un endroit par où passer. Une grille métallique. D'abord toi ou moi ? Puis aider Carina à grimper. Tout le bazar, ôté de la poussette. La poussette par-dessus la grille – comme si elle devait s'en aller vers le ciel et puis finalement pas. Pour Carina, tout ce qu'elle vit avec nous, ses parents, est normal et ordinaire. Maintenant, à toi! On peut se réjouir de ne pas avoir été durablement emprisonnés. On peut se réjouir qu'ils n'aient pas tiré tout de suite sur nous ! Pas de lune ? Introuvable, la lune. Comme quand j'étais petit, un panneau et ces mots, *Système de mitraillage automatique*, qui m'avaient impressionné. Maintenant, l'argent nécessaire pour le S-Bahn, espérons, pour ne pas se disputer avec les machines automatiques.

Retour à la maison, le soir, fatigué. En principe rien mais dans le S-Bahn, aussitôt mal de gorge, toux, bronchite, rhumatisme, ulcères, arthrite, arthrose, bouche en ruine, inflammation des gencives, cœur fatigué. Dans le S-Bahn de toute façon, mais encore plus le soir, ma vie et la vie de chacun m'apparaît désespérante, ratée. Comme si je ne savais pas qui je suis. Et que je pourrais être aussi bien quelqu'un d'autre. Tous les autres, aussi, tous ensemble. Et le temps perdu. Chaque jour, disparu dans un demi-sommeil lourd. Vite! Vite rassembler famille et paquets, rassembler les pensées et sortir, Westbahnhof ! Seul je ne descendrais jamais à Westbahnhof. Plutôt à Hauptbahnhof, et le trajet jusqu'à la maison à pied, ou ne jamais arriver. Le pire, c'est Westbahnhof un soir d'hiver comme celui-ci. Le jour, fini. Rester dans les courants d'air et les ténèbres. Neige fondue, boue, déchets, béton, briques de verre, murs de faïence (au cas où du sang jaillirait). L'escalator ne marche pas. Partout sont placardés des ordres. Entrée interdite! Qui a vomi ici? Qu'est-ce qu'il a mangé en si grande abondance et comment va-t-il, maintenant ? Tickets jetés, canettes de bière, de Coca, machines de surveillance. Deux clochards ivres avec un chien qui s'inquiète. Un chien de berger avec un chiffon en guise de foulard. À minuit, pire encore. Le vomi, gelé. (N'allons quand même pas marcher dedans! Surtout pas!) Gel nocturne. Toutes les portes fermées, du coup pissé ici ! Noir comme dans un tombeau, tout au plus une ombre de clochard. Comme sous terre. Comme dans l'au-delà. Le samedi, le pire de tout. Fin février début mars. Un samedi de championnat de la Bundesliga, l'Eintracht Frankfurt avait joué l'après-midi. Maintenant, tous les supporters soûls. Avec leur veste bariolée. Et ne savent pas ce qu'ils doivent crier, et hurler à la vie, qui pendant ce temps s'enfuit. D'abord hurler et puis vomir et rire. Quantités de canettes de bière. Un samedi soir de printemps, quand il fait encore jour, encore longtemps, où aller ? Pire encore, un dimanche d'été. Longues, les ombres dans la rue. Murs placardés. À la télévision, la télévision. Rien que la télévision. Rien d'autre. À la piscine, l'édition du *Bild* du dimanche. Le S-Bahn aérien. L'escalator ne fonctionne pas. Immeubles de rapport, entrepôts, garages. Comme en voie de disparition dans une lumière tardive. Après-midi. Comme écrasées, les rues, devant toi, et nulle part où aller. Sans mon livre et sans l'enfance de Carina, nous serions redevenus nomades depuis longtemps. Deux cigarettes à chacun des deux clochards. Petits comme ça, dit l'un d'eux, on l'a tous été. Le chien me regardait comme s'il ne savait plus quoi faire. La semaine d'après Noël. Deux ou trois jours avant la Saint Sylvestre. À pied à la maison. Ils toussent tous. Toute la ville tousse. À peine cinq minutes de trajet. Et j'avais l'impression pourtant que chaque soir, nous passions devant ces murs placardés en toussant, devant ces injonctions et ces murs étroits et tristes, que, durant toute notre vie, nous rentrions à la maison, perdus et fatigués. Plus de mots. Sans mots, que veux-tu faire ? Retour à la maison, le soir, fatigué.

À la maison. Tout est perdu. Si loin, maintenant, le soir, loin derrière. Et Carina qui joue sur le tapis, fatiguée, encore petite dans mon souvenir. Elle a des pommes de pin. Où est passé le jour ? Je suis étranger à moi-même, si loin de moi que j'aimerais croire que ce devait être il y a plus longtemps, en décembre 1980. Et ma fatigue, vieille de tant d'années. Accumulée d'année en année. Si grande, ma fatigue autrefois que souvent, en me réveillant, je marmonnais, je cherchais et devais vérifier où j'étais, dans ma vie et dans le monde, quel jour et quelle année, et surtout qui j'étais? Pensant, il est possible de mourir de fatigue comme un cheval las sur le bord de la route. Vaincu, la tête de côté, comme les chevaux des soldats, morts dans les fossés. D'abord seulement dans les fossés au bord des routes et puis sur la route. On apprend vite à les éviter à temps. Même dans un demi-sommeil, avec de la fièvre. Décrire un coude, toujours, autour des chevaux de soldats morts. Certains morts les dents apparentes, comme si, au dernier moment, ils avaient ri de toutes leurs dents. Jaunes. De grosses dents. Chez d'autres, un trou dans le ventre. Sang et boyaux, mouches. Morts, les chevaux. Comment leur parler? Comment refermer un tel trou ? Rentrer les boyaux, tout vite replacé à l'intérieur et le trou refermé ? De nouveau en pleine forme? Les noms, leur nom, connaître leur vrai nom ! Les remettre sur pied et continuer de jouer avec ? Brisés et tordus, en travers de notre chemin. Et nous, de retour fuyant à pied de la guerre, avec nombre d'étrangers, ma mère, ma sœur et moi. Mais pas de retour à la maison, seulement au camp le plus proche. Le camp qui nous transperce. Mais pourquoi pensais-je déjà à l'époque, que désormais nous ne dormirions plus ? Carina sur le tapis, avec des peluches et des pommes de pin. Allumer le chauffage, vite ! Écouter le chauffage ! Chauffage au gaz, chaudière dans un placard mural de la cuisine. L'un de mes principaux soucis permanents, à l'époque, souci constant : si le chauffage tombait en panne ! Du coup, toujours occupé à distinguer les bruits. Tout va bien ? Il fait plus chaud ? Me prouver qu'il fonctionne. Impeccable ! Pas seulement à l'instant mais aussi à l'avenir ! Le thermostat. Parfois il faut retirer l'air des radiateurs, il y a une valve pour ça. Sur chaque radiateur une valve avec en prime, une clé à mollette. Heureusement nous ne l'avons pas perdue, pas égarée. Elle aurait pu tomber dans les toilettes, atterrir dans les ordures (celles de la semaine dernière, peut-être ?) ou rester purement introuvable. Eau de condensation, voilà encore un mot. Qui marche avec la clé à mollette. L'eau de condensation. Le thermostat. Et la température ambiante. Retirer l'air, encourager le chauffage et puis l'eau, et réguler la pression. Un circuit. Impeccable, irréprochable ! Mieux qu'avant, même ! Durera une éternité. La maison aussi. Tout comme nous et le temps, c'est clair ! Nous connaît, s'est acclimaté, le chauffage. Chauffe vraiment mieux qu'il y a un an, tu ne trouves pas ? Tout de suite chauds, les radiateurs, sans attendre. Chauds uniformément? De l'un à l'autre, et tâter la chaleur comme s'ils étaient tous gravement malades ! Sur leur lit de mort ! Encore un souffle de vie ou commencent-ils à refroidir ? Et soi-même avec confiance, respiration calme, profonde, régulière. Il ne faut pas dire *das* thermostat au lieu de *der*. C'est incorrect, ils n'aiment pas ça. Écouter les bruits comme s'ils étaient à l'intérieur de moi. Écouter les tenants et les aboutissants, dehors et dedans, un système, une langue étrangère. C'est la propriétaire, en fait, qui est responsable du chauffage, d'abord le gardien et puis la propriétaire (qui habite dans une villa à Blankenese, avec vue sur l'Elbe), mais nous nous sommes embarqués dans cette histoire depuis longtemps. Quand je suis abattu, le chauffage ne marche pas bien. Autre souci permanent, surtout en hiver (l'hiver depuis des années, déjà) : la note de gaz tous les deux mois! Quel montant, cette fois ? En rentrant à la maison, y ai encore pensé, me raser tout de suite, ranger et n'oublie pas la lumière de midi sur la neige! Responsable du monde et de la diversité du monde, de toute façon, de tout, c'était encore l'an dernier. Appeler Jürgen et Pascale. Une lettre de mon ami Manfred, de Giessen. Répondre au moins à sa lettre, lui écrire au moins que sa lettre est bien arrivée. L'année passée, les affaires administratives, notre correspondance avec les édiles. Et les papiers toujours pas en règle. Soucis d'argent. Aimerais un tas d'argent d'un coup ou au moins des économies. Rétroactivement. Pour toute l'année. Pas de factures. De préférence pas de dépense pendant des années. Volontiers un peu plus de temps pour nous, assez de temps, de place, aussi. De silence aussi. Rentré à la maison, affamé par le froid, mais plutôt me remettre tout de suite à mon livre. Jamais assez de temps. Pour chaque soir de ma vie j'aurais besoin de trois ou quatre soirs au moins. Le jour, le plus souvent, c'est pire. Mettre de l'ordre dans le manuscrit. Un nouveau ruban pour la machine. Ou mieux, un carton entier de rubans. Contenu, douze pièces. Tant pis pour le prix ! Pas à proximité du chauffage. Ils sècheraient. Le chauffage ne marche pas bien ? Rétroactivement un peu de paix, aussi. Une vie nouvelle. Vue d'ensemble, clarté, (mais écouter le chauffage, respirer calmement, calmement et profondément, et ne pas perdre de vue les factures de gaz !), une clarté spirituelle qui envahit la tête. À la place, si abattu que je ne me souviens pas de ce que nous avons mangé ce soir-là. Qu'avons-nous pu manger ? La journée, terminée. Fumeur à la chaîne. Trop fatigué, même pour un café. Chaque jour, quatre-vingts cigarettes et le soir, comme s'il n'y avait pas eu de jour. De préférence au lit, toutes les vacances de Noël au lit. La petite lampe de la table de nuit allumée. Une pile de livres près du lit. Et lire jour et nuit. De préférence, rétroactivement au lit, être endormi depuis des heures. Comme du pain dur pour la chapelure, les jours. De préférence ne pas m'être levé du tout, hier non plus. Quelqu'un d'autre. Une autre époque. Hiver et nuit.

Carina en pyjama, déjà. Avec elle à la fenêtre. Un pyjama blanc comme neige, un motif d'enfants dans la neige avec des luges, elle est donc encore petite. Notre fenêtre à pignon. Carina sur le bord intérieur de la fenêtre, chaude, petite et droite, je peux me tenir un peu à elle. Comme chaque soir, les fenêtres étrangères, les lumières, rideaux, tentures. Les oiseaux dorment déjà. Les réverbères sont toujours les mêmes. Sur les corniches et sur les toits, de la neige, encore (toujours plus de neige dans mon souvenir), et pourquoi pas de lune, aujourd'hui ? Avec elle, comme toujours, les mots, les noms, les détails. Le trottoir, nos pas sur le trottoir. Portes d'immeubles, ce que disent les pierres et ensemble, la journée d'aujourd'hui. Tous les jours. À la fenêtre. De la fenêtre à la commode. Une vieille commode de mon père qui sent depuis longtemps la lavande et le temps. Sur la commode, ouvert, les chefs-d'œuvre de la peinture flamande. L'été dernier, déjà, ce livre de la bibliothèque et depuis, durée de prêt sans arrêt prolongée. Ils nous connaissent. Comme si nous étions des intellos alors que nous lisons pour le plaisir. Le livre sur la commode, ou de la commode à la table familiale, qui est aussi celle où on mange. L'une de mes trois tables de travail. Là, sur l'étagère, sur le rebord de la fenêtre, sur la petite armoire longue et basse avec téléphone et électrophone. Un bahut d'occasion pour quatre-vingts marks. Avec l'à-valoir de mon premier livre. Sur un fauteuil, sur le plancher, sur les matelas. Ici ou là, le livre ouvert tel un livre de messe. Depuis longtemps, le retour des chasseurs de Bruegel et chaque jour cette image avec Carina. La neige. Arbres en hiver. La corneille dans l'arbre (tu vois) ne s'envole pas, nous connaît depuis longtemps. La neige, et bientôt le soir. Souvent un bout de chemin en compagnie des chasseurs. Avec eux dans la neige, dans l'air de l'hiver. Les pas et les voix maintenant encore à l'oreille. L'image, et chaque jour, apprendre l'au revoir de nouveau. Nous sommes là et nous les regardons. Tu as froid ? Rester à attendre jusqu'à ce qu'eux, hors de portée de voix, de nos regards, vers l'horizon, vers l'horizon toujours, et rentrer à la maison. Demain, encore. Du livre à la machine à écrire. Des pieds de tissu au bout de son pyjama (alors elle est encore petite). Parce que c'est le soir, on la porte. Et puis sur mes genoux, sur la chaise de travail. Lampe de bureau allumée. Allumer la machine à écrire. Qui bourdonne et qui vibre. Une feuille introduite, sa main dans la mienne et : C h e r M a n f r e d ! avec son index. Chaque lettre séparément.

Seul devant le miroir, dans la salle de bain. Hier non plus, ne me suis pas rasé, c'est dire que ce ne sera pas facile.

Journées libres. Mais si je repousse, ce sera encore plus dur. M'y mettre maintenant ? Ça me perturbe, me perturbe rien que d'y penser. M'y mettre ou pas? Suffisamment de courage et de présence d'esprit, de patience ? De toute façon en me rasant, chaque fois temporairement déclassé en un être moyen. S'y mettre, et puis finalement pas? Vieux, le rasoir et pas des meilleurs depuis longtemps. Électrique. Il me lâchera en plein milieu un jour et qu'est-ce que je deviendrai ? Comment continuer ma vie ? Sentir l'appartement autour de moi, le soir, toute la ville. Prise défectueuse dans le couloir. Défectueuse depuis longtemps mais compter avec le fait que, désormais, aucune prise ne durera longtemps ! L'une après l'autre, toutes, les unes après les autres et après ? De retour à l'âge de pierre ? Ne serait pas le pire mais on est dans leurs ordinateurs depuis longtemps. Calme et belle, la salle de bain. Carrelage bleu, murs bleus. Murs inclinés. Bleue, une baignoire bleue. Serviettes, une étagère bleue. Des petites dalles de pierre au sol. Deux dalles bancales. Tout près de l'entrée. Pas vraiment bancales mais comme une légère illusion des sens, un déclic quand on marche dessus, faible et doux. Difficile de décider si on l'entend, le déclic, ou si on le sent. Sibylle nie l'ensemble. Personne ne le remarque à part moi ! Je n'ai pas cessé de faire marcher toutes sortes de gens dessus, amis, invités, personnes neutres, je les regardais faire. Et les forçais à jurer. Moi-même, désemparé qu'ils ne soient pas désemparés devant le fait qu'il y ait une chose qu'ils ne remarquaient pas et pour laquelle n'existait aucun mot, aucun nom.

Près du lavabo, un tabouret haut pour Carina. Grimpe par-dessus le bord de la baignoire, grimpe à chaque fois qu'elle y pense, grimpe sur ce tabouret aussi vite qu'elle peut, et se tient fort au lavabo. Toujours pressée. Souvent la bouche pleine de mots, et mordre dans quelque chose au passage, vite fait. Pain d'épices, pomme, banane, les mots comme une friandise (parfois elle lèche son reflet dans le miroir, mais il ne faut pas qu'on le sache! Un goût frais et lisse! Vite, encore une fois !)Depuis qu'elle a commencé à parler, hors d'haleine de par le monde comme si son cœur volait au-devant d'elle. Elle est au lit, maintenant. Sibylle auprès d'elle. Elles commencent à m'appeler, toutes les deux. Il ne faut pas m'appeler quand je me rase ! Pourtant, elles ne cessent de m'appeler. Alors vers elles, rasoir et cordon à la main. Celui du miroir devra attendre. Se raser est d'une difficulté effrayante ! Quelle tension ! Et dangereux ! Ce n'est pas bien d'être dérangé ! Mais elles veulent que je m'assoie près d'elles. Viens, disent-elles en tapotant les oreillers, me prenant le rasoir des mains et le cordon pour lequel il n'y a pourtant pas d'autre place au monde. Sibylle me les prend des mains et Carina accomplit pensivement les mêmes gestes, les mains vides et le regard brillant. Assise dans son lit. Peluches, livres d'images. Ça sent la tisane au fenouil. Un grand globe lumineux en papier de riz. Nous avions fait en sorte de pouvoir le suspendre n'importe où. Oscille légèrement. Ou est-ce la chambre qui oscille ? Au mur, l'image de la nuit. Pas longtemps que Sibylle l'a accrochée. À l'instant c'est comme si je pouvais rester assis à côté d'elles, rester longuement, respirer et rester. Mais pas fini de me raser, le quart tout au plus, je ne supporte pas ! Si, disent-elles en commençant à me caresser, tu supporteras si tu restes assis près de nous, mon cher Louf! Une fois, seul à la maison avec Carina, qui veut un livre. Elle sait où il est. Tolstoï : Fables. Bien avant sa naissance chez un bouquiniste pour un mark, à l'autre bout de la Zeil. Passant par là-bas tous les jours, à l'époque. Elle veut le regarder avec moi. Une couverture multicolore. En plus du texte, des gravures. Elle ne veut pas qu'on lise mais qu'on regarde les images en attendant le retour de Sibylle. Les images et raconter, en plus. Ours, paysans, églises russes aux bulbes multicolores et un sourire candide. Noir et blanc, les gravures. Pourtant on voit que les églises sont en couleur. Paysans en bottes de feutre, paysans et valets, cochers. Traîneaux, beignets sucrés, un boulanger, un tsar. Une isba en bois avec un poêle. La lumière des bougies. Une femme berce un enfant. En bordure d'image, un loup. Qui est dans le noir, dans la neige, et la regarde par la fenêtre. Qu'aura raconté Sibylle à Carina sur cette image ? Tu vois, dis-je, le petit enfant fatigué, le soir. Presque endormi, le petit. Et là, un loup. C'est un loup. Il s'appelle pas loup, dit-elle sur mes genoux, il s'appelle Louf !

Depuis, Sibylle et elle ont parfois le droit de m'appeler Louf. Mais seulement le soir, à la maison, et pas souvent. Secret. Un après-midi où je dormais (d'abord le printemps et puis l'été, toutes portes ouvertes ; ce devait être en juin, quelques jours avant mon anniversaire, début juin) elles attendaient que je me réveille avec toutes sortes de murmures, et Carina s'est fait écrire un mot par Sibylle : j'aime le Louf 600 ans ! Rouge, bleu et violet, les lettres, comme les œufs de Pâques. Avec de gros feutres non toxiques de chez Tatzelwurm. Puis Carina, avec son tube de colle Uhu, colle sur le papier le large ruban rouge d'une couronne de l'Avent. Dehors, le jour attend. Elles sont assises près de moi. Elles ont déposé le mot sur mon oreiller, dans mon sommeil, pour que je le voie dès mon réveil. Six cents, cela veut dire beaucoup, pour Carina, incommensurable et plus encore ! Parce qu'il faut déjà tellement de temps avant d'avoir enfin deux ans, et puis trois. Le mot avec le ruban, comme marque-pages, toujours. Mais je savais qu'il était, dans sa pensée, comme un drapeau, une banderole, une image. Assez grand pour recouvrir le mur. Ou l'immeuble dehors, haut de plusieurs étages. Être assis un moment auprès d'elles en tant que Louf, maintenant, les yeux déjà ensommeillés mais le rasage entamé, une pression asymétrique sur le visage. La pression me tient éveillé. Continuer de se raser ! Aurais mieux fait de ne pas commencer ! L'avenir. Avons besoin de serviettes, de housses de couette. Bientôt, d'autres chaussures pour Carina. Pas de printemps. Une autre facture de livres élevée impayée (pourquoi me font-ils crédit ?). Bientôt, de nouveau, la facture de gaz, et pas d'argent, comme d'habitude. Souvent il m'arrive d'entrer en fureur en me rasant. Comme dans un duel. Un rasage autiste. Comme si on avait mélangé les mots à l'intérieur de soi, parce qu'ils sont conservés trop près les uns des autres. Comme si c'était un-seul-et-même mot. Alors mieux vaut me laisser pour l'instant distraire par des pensées secondaires et paisibles. Les champs de blé bien trop loin, maintenant. Et pas la bonne saison. L'eau du bain n'a encore jamais débordé, a failli seulement (peut-être une preuve, à mon intention, de l'existence de Dieu !). Petite, la salle de bain, mais se reflète dans le vasistas à l'oblique. On peut penser qu'elle continue. Monter quelques marches, et juste au coin. Derrière chaque espace, l'espace véritable. Bonheur. Marbre. Davantage de lumière. Miroir, armoires murales, fenêtres, du temps à profusion. Et d'autres baignoires, encore. Chacune plus belle que l'autre. Telle une tourmente de neige, la fatigue m'encercle (j'ai quel âge, je ne m'en souviens plus). Ai fini de me raser avec mes dernières forces, comme un paysan qui laboure. Qui laboure avec deux vaches de mars maigres ou un canasson déglingué, un fantôme de canasson, un champ sous le ciel, en pente raide. Et qui ne peut s'arrêter bien qu'il sache aller au-delà de ses forces. Et puis un café, dans la cuisine. D'abord un et puis deux, puis trois. Amer et chaud. Debout. Me demander si je sortirai jamais de cette fatigue qui m'encercle, telle une tourmente de neige. Bientôt 38 ans. Mon deuxième livre, et loin d'être fini. Depuis que j'ai cessé de boire, vingt ou trente cafés, certains jours. Une cuisine américaine. Derrière la fenêtre de la cuisine, la tour de la télévision. Les lumières clignotent. Entrent dans le ciel. Brun, le ciel de nuit de Francfort. Le rayon tourne. Lumières rouges et blanches. Ramasser les jouets de Carina dans la grande pièce, et les pensées avec. Comme chaque soir, comme d'habitude. La fenêtre, le silence, le retour des chasseurs.

Et puis, à ma table de travail. Trois tables de travail. Carina dort déjà ? Sibylle, endormie auprès d'elle ? Toutes les portes entrebâillées. Cher Manfred ! c'est déjà sur le papier. 1) Ta lettre est arrivée le lendemain de Noël (avant-hier). 2) Rapidement, une brève réponse pour ne pas te faire trop attendre. 3) Une longue lettre suit. 4) Pourquoi tu n'appelles jamais ? Il est tard dans la nuit ! (En réalité, à peine huit heures et demie mais il faut compter avec ma fatigue !) (Lui-même n'a jamais eu le téléphone !) 5) Je suis ivre de souvenirs et de fatigue. 6) Carina dort. 7) Sibylle peut-être endormie avec elle. Souvent, dans ma fatigue, pour y arriver quand même, numérote les phrases de mes lettres l'une après l'autre. Pour la concentration. Ça aide. Trouvé cette même méthode chez Tchekhov. 8) J'écris chaque jour, pourtant le livre n'est pas fini, il y en a toujours plus. Tout à la fois ! C'est comme une noyade! 9) Tu dois *prier* pour moi *mais ne pas le crier sur les toits* (parce que je suis athée !). 10) À la librairie, de nouveau, à partir de lundi, un mi-temps. 11) On viendra, si on peut, le deuxième ou troisième week-end de janvier. De préférence le deuxième, mais plus vraisemblablement le troisième. Jamais assez de temps ! 12) Si possible, le vendredi midi. De préférence dès le jeudi après-midi. Bien que les billets de retour du dimanche ne soient bon marché qu'avec un aller le samedi matin. 13) Tu as fini ton travail ? Appelle d'une cabine téléphonique en passant. Par où passes-tu, et avec quelles pensées, en ce moment à Giessen, durant ces jours d'après Noël ? 14) Tu peux m'envoyer déjà les notes ou aussi bien attendre notre venue. 15) Tu peux aussi m'abrutir de paroles toute la nuit (l'idéal, en marchant, ou allongé) mais seulement quand Carina se sera endormie. Entre-temps dans la cuisine, et toujours un autre café. Ginger Ale, Coca, eau minérale en écrivant. Fumeur à la chaîne de toute façon. Dans la cuisine, lucarne ouverte, un vent de neige me souffle au visage. La tour de la télévision, tantôt proche, tantôt lointaine. Avons eu des côtelettes d'agneau au dîner, en promotion au supermarché Kaiser. C'est pour ça, sur la table de la cuisine et dans la poêle, du romarin partout. Des petites miettes rôties. Ça se met facilement dans la bouche et en plus, la Provence. Continuer d'écrire. À partir de 18) les chiffres occasionnellement, seulement, et puis abandonnés (à partir de 23). Avec peu d'intervalles entre les lignes, quatre pages et il est dix heures cinq. Sibylle déjà entrée auparavant. En pullover et en collant. Me suis presque endormie, dit-elle, doit se reprendre un peu. Jus d'orange toi aussi ? Le disque de Mahalia Jackson. Et puis ma lettre est terminée et elle la lit. Demain, tout de suite à la poste, la lettre, pour que je ne me mette pas à la retravailler. Je suis allé dans la cuisine presser d'autres oranges. On aurait pu se coucher mais la musique, Mahalia Jackson, du jus d'orange, encore, Sibylle avec la lettre et je voudrais regarder rapidement deux-trois passages de mon manuscrit. Comment vont-ils ? Que disent-ils ? Sont-ils vraiment là, repérables, entamés ? Et oublié l'heure aussitôt. Mon deuxième livre. J'ai arrêté de boire au milieu du livre. Continuer le manuscrit. Je n'écrivais pas du début à la fin mais tout à la fois. Chaque page réécrite vingt fois, tout reprendre depuis le début. Peut-être ne sera-t-il jamais fini. Pas de sortie de secours, pas d'issue. Isolement cellulaire. Aucune possibilité de fuite. Des années d'isolement et à la fin, il me tuera. Mais dès que tu t'y mets, à chaque fois, le reste t'est égal. Musique. Souvent pendant des semaines le même disque. En ce moment, Mahalia Jackson. Depuis début décembre. Dès que j'écris, tout me devient présent! Sibylle écrit une lettre en plus de ma lettre. La grande Olivetti électrique de l'à valoir de mon premier livre mais avons toujours la vieille machine à écrire mécanique Alpina. Achetée quand j'ai commencé à travailler, à 14 ans. En location mensuelle, à l'époque, 15,50 DM par mois, puis achetée définitivement. On décompte la location à l'achat. En tant qu'apprenti, 45 DM par mois, puis 55 DM de revenu mensuel. Six-jours-par-semaine. Une machine à écrire à moi.

Sibylle et moi à l'électrophone en alternance. Toujours la même face du même disque. Et toujours bousculer l'électrophone avec précaution, un peu mais pas trop! Un soir d'hiver. Deux machines à écrire. Le bruissement, le claquement du temps qui se hâte. À la cuisine, entre-temps. Café. Jus d'orange. Toute la cuisine sent l'écorce d'orange. Bientôt, de nouveau, les oranges sanguines. Mais pas encore le jus de sureau chaud avec du miel, de la cannelle et des clous de girofle. Après la côtelette d'agneau au romarin (est-ce toujours la soirée d'aujourd'hui ?), un morceau de roquefort (en plein hiver : toujours le même, une seule longue soirée, me dis-je) et des piments grecs doux. Avec beaucoup de sel. Demain acheter des olives, les meilleures ! Toutes sortes d'olives et après, commencer à économiser sérieusement ! Aller vers Sibylle, aussi, sans arrêt. Un long soir. Chaque fois vers elle avec nombre de mots. Quand j'écris, tout ce qui me passe par la tête devient réel pour moi, irrésistible. J'allais toujours me faire raser, en Grèce. Tu te souviens, dis-je. Tous les deux jours. Souvent près d'un café. On peut s'asseoir au soleil en attendant son tour. Au moins un. Café c'est-à-dire moka c'est-à-dire version grecque du café turc. Café avec Ouzo, un petit verre d'Ouzo, un Ouzo avec un genre de tapas. La mer. Le vent du matin. Ils adorent la couleur bleue. Un ministre, je ne le laisserais pas passer devant mais ce vieux capitaine avec sa vieille casquette de capitaine, en sandales et bras de chemise, oui ! L'ai vu souvent, et même sur le pont de son bateau. Lui, je le laisserais passer ! Et puis avec lui, un Ouzo avec tapas. On peut vivre bien, grâce à ces tapas. Et étudier leurs variations à travers le pays, et de verre en verre. Devant le miroir, maintenant. Dans le miroir, je te vois assise à la table, près de ma chaise blanche vide. Tu as une robe claire. À la lumière du matin, elle paraît blanche, plus claire que blanche. Mais je sais qu'elle est violette. Claire comme le lilas, mauve. Le vent s'est couché à tes pieds tel un chien fidèle. Ce jour a vraiment existé. L'île de Samos. Le port de Pythagorion. Les liserons en fleur. Une plante grimpante unique qui pousse dans toute la ville, blanche, rose, bleu clair et mauve. Au-dessus des portes et autour des fenêtres. Le long des toits et des murs. Autour du port et dans toutes les rues, les ruelles, et les cours. De maison en maison. Depuis Pythagore, depuis deux mille cinq cents ans. Aujourd'hui pas encore, pas encore allés à la mer ni bu du vin de Samos. Demain, là-haut dans la montagne avec de l'eau. Le vieux capitaine avec son diesel lent, qui sort en pleine mer sous nos yeux. Des gestes doux, le coiffeur, et moi, dans le miroir, d'abord comme un pirate et puis avec une cape pourpre, dignitaire grec superbe.

Chez le coiffeur, en Turquie, on vous apporte toujours un thé turc. Des petits verres cerclés d'or en forme de tulipe sur un plateau. Ce sont les enfants qui apportent le thé. Des petits garçons sérieux de huit ou dix ans. Ils se nourrissent eux-mêmes et nourrissent leur famille. Encore un verre. Le thé turc te rend calme et décidé, peu importe pour faire quoi. Musique de caravane. Déjà les Bulgares et les Grecs, les Albanais du Kosovo ont de longs couteaux à raser mais les Turcs prennent des sabres. On est assis dans un fauteuil comme sur un trône. Une musique de caravane qui peut durer des jours. Dans le miroir, le reflet d'un drapeau turc. Le coiffeur au sabre qui passe et repasse. Son ambition est d'avoir entièrement rasé chaque client sans un regard pour sa personne, d'un mouvement du sabre offensif, vertigineux et unique, effleurant la peau avec une précision parfaite, vertical, tantôt à droite tantôt à gauche, de l'oreille à la gorge. Tel un maître d'escrime ou un bourreau. Les clients, pacifiques et le plus souvent sans arme. Ainsi effleurée, la peau reste tendre et souple. Et puis améliorer encore un peu, de façon à pouvoir jouer devant moi de son art, de ses soins et de sa considération, et qu'il reste du temps pour une petite conversation satisfaisante en plusieurs langues. Sur la lèvre supérieure, la moustache, je ne sais pas comment ils s'y prennent mais dès la deuxième fois on vient s'asseoir en Turc énigmatique, avec une moustache turque, détendu et fier. Le garçon ramasse les verres avec adresse et sérieux. Dans peu de temps il sera assez grand pour faire un travail d'homme. Ensuite il y aura son petit frère. Entre-temps, tes chaussures ont été cirées. Deux fois ? Au moins deux fois, rien à faire contre ça. À moins d'aller pieds nus. Ils nettoient aussi les sandales et les chaussures en textile. Prendre le petit déjeuner au bazar, maintenant. Dans les bistrots à petit déjeuner du bazar, tout est dans de grands plats. Tout ce que tu veux ! Döner, yaourts, kebab, ragoût d'agneau, saucisse pimentée, chachlik, œufs brouillés, galettes de pain à l'anis, au sésame, au cumin, pigeons rôtis, marouettes poussins, perdrix, poulets au fenouil, au gingembre, viande de chèvre, viande séchée, salée, viande de bœuf séchée, rôti de veau en croûte, galette de pain chaud en forme de soleil, haricots rouges au cumin, soupe de potiron au lait caillé, poisson fumé, poulpes, tourteaux, millet, tomates, courgettes, avocats et aubergines, fruits au vinaigre, légumes marinés, fromage de brebis, fromage de chèvre. On a le droit de tout mélanger, au petit déjeuner. Nous avons envie de goûter à tous les plats ! Sans oublier les petits gâteaux multicolores. On les mange avec un nappage, comme une bénédiction. Grosses noix épluchées. Dattes, figues, raisin. Tu te souviens du seau en bois plein de miel sauvage ? Des écuelles en bois d'olivier. Et du lait chaud tant que tu veux. Quand tu repars, une poignée de raisins secs, une poignée de pistaches pour la route. Début octobre. Devions rentrer bientôt, rentrer en Allemagne. La nuit, déjà frais mais au soleil il fait chaud. Dix heures du matin. Petit déjeuner avec musique de caravane. Et plus loin, les pays arabes. Égypte, Afghanistan. Va-t-on chez le coiffeur, là-bas. En Inde, aurai-je l'air d'un Indien ?

À Marseille, dans le quartier arabe, il y avait un coiffeur qui n'avait même pas de boutique. Une chaise, seulement, un tapis, un miroir, un couvercle métallique en guise de cendrier pour les clients, et ses instruments dans une caisse en bois à deux tiroirs. Le tapis, plutôt un paillasson mais avec un motif de palmier. Essentiellement des habitués. Sans murs. Il travaillait dans la rue. Toujours au même endroit. Pendant des années. Essentiellement des habitués mais clientèle de passage, aussi, en abondance. Des spectateurs, aussi. On ne l'a pas vu ensemble ? Il n'était plus très jeune. Presque pas de cheveux, ce coiffeur. Économies, économies. Peut-être que le soir au marché, les restes du marché, c'est bon, le moindre centime économisé au fil des années. Cigarette, celles offertes, seulement. A-t-il une minuscule boutique maintenant, dans le quartier, tous les jours? Dans une entrée d'immeuble près de l'escalier, et le miroir fixé au mur ? Ou rentré à Tanger, à Marrakech, à Oran et devenu spécialiste de l'Europe ? Un jour d'octobre, je suis allé de Marseille jusqu'en Corse sur un bateau algérien. Beaucoup d'Algériens, qui voulaient monter sur ce bateau. Ils commençaient à attendre des heures avant. Presque que des hommes, jeunes et vieux. Essentiellement des sacs et des paniers pour bagage. Une moitié de vie en Europe et tout ce qu'on possède, dans un petit sac de grains de café et dans un panier en osier. Panier avec couvercle, comme les charmeurs de serpents. Il n'y avait pas encore de sacs en plastique. On venait de les introduire dans le monde. Sur le bateau il y avait première, deuxième et quatrième classe. La quatrième classe pour les seuls Africains. Tout en bas du bateau et invisibles pendant la traversée. Le bateau entre les îles, au soir, allant vers la pleine mer. Dans la dernière lueur, on peut le voir longtemps. Continuer d'écrire ! Nuit, hiver. Un long soir. Quand je suis abattu, le chauffage ne marche pas bien. Pareil pour la machine à écrire. Anxieuse et inhibée. Est gênée, commence à bégayer. Le E reste enfoncé. Et la touche avec le 2 et les guillemets. Le E, peut-être parce que le plus et le 2 parce que pas assez ? Ou mauvaise influence mutuelle, touches trop proches l'une de l'autre. Peut-être reliées secrètement? À l'intérieur de la machine, un fil électrique, le courant se cabre devant un coude, une courbe. Ne passe pas bien. Ne veut pas. N'a pas confiance. En allemand, on ne peut pas écrire de bon texte assez long sans E. Pire,

le chariot, parfois, refuse de s'enclencher après le retour
à la ligne. Après la première fois, on retient son souffle à
chaque changement de ligne. On retient l'air involontai-
rement, on ralentit les battements de son cœur jusqu'à ce
qu'on sache si ça a marché, cette fois. Ou, vite, un battement de cœur en trop. Mais maintenant : il fait chaud. Le
chauffage bourdonne. La lumière claire, claire et joyeuse.
La machine à écrire, forte et vive. Rassemble ses forces et
se baisse pour mieux sauter. Dans la cuisine, de nouveau.
Courant d'air. Lucarne ouverte et la nuit qui entre par la
fenêtre, la nuit et le vent. N'est-ce pas déjà arrivé ? Ce soir
ou il y a cent ans, souvent? Et le vent aussi, comme avant.
Vent, un vent de neige comme descendu de la montagne. Tu restes là et tu sens le vent sur ton visage, tu sais
que le dégel commence. La lampe de la cuisine, toujours
aussi crue ? Appel d'air ! Chaque objet crie son nom !
Les instants et les torchons battent puissamment des
ailes ! La tour de la télévision clignotant, énervée, s'agi-
tant, gesticulant ! Se précipite de toutes ses lumières vers
toi, si grande, si proche, comme si elle allait entrer par la
fenêtre ! La fois d'après, la fenêtre est fermée. Le même
soir. La lampe trouble. Embuée, la fenêtre. Chaque objet,
plongé dans son propre silence. Où s'est glissé le temps ?
La tour de la télévision et les lumières qui s'éteignent. À
la dérive, décline au loin. Quand tu reviens, des fleurs de
givre aux fenêtres. Petite, étroite, la cuisine. Une cuisine
américaine. Murs inclinés. Telle une caverne, enfermée
dans les glaces éternelles. Et tout l'hiver, un jus de fruit

frais chaque jour. C'est pourquoi tout l'hiver, ça sent bon l'écorce d'orange dans la cuisine, chez nous.

À moi-même. À Sibylle qui relit maintenant avec riguer sa propre lettre. Elle et moi, l'un à l'autre. Il va être temps. On devrait partir. Bientôt. On devrait recommencer à voyager. Même avec peu ou sans argent. Assez attendu. Au plus tard quand on ira vers l'été. Carina est assez grande. Elle voit tout. Elle ne sera pas fatiguée. Elle n'en aura jamais assez. Bientôt deux ans. D'abord bientôt deux ans et puis bientôt trois. Deux ans, c'est un bon âge. Trois aussi. Trois surtout. Quand elle dort, on peut la porter. Ou s'asseoir dans l'herbe auprès de son sommeil. Et nous, plus aussi épuisés qu'aux premiers temps de sa naissance. J'avais cessé de boire. Première année, une année encore et la vie, revenue vers moi ! Je peux la porter toute la journée. Maintenant encore mieux qu'avant. Souvent elle sautille, court, se tient en équilibre, elle danse dans le monde. De toute façon, en été, elle devient une enfant tsigane. Chaque été. Demain, la lettre à la poste, dès tôt le matin. Je nous vois longer la Seestrasse, à la poste, d'abord. Restes de neige, neige sur la Kurfürstenplatz. À l'annexe de la bibliothèque municipale. La Leipziger Strasse. Faire les courses. Boire du thé. Du thé chaud dans de hauts verres où le sucre candi grésille et chante. Et aller à la rencontre du jour avec son visage d'hiver et nombre de visages. Ne pas oublier les olives ! Avec les livres, les fruits, le lait et le bagage plein de pensées, traverser la Leipziger Strasse. Lentement. Un jour d'hiver. Sibylle, Carina et moi. Comme si nous continuions d'entendre Mahalia Jackson en marchant, comme en ce moment. Comme l'année où j'avais 16 ans et que je mettais ma vieille veste noire, et quittais le village pour aller à Lollar. À la rencontre du monde, de ma vie, de la journée, du soir. Et depuis, chaque jour une fois à Lollar. Et selon la façon dont s'est passée la journée, ne pas faire demi-tour à Lollar, continuer : à Giessen, à Rome. Mais demain matin, de préférence, les photocopies de la lettre d'abord, ainsi garde-t-on le temps en mémoire. Retravailler les photocopies au moins pour moi, dès que j'aurai un peu de temps. Bientôt minuit. J'aimerais qu'il l'ait déjà, la lettre, qu'il puisse commencer à la lire tout de suite. Aurais préféré lui télégraphier toute la lettre sur-le-champ, mot par mot. Directement dans sa tête. Tant pis pour le prix! Aujourd'hui, était-ce lundi ? La Saint-Sylvestre, c'est après-demain ? Janvier est toujours un bon mois pour travailler, il dure longtemps. Entrer longuement en silence dans le temps, chaque mois de janvier. En janvier, il y a des oranges sanguines. Du jus aussi, beaucoup de jus. Rouge foncé, souvent presque noir, le jus, comme du jus de baies rouges. Peut-être les premières demain, déjà. Toujours fin décembre, les premières, puis elles mûrissent tout janvier. La Sicile. Les îles de la Méditerranée. J'en ai la nostalgie aujourd'hui !

Hiver. Un long soir. Le chauffage bourdonne. La neige glisse du toit. Comme à Staufenberg, tu te souviens ? À la lumière de la lampe, les longs soirs. Qui se reflètent, ronds, dans les bouteilles et les verres, rouges, bruns et or. Dans ma mémoire, un seul et long soir. Rester assis là et écrire. Déjà à 15 ans, à Staufenberg. Traîner des caisses toute la journée en tant qu'apprenti à Giessen. Une blouse grise, un visage de boutique et saluer chaque chapeau, chaque fois. Et la nuit, à la table de la cuisine de ma mère. Loué la machine à écrire, d'abord loué et ensuite acheté. Ouvrir le vin. Commencer le vin. Mon premier verre de vin. À 15 ans mon premier verre de vin et puis plus jamais sobre, pendant vingt et un ans. La lampe de la cuisine. Autrefois, déjà, un vieux disque de Mahalia Jackson, un tourne-disque qu'il fallait bousculer un peu. Dans le silence et dans la nuit. Le village dort. Réglé le réveil pour demain matin. Dehors, la neige était haute. La lampe de la cuisine, achetée l'année de l'introduction de la nouvelle monnaie. Dès qu'il y a eu un nouvel argent. Jaune, une lampe de cuisine avec un cordon. La lampe de la cuisine, la machine à écrire, la table de la cuisine et les soirées de Staufenberg, et puis aussi avec toi. Les mêmes soirées. Tu les as encore connues. Entrer toujours plus profond dans la nuit. Et puis notre premier hiver à Francfort. La première année, quand il fallait sans cesse déménager, jamais d'appartement, de table, de lit, de fenêtre et de temps pour plus de quelques semaines. D'un village. N'ai cessé d'écrire mon premier livre pendant nombre d'années et puis une dernière fois, encore. *Der Nussbaum gegenüber vom Laden, in dem du dein Brot kaufs*t. Le noyer en face de la boutique où tu achètes ton pain. À Francfort exprès pour ça. Rester assis à écrire. Et comme si je devais, en écrivant, retenir l'air, le temps, jusqu'à ce que le livre soit enfin terminé. Il y a trois ans. Nous pensions retourner à Staufenberg quand il serait fin. Ou pensions que nous le pensions. Comme si on pouvait jamais revenir et que ce soit le même lieu et nous, les mêmes personnes. Parce que ça allait mal, on est restés ! Maintenant le prochain, mon deuxième livre, sera pour la ville. Je ne veux rien lui devoir. Carina dort. Minuit passé. Nous atteindra-t-il, le temps ? Dès que le disque est terminé, le même silence de nouveau. Avant, jamais eu congé entre Noël et le Nouvel An. Seulement à la librairie, jamais avant. C'est pourquoi les jours sont si longs, maintenant, si évidents. Ce doit être vers cette époque qu'en marchant ou en écrivant j'ai eu comme un pressentiment lointain, comme si tu devais t'en souvenir plus tard, comme l'impression que, peut-être, il se pourrait qu'il puisse être finalement terminé, le livre, et que je serais sauvé. J'avais déjà le titre. *Das schwarze Buch.* Sibylle, à moi. Où en es-tu, demande-t-elle, combien de temps encore ? Question non autorisée. Et la main dans ma chemise, que j'avais déboutonnée pour être prêt plus tôt, et parce que j'ai souvent chaud, en écrivant. Comme d'habitude, dis-je, tu sais bien. Toujours *l'avant-dernière* page. Alors je fais couler l'eau du bain, dit-elle, et tu prends un bain avec moi ! Ce sont nos vacances de Noël quand même ! De toute façon il est tard, dit-elle, bientôt une heure. À la table, près de la lampe. Où est passé le soir ? D'abord rasé avec mes dernières forces, fini de me raser. Puis la lettre à mon ami Manfred. Et continué le livre. Retravaillé deux pages et demie. Il y a quatre pages, maintenant. Et trois quarts d'une page neuve. À recopier demain. En recopiant, ça fera bien une page et demie. Le tout, avec interlignes serrés. De retour à la librairie lundi seulement. La prochaine facture de gaz, pas avant la mi-janvier. Alors au moins pour le moment, te dis-tu, conti-nuer de rester au monde ! Et jusqu'à nouvel ordre, croire qu'on est en vie, on aurait dû se l'écrire noir sur blanc il y a longtemps! Il est juste de pouvoir faire tout ce qu'on avait prévu, n'oublie pas ! Et tout ce qu'on a rêvé, une tâche difficile. Recommencer chaque jour à zéro. D'in-nombrables surprises en plus. Je le crois depuis toujours (sinon, impossible de vivre). Même Mahalia Jackson. La maison a-t-elle déjà tremblé ? Fatigué, de fatigue pure.

Ôté les chaussettes auparavant, déjà. On n'est vraiment dans son assiette et libre de penser que pieds nus. La der-nière phrase pour aujourd'hui. Et commencer à s'arrêter. S'arrêter, ça s'apprend aussi. Le manuscrit sur la table et dans ma tête, un ordonnancement. Lampe du bureau éteinte, débrancher la machine à écrire. Ils devraient au moins me donner les rubans gratuitement à vie, mais qui ? Pieds nus sur le tapis. Avant, ramassé les jouets de Carina, comme chaque soir, c'est là que le soir commence vrai-ment. Sibylle a commencé à se déshabiller dans le cou-loir. Toutes portes ouvertes. L'eau du bain bruisse. La bai-gnoire est bientôt pleine. Comme huile de bain, lavande ou thym? Tu as de beaux pieds, dit-elle, oui, dis-je, comme Jésus Christ. Et être encore vraiment en vie ! Eu vraiment beaucoup de chance, dans la vie. En fait, c'est ce que je pense, on fait tout soi-même. Quel travail harassant, ne serait-ce que la boisson, pour moi. Des années, des décennies. D'où je venais, à boire n'importe quel tord-boyaux. Elle regarde mes pages d'aujourd'hui. Tu dormiras bien cette nuit, dit-elle. Et si tu te réveilles comme d'habitude demain, rendors-toi aussitôt. Toute la journée libre. Les vacances de Noël. Tard dans la nuit. Toute ma vie en mémoire. Ne pas oublier les olives, demain! Et aller voir l'oie. Rohmerstrasse. En face de la poste. À une fenêtre du troisième étage. Depuis que nous sommes à Francfort. Chaque fois qu'on passe devant. Une oie. Une lampe en guise d'oie. Grandeur nature. Vite, quatre-cinq-six cigarettes encore tandis que coule l'eau du bain. Écrit parfois un paragraphe. Puis réécrit ce paragraphe pendant deux ans. Du paragraphe est sorti la moitié d'un livre. Et puis après deux ans (où suis-je, alors ?), me vient une phrase à ajouter. Peut-être une simple demi-phrase. Ne pas perdre les mots ! Et puis il se peut que j'aie toute une journée le sentiment de savoir pourquoi j'ai commencé il y a deux ans sans jamais être tranquille depuis. Même dans mon sommeil. Du moins puis-je avoir cette impression le reste de la journée. Peut-être encore le lendemain. Pieds nus sur le tapis. Acheter des olives demain! L'eau du bain. Comme ivre de fatigue. Continuer de fumer dans le bain. À la fenêtre. Le jour enfui. Le retour des chasseurs. Après, encore, regarder Carina dans son sommeil. Maintenant la lune est là, tu vois. Toute la soirée me suis demandé où elle était. Elle s'en va, décroît. Quand elle décroît, elle se lève plus tard chaque nuit. Et prend son temps avant de venir chez nous, devant notre fenêtre, par-dessus le toit. J'aimerais qu'on ait des fenêtres de tous les côtés, des fenêtres aux quatre points cardinaux. Une tour, de préférence. Toute ma vie j'ai voulu une tour. Si mince, il ne reste presque rien de la lune. Le dernier croissant. Souvent elle ne se lève qu'après minuit. Et parce qu'elle me demande toujours, d'où tu sais ça ? Où ça se trouve ? Dans la vie. Me suis imaginé le monde entier. Dans les camps. Enfant. D'abord dans les camps et puis dans les wagons à bestiaux. C'est là que le monde a commencé à se mettre en branle. Désormais tout m'appartient.

21

Neuf ans ensemble. Un enfant. Le mot séparation et puis une ère nouvelle. Fin novembre, la séparation, et désormais, chaque nuit, un lit dans la grande pièce avec son sommeil et des conversations avec lui-même. Dans le silence qui s'avance. Minuit passé depuis longtemps. Et s'installer à la troisième personne pour la nuit. C'est-à-dire moi, l'auteur, toujours aussi désemparé. De toute façon, toujours des matelas, dans la pièce, pour avoir à tout instant un espace pour jouer et pour les après-midi, les invités et pour nous-mêmes. La guitare de Sibylle. La table où manger. Sa table lumineuse pour son travail d'édition. Telle un bloc de glace, illuminée de l'intérieur. Trois tables de travail. De toute façon, écrit dans cette pièce depuis des années, soir après soir. Toujours plus profond dans la nuit. Souvent, avec Sibylle jusqu'à trois heures du matin. Musique, nos voix, le silence et qui nous sommes. Carina, tout près. Sous l'image de la nuit, son sommeil confiant. Ce n'est qu'au milieu d'un rêve qu'on se rend compte qu'on rêve. Qu'au moins on ne se dispute pas l'enfant comme tous les couples qui se séparent. Pensions-nous, nous disions-nous alors. Chacun son propre témoin. Quand j'ai déménagé, nous voulions nous partager le droit de garde. Deux semaines plus tard, Sibylle me disait : si je veux je peux faire en sorte que tu ne voies plus Carina ! En plein hiver. Le cagibi. Et mon temps qui s'écoule. En plus, mon irremplaçable mi-temps qui s'achève dans les délais prévus, j'avais le sentiment d'une immense duperie. Pas d'appartement, pas de travail, pas d'argent, pas de perspectives, et mon troisième livre entamé. L'amour, perdu. Mon enfant, pas avec moi. Table et lit empruntés. Et la machine à écrire, récente, l'à valoir de mon premier livre, transportée ensemble jusqu'à la maison, Sibylle et moi. Hier ou avant-hier, et déjà vieille de cinq ans! La machine à écrire n'aurait-elle pas dû être réparée depuis longtemps? Quand je suis abattu, la machine à écrire ne marche pas bien. N'a pas confiance ! Commence à bégayer ! Est gênée ! Rester assis à écrire et me battre contre moi-même, et le jour et le temps, et le caractère éternellement éphémère des choses, comme d'habitude. Pendant que j'écris au moins, il doit s'immobiliser, le temps. Doit rester auprès de moi et sourire comme une femme, une belle femme. Il me suffirait de lever les yeux pour la reconnaître. Rester assis à écrire. Le soir, le matin, et encore une journée. Me suis trimballé les trucs des autres la moitié de ma vie, portefaix, et suis devenu pauvre. Pas assez de temps, me reconnaissais à peine. Qui n'a pas de travail maintenant et pas de maison, pas de pain, se disaient l'un à l'autre les vagabonds russes, dans le livre que je lisais, dans leur tanière de nuit, ne trouvera plus de vrai travail de sa vie. Lire au lit la nuit. Si épais et si lourd, le livre, qu'en lisant les pouces me font mal pendant des jours encore. La biographie de Tolstoï par Chlovski. Attendu longtemps, une demi éternité, que la bibliothèque se le procure pour pouvoir enfin la lire. Ma vie ne s'est-elle pas perdue dans l'attente, éloignée de moi, en allée? Carina, Sibylle et moi, l'appartement, l'époque de la Jordanstrasse. Souvent comme si quelqu'un m'appelait, encore. La voix de Carina, surtout. C'est la vie qui m'appelle. Comme tombé hors du monde. Un enfant sans monde. Par-dessus bord et après le naufrage, seul sur un matelas étroit qui tangue (on coule !). Comme dans l'au-delà, plutôt. La lampe du bureau vers le lit et au-delà de la lumière, les objets, des colonies entières de cauchemars et d'objets. Des ruines, une lune morte, un rayon de soleil cassé, poussière, ténèbres, pierres, tombe, pyramides, tentes de nomades, le récif et l'épave. Commencent à murmurer, murmurer et craquer, et gémir. Longtemps, peu sûr de parvenir à sauver les souvenirs de l'accident, une partie d'entre eux au moins, et dans quel état ? Vérifier, les deux pommes, toujours sur le rebord de la fenêtre Pas encore pourries et ridées ? Les prendre dans la main, les polir un peu de la manche afin qu'elles continuent de me sourire. Une dans chaque main. Comme deux fois le même monde. Les exhorter. Les appeler petites pommes, bébés pommes, pommes monde. Ma petite pomme. Et les remettre en place. Viennent de Carina. Le courant d'air. Tu n'aurais pas cru qu'il serait aussi fort près de la fenêtre. Comme si quelqu'un d'invisible, comme si quelqu'un de l'autre monde nous soufflait sans arrêt : respirez. Rester debout à geler. Nuit polaire. L'espace. Tu sens qu'ils cherchent à t'attirer. Et le retour en marchant sur la glace, le retour, vite! Au lit, ma tanière, la lumière de la lampe. Tu ne peux vraiment lire que couché. Depuis l'enfance, depuis toujours.

L'État, agence pour l'emploi, office de protection de la jeunesse, aide sociale, service municipal, caisse d'assurance maladie, ministère public, tribunal, caisse du trésor du palais de justice etc – je savais que si je commençais à m'embarquer dans l'administration, j'en serais malade à vie. De toute façon, toutes les douleurs et maladies possibles encore sans nom qui errent autour de moi et cherchent une place, un endroit où durablement se nicher. Détours, tous les jours des détours pour ne croiser aucune administration ni aucune pensée administrative. Et ménager les chaussures, en plus ! Boîte aux lettres, panneaux de signalisation, feux de circulation, parcmètres. Partout sont placardés des ordres ! Je ne pouvais plus toucher à un annuaire, même en pensée. Le facteur, déjà de loin, une terreur soudaine ! Qui se répercutait à chaque facteur ! Chaque fois ! Plus les éboueurs municipaux d'un gris verdâtre, dignes représentants de l'ordre et du droit. Mon courrier dans la Jordanstrasse, toujours, parce que je suis encore inscrit là-bas. Les papiers, toujours pas en règle. Me suis plusieurs fois promis de ne plus remplir un formulaire de ma vie. Parce que ma vie n'entre pas dans les cases. Pas de vie. Depuis le mot séparation, ne pouvais plus me souvenir d'aucun rêve. Lettres de menace au courrier, jugements de tribunaux (chaque imprimé, un jugement). Et à chaque réveil, entrant, ponctuels, les commandos bruyants de mon exécution quotidienne. De nouveau, à chaque réveil, comme si la séparation était encore à venir. Comme si ma propre vie, comment en est-ce arrivé là, était devenue un piège impossible à éviter. En janvier les *Stollen* de Noël, et les calendriers ne sont pas chers. Fin janvier, de la Jordanstrasse au cagibi – les maisons commencent à trembler. L'année 1984. Une année charnière, ne pas oublier ! Préventivement les dents, deux dents de sagesse. Avant, jamais de problème avec. Me faire arracher deux dents de sagesse par désespoir pur, je n'y ai pensé qu'après coup. Février. Dans les boutiques les Stollen de Noël, toujours, pas chers. Et d'innombrables calendriers en surnombre, toutes sortes de calendriers. Un jour de semaine. Février, donc, le 4, le 7, le 10 ? Déménagé il y a à peine deux semaines et depuis, chaque jour chez Carina. Un enfant. Une enfance. Le matin, avec elle au kindergarten et le soir, lui souhaiter bonne nuit, la mettre au lit. Une enfant. Qui restera encore longtemps petite. Sommes peut-être allés à la bibliothèque et acheter du lait, elle et moi. Ou un dimanche, le 5 ou le 12 ? Si je veux, je peux faire en sorte que tu ne voies plus Carina, vient de me dire Sibylle. Et je ne me souviens pas de la réponse. Introuvable. Quoi que j'aie dit il n'y a pas de réponse. Ne veut pas venir. Le soir. Carina dort. Ma veste ? Où est ma veste ? Tu prends ta veste. Moi qui croyais que c'était impossible ! Les cigarettes ? Ne pas les oublier! Les cigarettes sont dans la veste.

364

Toute ma vie durant, cette seule phrase. Rien de ce que nous disons ou faisons ne nous lâche jamais. De Bohême. La veste, et puis parti. Y avait-il de la neige ? Je marchais en pensant que je ne pourrais plus jamais toucher personne ! Plus jamais être tranquille avant que Carina soit enfin grande. Adulte. Dimanche soir. La veste. Ai enfilé la veste dans l'escalier. Ma vieille veste en daim de mai 68. Me reconnaissant seulement à la douleur et à ma vieille veste. Dimanche soir. Quelle heure ? Dimanche ou pas ? Le dimanche, tout est toujours pire, ce devait donc être un dimanche. Me suis toujours arrangé pour penser que je pourrais partout prendre ma veste et m'en aller. À tout moment. Mais maintenant, un enfant. Et parce que mes parents étaient divorcés, à cause de cela, désormais plus de ça. Jamais pensé que ça nous arriverait ! Où aller, maintenant ? Compter mon argent et un café au Pelikan ? Seul jusqu'à la gare, épuisé, jusqu'à la Hauptbahnhof, la gare centrale, pourquoi ? Pas d'argent sinon plutôt dans un hôtel. Quelqu'un d'autre. Un moment, au moins, quelqu'un d'autre. Si souvent traverser les ponts du Main, aller et retour pendant des nuits pour ne pas étouffer. Toujours moi. Voir si Jürgen est chez lui ? Appeler la maison d'édition ? Demander à parler à KD et s'il est là, à pied ? Un dimanche soir d'hiver. Chez Anne, et elle ira manger avec moi. Ou rester avec ses livres et des tonnes de pain suédois (elle en a toujours chez elle). Appeler Edelgard et chez le café-glacier de la Friesengasse avec elle ? D'abord avec elle chez le glacier, et puis de bistrot en bistrot avec elle. Comme cette nuit m'épouvante alors qu'il est à peine neuf heures et demie. Seul pour entrer dans la nuit, c'est comme geler, comme disparaître. Plus jamais un seul mot ! Plus un mot à personne! Ou d'une seule et longue phrase, désormais, ma vie à tout un chacun, encore et toujours, toute ma vie ! Et continuer de raconter, tu pourras décider plus tard. Tu verras. Mais ne pas s'arrêter. Continuer. Toute la nuit, entrer dans la nuit. Cessé de boire il y a cinq ans. Et maintenant ? J'allais sur la terre comme sur un bateau qui tangue. Sur la glace, qui me voit? N'est-ce pas déjà arrivé ? Exactement semblable, un tel trajet sur la glace, danger de mort, déjà décrit une fois ! Une vie antérieure, un livre d'avant, mais ça ne suffisait pas. Le cagibi. Mon manuscrit. Table et lit d'emprunt. Comme Robinson. Un Robinson sans Vendredi. Vendredi, c'est l'ombre. Un Robinson d'hiver. Avec oiseaux de neige, chaînes d'arpenteur, bonnets de fourrure, palissades et ce qu'il imagine devoir construire autour. Un échafaudage de ficelles, de noms et de plumes d'oiseaux. Le tout, purement imaginé. Fini, c'est fini! Un Robinson d'hiver dont le lecteur saurait depuis longtemps qu'il délire. Un fou ! La nuit polaire. Fais-toi un agenda maintenant !

22

Il y a un an, Sibylle passée à la librairie. Midi, janvier, à l'improviste. Clair et glacé, le jour. Anne déjà là et moi bientôt prêt, de toute façon. Les commandes et les bons de livraison, encore, pour Anne. Presque pas de clients de la matinée. Bien qu'il fasse un froid glacé, j'avais mis les bacs devant l'entrée dès le matin pour qu'il se passe quelque chose. Pour gagner mon argent honnêtement. Pour que la boutique ressemble à un marché. Politesse, service après-vente. À peine dormi de la nuit et le matin, laissé la porte du magasin presque deux heures ouverte. Contre la fatigue et pour sentir nettement, moi, le jour, la ville et le froid du matin, le temps qui passe. Pour faciliter l'entrée sans engagement à l'éventuel client. Parce que le jour brille tellement, aujourd'hui. Et afin de pouvoir continuer de fumer, d'aller et venir, passer avec agitation d'une pensée à l'autre, après la longue nuit et le peu de sommeil. À côté, un bistrot espagnol qui n'ouvre qu'à midi. Dans le sens opposé, une échoppe de Francfort avec abri contre le vent, colonnes et auvent. Réputée parmi les clochards. Rentrer de nouveau les bacs pour Anne, pour qu'elle n'ait pas à faire ce travail. Pour que les livres ne gèlent pas (que de la camelote, exceptionnel-

lement, dans les bacs, et moins douze degrés au moins).
Sibylle encore hors d'haleine, s'est dépêchée. Manteau
défait et avec un livre, mais lequel ? Et Anne qui discute
avec elle et qui regarde ses jambes et son cul. Souvent,
ai-je l'impression. À titre de comparaison ? Imaginer notre
quotidien familial et ses excès ? Naturellement compulsif, c'est ça qui est beau, lui avais-je dit en racontant les
lettres de Sade, parce qu'elle venait de découvrir Bataille
et Klossowski, dans sa formation continue, c'est-à-dire
les obsessions, c'est-à-dire l'irrésistible ! Chaque compulsion, un enrichissement. Une coupe pleine. La diversité
du monde. Seulement le temps ne suffit pas, on n'en a
jamais assez ! Enfant déjà, jamais assez ! Mais chaque fois,
génial ! Simplement merveilleux, compulsif, irrésistible !
C'est pourquoi en partant ai mis la main au cul de Sibylle
sous ses yeux, de façon compulsive. Un pantalon étroit
de velours bleu, délavé, vieux, beau. Elle enfile son manteau en marchant. Un manteau très fin qu'elle a depuis
sept ans. Et Anne qui nous regarde comme si elle se lais-
serait volontiers emmener avec nous. Séduire, ou mieux
encore, sous la contrainte. Dans la rue, Sibylle et moi. Je
savais Anne encore un peu en pensée avec nous. Devant
l'échoppe, les clochards qui nous suivent du regard. Se
cuiter à mort, c'est long, ça prend du temps ! Le bistrot
espagnol, déjà ouvert. Sentant, même dans le froid, sentant le Sud et le vin. Un midi clair. Dans le caniveau, un
chien brun. Vient tous les matins. Quand la porte de la
boutique est ouverte, il s'arrête et attend que je sorte lui
parler. Mais là, le regard gêné, détourné, comme s'il ne

fallait pas qu'on sache qu'on se connaît. Comme si, en tant que chien, il n'était pas sûr qu'on doive savoir. Au soleil. Clair et glacé, le jour. Sibylle près de moi. Venir te chercher, dit-elle, encore hors d'haleine. Partie plus tôt de la maison d'édition et tout le trajet à pied. C'est loin. Me suis pressée tout le long. J'y ai pensé au dernier moment. Peur que tu ne sois plus là ! Maintenant, un bout de chemin avec toi et après, au kindergarten!

Soleil et neige. Du trottoir, maintenant, vers la rue, entrer dans le soleil. Comme il brille, le jour. Neige sur le trottoir. Neige sur les toits et les murets, et sur chaque corniche. Dans la Kiesstrasse les maisons sont plus petites et plus basses que dans l'Adalbert et la Jordanstrasse. Elles s'appuient les unes contre les autres. Maintenant, au soleil d'hiver, comme si elles commençaient à sourire timidement. Pas de nuage dans le ciel, bleu, qui se reflète aux fenêtres. Fenêtres étincelantes. Depuis certaines fenêtres, le soleil comme un reflet lumineux dans la rue, dans la maison d'en face. *Tremblante, une tache claire.* Comme des yeux, de grands yeux vivants. Et à l'endroit où une telle tache tombe sur la neige, la neige semble fleurir. Froid et clair, l'air. Gel. Chaque détail, très net, chaque son. Comme si tout respirait, tremblait, un jour de ce genre. Arrivons au carrefour et à deux pâtés de maison, voyons les écoliers sur le chemin du retour. Depuis des heures, depuis des années sur le chemin du retour. Il y a si longtemps que tu pourrais croire que nous sommes là aussi. Sur le chemin du retour, toujours, chacun dans son passé, Sibylle et moi. Elle a douze ans de moins que moi. Ou prochainement, déjà Carina ? Couleurs dans la neige, les enfants et leur voix, claires. Comme s'ils parlaient de nous. Sibylle et moi, au lieu de la Jordanstrasse et comme d'habitude jusqu'à notre porte, traversons le carrefour, poursuivant dans la Kiesstrasse. Midi. Entrer toujours plus loin dans le soleil. Avons commencé à parler du fait que l'entreprise devait être vendue et que la librairie allait fermer. Fin juin. Soit un temps plein avec masque d'employé au magasin principal, soit une petite indemnité. À temps plein, sûrement pas, dit-elle, mince alors. Ils savent bien que tu écris et que Carina est encore petite. Jamais encore dans cette partie inférieure de la Kiesstrasse. Et donc comme si nous y allions maintenant pour pouvoir le retrouver un jour dans notre mémoire. Une image pour nous, et pour la postérité. Tu le vois dans le ciel, la neige, les maisons, tu le sens même sur ton visage. Des pigeons volent devant nous, entrant dans la clarté de la lumière. Leur ombre sur la neige et devant les maisons, tout étincelle et luit. Deux clochards en sens inverse. Voix étouffées. Tous deux l'un contre l'autre, avec leurs sacs plastique et leurs secrets, en zig zag, le long du caniveau, passent devant nous. Mal aux pieds. Depuis longtemps sur les routes. Chacun boîte autrement. Sois content, dit-elle, pour une fois tu auras du temps. On y arrivera! Carina n'est plus si petite. D'ici juin, on a le temps. Ne te fais pas de souci, dit-elle. Nous disons-nous l'un à l'autre, depuis des années. Ton livre aussi, dit-elle, le livre noir. Tu te souviens comme tu pensais chaque jour qu'il ne serait jamais fini ? Oui, dis-je, mais ils ont quand même refusé la bourse. Et pour ton premier livre, dit-elle, à peine dormi, jamais le temps. Nous sommes partis à Francfort, nous n'avions plus rien. Pas d'appartement. Même pas une table où poser le manuscrit. Maintenant deux livres et nous sommes toujours là. Oui, dis-je, mais ils ont tout de même refusé la bourse. Comment faire pour le prochain livre ? Si pratique, ce travail, tout près de l'appartement. Presque comme au village. Et pile les meilleurs horaires. Pas beaucoup d'argent mais on peut y aller à pied et dans la boutique, on n'a pas besoin d'être quelqu'un d'autre. Pas de masque, pas de visage étranger. De l'air, dans cette boutique. De vraies fenêtres qu'on peut ouvrir et fermer. Je peux laisser la porte ouverte. Les matins clairs. Une machine à café. Un chien brun tous les matins. Et ceux qui viennent en tant que clients parler avec moi. Le travail le plus facile que j'aie jamais eu. Et honnête, avec ça ! Et Anne, aussi ! Contente de ce travail, même si elle rechigne souvent. La petite indemnité sera petite jusqu'à quel point ? S'ils ne veulent pas me donner de bourse, pourquoi ne puis-je pas au moins garder ce travail facile un peu plus longtemps? Nous arrivions à l'extrémité inférieure de la Kiesstrasse. Quand tu te retournes, la rue, la boutique, les deux clochards de dos. Tous deux jusqu'à l'échoppe. L'échoppe réputée, avec des colonnes et un avant-toit. Tout près de l'échoppe, les deux clochards, déjà. Venus de loin, chacun boîte autrement. Et maintenant, dis-je, il faut presque se réjouir, dans notre malheur, de ne pas avoir pris l'appartement, l'an dernier. L'an dernier, dans notre immeuble, un trois pièces avec une grande cuisine et un petit balcon. Trois pièces. Pour de vrai ! Utilisables! Et seulement soixante-dix marks de plus par mois. Une occasion unique ! Beaucoup plus grand pour soixante-dix marks seulement! Sinon ne sera plus jamais libre ! Plutôt attendre, avais-je dit à l'époque, on a déjà à peine assez et avec un enfant en bas âge, sans argent du tout, on ne peut pas. Toujours au moins un peu. En cas de besoin. Pas comme avant. Avec un enfant en bas âge, ça ne va pas. Pense à la note de gaz. On ne plaisante pas avec le loyer, disait ma mère chaque mois. À l'époque, on pensait avoir peut-être la bourse et avec cet argent, dans le Sud, où il aurait duré deux fois plus. Ou bien en Haute Autriche, disais-je, à l'époque. Vers Freistadt, pas loin de la frontière. Une région forestière. Du bon lait. Des conifères. C'est presque comme en Bohème. Ou qui sait, pour le deuxième livre, un prix. Et avec ce prix, à la campagne avec Carina. Ou rester à Francfort et chaque jour, du temps toute la journée. Imagine, je pourrais me mettre à écrire dès le matin ! Mieux vaut attendre. Qui sait ce qui se produira. Pourtant rien du tout, au bout du compte, et tout semblait devenir de nouveau plutôt pire que mieux. Comme j'aimerais la bibliothèque municipale, à mi-temps. En tant qu'assistant, pour ma part, ou assistant-remplaçant, sous-fifre d'un ordinateur. De préférence à l'annexe de la Seestrasse. Les premières semaines, j'aurais appris toute l'annexe par cœur. Un jour, me suis porté candidat au siège, par écrit. Pour l'occasion, un ruban neuf dans la machine à écrire, spécialement, et pour le CV, un après-midi tout propre, vide, pas encore décrit. Avec la candidature, une recommandation de mon éditeur. Un entretien, un rendez-vous. Avant même qu'ils m'offrent une chaise, il était clair qu'ils donneraient le travail à un analphabète plutôt qu'à quelqu'un qui se prétendait écrivain. Peu importait qu'il le soit ou non. Écrivain, lecteur, deux livres, un enfant. Employé administratif, libraire, chef du personnel. Commencé à travailler à 14 ans. Sans bibliothèque publique, la vie n'est pas pensable pour moi. Absolument pas. Ce n'est que seul sur le chemin du retour que j'en suis venu à leur expliquer, de bon gré et en détail, ma vie sans appel. Vaincu, à pied jusqu'à la maison, armée défaite. C'est le genre de journée où il peut facilement vous arriver de vous retrouver devant puis sous un tramway, et sans papiers. Sommes arrivés au bout de la Kiesstrasse, Sibylle et moi, et avons tourné à droite. Quelques pas dans la Robert-Mayer-Strasse et dès le coin suivant, la Jungstrasse. De retour par la Jungstrasse, la Jungstrasse entièrement couverte de neige. Bleues, les ombres sur la neige, et couleurs spectrales en bordure. Chaque ombre avec son aura. Bleu métallique et argent, la glace dans le caniveau. Tout étincelle et luit, un jour de ce genre.

Une petite boutique dans la Jungstrasse. Fruits, lait, épicerie. La boutique appartient à une vieille dame qui la tient avec son fils. Clientèle de personnes âgées, essentiellement. Et surtout, petites quantités. On y va toujours quand on n'a pas envie d'aller jusqu'à la Leipziger Strasse ni au supermarché Kaiser. Un petit morceau de beurre, vite fait, un litre de lait, du sucre et du sel. Déjà hier, oublié le sel oublié ! Flocons d'avoine, raisins sec, chapelure. Une demi-livre de café en grains, à moudre tout de suite. Et une boîte de lait avec un trèfle à quatre feuilles, comme les dimanches après-midi heureux de l'année 1954. Voudrions faire la chapelure nous-mêmes, en tant que ménagères, avec du vieux pain et les innombrables journées d'hiver, mais on n'y arrive pas. Toujours pas. Un huitième de saucisse de foie de veau, un chou-fleur. Oui, les plus beaux choux fleurs malheureusement jusqu'à hier, et pas chers. Mais tout est parti. Frau Morgenstern a pris le dernier, vous ne la connaissez pas, elle le prépare avec de la chapelure. Alors une salade. Endives ou laitue? Qu'est-ce qu'on peut faire avec ? Le chou-fleur se fait avec des câpres, aussi, comme chez les gens de Prusse orientale et de Berlin. Encore deux petites bananes, mûres mais pas trop. Et aussi des petits pains frais, mais seulement le matin. Les enfants viennent acheter du chewing-gum et des gaufrettes Hanuta. Ou une boîte de raviolis en boîte vite fait, ne pas traîner mais ne pas tomber non plus ! Rentrer tout de suite à la maison ! Une mèche pour allumer le fourneau à fuel et deux yaourts. Ils savent qu'ils doivent prendre des yaourts simples, nature, mais ils rapportent des yaourts à la fraise. De la glace en été, les enfants. Des bonbons à la framboise et de la limonade en poudre qui existe depuis plus longtemps qu'on ne croit et qui n'existe plus maintenant. Le fils, avec une vieille camionnette de livraison. Livraison sur commande. Des personnes âgées du quartier qui se font apporter une fois par semaine l'essentiel. Des allumettes. Du vermicelle, le même que d'habitude. Ne pas oublier le papier toilette ! Ils se font apporter l'essentiel et ne sont plus obligés de sortir pour la moindre chose, ont des problèmes de genoux et de hanches. Devant la boutique, la camionnette de livraison. Si on voulait acheter du quark et de la lessive en urgence (cannelle, confiture d'abricot et une éponge pour la vaisselle impatiente, vite fait) on pourrait frapper à la porte et raconter toute une histoire. Des œufs frais, aussi. Corned beef en boîte, filets de hareng à la sauce tomate, à la ménagère. Deux sortes de sardines à l'huile. Toutes deux bonnes et pas chères, bien entendu, mais il faut étudier lesquelles coûtent le plus. Ce sont les meilleures ! Les pinces à linge, elle n'en fait plus depuis longtemps, ça ne vaut plus la peine. Mais les bougies, bien sûr sinon comment ferait-on en cas de coupure de courant ? Passés devant la boutique à la pause de midi, Sibylle et moi, dans la neige. Te reposer, dit-elle, manger et dormir comme tout le monde. Tu peux lire mais seulement si tu me laisses te caresser tous les jours pour t'endormir sans résister. Lire, si ça reste dans les limites. Écrire, pas avant longtemps. Il ne faut pas que ça recommence à aller aussi mal que dernièrement avec le livre. J'avais dû lui promettre d'attendre de mon plein gré un bon moment, avant de recommencer à écrire. D'abord ça m'a convenu et même pendant longtemps. Mais au bout d'un moment, le temps ne voulait plus me laisser en paix. Jürgen et Pascale, un minibus VW d'occasion d'un vert police et tout ce qu'ils avaient, en France. Ils avaient trouvé un endroit, dans le sud, où ils voulaient ouvrir un bistrot. Un restaurant avec trois tables. Trois petites tables. Dans une vieille maison étroite, pas de cave, un seul grand espace humide. Pleine de toiles d'araignée depuis des décennies, de bric-à-brac, de poussière. Ils avaient un bail de location, ils auraient pu acheter la maison. Ils ont trouvé un appartement au même endroit, pas trop cher. Ils ont débarrassé et commencé à rénover les lieux. L'appartement, chez un aimable et riche cultivateur de lavande, en bordure de la localité, sur une colline. Barjac, tel est le nom de l'endroit. Vin et fruits, des champs de lavande. Pas loin de l'Ardèche, avec nombre de jolis petits affluents qui descendent de la montagne, souvent rapides, et parlent d'une voix claire. Du seuil de la maison, on voit tous les jours les Cévennes. Tout l'automne et tout l'hiver il m'écrivait des lettres enthousiastes, presque comme il y a vingt ans. Trois tables ou plutôt deux seulement, telle était la question. Ouverture la semaine de Pâques (m'écrit-il depuis début janvier). Brouillons de menus. Lui fait la cuisine et Pascale sert à table. Elle servira comme si elle dansait. Mais comment s'appellera le restaurant ? Il ne faut plus dire bistrot. Entre-temps ils avaient le téléphone, dans le bistrot, c'est-à-dire le futur restaurant. Parfois il appelait la nuit pour m'expliquer comment il pensait continuer la rénovation. Si le bistrot vaut un peu le coup, on déménage là-bas et on mange tous les jours dans leur restaurant. Sibylle, en tant que serveuse, aussi. Carina s'exerce déjà. Dès que je m'installe quelque part, peu importe où, elle se précipite droit sur moi, frappe dans ses mains (parce qu'il faut faire vite) et crie : vous-désirez-s'il-vous-plaît ? C'est-comme-ça, Peta ? Jürgen et Pascale veulent venir prochainement à Francfort pour huit dix jours et habiter chez nous. Achats. Disques de ponceuse. Une perceuse, électrique. Des outils allemands d'Allemagne. Juste ce qui est moins cher ici sinon il faudrait avoir où les mettre. Des trucs entreposés dans notre cave, aussi. Le vieux bus VW pourra-t-il faire encore le voyage ? Entre-temps, acheté quatre petites tables en marbre à un aubergiste qui a fait faillite, m'a dessiné l'une des petites tables dans une lettre, en guise de modèle. Pas fait faillite, l'aubergiste, seulement vieux et fatigué, veuf, et le foie abîmé. À la limite d'Alès. Je voudrais qu'on puisse des chaises, pour leurs tables. En cadeau. Discrètes et confortables. Pas beaucoup de place. De préférence en bois d'ébène, avec des coins arrondis, fabuleuses comme les objets des contes dans les contes orientaux. Attendre leur visite, me disais-je, et puis tout régler, peu à peu. D'abord en pensée et puis à mes trois tables de travail. Et commencer bientôt mon prochain livre. Mais entre-temps en plein travail, déjà, trier mes vieux carnets, les papiers, et reporter mes notes sur de grands cahiers. Dans un premier temps, tous les midis. Dès le retour à la maison. Dans un premier temps, les soirées encore libres. Les cahiers de mon ami Wolfram, de Giessen. De l'ancienne boutique de sa grand-mère, morte, où j'ai été apprenti à 14 ans, six-jours-par-semaine pendant trois ans. De toute façon, de grosses provisions de papier en permanence, dans la Jordanstrasse. Tous mes vieux manuscrits de Staufenberg. Classeurs Leitz. Cartes de géographie. Tiroirs. Petits meubles classeurs pour mes manuscrits. Plusieurs meubles. L'un d'eux garni de feutre vert, à l'intérieur. Comme pour l'éternité.

Dans la neige, Sibylle à mes côtés. Comme la neige brille, au soleil. Aux endroits où elle est restée et où les gens, le temps et l'hiver l'ont raffermie, où elle crisse sous chaque pas, on marche mieux que là où les propriétaires et les gardiens, la municipalité et voierie n'ont cessé de la ramasser et de répandre des cendres et du sel. Une porte d'immeuble de Francfort. Trois marches en grès, devant. Sur celle du haut, un chat en fourrure qui n'a pas commandé de neige. Clairs, les pigeons, dans la rue. Très hauts, et descendent s'installer les uns à côté des autres, sur la plus haute gouttière. Au bord du ciel, une rangée. S'installer commodément, en spectateurs, tout une troupe. À Gießen, Sibylle venait souvent me chercher, au travail. Souvent exprès en bus depuis Staufenberg. À Francfort, les premiers temps, chaque trajet ensemble, elle et moi. Et plus tard, de Niederrad je longeais souvent le Main pour aller chercher Sibylle. À pied. Passant devant l'hôpital universitaire (ne pas tomber malade !), devant la Mörfelder Landstrasse, traversant Sachsenhausen ou le vieux pont de chemin de fer rouillé, au grand étonnement des mouettes. Seul être humain à perte de vue. Les bateaux sur le Main. Par Griesheim, Nied, Höchst, avec les usines rouillées, suspendues sans espoir à un ciel abandonné des dieux, l'Occident. Les stations d'épuration, le vieux bac sur le Main. Le temps poussait le fleuve. Les bateaux sur le Main. La centrale thermique, chantiers, ville de bureaux, Nied, Schwanheim, Rödelheim. Passant devant le Römer-hof, l'Industriehof, le long des lotissements de Heller-hof, et leurs heures de sortie du travail oubliées, et leurs enfances perdues. Devant le lotissement de Kuhwald, la gare de triage, devant les entrepôts frigorifiques, la gare de marchandise. Traversant trois ou quatre couchers de soleil. Les trains de marchandises. Les bateaux sur le Main. Passant devant Westhafen, le port ouest, Degussa. Vent, fumée, tourmente de neige. Il neige. Pressés, les flocons qui entrent dans le lent et sombre Main. Gut-leutstrasse, Hafenstrasse, deux rues du port, le tunnel, les préservatifs usés qu'on appelait parisiens, autrefois. Les cadavres du jour (aujourd'hui ce sont ceux d'hier), les seringues jetables et ce qu'ils t'écrivent sur le mur. Pro-phéties, numéros de téléphone, prix. Beaucoup d'offres peu chères, inscrites le long du mur. À travers le tunnel, à pied sec, vivant, en vie, il vit (c'est-à-dire moi !). Souvent, le tunnel ! Et toujours resté en vie ! Et derrière le tunnel, derrière la gare, la sortie de la gare. Les lointains, le jour, un territoire d'empreintes obscurcies, d'agents immobi-liers, un no man's land et le lotissement Friedrich Ebert. Poids lourds, trains de marchandises, le quartier du Gal-lusviertel. À pied. Aller chercher Sibylle, conversation en pensée avec elle depuis longtemps, et toujours en route vers moi-même. Trois fois déjà, le Gallusviertel et *main-tenant il commence à neiger. Il neige.* Et enfin la Main-zer Landstrasse qui part d'ici comme sur des béquilles ; le jour aussi part comme sur des béquilles. *Il a commencé à neiger ! Neige, neige fondue, neige mouillée qui ne reste pas !* Aller chercher Sibylle ! Tout le trajet à pied. Tout le trajet me suis exercé dans ma tête, en tant que futur mendiant des grandes villes. Frankfurt am Main. Sur chaque trajet, tu écris pour toi un livre dans ta tête. Immeubles de rapport, usines, bâtiments chrétiens en briques sinistres qui couvent des cauchemars permanents. Comme sur des béquilles, le jour. Chantiers, entrepôts, voitures d'occasion, voitures d'occasion, voitures neuves et d'occasion. *Nous reprenons votre voiture d'occasion au prix fort* ! Casernes, bunkers, la guerre, la Première guerre mondiale, la Seconde. Sous la neige, sous la pluie, la Mainzer Landstrasse jusqu'à la Platz der Republik. La moitié du jour, tout le jour en chemin, errant avec effort dans ma tête (à Frankfurt am Main le schnaps le meilleur marché, c'est toujours debout au comptoir, une eau-de-vie, rapide, mais mieux vaut avoir assez d'argent pour une flasque ! Grain, brandy, rhum, rhum coupé, cigarettes, conversations avec soi-même ; d'abord une flasque et puis moi et le jour, et puis une autre flasque !). Le trajet et le jour, la moitié de ma vie et la ville, avec toutes ses banlieues, me traversant toujours. Presque disparu ! L'hiver 1977/78. Notre premier hiver à Francfort, un hiver qui dura des années. Pas trouvé de travail, même comme porteur de journaux ou distributeur de prospectus. Ni comme emballeur ou aide emballeur. Écrivain, seulement pour moi. Tout le trajet à pied. Ai fait un long chemin. Platz der Republik, devant l'immeuble Bellaphon, dans la neige fondue. Nombre de lumières dans le soir. Rester à attendre dans le crépuscule brumeux et le froid humide. Bientôt, elle peut paraître à la porte à tout moment et se diriger avec animation vers moi, Sibylle ! Cinq heures de l'après-midi, cinq heures moins cinq. Rester à attendre et pendant tout le trajet, ne pas s'être transformé en fantôme ! Maintenant, depuis que Carina est avec nous, Sibylle et moi rarement sans Carina. On y arrive, me dit-elle maintenant. Et plutôt mieux qu'avant. A fortiori avec Carina. Et tout ce que nous disions, chaque fois, l'un à l'autre. Dans le besoin et par tous les temps. Aussi longtemps que nous continuerons ensemble, disions-nous, toi et moi.

L'avenir. Bientôt le printemps. Parlant de l'avenir et de nous, du printemps et du printemps dans un an. Qui sommes-nous ? Où allons-nous ? Les deux clochards qui passent devant nous. La Kiesstrasse, midi, Sibylle et moi. Dans le gel, l'air glacé, dans le midi clair, sa voix près de moi et un soleil qui chauffe notre visage. *C'est nous qui marchons là ?* La neige luit et chaque mot d'elle, très nettement, chaque syllabe ! Presque comme si je pouvais *voir* les sons, dans cette lumière ! Et tout à coup, certain que ce qu'elle dit n'existera pas. Ni le temps ni nous. Moi-même, désemparé. À l'époque. Une séparation, impensable à l'époque. Je me voyais m'immobiliser. Une ombre, une illusion. Dans la neige, au soleil. Puis de retour lentement, tel une ombre, pas à pas. Un murmure, comme si j'avais perdu quelque chose. Je demeurai comme une statue. Au bord du trottoir. Un mémorial, une colonne de sel, de sexe masculin. Je m'éloignai. M'éloignais de moi et revenais, revenais toujours. Avec des gestes, d'abord des gestes et puis des moulinets sauvages. Trébuchant, absorbé dans des conversations avec moi-même. Remontant le chemin, allant vers les clochards. Au soleil, un spectre. Encore un type dérangé sans toit et sans nom, pas dans son assiette! Jusqu'à ce que je me perde des yeux. Jour et nuit à travers la ville, ne retrouve pas la route, ne se retrouve pas dans sa mémoire lui-même ! Et avec tout ça, continuer auprès d'elle. C'est bien *nous* qui marchons là ? Je l'entends et suis pourtant comme sourd. Comme dans une boule de verre, une boule de cristal ou devenu pierre, comme si c'était à jamais ! Peut-être oublié de manger ? Peut-être trop rapide, après la boutique, l'air froid et clair ? Peut-être *mal* respiré ? Marcher. Marcher à ses côtés. Un ciel d'un bleu profond. Devant nous s'envolaient des pigeons clairs, entrant dans la lumière. Comme si tu flottais, me disais-je, c'est ce qui rend d'un coup la lumière et l'air trop frêles, tu le sens dans ton cœur. Mais ne pas t'évanouir! Continuer : la terre, devant tes pieds, et respirer doucement, doucement ! Une petite mort, une faiblesse, ne l'ai pas tout de suite remarqué. Juste pour s'exercer à la mortalité. Encore un petit moment et ce sera bientôt fini : bientôt, ça ira mieux. La Jungstrasse, la Jordanstrasse et devant le Tannenbaum endormi, traverser le carrefour. *Comme s'il ne s'était rien passé* ! En pleine neige, au soleil, la boutique grecque. Des caisses de fruits, devant. Un store rayé, des rayures bleues et blanches. Continuer plus loin, dans la rue les écoliers. Passer devant les distributeurs de chewing-gum. Des boules de chewing-gum avec colorants, et des choses à gagner. Passant tout près des enfants, le chien brun. Comme s'il attendait une conversation mais sans vouloir s'imposer. Tu ne dis plus rien, dit-elle. Et déjà dans la neige, vers la porte de l'immeuble qui nous connaît. On monte, dit-elle, soif! C'est l'air, et parce que je me suis trop dépêché. Vite encore avec elle, et puis tout de suite au kindergarten. Étranger, et tu ne dis rien, tu ne dis rien, dit-elle en me prenant la main. Le courrier ? À l'époque aussi, des soucis permanents. Jamais sans soucis. Note de gaz. Retraits sur le compte, lettres de l'administration, menaçantes. Pas d'argent, et les papiers, toujours pas en règle ! Jamais été! Et pourtant, il m'était facile de regarder tous les jours dans la boîte aux lettres. Comme si j'étais protégé, que rien ne puisse m'arriver. Certains jours, regardé trois fois dans la boîte en m'inventant toujours une raison. Chaque fois une raison nouvelle.

L'appartement. Seul, maintenant, et toujours aussi désemparé. Juste revenu à moi pour remarquer que je ne m'étais pas évanoui. Le claquement de la porte, encore, quand elle est partie. Presque une heure, depuis, et je ne sais pas ce que j'ai pensé (où suis-je quand je ne suis pas dans mon assiette?). Le soleil dans la pièce. Comme le jour brille. Et pourquoi trois heures, déjà? Le genre de jour où on s'effraie devant son propre reflet, où on ne se reconnaît pas. Comme si le reflet savait quelque chose que nous ne devons pas savoir ! Encore sa voix, la porte, encore ses pas dans l'oreille – partie ! Et qui sait, peut-être exactement comme le temps, partie et ne reviendra plus. Plus de huit ans ensemble, déjà. Chaque appartement n'est-il pas aussi comme une tombe ? Carina, bientôt trois ans et demi. Jamais envisagé de séparation. Le seul qui en parlait parfois, c'était moi. Si tu ne comprends pas à quel point Cézanne est un bon peintre et qu'il n'a pas cessé de peindre le silence ! Si tu ne veux pas comprendre qu'une seule phrase de Rimbaud, même si personne ne la lit, change à juste titre la vie! Qu'il serait entièrement justifié que je passe le reste de ma vie devant le tableau de Hobbema qui se trouve à Londres et qu'en pensée sur cette route, en chemin vers la ville. Comment s'appelle la ville ? Une ville ou un village plutôt? Pour ma part en prison, en cellule d'isolement, le tableau en carte postale, seulement, et plus un mot à personne. Pain et eau ou soupe claire prussienne, cela m'est égal. Mais avec du sel. Mon propre sel. Sel et oignons. Sont précieux, en prison. Indispensables, si tu veux vivre. La route de Middelhar-nis bordée d'arbres. Je préférerais ça plutôt que d'être quelqu'un d'autre ! Une vie riche, bien remplie ! Sur le tableau, un samedi après-midi éternel. En dehors de moi, personne ne le sait ! Et cette vérité, dans une poésie de Lo Zhu Nai. Mort à 31 ans, et nous ne savons pas comment il a vécu. Nous ne connaissons pas le chinois non plus. Que c'est mieux là, sur ce chemin de terre, que le village s'appelle Seelenberg ou pas (la montagne de l'âme, et ils écrivent ça comme ça!), à pied à travers la forêt jusqu'à

Usingen. Et même si nous ne connaissons pas le chemin et si la nuit, selon toute vraisemblance, nous surprend ; je ne veux pas le savoir ! Comme nous éloignant de notre propre regard, entrant dans la forêt, qui attend ! Même si nous n'arriverons pas, même si nous n'arriverons jamais ! Toujours mieux qu'un bus (que nous aurions raté de toute façon, et nous serions raté nous-mêmes, et la journée !) ou dans le S Bahn depuis Francfort, avec nombre de visages inconnus, pas assez d'air et soi-même, sur le visage un visage inconnu. D'abord, juste de temps en temps, le visage inconnu sur le visage, puis il reste à jamais. Si tu ne veux pas admettre que chaque administration est une vexation, tout comme les stations de métro. Qu'il est plus *raisonnable*, dis-je, d'aller pendant des kilomètres dans la mauvaise direction ou de tourner éternellement en rond que de demander son chemin à quelqu'un. Et surtout pas à un couple armé de silence jusqu'aux dents ! Et surtout pas à une mère allemande qui traîne ses enfants partout! D'aucune façon à un agent secret jouant les conducteurs de bus ou les propriétaires de magasin. Et jamais à un policier ! Si tu ne piges pas tout ça, je ne sais pas pourquoi nous sommes ensemble ni pour quelle raison nous nous sommes connus. Ou nous ne nous sommes pas connus, nous ne nous serons jamais connus. Quelque chose de ce genre. Pour lui dire mon désespoir, aussi, les jours de pluie. Pour lui extirper des preuves d'amour. Chaque histoire porno que tu écris pour moi doit contenir une préhistoire, une invitation, et après la partie principale, la conclusion et plusieurs épilogues. Comme dans la vraie vie, encore plus détaillé. Naturellement aussi des dialogues. Temps, lieu. Le climat en fait partie. Et tu dois me faire vivre chacune de ces histoires avant et me les rejouer après. Les scènes du quotidien. Tout comme les rôles secondaires. Chaque phrase, une image. Les images, on doit se les créer soi-même en tant que lecteur, c'est comme ça qu'on lit. Mais aussi des photos et des séries de photos, qu'on numérote et imagine. Et des suites, de nombreuses suites. C'est nous. C'est l'infini. Personne ne meurt ! Il faut que tu chantes ! Tu es le présent et la vie, dans ces histoires. Parce que je pars plus tôt, le matin (presque pas dormi de la nuit), elle m'écrit des billets que je trouve à la maison en rentrant. Sur la table familiale, sur la commode, au bord de la fenêtre, sur l'une de mes trois tables de travail. Passe souvent à la librairie avec Carina, sur le chemin du kindergarten. Peut-être qu'il y a un mot pour toi, à la maison, me dit-elle. Dans la librairie, le plus souvent, en tant que clients des gens seuls. Certains dérangent les livres, dans la boutique, les déplacent. Il y en a qui n'achètent jamais *les* livres qu'ils voudraient mais d'autres. Et ils te racontent toujours leur opération de la vésicule. Avec dessin à l'appui. Comme s'ils l'avaient pratiquée eux-mêmes et, très vraisemblablement, parce qu'ils veulent y croire. L'un qui se doit de feuilleter chaque livre qu'il prend en main, page après page, au cas où il serait défectueux. Certains viennent me sermonner ou veulent que je devienne végétarien et que je construise désormais mes maisons en chanvre et en bois naturel. Et forcément rondes !

Ni angles ni coins! La cire est autorisée à la limite pour le bois. En pleine matinée (d'un seul coup il fait clair), Sibylle appelle à la boutique, depuis la maison d'édition, et me fait une déclaration d'amour, me dit des obscénités passionnées. Parfois de la maison d'édition, parfois de cabines téléphoniques vitrées. Quand je l'ai vue la première fois, elle avait 19 ans. Je ne connaissais que son prénom. Une écolière vivant seule et faisant partie de la Rote Hilfe. Qu'est-ce que c'est, ce secours rouge ? Nous étions venus à elle pour une adresse d'abri, la femme qui la connaissait et moi. C'était urgent. Elle habitait dans une fabrique désaffectée, aux limites de la ville. Quand nous sommes arrivés, elle se tenait debout sur une table. Elle savait la raison pour laquelle nous venions. Une queue de cheval, une chemise d'homme rayée et un pantalon de velours qu'on lui avait offert. Très étroit et trop court, délavé, d'un rouge rosé, et si mince qu'on aurait pu croire que le tissu allait se déchirer ou devenir transparent. Elle était juchée sur la table comme si elle était nue, en vérité. La table près de la fenêtre. Une fenêtre d'usine haute : que des rectangles de même taille. Devant la fenêtre, sur la pointe des pieds, bras au-dessus de la tête. Pour fixer un rideau. Et elle se tourne vers nous.

C'était en octobre. Plus de huit ans, depuis. Désormais avec moi-même. Dans l'appartement. Seul. Tu ne peux pas rester, pas partir, pas rester. Totalement sûr que dans un an, nous ne serons plus ensemble, nous n'existerons plus ! Et sans explication, désemparé. Cessé de boire il y a quatre ans sinon je serais mort. En arrêtant, pensé qu'en mourant, au moins, j'aurai l'esprit clair, pour savoir, pour que ce soit ma mort à moi. Pour que, quand je mourrai, je sois dans mon assiette. Rien joué jusqu'au bout depuis longtemps. Rien terminé, à peine commencé ma journée. Et la vie était revenue à moi depuis. Que va-t-il nous arriver ? Avec un enfant, si tu es un peu responsable, il ne doit rien t'arriver. Même pas attraper une grippe, tant que l'enfant est petit. L'ai souvent seriné à Sibylle et à moi-même – avec les enfants, ne pas se sacrifier ! Le plus important, en tant que parents, c'est d'aller bien. C'est ce qu'il y a de mieux pour les enfants. Carina, bientôt trois ans et demi, chaque jour avec elle est plus beau. Le temps, maintenant, l'heure ? Seul un vieux réveil électrique qui gémit parfois sous l'effort, l'unique mesure dans l'appartement et dans notre vie. Maintenant, regarder l'heure sans arrêt. Je l'ai emmené dans la chambre. Avec le cordon. Il est si démodé qu'il ne fonctionne pas sans prise. Mais très moderne, comparé aux réveils de village de mon enfance. J'aurais préféré disposer trois, quatre, dix montres autour de moi. Comme pour une course sportive. De préférence, des montres qu'il faut sans arrêt remonter, secouer. Encourager. Exhorter. Des sabliers aussi. Et des chronomètres comme pour une fête sportive, un tournoi d'échecs. Ne pas supporter, c'est un état qui empire de minute en minute ! Comment peut-on tenir le coup sans comprendre ? Comme si j'avais perdu le langage ! Même plus de conversations avec soi-même ! (Me disais-je !) Pas assez d'air ! Je voulais boire de l'eau et ne le pouvais pas. Dans un an, que se passera-t-il dans un an ? Plus ensemble, et où serons-nous alors ? Tu as déjà survécu à ta guerre, tout a commencé là. Nous séparer ? Moi, pas ! Qu'elle se sépare de moi ? Impensable ! Fumer, tousser, fumer. Commencé à fumer à 16 ans et depuis, fumeur à la chaîne la plupart du temps. Peut-être un cancer des poumons depuis longtemps et il est trop tard de toute façon. Franchement soulagé, maintenant, parce que j'ai enfin une explication. J'ai bientôt l'impression de l'avoir toujours su. Secrètement, du moins. Depuis quand ? Quand la mort a-t-elle commencé? Avec moi et mes sens, le monde comme un papillon, désormais, qui respire sur ma main, et dans un an tout serait mort ? C'est donc ça ! Et aussitôt une certitude pour moi. Comme il courait, courait, avant, le temps, et maintenant, voilà qu'il est de nouveau lent – ou est-ce l'inverse ? Je pouvais enfin boire au moins du café et du Coca, et continuer de fumer. Presque comme les matinées à la boutique. Comme dans une maison étrangère. Aller enfin acheter la boule de neige ? Depuis une éternité nous voulions une boule de neige. Pour Carina, et aussi pour nous-mêmes. Mais aucune assez belle. De préférence avec une maison, un arbre, un village, une ville, une grande forêt. Des conifères. Une région forestière. Un paysage, tout un pays. Secouer la boule de neige, et qu'il se mette à neiger. De la neige, de plus en plus de neige, des flocons toujours plus denses. La neige tombe et recouvre tout. Encore deux-trois cafés, boire le Coca jusqu'au bout et fumer sans arrêt. Et puis passer devant les murs placardés avec des publicités pour cigarettes, dans la Leipziger Strasse ? D'abord la Leipziger Strasse ou tout de suite au centre ville ? Acheter des cigarettes en chemin et continuer de les allumer l'une après l'autre ? Comme depuis des années, des décennies ? D'horloge en horloge, dans la ville, et avec ma vie? Mais je ne trouverai pas non plus de boule de neige assez belle, maintenant. Et je me rendis compte que je ne pouvais pas partir avant d'avoir vu Sibylle et Carina. Pas partir d'ici, n'aller nulle part. Je voulais me couper les ongles. D'abord les ongles des mains et puis les ongles des pieds. Et me rendis compte que je n'avais pas la patience. Me raser et pas la patience. Laisser couler l'eau du bain, et pas la patience. Olives, concombres, un pain, et pas la patience pour. Même pas pour la vue par la fenêtre. Juste rester là, à attendre. Ai toujours senti toutes les montres du monde dans mon estomac, et le visage qu'elles avaient pour moi, selon qu'il reste du temps ou pas. Du jambon sans pain, et pas la patience pour. Enfant, déjà. Le pire, les horloges des gares. Je ne peux rien garder pour moi. Si, je peux, mais c'est difficile. Surtout dans le cercle le plus intime. Même pas les surprises et les cadeaux. Nous allons essayer, pour une fois ! Bouche cousue, langue coincée, secouer la tête, se taire. Les lèvres comme un trait. D'abord un trait et puis un point. Se taire, le regard détourné. Refuser de manger, afin que le secret ne s'échappe pas de mes lèvres ! Hoquet, toux, crise d'étouffement, sans sommeil. Tout d'abord pas fermé l'œil de la nuit et puis sans arrêt effrayé, paniqué. Névralgie, fièvre, bouffées de chaleur. Des séries entières de cauchemars parfaits. Dès que je veux une surprise pour Sibylle, dès la première pensée : tout de suite muet! Aussitôt si buté qu'elle croit que je suis en colère, vexé, ensorcelé ! Des liaisons avec d'autres femmes qui seraient merveilleuses. Et intelligentes, riches, pense-t-elle. Très douées. Liaisons avec d'autres pays, avec des livres, des femmes et des hommes. Quelqu'un d'autre depuis longtemps ou que j'en aurais assez. Assez du monde, ce serait le pire ! Et me regarde et pense que je ne la veux plus. Et bientôt ne plus la connaître. Chaque année, quand on va vers Noël, le sombre et long décembre : dur à supporter, décembre ! Et en été, avant son anniversaire : à plus forte raison en été, en été il faut s'ouvrir, quand même! Et chaque surprise d'automne et de printemps. Les surprises pour Carina, je peux au moins les partager avec Sibylle. Les vraies surprises, on devrait sur-le-champ, tout de suite! Et maintenant ? Comment faire avec ma mort future? Date inconnue mais vraisemblablement au cours des douze prochains mois, ou plutôt avant la fin de l'année écoulée c'est-à-dire en aucun cas après le printemps mentionné (prévu), un an, ferme et définitif. Vous préviendrons sans équivoque en temps utile. Conséquences nécessairement à prévoir. Tous délais d'opposition prescrits. Prescrits depuis dix ans, déjà. Sur le lit de mort, prolongations limitées, à l'arrivée prévue du printemps officiel, à quelques heures seulement. Délai de paiement. Pour raisons administratives supérieures, exclusivement. D'un jour sur l'autre tout au plus et ce jusqu'à nouvel ordre. Questions préalables/réclamations inutiles ! Comment cette mort pour moi, maintenant, et la cacher ? Emporter comme un legs le silence dans la tombe? Comment fonctionne la mort, a-t-elle déjà commencé, quand? Et comme par hasard il faut que ce soit moi, se dit-on! Vraiment moi ! Toujours tenu la mort, jusque-là, pour une erreur humaine, une bêtise, un malentendu. Par confort. Une habitude de mauvais goût. C'est justement le silence qui finit par nous tuer. Comme si on s'étranglait soi-même. À votre disposition pour de plus amples détails. Et peut-être qu'à la fin, la mort, seulement un spectre ? Un délire spectral. Comme le progrès et l'argent, et le temps. Et comme notre vie, quand nous ne la reconnaissons pas au matin et que (encore un été qui passe!) nous nous attendons nous-mêmes dans un hall d'hôtel ou perdus aux arrêts d'autobus. Dans des gares. Sur la rampe. Sur le ponton pour le bac. Le réveil gémit comme s'il gémissait depuis longtemps. Il se donne du mal. Tout chaud ! Depuis quand est-il si chaud ? Il va finir par brûler un jour ! Je le voyais déjà. Dans un avenir proche, exploser comme un feu d'artifice! Et moi. Brûler aussi ! Eu beaucoup de chance déjà, dans ma vie. Du calme, du temps, riche de jours. Des amis pour moi, les jours. Et tout comme il faut assez souvent! N'as-tu pas même l'impression, la plupart du temps, que c'est toi qui as imaginé ta vie, me disais-je. Et de plus en plus, maintenant! Pourquoi ne pas continuer et vivre chaque jour comme une vie longue et heureuse ? Ce monde, un tel éclat. Un jour dans la salle de bain, des images de paradis sur les dalles. Deux dalles bancales. Comme des scènes de ma vie, ces images. Quand le soleil brille, tout m'appartient ! Mais c'est toujours après coup que tu sais que tu as été un an, un jour, un soir protégé, sauvé, en sécurité. Et toujours au milieu d'un rêve on s'aperçoit qu'on rêve. Et on rêve qu'on rêve qu'on rêve. Le soleil dans la pièce. Déjà quand Carina était toute petite, quatre semaines ou six, le soleil jouait tous les midis dans cette pièce avec elle. Tu as toujours pensé qu'il suffirait de t'arrêter de fumer à 60 ans. 63 ans. Jusque là, fumeur à la chaîne et puis devenir très vieux. Cancer du poumon ou pas, tu lâches cette pensée! (Pour la première fois de ta vie, tu lâches quelque chose !) Avec le risque que la pensée t'échappe. En achetant des cigarettes à la rigueur. En fumant. Dès que tu allumes une cigarette à une autre. Encore une et déjà mentalement la suivante ou celle d'après. À chaque publicité pour le tabac, en respirant et quand tu vois le temps passer. Là, à la rigueur, et seulement comme un souvenir lointain. En écrivant, en respirant, dès que le monde t'appelle et chaque fois qu'avec Sibylle et Carina. Et quand tu sens qu'elles pensent à toi. Le soleil dans la pièce. Les toits, pleins de neige. Le jour luit, derrière la fenêtre. Une lumière d'hiver. Qui commence déjà à partir. Depuis la rue, des voix d'enfants. Dans mon assiette et seul. Seul avec le temps qui s'en remet au vieux réveil électrique, gémissant parfois sous l'effort. Souhaiter que Sibylle et Carina reviennent pendant que les enfants sont encore dans la rue. Devant les arcades, les enfants joueront, et les ombres, toujours plus longues. Des écoliers, dit Carina. Qu'elles viennent, Sibylle et Carina, avant que cette lumière se soit totalement en allée, partie! Quand je les entends dans l'escalier, je peux enfin – sauvé pour aujourd'hui ! – faire couler l'eau du bain. Une assiette de fruits, des mots, la langue retrouvée. Faim et soif. Olives, concombres, un pain. Sibylle, la bouche pleine, et l'histoire du jour d'aujourd'hui. Ses mains comme des oiseaux. Elle n'est pas veuve ! Le jambon, avec ou sans pain ? Des raisins secs, on en a besoin pour écrire, former des lettres. Des petits gâteaux en forme de lettres qui, chez ma mère, déjà, comme de très loin, s'appelaient du pain russe. Une langue nourricière. Et des mots pour se réchauffer. Café au lait, thé, lait chaud au miel. Carina va s'asseoir sur le bord intérieur de la fenêtre et manger de l'Ovomaltine à la cuiller. Une cuiller à soupe. Et nous, en tant que parents, pouvons faire comme si c'était permis. Pouvons prendre un bain tous les trois. De l'huile de lavande, du temps, un bain festif. Dans la salle de bain, pas de dalles grises et blanches. Qui furent un jour, pour moi, images de paradis. Toutes les lampes allumées et avec le jour et le monde, entrer dans le soir. Prendre longuement le temps, aujourd'hui, et jouer avec lui comme si le temps, pour nous, toujours nouveau, toujours la première fois. Comme si nous pouvions toujours le remettre à zéro, le temps. Coucher Carina, et ses nombreuses peluches fatiguées avec elle, et l'histoire de la vie des peluches. Chaque animal a choisi l'animal qu'il voulait être pour la vie. La coucher avec tous les livres d'images. Pendant des heures. Examiner ses collections de mots avec elle, contempler, trier. Chaque mot, assez longtemps en bouche pour qu'il soit chaud et qu'il commence à briller. Ils sont précieux, sont incassables ! Juste au moment de s'endormir, elle veut toujours apprendre à lire l'heure, vite fait, et les chiffres et toutes les lettres. Boire encore du lait ! Derrière la fenêtre, tout est toujours là ? Veut rejouer chaque soir les soirs précédents de sa vie, et un petit bout en plus. Personne ne doit être oublié !

Ce soir me revient sans cesse Sibylle, debout sur la table, quand je l'ai vue la première fois. *Vivons-nous ou jouons-nous ?* Un peu avant minuit. Carina dort. Le monde dort. Seuls Sibylle et moi, encore réveillés. Peut-être ce soir-là, enfin en paix, les photos d'Amsterdam? Un magazine que Jürgen m'a envoyé par courrier. Se promener dans les images et voir qui nous rencontrons en dehors de nous. Depuis des décennies je veux aller à Amsterdam. Comme si je m'attendais moi-même à Amsterdam depuis longtemps. Bientôt, chaque fois que je m'endors et que je me réveille, je pense à Amsterdam. Quand il est écrit *Ausserdem* (en outre), je lis Amsterdam. Un peu avant minuit, l'appel de Jürgen, aujourd'hui ? Depuis une semaine, il appelle tous les soirs : Pascale et moi venons bientôt ! Au restaurant, sous la voûte de pierre humide où ils ont installé le restaurant, dégagé la cheminée du mur. Presque terminé ! Hier aussi, presque terminé. Après-demain, au cas où il appellerait encore aujourd'hui, à moins que minuit soit déjà passé ? Après-demain ou le jour d'après, dit-il, de toute façon il appellera suffisamment à l'avance. Et encore plus souvent – comment allons-nous ? Que pouvons-nous apporter ? Rien, lui dis-tu, rien ou peut-être du miel. Un petit verre, une cuillerée de miel. De préférence du miel de thym, du voisinage de par chez vous. Écoute, une petite table de marbre, le soleil du matin et au soleil du matin, un café au lait, un petit café noir et une Gauloise et une Gitane. Comme exprès pour toi et Pascale. Pour Carina, un petit morceau de tarte aux pommes et une branche de cyprès, pour qu'elle montre aux guêpes le chemin. Tout le long, dans les airs ! Une branche de cyprès qui sent bon. Le café au lait, pour Sibylle. Une vieille fontaine de pierre, tout près. Deux-trois olives peut-être. De préférence avec de l'ail et du romarin, comme à Marseille. Et un petit chèvre des Cévennes. Pas plus gros qu'un timbre, ce chèvre, mais avec du sel, forcément, dessus. Du sel de mer de Camargue et une goutte d'huile d'olive de la région de Remoulins. Juste pour goûter. Ainsi, de soir en soir (peut-être écrivait-il aussi). Quelques tranches de saucisson d'Arles. Celui qu'ils appellent le véritable. Dès qu'on y goûte (bien mâcher !), dit-on là-bas, racontent-ils, on commence à se vanter démesurément. L'effet saucisson, disent-ils. Un verre de moutarde, tu trouves de la moutarde de Dijon dans n'importe quel supermarché. Ce n'est pas la période des truffes, dans le Périgord ? Cette bonne odeur nourricière, quand tu as une poignée de truffes dans la main. Quelques cornichons. Ils doivent être plus petits que mon petit doigt. Une tranche de pâte de coing et une boîte de purée de marrons. La boîte de purée de marrons dont on a toujours envie, de France, ou qu'on rapporte, ou qu'on se fait rapporter et qu'on oublie de manger, en Allemagne. Une madeleine, une seule. De la lavande, juste assez pour une inspiration profonde. Du champ de lavande qui est devant votre maison. Du paysan par qui votre appartement. La tache de l'étendue de mousse, à tes pieds. La vue, seulement. L'horizon, à chaque instant. Pour Sibylle, un peu de la vie de Provence parce que la plus belle époque de son enfance a commencé là-bas. Carina voudrait un chat gris clair. Gris bleu, en fait, comme celui qu'elle a vu à Martigues, en septembre dernier. Des bloc-notes épais avec quadrillage français. Ça, je sais, dira-t-il, je te connais depuis longtemps. Dommage que tu ne boives plus de vin, dira-t-il, osant à peine l'évoquer. À l'époque, tu prenais de n'importe quel schnaps, dira-t-il, tu te souviens ! Cognac, Calvados, Armagnac, Marc. Déjà le matin, du schnaps, et chaque après-midi comme une longue rêverie d'après-midi, apéritifs dans les bistrots. Toutes sortes. Qui luisent dans les bouteilles et les verres et dans chaque miroir de bistrot, a fortiori dans la mémoire, à jamais. Pascale, ensuite, pour Sibylle. On ne peut que s'étonner, en tant qu'être humain essentiellement silencieux, de ce que les femmes passent d'un sujet à l'autre avec autant de mots. Le téléphone, me dit-il chaque fois, pas à l'appartement mais au restaurant. Mistral, quatrième jour de mistral, déjà. Du soleil mais pas très chaud. Mais protégés du vent, on peut s'asseoir au soleil, à midi. Depuis longtemps déjà. Tout le mois de janvier. Alors quoi ? Sirop d'anis ! Du sirop d'anis, il n'y en a qu'en France et il sent le Pastis, les lointains. Comme un matin tôt, sur un bateau. Comme avant le départ vers de nouveaux pays. Est-ce ce soir-là que la maison a commencé à trembler ? Et nous ne l'aurions pas tout de suite remarqué? L'après-midi, toujours. Avec moi-même, avec mon cœur, avec le cordon et le réveil et l'heure, au milieu de la pièce. Avec une impatience croissante, maintenant. Allant vers le soir. Attendre avec une urgence plus grande, toujours *plus vite* ! Attendre avec une rapidité croissante. Le temps brûle. Un feu vivant, le temps, et moi je brûle ! Passer devant le gémissement du réveil, écouter Sibylle et Carina. Comme si je leur envoyais des esprits. Le long de la Jordanstrasse et traverser le campus. Par la Beethovenplatz, dans la Schwindstrasse. Ne sont-elles pas déjà sur le chemin du retour ? Traverser la Bockenheimer Landstrasse, et jusqu'à l'entrée du kindergarten. Le squat de la Siesmayerstrasse. Des anarchistes. Violents. La scène anar. L'endroit le plus paisible au monde. L'été dernier, rénové n'importe comment et pendant des semaines. Rénové jusqu'au plus profond de l'automne. L'an dernier, l'été a duré jusqu'au plus profond de l'automne, au kindergarten, pour les enfants et pour nous. Ils commencent à prolonger le kindergarten jusque dans l'après-midi, à titre d'essai. Le réveil, l'heure. Rester à écouter et les attendre. De tous mes sens, à leur rencontre. Pour que, quand elles arriveront, le soleil ne soit pas parti et que dans la rue, les voix d'enfants soient encore là. Pour que je sourie à l'avance, à leur rencontre, et que ma joie puisse commencer en temps voulu. Retrouver la langue, cela prend du temps. C'était l'an dernier, en janvier. Maintenant dans le cagibi. Près de la lampe.

Mon ombre, les chaussures et moi. Epuisées, elles sont épuisées, les chaussures ! Que dois-je leur dire? D'abord un hiver de pluie et puis un hiver de neige. L'ère nouvelle. L'année 1984. Eu un enfant, autrefois. Le cagibi. Mon manuscrit. Table et lit empruntés. Emménagé il y a six semaines et depuis passé, le temps. Fin février. L'hiver se refuse à trouver la sortie. Et dans le cagibi, il ne me reste plus que trois ultimes jours.

Cécile Wajsbrot

Postface

Peter Kurzeck travaillait depuis une quinzaine d'années à un cycle qui devait comporter douze volumes et qu'il avait intitulé *Das alte Jahrhundert*, le vieux siècle, quand la mort est venue l'interrompre. Ce texte d'abord conçu comme une préface à un petit livre sur un quartier de Francfort, le quartier de la gare détruit par la spéculation immobilière des années 60 et 70, s'est épaissi à mesure du temps, de l'écriture, s'est dilaté, a pris une ampleur imprévue, cherchant à embrasser l'année 1983/1984 et bien au-delà, suivant les méandres du récit et de la mémoire, remontant à l'enfance, la jeunesse, recouvrant le passé, recouvrant la vie. De ce vieux siècle, cinq étapes ont été publiées qui retracent les mois de janvier, février 1984, la séparation d'avec Sibylle alors que leur fille, Carina, est âgée de quatre ans, et puis mars, puis octobre 1983, plus loin encore l'automne 1982 d'où surgissent les années cinquante et les années soixante. 1997, 2003, 2004, 2007, 2011, telles sont les dates irrégulières de parution, laissant entrevoir des périodes difficiles et d'autres plus fécondes – même s'il arrivait à Kurzeck, entre les livres du cycle, de publier autre chose, ou d'enregistrer des récits oraux sur CD qui contribuèrent grandement à le faire connaître en Allemagne. Depuis, un autre livre a paru, un livre étrange, aussi étrange que ce mot, posthume, le sixième, à l'automne 2015, composé de pages achevées et de fragments ou de simples notes. Une page 190 presque blanche donne le sentiment de surprendre l'auteur au moment de l'interruption, de vivre presque le moment de sa mort, de la suspension éternelle. « N'ai pas vu le merle devant chez nous depuis longtemps. Le merle de notre trottoir, toujours réveillé jusque tard le soir, et toujours affairé. » Les derniers mots du livre, par la force des choses, mais pas ceux de l'écrivain pourtant car Kurzeck travaillait à plusieurs livres à la fois et après ce premier livre posthume – *Bis er kommt*, jusqu'à ce qu'il arrive (mais qui est ce *il* - en allemand, *der Tod*, le mot qui signifie la mort est du genre masculin – sont prévus les volumes 7, 8 et 10, publiés sous cette même forme, sous cette même appellation, *Roman-fragment*, fragments de roman. Des pièces détachées, des feuilles qui tombent en averse à l'automne, la saison de sa mort, les feuilles d'or d'un gingko – l'arbre des survivants.

Cinq volumes écrits, achevés, dont *Übers Eis*, *Un hiver sans neige*, est le premier. Et quatre autres éternellement en suspens. Tant que j'écris, disait Kurzeck, il ne peut rien m'arriver. Mais le 25 novembre 2013, le combat entrepris pour vaincre le temps, vaincre l'oubli, a pris fin et il faut désormais s'habituer à parler de Kurzeck au passé.

Un petit garçon de trois ans, un jour de 1946, attend avec sa mère, sur la place du marché d'une ville de Bohème – Tachau devenue Tachov – attend de se mettre en route, à pied, avec les autres habitants d'origine allemande, vers un camp. Tout est gravé dans sa mémoire, cette jour-née et les suivantes, une année entière dans les trains et les camps. En 1946, ils sont certes moins graves que les trains et les camps du nazisme et de la guerre, la paix est revenue et les gens ne sont ni déportés ni exterminés mais transférés, déplacés, selon la terminologie officielle. Les chiffres tournent autour d'une quinzaine de millions d'Allemands ainsi expulsés hors de Pologne, de Prusse-Orientale (Königsberg deve-nue Kaliningrad), de Tchécoslovaquie, ou d'autres lieux d'Europe centrale et orientale. Se souvenir de ce jour, de la ville perdue – cha-que chose non écrite est une chose qui s'oublie. Pourtant, cette scène originelle ne figure pas dans les romans de Kurzeck – y a-t-il eu des esquisses, voulait-il un jour raconter en détail ? Tout paraît commencer à Staufenberg, le village de la Hesse non loin de Giessen où Kurzeck a passé son enfance, un village devenu l'origine mythique à laquelle le narrateur revient sans cesse, dans les romans de son cycle. Je suis de la campagne, dit-il à plusieurs reprises, d'un village. « Staufenberg, par exemple, c'est un village. Pas loin d'ici. Là, il y a des roches de basalte qui sont bleues. Les pavés, bleus aussi. Une petite pluie de mai, déjà finie. Et comme elles brillent, les pierres, après la pluie de mai. Les poules aussi, aussitôt de sortie sous l'auvent. Aussitôt de nouveau le soleil. Colombages et toits de tuiles rouges, toutes fenêtres ouvertes. Jardins, petites portes des jardins, granges. Près de chaque étable, les hirondelles. Il y a une tour et elle a un visage. Le village se dresse sur un rocher de basalte. » Comment peut-on vivre sans cet ancrage, se demande-t-il implicitement, comment peut-on vivre sans avoir connu Staufenberg ? Mais attention, la pensée de Kurzeck n'est pas régionaliste, ce n'est pas Staufenberg contre le reste du monde, c'est « Staufenberg, par exemple ». Un mythe à titre d'exemple. Chacun lui donne le nom qu'il veut, pour Kurzeck, c'est Staufenberg.

Et puis, comme dans les récits mythiques, le temps de Kurzeck n'est pas chronologique. Il n'y a pas de ligne ferme et droite tendue entre un point de départ et un point d'arrivée. C'est pourquoi *Un Hiver de neige* s'ouvre non sur le village de Staufenberg mais sur les rues de Francfort. Francfort, une ville qu'il a tant aimée, aussi, et désormais indissociable de son œuvre. Francfort où il a vécu les années 70, les années 80, et plus tard, alternant ces séjours urbains avec sa vie à Uzès, dans le sud de la France, où il avait une maison. Le sud de la France est aussi présent dans ses livres, comme Paris, Istanbul – un horizon vers lequel vont les rêves.

Si la journée du rassemblement place du marché et l'expulsion qui a suivi ne sont pas racontées, elles hantent les pages et la vie de Kurzeck. D'où l'errance qui rythme ses romans, qu'elle se traduise par une déambulation dans les rues de la ville, une marche dans la neige pour aller rejoindre des amis, un samedi après-midi d'hiver, au-delà de Francfort, ou par une empathie profonde envers les gens qui dorment dans la rue ou qui mendient, aux abords de Noël. Une empathie profonde pour les laissés-pour-compte, les immigrés qu'on n'appelait pas encore des migrants mais qui avaient un destin semblable. Un sentiment existentiel de la précarité du monde, de la vie.

Lorsque s'ouvre le livre, en janvier 1984, Carina a quatre ans – à peine plus que le petit garçon expulsé de Bohème – et son père vient de se séparer de sa mère, un père qui se sent, une fois encore, expulsé de sa vie. L'errance n'est pas seulement géographique. Elle est psychique. Chercher un endroit où loger – les visites d'appartements (un bien grand mot pour ces pièces parfois difficilement habitables) sont l'occasion d'une évocation – qu'on pourrait presque dire sociologique si elle n'était si pleine d'humour – de ceux qui vivent en marge de la société et qui pourtant la constituent, et qui souvent ne peuvent s'empêcher de rêver, de croire en l'avenir. Chercher le moyen de gagner sa vie – le rendez-vous pour postuler au modeste emploi d'ouvreur dans un théâtre est un morceau de bravoure, portrait à l'ironie subtile d'un nostalgique de l'époque nazie encore en action et en poste dans l'Allemagne fédérale des années 80. Mais devant les vitrines des quartiers aisés de la ville, devant les grands hôtels, au cœur de la précarité, logeant dans des chambres provisoires, jamais le narrateur ne donne place à l'envie, la revendication, la violence. Le regard sur le monde est toujours empreint d'une tendresse mélancolique. Car Kurzeck n'est linéaire ni dans l'écriture ni dans les sentiments. Sa phrase percutante à la syntaxe si singulière, souvent sans verbe ou sans sujet, sans ses éléments de stabilité habituels, tient pourtant bon et se déploie, et se déroule poétiquement, de même que Kurzeck, sans les éléments de stabilité qui constituent les vies ordinaires – une demeure, une relation et un métier sûrs – parvient à vivre et à rêver. Si Carina semble être au centre de la vie du narrateur, son école, les promenades avec elle, et les soirs, l'endormissement, le lait au fenouil, si la douleur de la séparation semble être au cœur du livre, il y a un autre centre – c'est l'écriture – il y a un autre cœur – être écrivain, saisir la continuité du texte malgré la discontinuité des jours.

J'écris le matin et j'écris le soir, disait Kurzeck, parce que le soir, je suis un autre homme. Écrire, rayer, recommencer, et lire, relire, reprendre encore. Le temps n'est pas linéaire, le roman en parcourt l'étendue – passé, présent, futur, conditionnel du rêve – mais à sa façon, en procédant par associations, par recoupements, par répétitions et retours en arrière. On pourrait croire, quelquefois, que Kurzeck va se perdre en chemin, qu'il s'éloigne trop du début de sa pensée mais à un signe – un mot repris, un retour au présent – on reconnaît qu'il n'a jamais oublié, qu'il n'a jamais perdu le fil, qu'il faisait seulement semblant…

Übers Eis, Un Hiver de neige, est le premier volume du cycle. C'est l'entrée dans un monde unique, cohérent, consistant – un univers. Bien sûr, on pourrait comparer, et chercher de grands noms précurseurs, comme Proust. Mais pourquoi ? Le nom de Kurzeck se suffit à lui-même…

Achevé d'imprimer dans l'Union européenne
pour le compte de diaphanes, Berlin-Zurich
en 2018

ISBN 978-2-88928-030-8